Tabea Koenig

Die Maskenbildnerin von Paris

atb aufbau taschenbuch

TABEA KOENIG, geboren 1992 in der Schweiz, studierte Soziale Arbeit und Kulturvermittlung. 2014 unternahm sie eine Rundreise durch Schottland, wo sie die Inspiration zum Schreiben fand. Sie war schon immer fasziniert von der Geschichte. Besonders haben es ihr das viktorianische Großbritannien und Paris von der »Belle Époque« bis zu den »Années folles« angetan. Sie liebt Tagträume, Bücher und lange Spaziergänge und lebt mit ihrem Mann in Basel.

Valérie verlässt ihren Heimatort und ihre große Liebe Gabriel, um in Paris Kunst zu studieren. Der Neuanfang fällt ihr schwer, und sie hat Sehnsucht nach Gabriel. Bald lernt Valérie den jungen Dichter Apollinaire kennen, der sie in die Kunstszene einführt. Doch dann bricht der Krieg aus – und Gabriel wird vermisst. Valérie ist verzweifelt. Erst durch die Begegnung mit der Bildhauerin Anna Coleman Ladd, die Masken für Gesichtsversehrte herstellt, schöpft sie neue Hoffnung. Valérie soll eine Maske für den jungen Soldaten Louis anfertigen. Die beiden verlieben sich ineinander, doch was Louis nicht ahnt: Valérie hat eine kleine Tochter – von Gabriel. Und sie will dafür kämpfen, das Mädchen endlich zu sich zu holen.

TABEA KOENIG

DIE MASKENBILDNERIN VON PARIS

HISTORISCHER ROMAN

atb aufbau taschenbuch

MIX
Papier aus verantwortungsvollen Quellen
FSC® C083411
www.fsc.org

ISBN 978-3-7466-3831-7

Aufbau Taschenbuch ist eine Marke
der Aufbau Verlage GmbH & Co. KG

1. Auflage 2021

Umschlaggestaltung U1 berlin, Patrizia Di Stefano
unter Verwendung von Motiven von © ANGELGILD / istockphoto,
© CollaborationJS / Trevillion Images und
© ullstein bild – Roger-Viollet
Satz LVD GmbH, Berlin
Druck und Binden CPI books GmbH, Leck, Germany
Printed in Germany

www.aufbau-verlage.de

Gewidmet meinem Großvater, Marcel Banz.
Dir hätte die Geschichte bestimmt gefallen.

PROLOG

Paris, Januar 1917

Es waren immer nur wenige Sekunden nach dem Aufwachen, in denen Valérie den Krieg vergaß. Sekunden des gnädigen Dämmerns ohne den allgegenwärtigen Kummer, der sich wie ein heißes Eisen in ihre Brust brannte. Doch dieser Augenblick ließ sich nicht einfangen. Er verflüchtigte sich genauso rasch wie die Wärme unter der Decke. Kohle zum Feuern war in diesen Tagen rar, wer nicht frieren wollte, schlief im Wintermantel.

Fröstelnd zündete sie eine Kerze an. Das Licht warf lange Schatten und verzerrte die Proportionen der Möbel in diesem kleinen Zimmer am Boulevard Saint-Germain, am linken Ufer der Seine.

Einst war diese Straße von Künstlern, Literaten und Weltenbummlern belebt worden. Damals hörte man sie bis spät herumjohlen, wenn sie aus dem »Les Deux Magots« oder dem »Café de Flore« torkelten und die Luft mit ihrem Zigarettenrauch schwängerten. Heute aber schimmerte nicht die Glut der Zigaretten, sondern der Vollmond wie eine Gaslaterne im Nebel. Valérie konnte ihn deutlich durch die verriegelten Fensterläden erkennen. In den letzten Monaten hatte sie gelernt, dass es verschiedene Arten von Stille gab. Da gab es die friedvolle

Stille, die nachdenkliche Stille oder die bedrückende Stille … und manchmal Totenstille.

Valérie drückte ihre Nase an das Glas. Ihr Atem beschlug in einem kleinen Oval das Fenster. Wann hatte sie zuletzt einen solch prachtvollen Mond erlebt? Wann überhaupt etwas gesehen, das schön war? Durfte sie es riskieren, die Verriegelung zu entfernen, um ihn näher zu bewundern? Sie würde zuerst die Kerze löschen müssen. Paris, die Stadt des Lichts? Das war Vergangenheit. Wer sich nicht an die Abdunkelung hielt, wurde bestraft und als schlechter Patriot bezeichnet.

Sie befeuchtete ihre Finger und löschte die Kerze. Flüchtig schwebte der Duft des Rauchs im Raum. Dann stieß sie die Läden auf und blickte hinab auf die schlafende Stadt.

Eine Patrouille marschierte die Straße entlang. Die Stiefel der Männer stapften im monotonen Takt über den Neuschnee, bis nichts mehr zu hören war. Wieder war es still. Was für eine Stille war es? Valérie hörte genauer hin und seufzte erleichtert. Friedvolle Stille. Als gäbe es kein Leid auf dieser Erde, als wäre dies ein Moment der Regeneration.

Valérie glaubte, die Stadt atmen zu hören. Ein alter Geist spukte in diesen Mauern, dessen Mörtel unnachgiebig blieb, obwohl er seit Jahrhunderten bröckelte. Ein Geist, der schon so viel Schreckliches erlebt hatte und sich dennoch nicht vertreiben ließ. Würde er eines Tages auch über das triumphieren, was derzeit geschah?

Sie ahnte noch nicht, dass sie sich getäuscht hatte. Die

Stille war nicht friedlich, es war die Ruhe vor dem Sturm. Aber Valérie war zu sehr damit beschäftigt, in den Himmel zu blicken. Ihr wurde die Distanz zu ihrer kleinen Tochter Julie bewusst, die auf dem Land in Sicherheit lebte und nichts von ihrer Maman ahnte, die in Paris täglich ums Überleben kämpfte. Mit Julie ging ein weiterer Gedanke einher, und dieser ließ ihre Kehle so eng werden, dass ihr das Atmen schwerfiel. Wenn Gabriel noch lebte, blickte er dann in diesem Augenblick ebenfalls in den Himmel und dachte an sie? Oder sah er von den Sternen auf sie herab wie so viele andere, die in den letzten zweieinhalb Jahren in den Schützengräben gefallen waren?

Als sie ihre Hände zum Gebet faltete, brannten ihre Augen. »Gabriel, wo immer du bist, so Gott will …«

Ein herabsausendes Brummen ließ sie zusammenfahren. Zeppeline!

Ihr Puls schoss in die Höhe, von ihrer Brust ging eine Angst aus, die hochwanderte, über ihren Schädel kroch und ihren Verstand lähmte. Obwohl die Erfahrung sie längst eines Besseren belehrt haben sollte, hinderte diese Angst sie daran, klar zu denken. Da, wo sie aufgewachsen war, heulten nachts nur die Wölfe. Doch in Paris im Januar 1917 waren es die Bomben deutscher Fliegertruppen.

Sie durfte keine Zeit verlieren. Eilig riss sie die Zimmertür auf. »Apollinaire, wach auf! Es hat wieder begonnen!« Mit einem Satz war sie bei ihrem Freund und zerrte an seiner Schulter. »Apollinaire!«

Endlich blinzelte er sie aus schlaftrunkenen Augen an. »Was ist?«

Das Einsetzen der Sirenen, die Rufe der verängstigten Nachbarn und das entfernte Donnern von Bombeneinschlägen bedurften keiner weiteren Erklärung. Das ganze Haus erzitterte, als wäre es bloß ein Puppenhaus. Valérie ergriff Apollinaires Hand. Zusammen kauerten sie sich unter den Esstisch.

»Das haben wir von deiner Wohnung im Dachgeschoss. Wenn wir getroffen werden, sterben wir zuerst«, knurrte Valérie wenig später.

Apollinaire, an einer Zigarette ziehend, dachte pragmatischer. »Dafür werden wir nicht lebendig begraben.«

»Ich hasse es trotzdem. Ich hasse diesen Impuls, auf die Straße rennen zu wollen, obwohl es dort gefährlicher ist als hier.« Sie nahm einen Schluck aus dem Flachmann und hustete.

»Langsam, Kleine.«

Apollinaire nahm ihr den Flachmann aus der Hand und trank ebenfalls. Der Schnaps half ihnen, die Nerven zu beruhigen. Wie lange verharrten sie jetzt schon hier unter dem Tisch? Zwanzig Minuten? Dreißig? Sie wusste, dass Zeppeline nicht sonderlich große Schäden anrichteten, da sie aufgrund ihrer geringen Traglast nicht viele Bomben mit sich führen konnten. Doch die Vorstellung, wie diese lautlosen Todesboten im nächtlichen Himmel über ihre Köpfe schwebten, war furchteinflößend. Und sie waren nahe, sehr nahe, sodass einmal unter einer ohrenbetäubenden Detonation das Geschirr im Schrank erzitterte und Kalk von der Decke rieselte.

Valérie schloss die Augen. »Letztens hörte ich, wie eine Nachbarin erzählte, wie ohnmächtig sie sich bei diesen Angriffen fühle. Sie sagte, es bleibe ihr nichts anderes übrig, als ihre Bébés an sich zu pressen und sich mit dem Gedanken zu trösten, dass sie wenigstens alle beisammen seien, sollten sie sterben.«

»Wir könnten natürlich auch Bébés machen«, entgegnete er unverblümt mit einem Grinsen.

»Guillaume Apollinaire, ich muss doch sehr bitten!«

Er lachte – fast zu herzhaft für diese Schreckensstunde. Dabei verrutschte die Bandage um seinen Kopf, die er selbst in der Öffentlichkeit mit Stolz trug. Darunter verbarg sich eine üble Verletzung, die nicht richtig heilen wollte. Auf poetischere Art hätte er sie nicht erlangen können: ein Dichter, der im Schützengraben *Mercure de France* gelesen hatte, ehe ein Granatsplitter seinen Helm durchbohrte und ihn am Kopf traf. Nächste Woche sollte er sich erneut einer Operation im Militärhospital Val-de-Grâce unterziehen. Obwohl diese Verletzung ihn zum Invaliden machte, hielt ihn das nicht davon ab, seinen nächsten Einzug zu planen. Das Kampfesfieber hatte ihn befallen, und es war weitaus schwieriger, ihn davon zu kurieren als von der Grippe.

»Ich wünschte, du gingest nicht.« Valérie wusste, dass ihre Worte nicht zu ihm dringen würden. Ein Pole, der sich eigens für das Kriegsministerium hatte einbürgern lassen, den konnte man nicht zum Umdenken bewegen. Auch Frauen waren dazu angehalten, zur Hebung der Moral beizutragen. Eine Pflicht, die Valérie immer wieder versäumte, wenn sie Männer, die ihr lieb waren, von ihrem patriotischen Eifer zu kurieren versuchte. »Apollinaire, du warst mein erster Freund, als ich hierherkam, wenn dir etwas zustößt …«

»Daran vergeude keine Tränen, solange nichts dergleichen passiert ist. Du bist so jung. Ich hingegen erfahre erst jetzt Ruhm und Ehre. Etwas, das ich als Schriftsteller fast zwanzig Jahre lang vergeblich versucht habe.«

Eine unglaubwürdige Ausrede. Apollinaire war nicht so erfolglos, wie er behauptete. Sie hob die Tischdecke und spähte zum expressionistischen Gemälde, das über dem Bett hing. Ein Geschenk seiner Muse und einstigen Geliebten Marie Laurencin. Das Bild zeigte Apollinaire umgeben von Freunden. Auch Rousseau und Modigliani hatten ihn schon porträtiert. Und vor zwei Wochen an Silvester hatte Picasso eine Feier eigens dafür veranlasst, um Apollinaires Überleben, seine Kriegsauszeichnung und seine neue Publikation zu würdigen. Er war sehr wohl jemand. Sein Wort zählte was am linken Ufer der Seine. Aber Valérie war nicht einfältig. Sie wusste, dass sie ihn nicht zwingen konnte, bei ihr zu bleiben.

»Dann versprich mir wenigstens, dass du nicht stirbst.«

»Jeder Mensch muss einmal sterben«, sinnierte er. »Aber ich verspreche dir, es soll nicht im Krieg geschehen.«

Schon beim Gedanken, dass er einmal aus ihrem Leben treten könnte, wurde ihr übel. »Um zurück auf dein Angebot zu kommen …«, wechselte sie mit einem Lächeln das Thema.

»Das war ein Scherz. Das weißt du doch?«

Natürlich wusste sie das. Liebevoll blickte sie in seine braunen Augen und fuhr mit dem Daumen über sein Kinn. Sein Ruf als Frauenheld eilte ihm voraus. Wen sollte das überraschen? Wer die Werke von Marquis de Sade neu veröffentlichte, weil er darin die sexuelle Befreiung der Frau erkannte, der musste ein hervorragender Liebhaber sein. Nur sie hatte er nie angerührt.

Valérie sprach oft während eines Bombenangriffs. Das ließ die Zeit schneller vergehen und gab ihr nicht das Gefühl, auf den Tod zu warten. Je mehr sie sich in einem Gespräch verlor, desto nebensächlicher wurde die Umgebung. Und mit Apollinaire über Liebesangelegenheiten zu reden, half ungemein.

»Man muss körperliche Anziehung von Liebe unterscheiden können. Ich habe schon zu oft ohne Bedeutung geliebt und wiederum Frauen vergöttert, ohne mich mit ihnen zu vereinen. Auf Dauer ist das wertvoller.« Das war ein sonderbares Kompliment. Gerade weil er nicht mit ihr anbändelte, zeigte er, wie wichtig sie ihm war.

»Ich kann die Frauen erobern, aber sie nicht halten. Mir wurde das Herz schon tausendfach gebrochen, sodass es auf einmal mehr oder weniger nicht mehr ankommt. Aber eine Valérie Massé, die öffnet ihr Herz nur ganz oder gar nicht. Wer dein Vertrauen erfährt und es verletzt, sollte füsiliert werden. Das kann ich nicht verantworten, dafür schätze ich dich zu sehr.«

Für seine Offenheit liebte sie ihn und für seinen Stoizismus noch mehr.

Erleichtert stellte sie fest, dass die Detonationen allmählich nachließen. »Was denkst du, wie lange dauert es noch an?«

»Wenn es nur Zeppeline sind, dann dürfte es bald vorbei sein.«

»Nein, ich meine das Ganze. Den Krieg. Wird jemals ein Ende in Sicht sein?«

Sein Kopf neigte sich zur Seite, als verstünde er die Frage nicht. »Vermisst du denn dein altes Leben, ma chère?«

Sie schüttelte nachdenklich den Kopf. »Den Frieden ja, aber nicht den Rest.« Ihre Augen nahmen einen stumpfen Blick an, als sie sich die Bilder der Vergangenheit ins Gedächtnis rief.

Bilder, an die sie nicht erinnert werden wollte. Es lag jetzt bald fünf Jahre zurück. Ein halbes Jahrzehnt, und doch beschlich sie das Gefühl, als wäre es erst gestern gewesen. Noch immer spürte sie den Schmerz wie einen frischen Schnitt im Fleisch, wenn sie an Gabriel dachte. Gleich zweimal hatte er sie verlassen. Einmal für Claudine, einmal für den Krieg. Es war der gleiche Schmerz, der sie jeden Morgen nach ihrem gnädigen Dämmer heimsuchte.

Apollinaires Worte kamen ihr wieder in den Sinn. *Eine Valérie Massé, die öffnet ihr Herz nur ganz oder gar nicht.* Bei Gott, sie konnte es doch gar nicht mehr öffnen. Sie hatte es schon längst verloren.

TEIL 1

Fünf Jahre zuvor

1912–1914

1. KAPITEL

Cherbourg, April 1912

»Du lieber Himmel! Sieh es dir an, Jules.«

Valérie staunte wie ein Kind, als sie mit ihrem Zwillingsbruder vom Hafenbecken aus auf das Schiff blickte. Es hatte etwas Ehrfurchtgebietendes. Wie eine Königin thronte es vor dem Hafen von Cherbourg, während seine vier Schornsteine in den grauen Himmel ragten. Valérie hielt ihren Hut fest, denn es ging ein frischer, noch fast winterlicher Wind. Nur ein Hauch von Enttäuschung dämpfte ihre Freude. »Schade, dass sie so weit weg ist. Ich hätte sie gern aus der Nähe gesehen.«

»Diese Distanz muss sie leider wahren, Val. Die Titanic ist so groß, wenn sie direkt am Hafen ankern würde, dann könnte ihr Sog die kleineren Schiffe beschädigen.«

Valéries Augen wanderten den Luxusdampfer Meter für Meter ab, denn sie wollte sich diesen Anblick für immer einprägen. Knapp dreihundert Passagiere stiegen zu, indem sie per Versorgungsschiffe an Bord gebracht wurden. Zwei von ihnen – das wusste Valérie, weil sie regelmäßig Zeitung las – waren der Milliardär J. J. Astor IV und seine Frau Madeleine, die ihre Reise durch die Normandie beendet hatten und nach New York zurückkehrten. Wie Valérie sie um diese Fahrt beneidete! Und wie wenig sie es nachvollziehen konnte, dass zwei Dutzend Passagiere am Hafen von Cherbourg wieder an Land gingen, weil sie nur den Ärmelkanal hatten überqueren wollen.

Verträumt lauschte sie dem Brechen der Wellen und schmeckte das Salz auf der Zunge. Sie kam gern hierher, um zu skizzieren, um das Leben am Hafen einzufangen. Sie mochte die Geschäftigkeit, die Rufe der Seemänner und den Lärm der Dockarbeiter, wenn sie Kisten schleppten und Waren entluden. Heute blickten auch sie länger auf die See, als ihren Vorarbeitern lieb war.

»Eines Tages fahre ich mit der Titanic nach Amerika«, entschied sie.

»Nach Amerika? Ich dachte, dein Ziel wäre Paris!«, rief Jules gegen den Wind.

»Natürlich, aber man soll wissen, was man vom Leben will.«

Ein Privileg, dessen sie sich als zukünftige Kunststudentin durchaus bewusst war. Nicht vielen Frauen war es vergönnt zu studieren. Sei es, weil es die Eltern nicht vorsahen oder die Akademien nicht zuließen. Aber es gab wenige Häuser, die Ausnahmen machten. Die private Académie Colarossi im Arrondissement du Luxembourg war eines davon. Schon ihre Eltern hatten dort studiert und Valérie die Liebe zur Kunst vererbt. Wie konnten sie da ihrer Tochter den Wunsch abschlagen, in ihre Fußstapfen zu treten? Schließlich atmete sie den Geruch von Farbe, Terpentin und Modelliermasse seit ihrer Geburt. Valérie liebte es, etwas zu erschaffen. Schon wenn sie die

Farbtuben öffnete und anmischte, wenn sie zügig mit dem Spachtel das Gemälde grundierte, der Geruch der Materie in ihre Nase stieg und sich allmählich im Raum ausbreitete, wurde sie von einer seligen Zufriedenheit erfasst. Mit ihren Werken konnte sie ausdrücken, was sie mit Worten nicht auszusprechen vermochte. Den Umgang mit dem Pinsel war ihr von ihrer Maman zwar schon als Kind in die Wiege gelegt worden, aber in Paris sollte ihr Talent, jetzt noch einem Rohdiamanten gleich, den perfekten Schliff erhalten. Am Dorfrand von Raduille, bei der Waldgrenze, besaß sie ein kleines Atelier. Ursprünglich hatte es ihrer Mutter als Tanz- und Malstube gehört. Besonders als die Kinder noch klein waren, hatte Madame Massé von diesem ruhigen Ort profitiert, wo sie nicht abgelenkt wurde und sich konzentrieren konnte. Später arbeitete sie lieber vom großen Haus aus, und Valérie durfte das Atelier übernehmen. Es war der Ort, über den sie allein herrschte, an dem sie einfach nur für sich existierte und die Welt um sich vergaß. Es war wichtig, aber leider bei weitem nicht selbstverständlich, dass eine Frau einen Raum für sich hatte. Gelegentlich verkaufte sie ihre Bilder und Skulpturen auch auf den Märkten. Ihre Tonfiguren erfreuten sich großer Beliebtheit in der Nachbarschaft.

Am liebsten widmete sie sich den Gipsskulpturen. Doch wenn sie nicht gipste, dann malte sie, und wenn sie nicht malte, dann töpferte sie. Ihre Eltern verlangten, dass sie ihren finanziellen Beitrag für das Studium leistete. So arbeitete sie als Zustellerin drei Tage die Woche bei Monsieur Pigalle in der Post und zog mit dem Fahrrad und einem Sack voller Briefe durch die Dörfer.

Aber sie war nicht die Einzige mit einem Vorhaben. Jules ging mit ihr weiter.

»Komm mit, ich zeige dir das Hospital!«

Sie ließen den Luxusdampfer hinter sich und bogen in die Rue de l'Abbaye ein, dann standen sie vor dem Hôpital Maritime. Das Wappen eines Ankers ragte über dem schmiedeeisernen Tor. Gleich daneben befand sich die Universität. Dort würde Jules im Sommer mit dem Medizinstudium beginnen.

Ein Lazarett hatte hier schon gestanden, als Cherbourg während des Premier Empires zu einer Hafenstadt herangewachsen war, aber erst unter Napoleon III. hatte man es eingeweiht. Es war ein ansehnlicher Komplex aus hellem Stein mit hohen, weißen Fenstern. Ein sauber gerechter Kieselsteinweg führte auf das Grundstück, Rosensträucher und Palmen zierten die Parkanlage.

Ein Schauer der Ergriffenheit durchrieselte Valéries Körper.

»Ist es nicht unglaublich, welch große Veränderungen uns bevorstehen? Bald wirst du durch diese Räume schreiten und den Patienten ein besseres Leben bescheren.«

Verlegen winkte er ab. »Zunächst wohl eher die Nächte durchlernen, Laufbursche der Ärzte spielen und mich mit den Krankenschwestern um die Bettpfannen streiten.«

»Das gehört eben dazu, aber ich weiß, dass du das kannst.«

Sie hatte schon oft miterlebt, dass Jules in hektischen Situationen ruhig blieb und rasch und mit klarem Verstand reagierte. Sein Interesse für Medizin war bei einem Zwischenfall in seiner Kindheit erweckt worden, als ihr Vater eine Weinflasche zu Boden hatte fallen lassen. Diese war zerschellt und ihre Glassplitter hatten sein Bein getroffen. Mit großem Geschick hatte sich der damals zehnjährige Jules der Wundversorgung und dem Verbandwechsel des Vaters gewidmet, während ihre Maman fast in Ohnmacht gefallen war.

Jetzt sah Valérie ihren Bruder an, und ihre Stimmung veränderte sich. Da war dieses unangenehme Ziehen im Magen, das sie seit geraumer Zeit spürte, wenn sie an die Zukunft dachte. Es stieg ihren Hals hoch und schnürte ihre Kehle zu. »Wir waren noch nie getrennt.«

»Ich komme jedes zweite oder dritte Wochenende nach Raduille. Und das erwarte ich von Ihnen auch, junge Dame!« Er sagte es scherzhaft und mit dem Befehlston einer tadelnden Gouvernante, doch auch sein Blick hatte sich verändert. Der Schalk in seinen Augen war verschwunden. Stattdessen presste er die Lippen zusammen.

Es gab eine spezielle Verbindung zwischen ihnen. Eine, die nur Zwillinge kannten und die Außenstehende niemals in dieser komplexen und tiefen Form verstehen konnten. Sie besaßen einen inneren Kompass, mit dem sie einander immer fanden. Auch wenn beide ihre kleine Schwester Monique liebten, so fühlte sich Valérie ihrem Bruder näher. Sie schätzte ihn endlos. Er behandelte sie wie ein gleichwertiger Mensch, scherzte und philosophierte mit ihr und war jederzeit dazu bereit, sie bis aufs Blut zu verteidigen.

Ihr gemeinsamer Freund Gabriel war immer mit von der Partie. Er war der Sohn des hiesigen Postboten und half wie Valérie beim Sortieren und Zustellen der Post. Ihre Freundschaft reichte bis in die Kindheit zurück. Als Valérie und Jules neun Jahre alt gewesen waren und die Familie von Paris aufs Land gezogen war, war er ihr erster Schulfreund gewesen. Er hatte sie durchs ganze Dorf geführt und ihnen die besten Plätze zum Spielen und Tagträumen gezeigt. Mit den beiden war Valérie als Abenteurerin durch die Wälder gestreift, hatte ihren ersten Schnaps getrunken, im Nachbargarten Kirschen gestohlen und war bei sonstigen Streichen involviert gewesen. Dinge, die in ihren Augen der Inbegriff einer unbeschwerten Kindheit waren.

»Ach, Val, ich finde das auch nicht schön, aber so ist es nun mal, wenn man erwachsen wird.« Er berührte ihre Schulter. Seine dramatisch blauen Augen glichen einem Spiegel, in den sie blickte. Valérie hatte dieselben Augen. Ebenso die helle Haut und den sinnlichen Mund. Natürlich war ihr Gesicht weicher und femininer, doch selbst ihre Haare waren von derselben Beschaffenheit. Ein gewelltes Haselnussbraun mit einem Hauch von Kupfer.

»Komm«, sagte er nach einer Weile. »Gehen wir nach Hause.«

2. KAPITEL

Raduille, Mai 1912

Valérie mochte keine Hochzeiten. Das künstliche Gehabe und der perfektionistische Eifer raubten ihr die Fähigkeit, sich für die Beteiligten zu freuen. In ihren Augen brachte es als Frau keinen Vorteil zu heiraten. Man begab sich von der Obhut des Vaters in die Obhut des Gatten, aber mehr Rechte oder Freiheit erlangte man dadurch nicht.

Die Dorfbewohner von Raduille verrenkten ihre Hälse hoffnungsvoll in Richtung Kirchportal, auf dass die Braut bald eintreten würde. Ein Hauch von Weihrauch lag in der Luft, gemischt mit dem Geruch der gemischten Parfüms der versammelten Damen. Valérie konnte sich nur allzu gut vorstellen, wie Dominique draußen vor der Kirche stand und ihren Vater tyrannisierte. Die letzten Tage vor der Hochzeit hatten sie zu einer Furie gemacht.

»Meine Güte«, flüsterte Jules ihr mit einem bedeutungsschweren Seufzen ins Ohr. »Wenn die wüsste, dass …« Er hob eine Augenbraue.

Sie wollte ihrem Bruder etwas Unterhaltsames erwidern, doch da schlug die Orgel einen ohrenbetäubenden Akkord an, und die Gäste schnellten in die Höhe. Die Braut trat ein, und mit glasig schimmernden Augen schritt sie in einem weißen Kleid aus Seidensatin mit dezenten rosa Nadelstreifen ihrer Zukunft als Madame Fabron entgegen.

Valérie zwang sich zu einem Lächeln. Ihr Kleid entsprach exakt dem großbürgerlichen Stand der Familie Massé, die zwar aus den Künstlerkreisen stammte, es dort aber zu was gebracht hatte. Es war ein marineblaues knöchellanges Kostüm aus Wollserge aus dem soeben gegründeten Modehaus Patou, dazu trug sie Schuhe aus Veloursleder. Der Schnitt ihrer Jacke mit schmalem Samtkragen brachte eine hohe Taille hervor, darunter trug sie eine cremefarbene Seidenbluse mit einem hochgeschlossenen runden Ausschnitt und eine Perlenkette, die auf Brusthöhe verknotet war. Der breitkrempige Hut saß nur dank unzähliger Haarnadeln tadellos auf ihrem Kopf. Ihr graute schon jetzt vor den Schmerzen, wenn Mamans Zofe ihn am Nachmittag wieder abnehmen würde. Die darauf drapierte übergroße Schleife war in der gleichen Farbe wie das Kostüm.

Gerade las der Pfarrer aus dem Buch Rut. »Wohin du gehst, dahin gehe auch ich, und wo du bleibst, da bleibe auch ich …«

Valérie hörte die Worte, ohne sie richtig wahrzunehmen, denn ihre Augen waren auf den Bräutigam gerichtet. Da er ihr den Rücken zukehrte, konnte sie keine Gefühlsregung erkennen. Aber sie fragte sich, ob Dominique auch dann versprechen würde, ihren Angetrauten bis in alle Tage zu lieben und zu ehren, wenn sie wüsste, dass Clément Fabron ursprünglich ihr, Valérie, einen Antrag gemacht hatte. Sie versuchte, sich vorzustellen, wie es wäre, an Dominiques Stelle vor dem Traualtar zu stehen – und war froh, dass sie es nicht tat.

»Vergiss Paris, ich erbe die Sägerei meines Vaters und kann dir weitaus mehr bieten als Kunst. Sie vergeht. Irgendwann hast du Kinder, die dich so erfüllen, dass du diesen Tand gar nicht brauchst. Dann wirst du froh sein, dass du nicht zu viel Zeit damit verschwendet hast.« Um seine Worte zu untermauern, hatte er ihr mit einem bemerkenswerten Mangel an Taktgefühl einen Kuss auf die Lippen gepresst. Valérie hatte ihn entsetzt von sich gestoßen und ihm, ohne eine Antwort zu geben, die Tür vor der Nase zugeschlagen.

So war das, wenn man in einem Dorf wie Raduille lebte. Ab einem gewissen Alter betrachteten die jungen Männer einen anders. Man sehnte sich hier nach Ordnung, Häuslichkeit und Behaglichkeit. Daher galt auch Valérie seit ihrem achtzehnten Geburtstag als potentielle Quelle des ewigen Glücks des bürgerlichen Kleingeistes.

Andere wiederum warnten vor ihr. »Bei der musst du es gar nicht versuchen, die hat ihren eigenen Kopf.«

Obwohl sie recht hatten, taten diese Worte weh. Man erwartete nicht viel vom Leben, Träumer wie sie wurden belächelt. Schon ihre Eltern galten als kosmopolitische Ausreißer, dabei waren sie im Gegensatz zu ihren befreundeten Bohémiens in Paris ziemlich bodenständig.

Es konnte frustrierend sein, sich zwischen diesen beiden Sphären der Häuslichkeit und der Weltoffenheit zu bewegen, denn umworben zu werden, war durchaus etwas Schmeichelndes. Valéries Freundinnen teilten diese Ansicht im Übrigen nicht. In ihren Augen war sie selbst schuld, dass sie keinen Verehrer hatte, und Valérie, die gekränkt war, tat wiederum so, als wollte sie es nicht anders. In Wirklichkeit war es nicht eine Frage des Wollens, sondern des Verzichts. Wenn man nicht gerade eine Tanzschule im hauseigenen botanischen Garten leitete, so wie Maman, konnte man schlecht Künstlerin, Ehefrau und Mutter zugleich sein. Nicht in Raduille.

Valéries Vorfreude auf Paris wuchs daher täglich. Es zog sie in die Stadt, wo die Frauen sich freigeistiger und selbstbewusster gaben und ihre Gespräche durchaus mehr Substanz und Intellekt vorzuweisen hatten, als die ermüdenden Schwärmereien über galante Männer mit kräftigem Haar und starken Armen. In dieser Hinsicht erwartete sie einfach mehr vom Leben.

»Eine echte Massé«, würde Maman sagen, obschon sie insgeheim die Fäden in den Händen hielt, wenn es beispielsweise um die Anhäufung der Mitgift und der Bewachung der Tugend ging.

Ihre kunstaffinen Eltern hatten sie und ihre Geschwister aufgeschlossen erzogen und ihnen Romane von Balzac, Dumas, Proust, Zola, Gide und Colette zu lesen gegeben. Besonders Adalbert Massé verlangte eine umfassende Bildung und dass die Kinder die Werke nicht nur lasen, sondern auch verstanden.

»Was denkst du, warum hat der Bischof Jean Valjean nicht verraten, als die Gendarmerie ihn festhielt, und stattdessen behauptet, das gestohlene Silber sei ein Geschenk gewesen?« Mit solchen Fragen musste sie sich seit jeher befassen, und sie halfen ihr, das Leben besser zu begreifen.

Mit vierzehn Jahren hatte sie alle Werke von Victor Hugo gelesen. Natürlich durften auch Übersetzungen von Wilde, Dickens, Austen und den Brontë-Schwestern nicht fehlen. Melville war leider noch nicht übersetzt, also befasste sie sich mit dem Original. Bei abendfüllenden Dîners und Soireen waren Debatten über Literatur nicht nur explizit erwünscht, sondern wurden auch Pflicht. Mindestens einmal jährlich fuhr die Familie nach Paris, was Monsieur meistens mit einer Lesereise seines neuesten Romans verband. Besuche im Louvre und in andere Museen sowie Galerien galten als selbstverständlich. Madame und Monsieur Massé wollten, dass ihre Kinder ein Gespür dafür bekamen, in welch kultureller Vielfalt sie lebten. Sie wollten, dass sie die Magie erlebten, die durch Kunst entstand, dass sie den Esprit spürten und auch den Aufwand schätzten, der sich hinter der Bühne abspielte.

»Paris wird von einem Geist der Kultur gelenkt, der sich die Seine hinaufschlängelt und uns nährt«, pflegte Papa zu sagen. Bevor Adalbert in der Literaturwelt hatte Fuß fassen können, hatte er seinen Lebensunterhalt als Karikaturist bei *Le Figaro* verdient und zusätzlich an der Académie Colarossi doziert, wo auch die zehn Jahre jüngere Françoise studierte. Kennengelernt hatte sich das Paar allerdings nicht dort, sondern im »Folies Bergère«.

Maman hatte neben dem Kunststudium als Tänzerin von Loïe Fullers Tänzerinnen gearbeitet, und als sie den jungen Professor im Foyer erkannte, nickte sie ihm zu. Ausgerechnet im Folies Bergère, in dessen Räumlichkeiten erstklassige Damen der Nacht freien Zutritt erhielten, um für steigende Besucherzahlen zu sorgen. Zu deutlich durften sie nicht für ihr Metier werben, nur ein Kopfnicken war gestattet. Dies führte zu einem höchst delikaten Missverständnis, worüber die Eheleute noch heute lachten. Das war 1892. Ein Jahr später heirateten sie. 1894 kamen die Zwillinge Valérie und Jules zur Welt, 1899 folgte Monique. Dazwischen erlebte ihr Vater seinen Durchbruch als Schriftsteller mit einer Abenteuergeschichte eines Geistlichen, der nachts der Polizei bei Mordermittlungen hilft. Die Grundgeschichte bot Potential für eine ganze Reihe, die jährlich höhere Gewinne abwarf.

Die Familie erlangte einen Status im Großbürgertum und zog aus Paris fort in die Normandie. Maman entdeckte in der Natur die Inspiration für ihre Choreographien, und Papa konnte wunderbar vom ganzen Rummel der Stadt Abstand nehmen und von zu Hause aus schreiben.

Ein Räuspern riss Valérie aus ihren Gedanken. Jules deutete zum Brautpaar, welches sich gerade das Jawort gab. Valérie seufzte. Vor ihr stand ein großer Herr im Frack und versperrte ihr die Sicht.

»Ich sehe nichts«, murmelte sie. Da sie die Zeremonie aber auch nicht sonderlich interessierte, ließ sie ihren Blick über die Hochzeitsgäste schweifen. Manche wischten Freudentränen aus ihren Augen, manche hatten rosige Wangen, andere lächelten selig. Doch einerlei, was sie taten, sie alle blickten nach vorn zum Brautpaar.

Und dann verharrte Valéries Blick bei der einen Person, die stattdessen sie ansah und ihr aufmunternd zuzwinkerte.

Es war Gabriel Pigalle. Augenblicklich musste sie lächeln. Es tat gut zu wissen, dass es neben ihrem Bruder noch jemanden gab, der sich mit ihr verschwor. Er verstand Valérie auch ohne Worte, kannte ihre Träume und wusste von ihrer Abneigung gegenüber den Konventionen. Seit geraumer Zeit schwang aber noch etwas anderes in seinen Blicken mit, etwas, das Valérie nicht richtig zuordnen konnte und was sie zugleich irritierte und faszinierte. Sie nahm ihn anders wahr als früher, fühlte sich in seiner Gegenwart noch wohler als sonst, und manchmal färbten sich gar ihre Wangen, wenn er mit ihr sprach. Dann aber gab es Tage, an denen ihr diese Gefühle Kummer bereiteten. Tage, an denen ihr das nahende Studium allzu bewusst wurde und sie sich eingestehen musste, dass ihre Freundschaft spätestens im Herbst nicht mehr die gleiche sein würde. Sie würde schleichend verblassen, bis sie ganz verschwände, wie das nun mal war, wenn man sich aus den Augen verlor. Ein trauriger Gedanke, der sie aufseufzen ließ.

Am Nachmittag verlegte sich die Hochzeitsfeier ins »Bonaparte«. Das ganze Dorf schien anwesend zu sein. Valérie erhaschte einen Blick in das Leben, welches sie erwarten würde, wenn sie hierbliebe. So war sie aufgewachsen, und so hatte sie es schon hundertfach erlebt: Mädchen tanzten zu Volksmusik, sodass ihre Haarbänder flatterten und sich ihre Röcke bauschten. Florence, eine Freundin, die letzten Sommer geheiratet hatte, war schwanger und wurde unaufgefordert von allen Seiten mit Ratschlägen versorgt. Familienväter saßen auf den Bänken, tranken Wein, rauchten Pfeife und stampften mit den Füßen zum Takt der Musik. Mütter zogen ihren Söhnen, die sich zu maßlos benahmen, die Ohren lang. Alte erinnerten sich an vergangene Tage und bereicherten die Gesellschaft mit ihren Anekdoten.

Doch das war nicht mehr ihre Welt. Sie spürte, wie sie ihr entglitt, wie Valérie sie langsam abstreifen musste, als wäre sie ein Insekt, das sich häutete. Sie tanzte ein paarmal mit Jules, beteiligte sich an einem An Dro, scherzte und lachte, doch die echte Heiterkeit blieb aus. Dann wartete sie geduldig, bis der Brautstrauß geworfen wurde.

Er verfehlte sie knapp am Kopf und wurde von ihrer Cousine Claudine aufgefangen.

»Bravo, Claudine! Du bist die Nächste!«, rief Monique voller Begeisterung. Dabei brüllte sie Valérie, die neben ihr stand, halb ins Ohr.

In der Aufregung stahl sich Valérie wie ein Dieb davon. Das war nicht schwer, sie wurde gern übersehen und wusste ihre Unscheinbarkeit zu nutzen.

Nur einer übersah sie nicht, und seine Hände packten sie so heftig an den Schultern, dass sie erschrak.

»Gabriel!«, keuchte sie in einem ungnädigen Ton.

Dieser lächelte verschmitzt und zog den Mundwinkel

hoch. »Du wolltest doch nicht schon gehen, ohne mit mir getanzt zu haben?«

Ihr Herz wollte, und seinem Grinsen konnte sie kaum widerstehen, aber ihr wurde plötzlich alles zu viel.

»Es ist mir nicht mehr nach Tanzen zumute«, sagte sie unwirsch und ließ ihn stehen.

Es war ein warmer Tag, die Sonne schien, und die Obsthaine rund um Raduille blühten. Seit einigen Wochen waren die Zugvögel wieder im Land, und die RMS Titanic, die sie im April mit Jules bewundert hatte, lag zusammen mit über tausend Passagieren auf dem Meeresgrund. Was für eine Tragödie.

Valérie ging die Dorfstraße entlang, ließ die vielen von Efeu zugewucherten Häuser ihrer Nachbarn hinter sich und sog die Luft ein. Sie liebte den Frühling mit all seinen milden Düften, dem Zwitschern, Surren und Brummen und der Abendfrische. Darum kam es ihr gelegen, dass ihr Atelier so weit abseits lag. Manchmal, wenn sie bis zur späten Stunde hier war, hörte sie nachts den Uhu und das Lärmen der Füchse.

Das Häuschen mit dem Atelier war schon über zweihundert Jahre alt. Man sagte, dass hier früher eine Heilerin gelebt habe. In ihrem Garten habe sie die sonderbarsten Kräuter und Pflanzen gezogen, Heiltränke gebraut, aber auch Gift verkauft, was ihr schließlich zum Verhängnis wurde. In Valéries Phantasie war die Frau niemand Geringeres als die persönliche Giftlieferantin der Madame de Montespan gewesen, der einstigen Geliebten

Ludwigs XIV. Was mit der Hexe geschehen war, war nicht überliefert. Nur das Haus überdauerte, und manchmal beschlich Valérie das Gefühl, die Anwesenheit der früheren Besitzerin zu spüren. Es war nicht beängstigend, sondern vielmehr ein heimeliger Spuk, der sie antrieb.

Gedankenverloren schloss sie die Tür auf und betrachtete das Atelier, das sie bald zurücklassen würde. Mit schmerzverzerrtem Gesicht fischte sie die Haarnadeln aus ihrer Frisur und entfernte den Hut. Obwohl sie Ordnung hielt, verwandelte sich das Atelier allmählich in eine Rumpelkammer, die Valéries Schaffensdrang nicht länger gerecht werden konnte. Gleich drei Staffeleien standen mit angefangenen Gemälden im Raum verteilt, in der Mitte befand sich ein alter Diwan. Diverse Bilder lagen in Planschränken verstaut, weitere lehnten an den Wänden. Im hinteren Bereich gab es ein schmales Tagesbett, in welchem sie sich ausruhen konnte. Außerdem gab es eine Kommode, diverse Aufbewahrungsmöbel für ihr Material und ein Bücherregal. Auch ein Ofen gehörte zur Einrichtung, damit Valérie es im Winter warm hatte, so zumindest die Theorie. Aber das Rohr war seit Jahren verstopft, und statt es zu reparieren, zog sie es vor, mit den Zähnen zu klappern. An den Wänden türmten sich Regale mit allerhand Utensilien, und es gab zwei Arbeitstische aus altem Eichenholz. Der Geruch von Farbe und Terpentin stieg in ihre Nase, weiße sowie halbfertige Leinwände warteten auf ihre Vollendung. Pinsel und Malerkittel riefen wie Sirenen nach ihr. Hier fand all ihr Schaffen seinen Anfang. Hier lernte sie Kunst kennen, hier formten sich erstmals die Ideen in ihrem Kopf. Ihr ganzes Herz steckte in diesem Atelier, ihrem Refugium.

Plötzlich war sie den Tränen nahe. Es war nicht nur der fehlende Anschluss an die Gleichaltrigen, den sie bewusst in Kauf nahm und gleichzeitig bedauerte. Nicht die verdrehten Augen, die sie hinter ihrem Rücken spürte, das Kichern der Mädchen, weil sie anders war. Es war Angst. Angst davor, dass ihr das Gleiche auch in Paris passieren könnte und sie eine Außenseiterin bleiben würde.

Was würde sie verpassen, wenn sie nach Paris ginge? Das Fest, das im Bonaparte ohne sie weitergefeiert wurde, führte ihr vor Augen, was sie nie haben würde – und auch nicht haben wollte. Man heiratete jung und entschied sich nicht bewusst für oder gegen Kinder. Sie kamen einfach und spätestens mit ihnen auch die Rollenmuster, vor denen sich Valérie fürchtete. Mutter und Hausfrau anstelle einer Künstlerin. Die eigene Freiheit aufgeben und sich dem Willen des Ehemannes beugen. Nein, das war nichts für sie, und deshalb war sie auch nie empfänglich für Tändeleien gewesen. Unweigerlich tauchte Gabriels Bild vor ihren Augen auf. Warum dachte sie jetzt an ihn? Weil er ihre Wünsche vermutlich akzeptieren würde? Aber wer konnte das schon wissen. Außerdem war es sinnlos, so kurz vor ihrer Abreise darüber nachzudenken. Bald wäre sie in Paris. Dort konnte sie sich immer noch verlieben oder es sein lassen, je nachdem.

»Hier steckst du also!« Jules lehnte mit verschränkten Armen am Türrahmen und zog an einer Gauloises.

»Der innere Kompass«, wollte sie sagen, aber wegen ihrer tränenerstickten Stimme kam kein Ton heraus.

»Ach Val, was hast du denn? Nimmst du schon Abschied von deinem Atelier?«

So viel sie mit ihrem Bruder teilte, konnte sie ihm unmöglich ihr Herz ausschütten. »Ja … ja, ich werde es schrecklich vermissen. Dich, unsere Familie, unsere Freunde … Gabriel … Ehe der Sommer zu Ende ist, steht unser Leben auf dem Kopf. Jetzt wird alles anders, Jules.«

»Aber das muss nichts Schlechtes sein, Val«, tröstete er sie. Der Geruch des starken Tabaks drang in ihre Nase, als er näherkam und sie in die Arme schloss. »Es steht nie alles still. Dinge verändern sich, die Erde dreht sich immer weiter. Und jetzt kommt deine Zeit. Und meine! Freu dich darauf!«

»Ich bin mir nicht sicher, ob ich dazu bereit bin.«

Ihre Hand verschwand in seiner.

»Weißt du, den Veränderungen ist es egal, ob du bereit bist oder nicht. Sie kommen so oder so, auch ohne deine Erlaubnis. Und das ist auch gut so, denn sonst würde nie etwas passieren. Das Einzige, was du beeinflussen kannst, ist deine Einstellung. Du allein entscheidest, ob du dich auf das Leben einlässt. Auf *dein* Leben. Deine Welt liegt nicht in Raduille. Sie ist da draußen.« Er deutete mit dem Arm in Richtung Paris.

Tief in ihr drin spürte sie, wie seine Worte sie berührten und wie ein Heilmittel ihre Wirkung entfalteten. Er hatte recht, es war ihre Haltung, die zählte. Erwartungsvoll überblickte sie ein letztes Mal ihr kleines Atelier. Dann schloss sie ab und ging mit ihrem Bruder Arm in Arm nach Hause.

3. KAPITEL

Raduille, Mai 1912

»Ich bin nicht beleidigt, dass du mich auf der Hochzeit hast stehen lassen, und ich werde auch nicht nachfragen. Aber ich hätte trotzdem erwartet, den Grund dafür zu erfahren. Als dein Freund …«

»Mein Freund?«

»Als dein Weggefährte und Kompagnon«, korrigierte sich Gabriel, »sollte ich eingeweiht sein. Wie auch immer, jedenfalls hast du verpasst, wie Nancy später am Abend Henri eine Szene gemacht hat, weil er zu intensiv mit Jacqueline tanzte.«

»Nein!«

»Doch! Und was Gustave betrifft, der hatte wohl ein Glas zu viel …«

Das schätzte Valérie an Gabriel. Er war nie gekränkt, wenn sie ihre schwierigen Momente hatte, und wusste sie aufzuheitern. Gerade standen sie in der Post und sortierten Briefe, um sie nachher zuzustellen. Manchmal alberten sie dabei herum und stellten Mutmaßungen über den Inhalt an.

»Ein Brief an Madame Moulin. Markante männliche Handschrift. Erhielt sie nicht schon letzte Woche einen vom selben Absender? Ein Verehrer vielleicht?«, riet Valérie.

»Oder ein entfernter Verwandter, ein totgeglaubter Onkel!«

»Ein totgeglaubter *reicher* Onkel.«

Mit diesem Geplänkel konnten sie den ganzen Tag fortfahren. Für einen Scherz war Gabriel immer zu haben. An den Winkeln seiner blaugrünen Augen erschienen kleine Falten, sobald er lachte. Sein Blick war aufrecht und mutig wie der eines Mannes, der nicht bereit war, vor jemanden zu kuschen, aber der dennoch die Etiketten der Höflichkeit einhielt. In der dunklen Postbotenuniform sah er zudem sehr stattlich aus. Ein Büschel dunkelblondes Haar quoll hervor, als er sich unter seiner Mütze kratzte.

»Die Postkarte hier ist auch interessant.« Er reichte sie Valérie. Das Bild zeigte ein junges Paar. Die Frau saß an einem Tisch und blickte verträumt auf einen Punkt, der für den Betrachter im Verborgenen blieb. Der Mann stand hinter ihr und blickte liebevoll auf sie hinab. Über dem geheimnisvollen Paar stand ein Gedicht. Gabriel las es vor:

»Du liebes Mädchen, lehne leise dein süßes Köpfchen an mich an. Und lausche still der Zauberweise, wie glücklich Liebe machen kann.«

Solche Worte aus seinem Mund zu hören, machte Valérie verlegen. Fragend sah sie ihn an. »Solche Karten gibt es hundertfach. Was ist daran so besonders?«

»Die Rückseite. Sieh her!«

»Oh, das ist interessant! Sie ist kodiert.« Die Karte bestand aus lauter Zahlen und nur wenigen Buchstaben.

»Vielleicht eine Buchchiffre? Aber weshalb sollte die Person das machen?«

»Um zu verhindern, dass solche Wundernasen wie ihr alles mitlesen könnt!«, grollte die Stimme von Monsieur Pigalle durch die Post. Wie ein massiver Felsen bewegte er sich auf Gabriel zu und verpasste ihm eine Schelle. »Habe ich dir nicht gesagt, dass du das unterlassen sollst? So haben deine selige Maman und ich dich nicht erzogen!«

Schuldbewusst blickte Gabriel zu Boden, er blieb ruhig, doch Zorn flammte in seinen Augen auf. In den meisten Fällen war Monsieur Pigalle ein heiterer Zeitgenosse, doch es gab Ausnahmefälle, in denen er jähzornig werden konnte.

»Das ist mein Verschulden, Monsieur Pigalle«, sagte Valérie schnell, während sie gleichzeitig hoffte, nicht ebenfalls geschlagen zu werden. Ohne mit der Wimper zu zucken, log sie: »Die Karte fiel von einem Paketstapel, weswegen ich kurz nachschauen wollte, ob auf ihr ein Päckchen vermerkt ist, damit ich sie wieder am richtigen Ort verwahren kann. Dabei hat mich meine Neugierde …«, sie suchte nach dem richtigen Wort, »… übermannt.« Sie presste die Lippen zusammen und kreuzte hinter ihrem Rücken die Finger.

Ob es daran lag, dass Valérie beim Maître seit jeher einen Stein im Brett hatte oder weil in dem Moment die Lieferantentür klingelte –, jedenfalls entschied er, die Sache nicht weiterzuverfolgen. Den schwer beladenen Männern am Eingang rief er zu: »Hier lang! Da kommt er hin.«

Durch das große, rechteckige Fenster erkannte Valérie einen Lieferwagen der Telegraphenbauanstalt.

»Bekommen wir einen neuen Telegraphen?«

Der vorhin noch so grimmige Blick des Maître Pigalle war einem Lächeln gewichen. »Besser! Das ist ein Fernsprecher.«

Sie wäre sehr daran interessiert gewesen, bei der Installation zuzusehen, doch Gabriels Vater machte deutlich, dass ihre Arbeit sich nicht von allein erledige.

»Nun aber Abmarsch mit euch!«

Später, nachdem sie ihre Zustellungsrunde auf den Fahrrädern beendet hatten, gönnten sie sich unter einem Kirschbaum eine Pause. Gabriel zog die Jacke seiner Uniform aus, damit sie sich daraufsetzen konnten, und drehte sich eine Zigarette.

Valéric nahm ihren Strohhut ab und schloss die Augen, um die Sonne zu genießen.

»Warum schließt du deine Augen?«

»Weil es schöner ist«, antwortete sie, ohne sie zu öffnen. »Dann spürt man, wie die Sonne einen an der Nase kitzelt, und alles ist so herrlich warm. Man nimmt die Umgebung besser wahr, riecht die Düfte der Natur …«

In dem Moment gesellte sich zum Naturduft ein intensiver Tabakgeruch dazu, und Valérie öffnete verärgert die Augen. »Teil sie wenigstens mit mir!«

»Rauchen anständige Mademoiselles denn?«

»Und lügen sie für Freunde, die in Schwierigkeiten stecken?« Selbstbewusst sah sie ihn an. »Außerdem: Woher weißt du, dass ich anständig bin?« Mit einem süffisanten Grinsen zog sie ihm die Zigarette aus dem Mund und inhalierte tief. Es kratzte gewaltig, doch das ließ sie sich nicht anmerken. Den Gefallen tat sie ihm nicht.

Er verzog den Mund wie ein Schuljunge, der sich einen Streich ausdachte.

»Jedenfalls anständig genug, um einen Heiratsantrag von Clément Fabron abzulehnen, wie mir zu Ohren kam.«

»Wer hat dir das erzählt?«, stieß sie aus. Immerhin war sie diskret geblieben und hatte die Geschichte nicht überall hinausposaunt.

»Jules natürlich.«

Sie knirschte mit den Zähnen. »Diese Tratschtante!«

Grinsend nahm Gabriel ihr die Zigarette ab und sah sie an. Er kniff die Augen leicht zusammen, weil die Sonne ihn blendete.

»War das der Grund, warum du bei der Hochzeit verärgert warst? Weil du doch in ihn verliebt bist und es nun zu spät ist?« Seine Stimme klang beiläufig, doch seine Haltung wirkte nicht so entspannt, wie er vorzugeben versuchte, so als fürchtete er sich vor der Antwort.

»Ich dachte, als Weggefährte und Kompagnon würdest du nicht nachfragen?«, schlug sie ihn mit seinen eigenen Worten.

»Wie sieht es als Freund aus? Würdest du es mir dann erzählen?«

»Warum willst du das wissen?«

»Weil ich es wissen muss!« Die Situation wurde ihm

sichtlich unangenehm. Solche Fragen waren nicht angebracht. Das wusste er, und das spiegelte sich in seiner Gesichtsfarbe wider. Dennoch saß er hier und wartete ihre Antwort ab, als wäre es ihm gleich, was sie von seiner Unverfrorenheit hielt.

Sie entschied, ihn nicht länger auf die Folter zu spannen. »Als Freund«, sie hob die Augenbrauen, »sage ich dir, dass es nicht wegen Clément war. Ich habe keine Gefühle für ihn und werde auch in hundert Jahren keine haben.«

Erleichtert atmete Gabriel auf. Er nahm einen letzten Zug, dann drückte er die Zigarette aus. »Dann bin ich beruhigt.«

»Beruhigt?«, japste sie verlegen. Ihr Kopf fühlte sich ganz warm an. Sie ahnte, was nun kommen würde. Und obwohl sie sich geschmeichelt fühlte, kamen ihr seine Avancen ungelegen.

Das ist der falsche Zeitpunkt, mahnte eine innere Stimme. Ende Sommer bist du in Paris und führst ein ganz anderes Leben.

Aber diese Schmetterlinge fühlten sich auch unglaublich schön an, und es wirkte so verführerisch leicht, dem unterdrückten Impuls einfach nachzugeben.

Er schien ihre Unschlüssigkeit zu bemerken. »Schließ deine Augen«, sagte er sanft.

»Wieso?«

Geduldig sah er sie an. »Vertraust du mir?«

Darüber hatte sie nie nachgedacht. Aber in diesem Augenblick wusste sie, dass sie es tat.

»Ich würde dir mein Leben anvertrauen«, flüsterte sie benommen. Dann schloss sie die Augen.

»Nicht schummeln.« Das Gras raschelte, als er sich bewegte. Sein Gesicht musste dem ihren nun sehr nahe sein, denn sie spürte die Wärme seines Atems auf ihrer Haut. Er streifte sanft ihr Ohr.

»Du hast vorhin die Augen geschlossen, weil du es dann schöner findest, in der Sonne zu sitzen. Weißt du, was mit geschlossenen Augen auch schöner ist? Das hier.«

Es war kaum mehr als ein Windhauch. Eine zarte Berührung, die sich wie Seide über ihre Lippen legte. Valérie wagte es nicht, die Augen zu öffnen. Mit allen Sinnen nahm sie den Kuss auf, spürte den Widerstand auf ihren Lippen, den sanften Atemstoß. Einen Moment wusste sie nicht, wie ihr geschah. Ein Gefühl der Überraschung, aber keinesfalls auf schlechte Art. Sie erwiderte den Kuss. Vorsichtig öffnete sie ihren Mund, dann war es auch schon vorbei.

Sie sah ihn an und kniff die Augen leicht zusammen, weil er immer noch so nahe bei ihr saß.

Als Gabriel sich zurückzog, spürte sie bereits eine Sehnsucht. Sie wusste sogleich, dass sie ihn nochmals küssen wollte. Noch viele Male. Aber gleichzeitig wurde ihr schwer ums Herz.

»Gabriel … du weißt doch, dass ich bald abreisen werde. Warum hast du das getan?«

»Weil ich glaube, dass wir es beide bereuen würden, hätten wir uns nie geküsst. Und weil …«, er errötete, »…

es doch ein schönes Gefühl ist, verliebt zu sein. Oder nicht?«

Ihr verschlug es die Sprache. Hatte er tatsächlich »verliebt« gesagt? Doch je länger sie darüber nachdachte, umso mehr stellte sie fest, dass sie ihm zustimmen musste. Ja, auch sie fühlte es. Und trotz aller Zweifel beruhigte es sie, endlich das sonderbare flatterhafte Gefühl beim Namen nennen zu können. Sie schenkte ihm einen verträumten Blick, ehe abermals die Vernunft an ihr zerrte.

»Aber zu welchem Preis, Gabriel? Wenn wir jetzt zueinander finden, werden wir im Herbst sehr unglücklich sein. Wenn wir die Liebe zulassen, wird sie uns am Ende zerstören.«

In seinen Augen sah sie dieselbe Sorge, doch nur kurz. »Vielleicht hast du recht, vielleicht auch nicht, niemand weiß, was die Zukunft bringt. Aber eins weiß ich ganz genau, Valérie Massé: Du bist etwas Besonderes.«

»Ach, Gabriel, das bist du für mich doch auch«, sah sie ein. Sie senkte den Blick und strich gedankenverloren über seine glattrasierte Wange. Nur direkt vor den Ohren war die Haut etwas rauer, Valérie spürte die Bartstoppeln unter ihren Fingerspitzen. Gabriel sagte die Wahrheit. Niemand wusste, was kommen würde, und wer die Zukunft zu sehr verplante, riskierte die Gegenwart zu verpassen. Noch war nicht Herbst. Es war gerade einmal Frühling und das Leben wunderbar.

Plötzlich hatte sie das Bedürfnis, etwas klarzustellen: »Das ist aber keine Affäre.«

»Natürlich nicht.« Er nickte ernst.

»Aber ein Umwerben ist es auch nicht«, dachte Valérie laut nach, denn sie wollte ihr Herz auf jeden Fall vor Liebeskummer schützen, wenn die Trennung in ein paar Monaten bevorstünde. Wenn man sich das schon im Voraus vornahm, wäre der Verlust sicherlich zu verschmerzen, dachte sie. Eine Liebe auf Zeit. Ob so etwas tatsächlich möglich war?

»Nun, was ist es denn?«, fragte sie.

Ohne eine Antwort zu geben, stand Gabriel auf. Danach hielt er ihr die Hand hin, um ihr aufzuhelfen. Doch es war eine List, denn er zog sie so kraftvoll hoch, dass sie schwungvoll in seinen Armen landete. »Es ist, was es ist. Was wir sind. Und das kann uns keiner vorschreiben.«

4. KAPITEL

Raduille, September 1912

Was folgte, war ein Sommer, wie ihn jedes frisch verliebte Paar nur einmal erlebte. Lange Abende, hohes Gras auf den Wiesen, verstohlene Blicke, Kichern, heimliche Küsse, und später kam eine Leidenschaft hinzu, die nicht zu bändigen war. Sie hatten gespielt und den Einsatz täglich erhöht, ohne dass es ihnen bewusst gewesen war. Oft kam er zu ihr ins Atelier und leistete ihr Gesellschaft. Sie genoss seine Anwesenheit, sodass sie stets nach neuen Gründen suchte, um mit ihm zusammen zu sein.

Sie konnten miteinander reden, scherzen und philosophieren. Gabriel nahm sich immer Zeit für sie, ganz gleich, um was für ein Anliegen es sich handelte. In der Post waren sie Verbündete. Seine Art machte es schwierig, ihn nicht zu begehren. Als Kunstliebende war Valérie der Schönheit verfallen, und Gabriel zog sie an wie das Feuer die Motte. Wenn er Valérie aus seinen tiefen, blauen Augen ansah, hatte sie das Gefühl, als könnte er direkt in ihre Seele blicken und ihr Verlangen nicht nur spüren, sondern auch steuern. Dieses Gefühl wurde intensiver, je näher der Tag ihrer Abreise heranrückte. Interessanterweise förderten diese Launen ihre Kreativität enorm. Sie verfiel in einen regelrechten Schaffensdrang.

Gabriel war ihr Antrieb, und sie musste von ihm so viel wie möglich mitnehmen.

»Gib mir etwas, womit ich mich an dich erinnern kann«, sagte sie am Tag vor ihrer Abreise. Ihre Kunstprojekte nahm er geduldig hin. Mal zeichnete sie sein Porträt, mal musste er sich als gallischer Krieger verkleiden, doch alles änderte sich mit der Gipsmaske. Die wollte sie für Paris haben, als Trost, wenn sie das Heimweh überkäme. Sie strich sein Gesicht mit Vaseline ein und bedeckte es mit Gipsstreifen um Gipsstreifen.

Er legte seinen Kopf in ihren Schneidersitz und schloss die Augen, während sie sich über ihn beugte und jeden Zentimeter seiner Haut berührte. Es war so schön, dass sie sich wünschte, es würde niemals enden. Ein großes Urvertrauen lag zwischen ihnen. Gabriel konnte unter dem Gips nicht sprechen, sodass beide ihren Gedanken nachgingen. Für Valérie war das Gesicht etwas Intimes, intimer sogar als der menschliche Schoß. Es stellte das Zentrum der Kommunikation dar. Man lernte sich über das Gesicht kennen, und dies war das Fundament für alles, was darauf folgte.

Als sie später den getrockneten Gips entfernte und einen positiven Abguss vornahm, war es, als würde sie nicht sein Gesicht, sondern sein Herz in ihren Händen halten. Sie spürte, dass sich etwas zwischen ihnen verändert hatte. Etwas Grundlegendes, das sie beide irritierte.

Wären sie lebenserfahrener gewesen, hätten sie vielleicht begriffen, dass sie sich auf gefährlichem Terrain bewegten und dass sie gerade der Liebe den nötigen Sauerstoff zugeführt hatten, um zu entflammen. Valérie suchte nach Gründen, um ihn länger zu treffen, und Gabriel wiederum nahm diese bereitwillig an. »Ich könnte die Maske noch bemalen, aber dafür brauche ich dich hier, um die richtigen Farben auszuwählen.«

Während sie diese auftrug, wurden ihre Hände bleischwer.

»Wen wirst du in Paris malen, wenn du mich nicht mehr als Mannequin hast?«, fragte Gabriel mit scherzhafter Stimme, während er gleichzeitig die Stirn in Falten legte. Eigentlich hatten sie sich in stiller Übereinkunft darüber geeinigt, dass sie Paris nicht zur Sprache brachten, es würde sie beide nur in Trauer versetzen.

Sie seufzte. »Jedenfalls niemanden, mit dem ich so gern Zeit verbringen werde wie mit dir. Um ein Abbild zu schaffen, muss man sein Gegenüber kennen. Nicht nur sein Äußeres, sondern auch das Innere, seine Seele. Sonst kann man darin kein Leben einhauchen.«

»Und wie gut kennst du mich?«

Ihre Stimme zitterte. »Das beurteilst du besser selbst.«

Schüchtern trat sie zurück und zeigte Gabriel die fertige Maske. Dann wandte sie sich von ihm ab und hantierte vermeintlich beschäftigt an ihrem Arbeitstisch. Gebannt hielt sie inne und wartete darauf, dass Gabriel etwas sagen würde, doch er schwieg.

»Gefällt sie dir nicht?« Noch immer wagte sie es nicht, sich umzudrehen und ihn anzusehen, bis sie seinen Atem im Nacken spürte. Er stand nun direkt hinter ihr, den Arm sanft um ihre Hüfte geschlungen. »Du hast mich erkannt und mich eingefangen, Valérie. Du besitzt meine Seele. Mehr als das.«

Ihr Herz schlug heftig gegen das Korsett, und sie rieb sich die feuchten Hände am Rock ab.

»Verdammt, Valérie, ich liebe dich, und ich hasse mich selbst dafür, dir das jetzt zu sagen. Du sollst in Paris glücklich werden. Aber insgeheim wünschte ich, du gingest nicht.«

Erschüttert sah sie ihn an. Was redete er da?

»Gabriel …«

Bevor sie weitersprechen konnte, spürte sie seine Lippen auf den ihren. Ihren Körper durchlief plötzlich ein Gefühl, auf das sie schon eine ganze Weile zu warten schien, ohne es geahnt zu haben. Sie drehte sich um und erwiderte hart den Kuss. Dieser wunderschöne Mund, den sie die letzten Wochen so eingehend studiert hatte, öffnete den ihren und schob seine Zunge zwischen ihre Lippen. Seine Arme glitten hinunter und zogen ihren Körper an seinen. Ein haltloses Nachgeben unterdrückter Gefühle folgte, es war, als gäbe es keine Zeit zu verlieren. Als schienen beide zu wissen, dass ein Innehalten ihre Vernunft zurückrufen würde.

Hingebungsvoll küssten sie sich weiter, seine Hände wanderten bald unter ihr Kleid. Nur eine Sekunde der Bedachtsamkeit hätte alles zunichtegemacht.

Valérie kannte die Geschichten ihrer Freundinnen. Sie wusste, dass dieses Verlangen gefährlich war. Solche Leidenschaft konnte ganze Frauenleben zerstören. Man durfte nicht auf die Versprechen vertrauen, die ein liebestrunkener Mann raunte, wenn er zum Zug kommen wollte.

Aber hier in diesem Atelier, in welchem noch immer der Geist der Heilerin spukte, herrschten eigene Regeln. Was hier geschah, ging nur sie beide etwas an. Gabriel hob sie hoch, und nach einem einvernehmlichen Blick trug er sie auf ihr Tagesbett. Ihr Brustkorb zitterte, als seine Hände ihre Strümpfe hinaufglitten.

Er zeigte sich sehr darum bemüht, dass sie an seinen Berührungen Gefallen fand. Nur einmal hielt er inne und zog die Hand zurück. Seine Augen ruhten auf ihr.

»Möchtest du das wirklich?«, fragte er, als fürchtete er sich selbst ein wenig.

Valérie musste nicht lange überlegen. Sie wollte es. Sie glaubte sogar, dass sie diese Erfahrung dringend brauchte, dass ihr der Anfang in Paris nur dann gelänge, wenn sie eine richtige Frau mit einem richtigen Liebhaber wäre.

Als Antwort küsste sie ihn zärtlich, dann zog sie sein Hemd aus dem Hosenbund und strich über seine Haut. Sie berührte seine Brust, spürte die Muskeln darunter. Im Louvre hatte sie die Muskulatur von antiken Statuen eingehend studiert. Doch ganz gleich, wie lebensecht die Körper von Michelangelo und seinesgleichen waren – durch die Kälte des Marmors floss kein Leben. Aber Gabriel fühlte sich unter ihren Fingern warm und echt an. Sein Körper reagierte auf ihre Berührungen. Sie spürte einen flüchtigen Anflug von Schwindel. Gabriel ging sehr behutsam vor und drang nur langsam in sie ein. So langsam, dass sie vor Leidenschaft bald zerfloss. Dieses Empfinden, welches alle ihre Sinne ansprach, wirkte wie ein Rauschmittel. Sie nahm alles genau wahr, sog die Eindrücke auf. Sein Geruch, seine Wärme, sein heiseres Atmen – bei all dem empfand sie tiefe Geborgenheit. Man sprach vom *kleinen Tod*, und genau das verspürte sie. Einen Moment glaubte sie wirklich, vor Ekstase zu sterben.

Es gibt schlimmere Wege, den Tod zu finden, stellte sie mit einem seligen Lächeln fest, als sie später in seinen Armen eindöste.

Natürlich kehrten danach die Sorgen und die Schuldgefühle zurück. Es war nicht so, dass Valérie sonderlich aufgeklärt gewesen wäre. Sie fürchtete sich vor einer Schwangerschaft und hatte mehr Glück als Verstand gehabt, denn noch in derselben Nacht setzte ihre Regelblutung ein. Aber das war nicht das Einzige, was ihr Kopfzerbrechen bereitete: Gabriel blieb nicht lange bei ihr. Im Gegenteil, er hatte es, nachdem sie eingenickt war, ziemlich eilig gehabt zu verschwinden.

Madame Massé zückte ihr Taschentuch und tupfte einige Tränen aus ihren Augenwinkeln.

»Sieh dich nur an! Wie eine richtige Mademoiselle aus der Stadt. Du erinnerst mich an mich selbst in diesem Alter. Ich bin so stolz auf dich.«

»Ach, Maman!«

Auch Valérie war gerührt bei ihrem Abschied und schloss ihre Mutter kräftig in die Arme.

Sie trug ein tabakbraunes und auberginefarbenes Schneiderkostüm aus Wolltweed mit Fischgrätenmuster, dazu einen Strohhut und feine Netzhandschuhe. Neben ihren Füßen stand der gepackte Koffer. Der Tag ihrer Abreise war gekommen, der Tag, an dem sie einen neuen Lebensabschnitt wagte und nach Paris zog. Sie würde bei der verwitweten Madame Lapin, einer Freundin ihrer verstorbenen Großmutter, wohnen. Das Haus lag nur einen kurzen Spaziergang von der Académie entfernt.

Jules nahm sie in die Arme. »Mach mich stolz in Paris. Und im Oktober komme ich dich das erste Mal besuchen. Du wirst sehen, die Zeit wird in Windeseile vergehen.«

Nachdem sie sich von Monique verabschiedet hatte, folgte der schwierigste Teil. Bis hierhin war Gabriel damit beschäftigt gewesen, auf seine Schuhspitzen zu starren, die Hände steckten tief in den Hosentaschen.

Valérie biss sich auf die Lippen. In Anbetracht der letzten Nacht fiel es ihr schwer, bei seinem Anblick nicht zu erröten. Etwas in ihrem Körper hallte noch immer nach, doch ihr fehlten die richtigen Worte. Dann fasste sie sich ein Herz und blickte zu ihrer Familie.

»Entschuldigt ihr uns einen Augenblick?«

Sie schnappte Gabriel am Arm und zog ihn einige Schritte abseits. Er folgte widerstandslos.

»Also …« Die Ungewissheit schnürte ihr die Brust zu. Sie verhinderte, dass Valérie richtig atmen oder sprechen konnte. Ihre Augen flehten ihn an, dass er das Wort ergriff, denn sie war schlichtweg überfordert. Überfordert damit, dass Gabriel ihr eine wunderschöne Zeit beschert hatte und sie nicht mehr wusste, wo ihr der Kopf stand. Er hatte es in wenigen Wochen geschafft, sie bis ins Grundfundament zu erschüttern.

Die Veränderung zwischen ihnen war noch neu wie eine frische Fährte, und Valérie wusste nicht, ob sie ihr folgen wollte. Sie wusste gar nichts mehr.

»Also …«, wiederholte sie. Tausend Fragen schossen ihr durch den Kopf, doch keine schien angebracht. Valérie würde fortgehen, so viel stand fest. »Diese Liebe auf Zeit war ganz schön unterhaltsam, nicht wahr? Aber nun ist sie wohl abgelaufen.«

Sie gab sich Mühe, beiläufig zu klingen. Sie wollte nicht, dass Gabriel dachte, sie wäre verletzt, sollte er dem Ganzen selbst keine Bedeutung beimessen. Angst erfüllte sie, sich zu früh verschenkt zu haben. Man gab sich nicht so einfach einem Mann hin. Schon gar nicht opferte man ihm seine Tugend, wenn es keine Zukunft gab.

Seine Antwort kam unerwartet schnell. »Was, wenn ich dir sagte, dass es nicht vorbei ist? Dass ich dich noch mehr liebe als im Frühling?«

Sie wusste nicht, ob sie jubeln oder weinen sollte. Dass Gabriel sie aufrichtig liebte, erfüllte sie mit Wärme. Es war nicht bloß eine alberne Liebelei, die sich zur Affäre hochgeschaukelt hatte. Es war nicht bedeutungslos. Seltsamerweise löste dieses Geständnis nun das Gegenteil davon aus, was Valérie vorhin noch gefühlt hatte. Hätte er sie nicht geliebt, dann würde sie jetzt zwar Liebeskummer haben, aber dieser würde verstreichen. Doch jetzt drohte eine andere Form von Kummer, nämlich die Trennung eines Liebespaares. Der Versuch, die Liebe über eine solch große Distanz aufrechtzuerhalten, konnte schmerzvoller sein, als ein rascher, klarer Schnitt.

»Vielleicht war es doch ein Fehler«, flüsterte sie, ganz ermattet von ihren Gedanken. »Vielleicht hätte ich doch nur deine Geliebte sein sollen und nicht mehr. Wir haben uns viel zu sehr aufeinander eingelassen.«

In seinen Augen spiegelten sich so viele Gefühle, dass es sie zu Tränen rührte. »Ein Fehler, sagst du?« Auch seine Züge wurden weicher. »Aber Liebste, wie kann es ein Fehler gewesen sein, wenn es so schön war? Nie werde ich dich vergessen. Ich liebe dich, Valérie. Und ich wusste es von Anfang an.«

Ihre Wangen färbten sich rosig. »Das ist wahr, ich liebe dich auch.« Es waren die schönsten Worte, die jemals ihren Mund verlassen hatten.

»Pass auf.« Er kam näher, fasste in seine Hosentasche und förderte einen schlichten Goldring zutage, den er ihr über den Finger streifte. »Das ist jetzt nicht *der* Ring, sondern *ein* Ring. Aber er soll dich an unsere gemeinsame Zeit erinnern. An unsere Liebe, die noch nicht erloschen ist. Und wenn du erlaubst, dann schreibe ich dir.«

Ihr wurde ganz schwindelig voller Glücksgefühl. Sie hatte noch keine Ahnung, wie sie das bewerkstelligen würde. Eine Liebe über so viele Kilometer hinweg aufrechtzuhalten. Doch sie würden es zumindest versuchen und daran glauben, dass es funktionieren könnte. »Ich werde mich auf jeden deiner Briefe freuen.«

»Und mir hoffentlich auch welche schicken?«

Sie lächelte. »Natürlich.«

Nach einem Abschiedskuss kehrten sie zurück. Papa lud ihren Koffer auf Pierres Ochsenkarren und reichte ihr die Hand, damit sie aufsteigen konnte. Pierre war ein Bauer in der Nachbarschaft und musste heute Geschäfte in Cherbourg verrichten. Dabei würde er Valérie gleich bis zum Bahnhof mitnehmen. Bequem war es nicht, aber auf alle Fälle abenteuerlich.

Und so fuhr Valérie in eine neue Welt. Sie winkte ihren Liebsten zu und fühlte sich älter und gereifter, bereit für die Stadt, bereit für ein neues Kapitel in ihrem Leben.

5. KAPITEL

Paris, September 1912

In Cherbourg blickte sie ein letztes Mal auf das Meer, ehe sie in den Zug stieg. Eine schmerzliche Sehnsucht suchte Valérie heim, und jetzt, da sie allein war, wagte sie endlich, ihren Gedanken nachzugehen. Letztendlich kam ihr die Reise nach den jüngsten Ereignissen nicht mehr richtig vor, denn sie vermisste Gabriel schon jetzt. Sie hasste sich selbst dafür, dass sie so empfand, denn ihre Träume sollten unantastbar sein. Sie begann sich vor ihrem eigenen Mut zu fürchten. Diese Unsicherheit, die sie nun mit sich trug, war die einzige Gefahr, die sie nicht einkalkuliert hatte, als sie sich auf ihn einließ.

In solchen Situationen half es ihr, pragmatisch zu denken. Sie saß im Zug, daran konnte sie ohnehin nichts ändern, also lehnte sie sich zurück und beobachtete die vorbeiziehende Landschaft.

Stunden später richtete sie ihr Haar, das inzwischen wirr vom Kopf abstand. Das schöne Kleid war von der langen Fahrt zerknittert, ihre Füße waren eingeschlafen und kalt, und die Zunge fühlte sich pelzig an. Sie war kurz eingeschlafen, was sie nun bereute, denn sie fühlte sich kaum erholt. Doch die Müdigkeit verflüchtigte sich von allein, als Valérie an den ersten Häusern der Pariser Vororte vorbeizog. Mit jedem Kilometer, den sie zurücklegte, wuchs die Aufregung. Um sich etwas die Beine zu vertreten, stand sie auf. Sie freute sich auf ihr Zimmer bei Madame Lapin und würde als Erstes ein Bad nehmen, sich umziehen und sogleich die Stadt erkunden. Abends könnte sie mit ihrer Vermieterin plaudern und sich in den darauffolgenden Tagen in Paris einleben, ehe in zwei Wochen das Studium begänne.

Am Bahnhof kam sie in der Menschenmasse nur langsam vorwärts. Es blieb ihr nichts anderes übrig, als Teil dieser trägen Lawine zu werden und sich zur Métro zu begeben. Die Linie vier war erst seit wenigen Jahren in Betrieb. Valéries Herz pochte in wohliger Aufregung. Die Vorstellung, wie sie unter diesen geschichtsträchtigen Straßen hindurchfuhr, heizte ihre Phantasie und Ungeduld zugleich an, und als sie die Haltestelle Saint-Michel erreichte, konnte sie nicht länger an sich halten. Wie eine Ertrinkende, deren Lungen nach Sauerstoff lechzten, musste sie an die Oberfläche, auch wenn sie dafür zwei Stationen zu früh aussteigen und nachher länger zu Fuß gehen musste.

Das Gewicht des Koffers hinderte sie nicht daran, die Treppe hinaufzueilen. Ein frischer Luftzug blies ihr in den Nacken. Sie hörte das Geklapper der Droschken und das Brummen der Automobile. Ein frühes Herbstblatt stob an ihre Schuhspitzen, dann durchschritt sie den Jugendstil-Durchgang der Métro, und endlich, endlich war sie da.

Sie war so tief berührt, dass ihr Atem stockte, als müsste

sie ein Schluchzen unterdrücken. Die Stadt bot sich ihr wie auf einem Silbertablett dar. Zwar galt die radikale Renovierung des Stadtplaners Georges-Eugène Haussmann als soziale Katastrophe für all die Bewohner, die damals vertrieben wurden, sie verlieh der Stadt allerdings ihren berühmten Beinamen: *la ville lumière*. Und es stimmte, wohin Valérie blickte, sah sie prächtige und helle Stadthäuser, die sich entlang der schier endlosen Straßen reihten.

Hinter ihr triumphierte auf der Fontaine Saint-Michel eine Bronzestatue des Erzengel Michael, der gerade den Teufel besiegte. Vor ihr floss die Seine, auf der sich die Île de la Cité wie ein Flaggschiff erstreckte; die Türme der Notre-Dame ragten in den Himmel. Links führte der Pont Neuf auf die andere Stadtseite, und in der Ferne auf der Rive Droite lag der Louvre.

Aber das Beste reihte sich direkt vor ihr auf: Bouquinisten! In beiden Richtungen entlang der Seine warben die Buchhändler für ihre Waren. In ihren grünen Ständen warteten so allerlei Schätze auf neue Besitzer.

Valérie schlenderte die Seine bis Pont Neuf entlang, aber nachdem sie bald schon zum dritten Buch gegriffen hatte, fasste sie sich an der eigenen Nase und stieg in eine Pferdedroschke. Schließlich wurde ihr Koffer von den Spontankäufen nicht leichter, und bis zur Rue Saint-Benoît dauerte es noch ein Weilchen.

Ein hilfsbereiter Mann lud ihren Koffer äußerst dienstbeflissen beim Zielort ab und lehnte eine Belohnung vehement ab. Dann stand Valérie vor ihrer Unterkunft und blickte die Hausfassade empor. Etwas irritierte sie. Am Fenster im ersten Stock hing ein Schild, auf dem stand: *à louer*.

»Entschuldigen Sie, aber wohnt hier nicht eine Madame Lapin?«, fragte sie verunsichert, als zwei Möbelpacker in Arbeiterschürze und mit Schiebermütze ein Sofa aus der offenen Haustür trugen.

»Wohl eher *wohnte*«, meinte der vordere, während er das schwere Möbel abstellte, um sich eine Zigarette anzuzünden.

»Wie meinen Sie das?«

Er blies den Rauch aus und musterte ihren Koffer. »Madame Lapin ist Ende letzter Woche verstorben. Hat Ihnen das niemand gesagt?«

Valérie fühlte sich wie vor den Kopf gestoßen.

»Nein, darüber wurde ich nicht unterrichtet!«

Empörung und Angst machten sich in ihr breit. Auf ihrer Zunge lagen unzählige Fragen. Sie musste jetzt Ruhe bewahren und nachdenken.

Eine bläuliche Rauchwolke stob zu ihr, als der Möbelpacker einen letzten Zug inhalierte und die Kippe in den Straßengraben spickte. »Hören Sie, da die Straße runter kommen Sie an den Boulevard Saint-Germain. Dort gibt es ein feines Café, das de Flore. Die haben einen Fernsprecher, falls Sie jemanden kontaktieren möchten.«

Valérie bedankte sich und wandte sich benommen von Madame Lapins Haus ab. Es fiel ihr schwer, ihre Gedanken zu sortieren, hinzu kam der Koffer, der sich plötzlich schwer wie Blei anfühlte. Für die Nacht brauchte sie eine Unterkunft, da würde sie mit einem preiswerten Hotel vorliebnehmen müssen. Danach musste sie weitersehen.

Der Boulevard Saint-Germain erschlug sie mit all den Eindrücken. Auf einmal war an Paris gar nicht mehr alles so prächtig. Der Verkehr und die vielen Leute drohten sie unter sich zu begraben. Automobile und Kutschen schossen an ihr vorbei, ohne auf Passanten zu achten. Diese wiederum wuselten wie Mäuse herum, schlüpften hier in eine Lücke und sprangen dort über eine Straße. In diesem Chaos musste es eine unsichtbare Ordnung geben, sonst hätte es längst Verkehrstote gegeben, aber Valérie begriff sie nicht. Und mitten auf diesen Straßen: Cafés, Brasseries und Boulangeries. Brasserie Lipp, Les Deux Magots und Café de Flore hießen die Könige unter ihnen. Valérie beobachtete gut gekleidete Damen, die im Außenbereich saßen und an langen Zigarettenspitzen zogen. Männer, die scherzten, Zeitung lasen oder Geschäftliches besprachen. Die Leute wirkten so gelassen und selbstbewusst. Und sie?

»Entschuldigen Sie, haben Sie einen Fernsprecher, den ich benutzen dürfte?« Der Kellner im Café de Flore trug Schürze, Weste und Fliege und wirkte gehetzt. Offensichtlich war sie mitten in die Vorbereitung einer Festivität hineingeplatzt. Nach einem kurzen Abwägen winkte er sie in den hinteren Bereich. »Sie wissen, wie man das Gerät bedient, Mademoiselle?«

Mit einem Nicken schluckte sie den Kloß in ihrem Hals herunter und betätigte die Kurbel. Das Fräulein am

Empfang wollte wissen, mit wem es sie verbinden sollte. Der einzige Ort in Raduille, der einen Fernsprecher besaß, war die Post von Monsieur Pigalle. Ein Blick auf ihre Taschenuhr verriet, dass sie kurz vor Dienstschluss anrief.

»Allô?« Es war Gabriel, und er klang müde.

Bebend schlug sie ihre Augen nieder. Seine vertraute Stimme verstärkte ihr Heimweh.

»Bonsoir, Gabriel, hier ist Valérie.«

Sofort hob sich seine Stimme. »Vermisst du mich schon?« Sie hörte ihn schmunzeln und konnte sich die Grübchen um seine Augen genau vorstellen.

»Nein … also doch … natürlich!« Sie kam sich albern vor. Warum rief sie ausgerechnet ihn an? Er konnte ihr von Raduille aus auch nicht weiterhelfen. Vernünftiger wäre es, in ein Hotel zu gehen und am nächsten Tag mit der Académie Kontakt aufzunehmen. Vielleicht konnte die ihr bei der Suche nach einem Zimmer weiterhelfen.

Sie schilderte ihr Problem und war dankbar, dass er so ruhig blieb, denn das übertrug sich auch auf sie.

»Wie viel Geld hast du denn bei dir?«, fragte er.

Als sie nachzählen wollte, stellte sie fest, dass ihre Geldbörse fehlte. Panisch überprüfte sie ihre Taschen, öffnete den Koffer und wühlte darin herum.

»Nein, nein, nein, das kann nicht sein«, flüsterte sie immer wieder. Ihre Papiere und Dokumente waren alle noch da. Nur das Geld nicht. Der Kellner von vorhin stieg mit seinen stelzigen Beinen über ihre Habseligkeiten und murmelte etwas Unverständliches, während er ein Tablett voller Champagnergläser balancierte. Dann schlug die Erkenntnis wie ein Blitz ein. Der Mann, der ihr bei der Droschke mit dem Koffer geholfen hatte!

Keuchend griff sie wieder zum Fernsprecher.

»Valérie, bist du noch da?«

»Es ist weg. Mein Geld ist weg.« Die Hitze schoss in ihren Kopf, und ihre Kehle war wie zugeschnürt, als sie heiße Tränen unterdrückte.

»Wie, es ist weg?«

»Ich hab es nicht mehr. Es wurde mir gestohlen, vorhin, als ...« Ihre Stimme versagte, die Selbstbeherrschung verebbte. Ohne Geld konnte sie nicht einmal zurück nach Raduille fahren. »Oh, mon Dieu, ich weiß nicht, wohin!«

»Jetzt bleib ruhig und atme tief durch. Ich schicke dir sofort Geld. Morgen wird es da sein. Hast du eine Anschrift? ... Nein, natürlich nicht.« Er dachte laut nach, und seine Teilnahme rührte sie. »Dann hinterlege ich es bei der Académie Colarossi auf deinen Namen. Dort kannst du es dann morgen abholen. Wie lautet nochmals die Adresse?«

»10 Rue de la Grande-Chaumière, im sechsten Arrondissement.«

Sie hörte, wie er sich auf einem raschelnden Stück Papier etwas notierte. »Gut. Ich mache mich gleich an die Arbeit und sende zusätzlich ein Telegramm. Dann brauchst du jetzt nur noch ein Dach über dem Kopf für die Nacht.«

»Und wie soll das gehen? Ich bin mittellos!«

»Frag nett, erklär charmant und lass anschreiben. Wirk bloß nicht zu hilflos, das ruft die falschen Gestalten auf den Plan. Gib zur Not den Ring als Pfand ab.«

Sie nickte, obwohl er das nicht sehen konnte, und wischte sich die Tränen weg. Seine Worte klangen vernünftig. »Dann mache ich das jetzt. Ich weiß nicht, wie ich dir danken soll. Das Geld …«

»Mach dir um das Geld keine Gedanken. Das werde ich schon noch bei deinen Eltern eintreiben.«

Endlich lächelte sie wieder. »Aber kannst du ihnen bitte verschweigen, dass ich geweint habe?«

»Dass du was?«

Die Welt war schon fast wieder in Ordnung. »Ich liebe dich, Gabriel. Und du hast recht damit, was du gleich zu Beginn gesagt hast. Ich vermisse dich wirklich.«

»Ich liebe dich auch. Aber du schaffst das. Du wirst sehen, in ein paar Wochen lachst du darüber.«

Sie legte auf und sammelte sich. Während ihres Telefongesprächs hatte sich das Café gefüllt. Ein weiteres Mal stolperte der Kellner beinahe über sie, doch dieses Mal wirkte er gelassener. Offensichtlich war der Großteil des Andrangs bedient worden. Auch wenn sie nun gefasster war, musste er ihr ansehen, dass etwas nicht stimmte.

»Kann ich Ihnen weiterhelfen, Mademoiselle?«

Aus einem Impuls heraus wollte sie ihm bereits ihr Leid klagen, da rief sie sich Gabriels Worte in Erinnerung und bewahrte die Contenance.

»Meine Geldbörse ist mir abhandengekommen. Ich

würde mich nur gern kurz hinsetzen und nachdenken, wenn Sie gestatten.«

Sie durfte, und zudem brachte er ihr eine dickflüssige, heiße Schokolade, die aufs Haus ging.

Zu viel Zeit wollte sie hier nicht verbringen, aber die Pause half ihr, sich zu sortieren. Während sie um sich blickte, stellte sie fest, dass kaum einer Notiz von ihr nahm, sondern dass sich die Festivität im hinteren Bereich abspielte. Eine ganze Traube junger Bohémiens saß beisammen. Sie sprachen wild durcheinander, manchmal so laut, dass sich das Gelächter überschlug. Zigaretten verglühten, und neue wurden angezündet, leere Champagnergläser wurden sofort aufgefüllt, und ständig kamen weitere Gäste hinzu. Tische wurden zusammengeschoben und freie Stühle von anderswo herangezogen.

Auch an Valéries Tisch bediente man sich, bis ihr nur noch ein einsamer Stuhl gegenüberstand. Als ein leicht bulliger Südländer mit schwarzen Haaren und wachsamen Augen diesen ebenfalls entwendete, konnte Valérie es nicht unbemerkt hinnehmen.

»Schon gut, stehlen Sie mir doch gleich das letzte Hemd.«

Es war ein witzig gemeinter Versuch, in ein Gespräch zu kommen, doch der Schuss ging nach hinten los.

Er wirbelte zu ihr herum, der Blick zornerfüllt. »Wie haben Sie mich genannt? Einen Dieb? Wollen Sie sagen, ich sei ein Dieb?« Er sprach schnell und mit einem einschüchternden spanischen Akzent.

»Nein, ich wollte doch nur …«

»Wieso unterstellen Sie mir so etwas Grausames?«

Sein Temperament jagte ihr solche Angst ein, dass ihr schon wieder die Tränen kamen. Aus der Gruppe nahm ein kleiner, etwas untersetzter Mann mit beginnender Glatze vom Zwischenfall Notiz und schlurfte zu ihnen.

»Pablo, immer ruhig mit den jungen Pferden. Das Mädchen wollte dir doch nichts Böses.«

Er legte den Arm auf die Schulter seines Freundes, was den Spanier tatsächlich Nachsicht walten ließ. Missmutig murmelte er eine Entschuldigung, doch damit war der Glatzköpfige nicht zufrieden. Kopfschüttelnd sah er Valérie an.

»Schätzchen, Sie sehen aus wie ein Vögelchen, das aus dem Nest gefallen ist. Möchten Sie sich vielleicht zu uns setzen?« Galant deutete er eine Verneigung an und reichte ihr die Hand. »Wenn Sie gestatten, Max Jacob, Poet.«

»Valérie Massé, hoffnungslose Künstlerin«, entgegnete sie verlegen.

Schmachtend blickte sie hinüber zum belebten Tisch. Da saß genau die Sorte Mensch, nach der sie sich sehnte. Kunstschaffende und Intellektuelle, die sich über die Gepflogenheiten hinwegsetzten. In jüngeren Jahren hätten sich ihre Eltern bestimmt mitten unter ihnen befunden. Sie traute sich kaum, Max anzusehen, als sie ablehnte.

»Ich würde gern, aber leider habe ich kein Geld, um zu bleiben.«

»Das macht nichts, ich lade Sie auf Picassos Kosten ein,

weil er Ihnen einen solchen Schrecken einjagte. Sie müssen nachsichtig mit ihm sein, er macht gerade eine schwierige Zeit durch und verhält sich etwas paranoid. Er war in einen Diebstahl verwickelt.«

»Oh.« Ihr verschlug es die Sprache. Dafür, dass sie Picasso nicht erkannt hatte, hätte sie sich in den Hintern beißen können. Aber woher hätte sie auch wissen sollen, wie er aussah? Gemälde wurden berühmt, aber die Personen dahinter blieben oft unsichtbar. Trotzdem hätte ihr das nicht passieren dürfen. Picasso hatte immerhin schon ein paar Ausstellungen gehabt und verkaufte seine Bilder allmählich im dreistelligen Bereich. Dass sie ausgerechnet ihn so angehen musste!

Max Jacob schien ihre Gedanken zu ahnen und winkte jovial ab. »Machen Sie sich keine Gedanken. Er mag temperamentvoll erscheinen, aber bis morgen ist alles längst vergessen. Und, was ist? Kommen Sie, oder sind Sie an Ihrem Stuhl festgewachsen?«

Wenig später fand sich Valérie eingepfercht zwischen lebhaft plaudernden Künstlern und Literaten wieder und verschüttete etwas von ihrem Champagner, als man ihr ein Glas reichte.

»Was war das denn für ein Zwischenfall?«, fragte sie Max.

»Eine viel zu lange Geschichte, die den ganzen Abend füllen würde«, antwortete er. »Aber es hat hauptsächlich mit ihm und dem Mann neben ihm, Apollinaire, zu tun.« Er deutete mit dem vollen Glas zu Picasso, der sich wieder gesetzt hatte und mit einem anderen Freund laut diskutierte. Apollinaire, eigentlich Wilhelm de Kostrowitzky, war groß und beleibt und sprach feineres Französisch als Valéries Hauslehrer, während Picasso leicht lispelte. Seine pechschwarzen Haare fielen in eine angespannt wirkende Stirn, als würde ihm stets etwas missfallen.

Sie startete einen Versöhnungsversuch.

»Ich war letztes Jahr in Ihrer Ausstellung im Salon des Indépendants. Ihre Werke waren sehr eindrücklich. Sie nannten die Kunstrichtung Kubismus, wenn ich mich nicht täusche?«

Er schien tatsächlich geschmeichelt, und für einen flüchtigen Augenblick kroch ein Lächeln über sein Gesicht. »Enchantée, Mademoiselle. Das hier ist meine Freundin Eva.« Während er sprach, blickte er liebevoll zu seiner Begleitung. Eva reichte Valérie die Hand, wandte sich dann aber gleich wieder einem anderen Gespräch zu.

Max fütterte sie flüsternd mit Informationen. »Die beiden sind eben erst aus Avignon zurück. Es ist das erste Mal seit dem Prozess, dass Picasso und Apollinaire wieder aufeinandertreffen.«

»Seit dem Prozess?«

Doch Max ging nicht auf ihre Frage ein, sondern hob das Glas in Richtung Apollinaire. »Auf dich, mein Freund. Nach all dem Mist, den du überstanden hast, kann das Leben jetzt nur besser werden, was?«

Dank der Redseligkeit ihres neuen Bekannten erfuhr Valérie bald, dass Apollinaire ein polnisch-italienischer

Dichter und ehemaliger Bankier war, der gerade an der Publikation seines Sammelbandes arbeitete und seine eigene Zeitschrift *Les soirées de Paris* führte.

Valérie hätte ihn nach ihrem Maßstab zwar nicht als attraktiv bezeichnet, aber dennoch machte er einen sehr ansehnlichen Eindruck, zumal er zu den bestgekleideten Männern des Lokals gehörte. Was Valérie beeindruckte, war seine enorm schnelle Auffassungsgabe. Es schien ihm ein Leichtes, in ein Gespräch einzusteigen und geistreiche Kommentare abzugeben. Schon bald sprachen sie in einem vertrauteren Tonfall.

»Und was führt dich nach Paris, Valérie?«, fragte Apollinaire.

»Die Kunst. Nächsten Monat beginnt mein Studium an der Académie Colarossi.«

»Dann bist du hier richtig bei uns. Noch ein Glas Champagner?«

»Das ist sehr freundlich, aber ich sollte gehen, denn ich muss eine Unterkunft finden.«

»Für heute Nacht?« Er winkte ab, als könnte er so all ihre Sorgen wegfegen. »Darüber lass uns später nachdenken, eine Lösung lässt sich immer finden. Erzähl mir mehr von dir, Valérie. Woher kommst du?«

»Aus Raduille. Das ist ein Dorf nahe Cherbourg in der Provinz.«

»Ja, die Provinz sieht man dir an!«

Neben ihr kicherte eine modisch gekleidete Dame und bot ihr eine Zigarette an. Sie war stark geschminkt, ihr schwarzes Haar mit einer Brennschere in elegante Wasserwellen gelegt. Der zierlichen und androgynen Figur nach zu urteilen trug sie kein Korsett.

Apollinaire bedachte sie mit einem Grinsen. »Und warum Kunst?«

Sie hasste solche Fragen, denn je mehr Valérie für etwas brannte, desto weniger konnte sie sich erklären.

»Warum willst du atmen, Apollinaire? Ich halte die Kunst für überlebenswichtig. Kunst ist eine Sprache, die keine Grenzen kennt, die verbindet. Sie schließt niemanden aus. Gibt es nichts Schöneres, als zusammenzusitzen und etwas zu erschaffen? Ohne diesen Schaffensdrang wäre die Menschheit ausgestorben. Die Kunst ist zuverlässiger als jedes politische System, das je für ein gesellschaftliches Zusammenleben konzipiert wurde.«

»Bravo! Vom bürgerlichen System halte ich ohnehin nicht mehr viel«, rief jemand dazwischen, der schon ziemlich betrunken wirkte. Sein Name war Réne Dalize, und es stellte sich heraus, dass die beiden Jugendfreunde waren. »Nicht, seit Apollinaire verhaftet wurde. Die Polizei verdächtigte ihn, die *Mona Lisa* gestohlen zu haben.«

Valérie riss die Augen auf. Das also hatte Max gemeint. Selbstverständlich hatte sie letztes Jahr von diesem Diebstahl gehört. Seither war das Gemälde verschwunden. »Du warst ein Verdächtiger?«

Apollinaire bedachte sie mit einem amüsierten Blick. »Genauso wie Picasso. Unglücklicherweise waren wir durch einen falschen Freund in den Besitz von heißer Ware gelangt. Es handelte sich dabei um iberische Masken aus dem Louvre. Später dachte man auch, wir hätten mit dem Diebstahl der *Mona Lisa* zu tun.«

»Hat sich beinahe in die Hosen gemacht, dieser Spanier!«, funkte Dalize dazwischen. Strafend blickte er zu Picasso. »Angeschwärzt hat er Apollinaire! Nur, um seine eigene Haut zu retten.«

»Eine Lüge, so war es nicht!«, wetterte Picasso. »Und im Gegensatz zu seiner Geliebten habe ich ihn anschließend nicht im Stich gelassen.« Er fluchte etwas in seiner Muttersprache und bauschte sich auf, doch Eva hielt ihn zurück.

»Wie gesagt, eine lange Geschichte«, wiederholte sich Max, der solche impulsiven Diskussionen bereits gewöhnt zu sein schien.

»Freunde, Freunde, bitte beruhigt euch.« Versöhnlich legte Apollinaire seine Arme über die Schultern von Picasso und Dalize. »Das ist längst vergeben und vergessen. Lasst uns einfach dankbar sein, dass die Geschichte abgehakt ist. Und was Marie betrifft, ja, das war sehr traurig. Aber wie sagt man so schön? Wo sich eine Tür schließt, öffnet sich eine neue. Hauptsache, wir sind endlich entlastet. Vier Tage saß ich unschuldig im Gefängnis La Santé. Diese Erfahrung wünsche ich keinem.«

Für einen Augenblick erschien ein harter Zug auf seinem Gesicht. Schmerz. »Du hast recht, Valérie. Kunst verbindet, und wir streben nach Zugehörigkeit. Jeder von uns. Es gibt Erfreulicheres, als verdächtigt zu werden, nur weil man kein Landsmann ist.«

Natürlich, auch er war einmal ein Fremder in dieser Stadt gewesen. So wie er jetzt im Mittelpunkt dieser Runde stand, konnte sie sich das kaum vorstellen.

Er hob das Glas und prostete ihr zu. »Niemand hat es leicht, wenn er nach Paris kommt. Man hat das Gefühl, das alles gegen einen ist. Aber das ist nun Vergangenheit.«

»Nun ja, mein Problem ist noch nicht Vergangenheit«, sagte Valérie verlegen. Draußen war es schon dunkel. Wenn sie sich jetzt nicht beeilte, eine Unterkunft zu finden, müsste sie die Nacht wie ein Clochard auf der Straße verbringen. Der Gedanke löste bei ihr Unbehagen aus.

»Stimmt, aber das regeln wir gleich.« Wie ein Marktschreier stand Apollinaire auf seinen Stuhl und brüllte quer durchs Lokal: »He, Freunde! Das ist Valérie Massé, eine Mademoiselle aus der Provinz. Sie ist in einer misslichen Lage und braucht dringend für heute Nacht ein Zimmer. Wer kann ihr helfen?«

Sie hätte sich am liebsten ein Erdloch herbeigesehnt, in das sie hineinfallen könnte. Sie war doch kein streunender Köter, dessen sich einer erbarmen musste!

»Ich hätte ein freies Plätzchen«, meldete sich die junge Frau mit dem eleganten schwarzen Haar von vorhin.

»Ah, Yvette, das ist eine feine Idee. Aber behandle unsere Mademoiselle wie einen Gast und verdonnere sie nicht zum Strümpfestopfen. Und grüß Olympe ganz lieb von mir. Siehst du, Valérie? Die Gefahr ist abgewendet. Und wenn du erlaubst, besuche ich dich morgen und zeige dir die Stadt. Wir finden schon eine Wohnung für dich. Darf es jetzt endlich ein Glas Champagner sein?«

Das durfte es. Mehr als eines.

6. KAPITEL

Paris, September 1912

Jemand befand sich mit ihr im selben Raum. Kleidung raschelte, gefolgt von leisen Schritten. Dann öffnete die Person die Tür, sodass einen flüchtigen Augenblick ein Flurlicht die Morgendämmerung unterbrach. Die Tür schloss sich wieder, Schritte entfernten sich, Valérie war wieder allein.

Irgendwann war sie wach genug, um sich zu erinnern, dass sie gestern mit Yvette mitgegangen war. Das Bett neben dem ihren war bereits gemacht. Ihre Bettwäsche roch angenehm nach frischer Seife und Wäschestärke.

Beim Aufstehen taumelte sie leicht. Der Restalkohol brodelte wie eine Giftmischung in ihrem Magen. Sie hatte zwar nicht so viel getrunken, dass sie nicht mehr Herrin ihrer Sinne gewesen wäre, aber es war dennoch eine beträchtliche Menge gewesen.

In ihren Ohren rauschte nicht nur das Blut, auch schienen der gestrige Lärm und das Gelächter nachzuhallen. Valérie war noch ganz benommen von der Inspiration, die sie an diesem Abend durchrieselt hatte. Welch tiefgründige Gespräche sie über den Unterschied von Fauvismus und Kubismus geführt und welch originelle Bekanntschaften sie gemacht hatte! Meine Güte, sie hatte Picasso kennengelernt!

Das Wasser für die Körperwäsche war angerichtet und sogar noch warm, daneben lagen saubere Tücher und Zahnseife. Valéries Schneiderkostüm hing an einem Kleiderbügel und roch, als hätte es jemand die Nacht über ausgelüftet. Nur eine frische Bluse schien unerlässlich, nachdem sie an der alten unter den Ärmeln gerochen und das Gesicht verzogen hatte.

Als sie ihren Koffer öffnete, um eine fliederfarbene Bluse herauszuholen, kam Gabriels Maske zum Vorschein. Zärtlich strich sie über den Gips und lächelte.

Nachdem sie sich frischgemacht, die Haare mit einem Band gezähmt und sich umgezogen hatte, stellte sie fest, dass das Zimmerfenster ungewöhnlich hoch lag. Sie musste auf einen Stuhl steigen, um hinauszusehen. Eine Souterrainwohnung? Vage erinnerte sie sich daran, dass Yvette sie gestern vom Haupttor weggezogen und geflüstert hatte: »Wir nutzen den unteren Eingang.«

Genau dieses Haupttor sah sie nun, da das Haus L-förmig war. Vor ihr erstreckte sich die noch schlafende Avenue des Champs-Élysées. Also hatte sie gestern richtig wahrgenommen, dass sie mit der Droschke rüber in die Rive Droite gefahren waren. Nur war das 8. Arrondissement nicht gerade bekannt für preiswerten Wohnraum. Während der Revolution von 1848 hatte sich vor allem die Bourgeoise hier sowie im 7. und 16. Arrondissement niedergelassen.

Als sie sich vom Fenster abwenden wollte, sah sie, wie sich der Eingang des Herrenhauses öffnete. Eine Frau mit offenem kastanienbraunem Haar ließ einen Mann austreten. Sie trug nichts als einen rosafarbenen bodenlangen Seidenmantel und küsste ihren Liebhaber beim Abschied so leidenschaftlich, dass Valérie schon beim Anblick einen leichten Anflug von Schwindel verspürte. Kurz öffnete sich der Mantel, und die Frau schlang ein langes Bein um den Liebhaber. Den Strümpfen nach zu urteilen erfüllten diese einen anderen Zweck als Wärme zu spenden.

Ohne ihre Eindrücke zuordnen zu können, stieg Valérie vom Stuhl und verließ das Zimmer. Mit der aufgehenden Sonne war es auch hier unten überraschend hell. Geschirr klapperte dort, wo Valérie die Küche vermutete. Sie folgte den Geräuschen, betrat den Raum – und fast hätte sie der Schlag getroffen.

Yvette setzte Tee auf – in einer Dienstbotenuniform! Statt Lippenstift, Rouge und Lidschatten haftete dezentes Puder an ihren Wangen, und die gewagte Frisur war unter einer Haube versteckt.

Apollinaires gestrige Worte fielen ihr wieder ein. Er hatte zu Yvette gesagt: »Aber behandle unsere Mademoiselle wie einen Gast, und verdonnere sie nicht zum Strümpfestopfen.« Aber wem gehörten diese Räumlichkeiten?

»Verblüffend, nicht wahr? Das hättest du mir wohl nicht zugetraut«, grüßte Yvette sie mit einem Augenzwinkern, als hätte sie Valéries Gedanken erraten.

Zuerst öffnete und schloss Valérie den Mund, weil sie nicht wusste, was sie darauf antworten sollte, aber dann gab sie sich geschlagen. »Das kann man wohl sagen. Du bist ein Dienstmädchen?«

»Ich muss doch sehr bitten! Ich bin Kammerzofe.«

Was für das Gesinde einen großen Unterschied bedeutete, sorgte bei Valérie bloß für Verwirrung. Da hatte Yvette gestern so eine süffisante Bemerkung fallengelassen, dass man ihr, Valérie, die Provinz ansehe, und jetzt stellte sie fest, dass sie nicht einmal der gleichen Klasse angehörten. Gedanken, von denen sie tunlichst wieder Abstand nahm, denn sie passten zum Kleingeist von Raduille, nicht aber zum Freigeist der Bohémiens. Außerdem verdankte sie Yvette eine erholsame Nacht, die sie nicht auf der Straße hatte verbringen müssen.

»Ich wusste nicht, dass das Dienstpersonal abends ausgehen darf. Ich meine, wenn ich an unser Dienstmädchen in Raduille denke ...« Sie biss sich auf die Zunge, doch Yvette blieb gelassen.

»Das ist Paris, meine Liebe. Wir sind hier keine Leibeigenen. Außerdem erlaubte mir Mademoiselle de Montesquiou letzten Abend sogar ausdrücklich auszugehen.«

Der leidenschaftliche Kuss am Haupttor. Valérie verstand. Da wollte gestern jemand seine Ruhe haben. »Dann hoffe ich, dir keine Unannehmlichkeiten bereitet zu haben. Nochmals vielen Dank, dass ich mitkommen durfte.« Sie blickte um sich. Allein die Dienstbotenräume ließen erahnen, wie groß dieses Haus sein musste. Ein

Stadtpalais! Und dann auch noch an der Champs-Élysées! Trotzdem bemerkte sie außer einem mürrischen Stubenmädchen, welches soeben den Kohlekessel in der Küche scheppernd abstellte und sich die rußverschmierten Hände wusch, kein weiteres Personal.

Hinter ihnen pfiff der Teekocher, und Yvette goss das Wasser um.

»Gibt es weitere Bedienstete?«

»Die gibt es, aber Henriette, Georges, der Chauffeur und ich sind die Einzigen, die hier wohnen. Die Köchin kommt immer erst um halb elf, und da Mademoiselle ein simples Mittagessen bevorzugt, wartet ihr der Lakai erst beim Dîner auf.«

In dem Moment läutete hinter ihnen am Klingelbrett eine Glocke. »Das ist Mademoiselle. Ich muss ihr jetzt beim Ankleiden helfen.« Sie nahm das Tablett und deutete mit dem Kinn zum Esstisch. »Du kannst währenddessen in Ruhe frühstücken. Bis später.«

Valéries gereiztem Magen tat die Mahlzeit gut. Aber es behagte ihr nicht, hier zu sitzen und allein zu essen. Sie kam sich wie ein ungebetener Gast vor. In Raduille begab sie sich nicht oft in die Dienstbotenräume, doch der Gedanke kam ihr befremdlich vor, dass das Personal auf die Idee kommen könnte, ungefragt für irgendwelche Nachtschwärmer die Türen zu öffnen. So schienen auch die anderen Bediensteten zu denken.

»Yvette wird sich vor Mademoiselle verantworten müssen«, flüsterte das Stubenmädchen dem Chauffeur zu, als sie an ihr vorbeigingen.

Prompt kehrte Yvette nach einer halben Stunde zurück und bat Valérie, ihr zu folgen.

»Mademoiselle wünscht, dich zu sprechen.«

Sie nahmen die Treppe und betraten das Haupthaus. Valérie warf nur einen flüchtigen Blick auf das luxuriöse Interieur, das ganz dem imperialen Stil von Napoleon III. entsprach.

»Kommst du wegen mir in Schwierigkeiten?«, fragte sie. Ihr Magen verkrampfte sich, und leichte Übelkeit überfiel sie.

Yvette zögerte mit der Antwort. In ihr mochte vielleicht eine gehörige Portion Selbstbewusstsein stecken, doch schien sie sich ihrer Position durchaus bewusst zu sein.

»Könnte sein. Ich bin mir nicht sicher.«

Valérie hatte noch viele Fragen, aber da wurden sie schon in den Salon gebeten. Das Erste, was ihr ins Auge fiel, war der üppige Kronleuchter, der wie eine künstliche Sonne an einer vier Meter hohen Decke schwebte. Edle Stoffe zierten Wandvertäfelungen, extravagant drapierte Stoffbahnen die Fenster.

Mademoiselle de Montesquiou saß an einem reich gedeckten Frühstückstisch, doch sie hatte die Serviette bereits weggelegt und rückte mit dem Stuhl zurück, um Valérie zu mustern. Auf dem Beistelltisch lag eine beträchtliche Auswahl an Zeitungen. *Le Temps, Le Petit Journal, Le Petit Parisien, Le Gaulois, Gazette des Beaux-Arts, La Fronde* und viele mehr. Sie alle zu lesen, würde den ganzen Tag dauern.

Da die Hausherrin nichts sagte, ergriff Valérie zaghaft das Wort. »Bonjour, Mademoiselle de Montesquiou.«

»Kommen Sie näher«, lautete die Antwort.

Valérie war sich nun sicher, dass dies die Frau war, die sie vorhin am Haupttor gesehen hatte, auch wenn sie statt der Unterwäsche nun ein purpurrotes Kostüm trug. Das Haar war so frisiert, wie man es aus den Magazinen der Filmstars kannte.

Nach einem Nicken machte Yvette einen flüchtigen Knicks und räumte das benutzte Geschirr vom Esstisch ab.

»Sie sind also Valérie Massé. Yvette unterrichtete mich bereits über Ihre missliche Lage.« Es folgte eine unangenehme Pause. »Ich muss gestehen, dass es mir missfällt, wenn mein Haus als Unterkunft dient, ohne dass ich gefragt werde.«

Angespannt biss sich Valérie auf die Lippen. Mademoiselles Blick war unergründlich, das Timbre ihrer Stimme hallte seltsam nach.

»Aber Yvette ist mehr als eine Angestellte, man könnte fast sagen, sie ist mein Günstling. Zumal sie erwähnte, dass Apollinaire sich für Sie verbürgt habe.«

Erleichtert und erstaunt zugleich ließ Valérie die Schultern sacken.

»Vielen Dank, Mademoiselle de Montesquiou. Es ist sehr freundlich von Ihnen, dass Sie mich die Nacht über bei sich wohnen ließen.«

Danach taute die Stimmung auf, und die beiden plauderten zunächst über die gestrige Feier und sonstige Trivialitäten, aber bald kamen andere Themen hinzu. Wie sich herausstellte, war die bewusst alleinstehende Mademoiselle ebenfalls ein bekanntes Gesicht in der Kunstszene und eine Unterstützerin von Marguerite Durand, einer führenden Suffragette in Paris, die mit einer zahmen Löwin namens Tigre durch die Straßen zu flanieren pflegte.

»Meine Mutter benannte mich nach der Autorin Olympe de Gouges. Von Robespierre diffamiert, verlor sie ihren Kopf an der Guillotine. Ihr Manifest über die Rechte der Frau und Bürgerin trugen zu ihrem Urteil bei. ›Die Frau hat das Recht, das Schafott zu besteigen …‹«

Valérie reagierte schnell. Es war ein Zitat aus dem besagten Manifest. Sie stimmte ein: »›Gleichermaßen muss ihr das Recht zugestanden werden, eine Rednertribüne zu besteigen.‹«

Mademoiselle bedachte sie mit einem Blick, als hätte sie soeben eine alte Freundin wiedererkannt. Valérie fühlte sich zunehmend wohler. Ihr Blick wurde vom Bücherregal hinter dem Esstisch angezogen, dessen gebogenen Regalböden sie die schwere Last der Literatur ansah. Daneben stand eine Büste von Honoré de Balzac.

»Du meine Güte! Ist das die komplette Sammlung der *Comédie Humaine*?«

»Komplett, wie man es nimmt. Es waren ja weitere Romane geplant, die er aber nie fertigstellte. Sind Sie literarisch bewandert, Mademoiselle Massé?«

»Oh ja, mein Vater ist Schriftsteller.«

»Wie interessant, worüber schreibt er denn?«

Die Frauen merkten bald, dass sie genügend Gesprächsstoff hatten, um damit ganze Abende zu füllen.

»Sie haben mich positiv überrascht, Valérie«, sagte Olympe schließlich, nachdem der Tonfall vertrauter geworden war.

Inzwischen saß Valérie bei ihr am Tisch. Vor ihnen lagen aufgeschlagene Bücher, die sie im Verlauf des Vormittags aus den Regalen gefischt und heftig diskutiert hatten.

»Ich will offen zu Ihnen sprechen. Zuvor möchte ich aber betonen, dass ich alles andere als ein impulsiver Mensch bin. Doch mein Bauchgefühl hat mich noch nie getäuscht. Sie sagten, dass Sie ein Zimmer suchen …«

»Ja?« Vor Anspannung hielt Valérie die Luft an.

»Wie Sie sicherlich schon festgestellt haben, ist hier genügend Platz. Was hielten Sie davon, ein Zimmer im Gästetrakt zu beziehen?«

Valérie wollte entgegnen, dass die Miete für eine solche Pension sicherlich ihre Preisklasse übersteige, doch Olympe hob nur die Hand und sprach weiter: »Ich erwarte kein Geld als Gegenleistung. Gemälde reichen völlig aus.« Sie wies mit einer Geste auf den Salon und verdrehte die Augen. »Ich kann dieses Second Empire nicht mehr sehen, ich bin es überdrüssig. Die Zimmer sollen heller und luftiger werden. Moderner! Weg mit den alten Zöpfen.«

Ein Lächeln zeichnete sich auf Valéries Gesicht. »Damit kann ich in der Tat behilflich sein.«

»Wunderbar, dann haben wir eine Abmachung.«

Die Frauen besiegelten ihr Geschäft mit einem Glas Sekt.

Yvette klopfte an. »Apollinaire ist da. Soll ich ihn in den Salon führen, Mademoiselle de Montesquiou?«

»Bien sûr!«

Kurz darauf trat Apollinaire ein. Eine Faszination ging von ihm aus, die den ganzen Raum erfüllte. Er wirkte erholt und äußerst gut gelaunt. Er trug einen braunen Kammgarnanzug und lüftete seinen Hut. »Mesdames.«

»Guillaume, Liebster!« Olympe stand auf und ließ sich von ihm küssen. »Dir habe ich also Mademoiselle Valérie zu verdanken. Es ist verblüffend, wie du Menschen zusammenbringst. Wie geht es dir? Wie ich hörte, gab es gestern eine gelungene Festivität. Leider war ich verhindert, aber Valérie berichtete mir ausführlich. Sie wird übrigens eines meiner Zimmer beziehen, *n'est-ce pas*?«

»Das freut mich ungemein. Aber weshalb habe ich mich dann heute früh aus dem Bett gequält und den ganzen Weg auf mich genommen, um dir zu helfen, Valérie?«

Der Schalk blitzte aus seinen Augen. Diese Bemerkung konnte Olympe nicht unkommentiert lassen.

»Guillaume, ich habe dich als geübteren Schmeichler in Erinnerung. Reicht meine Bekanntschaft denn nicht für einen Besuch aus?«

Sie lachten, dann setzten sie sich auf zwei gegenüberliegende Sofas.

»Zigarette?« Olympe reichte ein silbernes Schächtelchen herum. Der Geruch von Schwefel erfüllte den Raum, als Apollinaire ein Streichholz anzündete und ihnen Feuer gab.

Olympe inhalierte tief und blies den Rauch durch die kokett gespitzten Lippen. Auch Valérie rauchte und unterdrückte ein Husten. Was in Raduille ihren Ruf als anständige Frau gefährdete, gehörte hier zum guten Ton.

»Wer kam gestern? Ich will alles wissen. Wie Valérie vorhin erzählte, war Picasso mit seiner neuen Flamme da. Frisch zurück aus Avignon, dieser Casanova! Ich wusste nicht einmal, dass er schon wieder in Paris verweilt. Wer war noch da? Braque? Metzinger? Max Jacob?«

Apollinaire schmunzelte. »Ich wüsste nicht, was ich dir noch zu erzählen brauche. Du scheinst bestens informiert zu sein. Ich verzeihe dir trotzdem nicht, dass du mich versetzt hast. Als Wiedergutmachung erwarte ich ein Dîner im Tour d'Argent, das ist das Mindeste!«

Valérie folgte dem Gespräch der beiden aufmerksam. Als junge Künstlerin war sie vor allem eines: eine begnadete Beobachterin. Und dieser scheinbar so unbedeutende Moment fraß sich in ihr Gedächtnis, als wäre er für die Ewigkeit bestimmt. Eine selbstbewusste Mademoiselle und ein charmanter Dichter, die ungezwungen im Salon saßen und sich eine Zigarette teilten. Trotz der Freundschaft ließen ihre Manieren nichts zu wünschen übrig, ihre tadellose Garderobe eine einzige Augenweide. Ihre Körper waren so vertraut einander zugewandt, dass man ihnen ein Verhältnis zutrauen würde. Doch Valérie hatte schon gestern im Café de Flore festgestellt, dass diese Nähe von einer anderen Intimität herrührte. Es war die Liebe zur Kunst, der Zugehörigkeit zu einer intellektuellen Kultur. Die Verbundenheit der Avantgarde, des Erschaffens, des Verwerfens und des ständigen Umdenkens. Menschen dieses Schlages entwickelten in ihren Kreisen eine Eigendynamik. Und sie, Valérie, war mittendrin.

Nach einer Dreiviertelstunde blickte Apollinaire auf die Uhr, dann zu Valérie. »Ich wollte dir die Stadt zeigen.«

Bevor sie den Stadtpalais verließen, fragte Valérie, ob sie den Fernsprecher benutzen dürfe. Sie hielt sich kurz und wollte Gabriel wissen lassen, dass es ihr gutgehe, sie eine Bleibe gefunden habe und sie sich beizeiten bei ihm melden würde. Danach schickte sie tausend Küsse durch die Telefonleitung.

»Auch an Jules einen Kuss, aber den musst du nicht persönlich überreichen.« Kurz wischte sie sich beim Auflegen eine Träne weg, ehe sie mit Apollinaire hinaus in die Sonne trat.

Zunächst gingen sie zu Fuß die Avenue des Champs-Élysées entlang.

»Wir könnten auch die Métro nehmen. Die Linie Dreizehn führt fast bis zur Académie. Aber wo bliebe da der Spaß?«

Diese Ansicht teilte Valérie, wobei sie dazu neigte, die Distanzen in Paris zu unterschätzen. Sie würde auf jeden Fall bald in ein Fahrrad investieren. Bis zur Académie waren es etwa vier Kilometer. Noch immer konnte sie ihr

Glück kaum fassen, dass sie bei Olympe wohnen durfte. Sie brauchte nur die Seine am Pont Alexandre III zu überqueren, sich dann gegen Süden bis zum Boulevard Saint-Germain zu halten, weiter den Boulevard Raspail entlangzufahren und dann auf der Höhe des Cafés »Le Dôme« in die Rue de la Grande-Chaumière einzubiegen.

Jetzt aber ging sie mit Apollinaire weiter an der Rive Droite entlang, von der Champs-Élysées über die Place de la Concorde. Dort durchschritten sie das goldene Tor, welches in den Jardin des Tuileries führte.

Scherzend und plaudernd umrundeten sie das Bassin Octogonal, während hinter ihnen der Obelisk von Luxor in den Himmel ragte.

»Hier haben mein Bruder und ich als Kinder die Olympischen Spiele besucht.«

»Das war aber nicht der Mann, mit dem du vorhin telefoniert hast, oder doch?«

Sie errötete. »Nein, das war Gabriel Pigalle. Ein Freund.«

Apollinaire bemerkte, wie sie mit dem Ring an ihrem Finger spielte.

»Bloß ein Freund?«

»So genau wissen wir das nicht«, erklärte sie nach einem Zögern. Es war ihr unangenehm, mit ihm darüber zu sprechen. Er könnte sie noch für eine leicht zu habende *Grisette* halten. So nannte man unverheiratete Frauen, die einen nicht sonderlich ehrbaren Lebenswandel pflegten, indem sie mit Künstlern schliefen oder gar mit ihnen zusammenwohnten.

»Zunächst waren wir in der Tat nur Freunde. Dann haben wir uns ineinander verliebt. Aber …«

»Aber jetzt lebst du in Paris und er in Raduille.« Apollinaire verstand, ohne dass sie weitersprechen musste. »Ein Hindernis, aber kein unüberwindbares.«

»Warst du denn schon mal in jemanden verliebt, der fern von dir lebte?«

»Oh, mon Dieu, und wie! Durch halb Europa bin ich ihr nachgereist, aber sie wollte nichts von meinen Bemühungen wissen.« Dann zuckte er mit den Achseln. »Manchmal passt es, manchmal nicht, aber das ist nichts Schlimmes. Es kann auch eine Erleichterung sein, zu wissen, dass man keine Chance hat. Die Sache ist doch die: Wenn sich zwei Menschen aufrichtig lieben, dann gibt es keine Furcht, kein Zögern. Denn sie lieben sich so, wie sie sind. Gabriel liebt die Valérie, die nach Paris gehört. Darum ließ er dich gehen.«

»Und wenn ich nicht mehr zurückkomme?« Ein Kloß bildete sich in ihrem Hals, denn sie kannte die Antwort.

Apollinaire zögerte. »Das müsst ihr herausfinden.«

Danach wechselten sie das Thema. Nahe des Arc de Triomphe du Carrousel blieben sie vor einer Skulptur stehen. Sie stellte eine Elsässerin in einem Trachtenkleid dar, die einen verletzten Soldaten stützte und unerschrocken in die Ferne blickte, obwohl der Krieg verloren war. *Quand Même* lautete der Titel.

Es war nicht das erste Andenken an den verlorenen Krieg von 1871, an dem Valérie heute schon vorbeigegangen war. Auf der Place de la Concorde befanden sich acht

Statuen, welche die großen Städte Frankreichs darstellten. An der Ecke Rue de Rivoli und Rue de Royale stand die allegorische Statue von Strasbourg. Eine sitzende Gestalt, die man später mit schwarzer Crêpe verschleiert hatte, als handelte es sich um eine trauernde Witwe.

Valérie bekam eine Gänsehaut. »Mein Großvater fiel in diesem Krieg. Es ist über vierzig Jahre her, und dennoch höre ich meinen Vater noch immer sehr liebevoll und mit einem Hauch von Melancholie über ihn sprechen.«

»Die Franzosen sind ein stolzes Volk. Ein Teil mag dem Deutschen Kaiserreich gehören, doch das nehmen wir nicht hin. Sobald sich eine Gelegenheit bietet, werden wir das Elsass zurückholen.«

Etwas in seiner Stimme ließ sie aufhorchen, sie meinte, darin tief verschüttete Emotionen zu erahnen.

»Würdest du dich denn an einem solchen Kampf beteiligen? Auch nach deinen jüngsten Erfahrungen mit den Behörden?«

»Ich denke schon, wenn meine Staatszugehörigkeit kein Problem darstellen würde.« Ein harter Zug erschien auf seinem Gesicht. Er deutete mit dem Kinn zum Louvre. Es war allgemein bekannt, dass die Avantgardisten eine Abneigung gegen das Museum hegten, da es sich mit seinen alten, traditionellen Exponaten zum Kontrahenten der Moderne aufspielte.

»Gestern hast du gesagt, dass Kunst niemanden ausschließt, und damit liegst du richtig. Aber die Welt besteht nicht nur aus Kunst. Verstehst du? Ich will dazugehören, Teil dieser Gesellschaft werden. Und wenn ich das nur beweisen kann, indem ich zu den Waffen greife, dann kämpfe ich an vorderster Front.«

»Olympe behauptete, du hättest dich für mich verbürgt. Wie kam es dazu?«

»Weil ich mich in dir wiedererkannt habe. Ich war einst in einer ähnlichen Lage, kam aus der Fremde und wusste nicht, wer ich war und wohin ich wollte. Meine Mutter war zwar die Tochter eines Aristokraten, doch sie zog es vor, ein zügelloses Leben zu führen. Meine Eltern waren nicht verheiratet, Vater verließ uns bald nach der Geburt meines Bruders. Einmal versuchte sie ihr Glück in den Ardennen im Casino, doch sie verlor alles, und da wir die Pension nicht bezahlen konnten, flüchteten wir nachts durch den Wald und stahlen uns davon. Als ich nach Paris kam, war ich so alt wie du. Ein Ausländer, der Schriftsteller werden wollte, der jedoch das Gymnasium ohne Abitur abschloss. Eine Anstellung konnte ich unter diesen Bedingungen vergessen.«

»Was geschah dann?«

»Mit einigen Gelegenheitsarbeiten hielt ich mich über Wasser und schrieb Gedichte. Aber du weißt ja, wie das mit dem Schreiben ist. Man braucht noch einen anderen Erwerb. Ich kehrte Paris bald den Rücken und wurde im Rheinland Hauslehrer für die Tochter einer Baronin. Mit ihnen bekam ich die Gelegenheit, auf Reisen zu gehen. Berlin, Prag, Wien …«

»Das hört sich abenteuerlich an!«

»Das war es auch. Diese Reisen haben mich geprägt und inspiriert.«

Valérie zählte eins und eins zusammen. »Dort warst du auch hinter dieser Frau her, von der du vorhin erzählt hast, nicht wahr?«

»Sie war die Haustochter der Familie. Eine Engländerin namens Annie.« Er machte eine wegwerfende Handbewegung. »Aber das ist eine alte Geschichte. Wie auch immer, ich kam zurück nach Paris und lernte bald die richtigen Leute kennen. So wie du.«

Valérie sah ihn an und wusste, dass sie in ihm einen wahrhaftigen Freund gefunden hatte, einen, der sie verstand. Ihr wurde bewusst, dass all diese glücklichen Wendungen nur dadurch gekommen waren, weil ihr zwei Dinge widerfahren waren, mit denen sie nicht gerechnet hatte: Madame Lapins Ableben und das Verschwinden ihrer Geldbörse.

»Ich möchte mich unbedingt bei Yvette für ihre Hilfe revanchieren. Sie hat ihre Gunst bei Mademoiselle aufs Spiel gesetzt. Gibt es etwas, das sie besonders schätzt? Karten für das Lichtspieltheater zum Beispiel?«

»Sie liebt Schokolade. Aber das hast du nicht von mir! Komm, lass uns in die Rue de Rivoli gehen. Dort gibt es ein Wiener Café, das Angelina. Ich strecke dir das Geld vor, aber sag's keinem, denn ich habe den Ruf eines Sparfuchses.«

Nachdem Valérie mit Schokolade eingedeckt war, blickte sie beim La Samaritaine kurz in die Schaufenster, dann verließen sie die Rive Droite und überquerten die Seine am Pont Neuf, dort, wo Valérie schon gestern gestanden hatte.

Mit all den teuren Kaufhäusern ließen sie auch die kapriziösen Menschen zurück, die mit Sonnenschirm, Glacéhandschuhen und Gehstock flanierten, als wäre Paris eigens für sie erbaut worden. Stattdessen öffnete sich ihnen das Paris der Freigeister, dessen ansteckender Ideendunst in der Luft lag. Während sie so durch das Quartier Latin schlenderten, sprachen sie über Apollinaires bevorstehende Publikation.

»Hast du schon Ideen für die Umschlaggestaltung? Einen Titel?«

»Picasso wird für den Umschlag ein Porträt von mir anfertigen. Und was den Titel betrifft, da habe ich an *Eau de vie* gedacht. Schnaps. Aber …«, er zögerte, »… aber der Name überzeugt mich nicht mehr.«

Ohne, dass sie es bemerkten, hatten sie die Rue de la Grande-Chaumière erreicht. Valérie und Apollinaire standen vor der Académie Colarossi.

»Wie weit geht die Gedichtsammlung denn zurück?«

»Fünfzehn Jahre, seit ich schreibe.«

Valérie überlegte. »Dann ist der Name zu edel. Der Apollinaire, den ich soeben kennenlernte, ist ein einfacher Mann. Einer, der die Welt mit seinen eigenen Augen sehen und mit seinen eigenen Händen erspüren musste, der scheiterte, reifte und sich schließlich eine Existenz aufbaute. Er ist vielfältiger als Schnaps.«

In seinem Ausdruck tat sich etwas. Man konnte ihm förmlich ansehen, wie der Groschen fiel. »Du kluges

Mädchen! Du hast recht!« Er legte seine Hände um ihren Kopf und platzierte einen Kuss auf ihrer Stirn. »Nicht *Eau de vie*, sondern *Alcools*!«

Und nachdem das geklärt war, öffnete er lachend die Tür der Académie und gab Valérie den Vortritt.

7. KAPITEL

Paris
30. September 1912

Cher Jules,

es freut mich, dass Dir das Studium gefällt, auch wenn es Dich anstrengt. Ich kann kaum in Worte fassen, wie stolz ich auf Dich bin. Du tust etwas Gutes! Ich male momentan nur wenig, sondern muss mich Übungen unterziehen und Farbtheorien auswendig lernen, was ich absurd finde. Als ob ich mir jemals darüber Gedanken gemacht habe, zu welchen Farben ich greife! Auch wenn das Gelernte Sinn ergibt, ist das bei mir eher eine Gefühlssache. Glücklicherweise sind die Professoren freundlich und geduldig mit mir. Monsieur Mucha ist ein eindrucksvoller Lehrer, der schon mit Rodin und Gauguin zusammengearbeitet hat. Mit den anderen Studenten besteht eine angenehme Gemeinschaft. Oft besuchen wir nach dem Unterricht das »Café de la Rotonde«, ein Lokal, das ich Dir gern einmal zeigen würde. Der Besitzer ist sehr nachsichtig, was die flüssigen Mittel der Künstler betrifft. Sie lassen anschreiben oder bezahlen mit einem ihrer Gemälde. Aus diesem Grund erfreut sich das Café großer Beliebtheit. Generell finde ich die Teilhabe in diesen Kreisen bezaubernd. Mein Freund Apollinaire zum Beispiel besitzt aus seiner Zeit als Bankier hochwertige Anzüge, die er seinen ärmeren Freunden leiht, wenn sie einen eleganten Anlass besuchen. Man gibt hier sehr aufeinander acht.

Wegen Deiner besorgten Frage schmunzle ich noch immer. Mein Zimmer gehört zu einem wohlgeführten Haushalt, und Mademoiselle de Montesquiou ist alles andere als eine zwielichtige Gestalt. Sie ist die Tochter eines Adligen, die ein aufregendes Leben als Alleinstehende führt. Ich kam nicht umhin, ihr von Deinen besorgten Gedanken zu erzählen, und wir haben uns sehr amüsiert. Ach, hätte ich Dir doch bloß nicht von meiner Beobachtung am ersten Morgen erzählt. Ich glaube, das hat einen falschen Eindruck erweckt.

Richte bitte liebe Grüße an Monique aus und sag ihr, dass ich mich über ihre Postkarte gefreut habe. Küsse an Maman und Papa! Nächstes Wochenende kann ich leider nicht nach Raduille kommen, weil ich Prüfungen habe und lernen muss.

Bisous, Valérie

Raduille
9. Oktober 1912

Liebe Schwester,

wir mögen Zwillinge sein, dennoch bin ich vier Minuten älter als Du, was die Sorgen eines großen Bruders rechtfertigt. Es freut mich, dass ich zu Deiner und Mademoiselles Unterhaltung beitrug. Wenigstens bringe ich Dich selbst aus der Ferne zum Lachen!

Hoffe, Du verbringst eine schöne Zeit in Paris. Ich sehe es direkt vor meinen Augen, wie Du resolut mit einer Zeichenmappe unter dem Arm durch die Hallen der Académie schreitest und mit Deinen Freunden der Bohème über den Unterschied zwischen Weinrot und Purpurrot philosophierst. So was tut ihr doch, oder nicht?

Hast du etwas von Gabriel gehört? Seit sein Vater wegen einer schmerzhaften Gürtelrose ans Bett gefesselt ist, bekomme ich ihn kaum noch zu Gesicht. Er scheint Dich sehr zu vermissen. Vielleicht solltest Du ihm mal von Deinem wohlgeführten Haushalt aus schreiben.

Bisous, Jules

Paris
12. Oktober 1912

Liebster Gabriel,

ich vermisse Deine Nähe, Deine Scherze, Deine Stimme, einfach alles. Die Ferngespräche sind ein Trost. Natürlich verstehe ich, dass Du in der Post eingespannt bist, aber erlaubt Dir Dein Vater dennoch, ein Wochenende in Paris zu verbringen? Wenn Du diesen Monat kommst, könnten wir zur Neueröffnung der Galeries Lafayette gehen. Und im Salon d'Automne stellt Modigliani aus. Seine Skulpturen sind bewundernswert, doch die Gesundheit zwingt ihn, von der Bildhauerei Abstand zu nehmen. Der Marmorstaub ruiniert seine Lunge. Ach, es gibt so vieles, das ich Dir in Paris zeigen möchte. Die Katakomben zum Beispiel! Apollinaire und ich waren einen ganzen Tag lang dort unten. Monsieur Mucha verlangte von uns kürzlich, dass wir die Anatomie des menschlichen Gesichts studieren. Als ich Apollinaire davon erzählte, bekam er einen Einfall, und wir gingen ins Beinhaus. Schande über mich, aber ich habe einen alten Schädel mitgenommen. Ob er einem Kopf gehörte, der in der Französischen Revolution rollte? Ich habe ihn Bob genannt. Kein sonderlich revolutionärer Name, ich weiß.

In Liebe
Valérie

Raduille
28. Oktober 1912

Ma chère Valérie,

es beschämt mich, dass ich Dir nicht eher geschrieben habe. Ich war von früh bis spät mit der Arbeit beschäftigt, und die Tage zogen nur so dahin. Jetzt wird es wohl November, bis Du meinen Brief erhältst. Auch habe ich es bedauert, dass ich nicht mit Jules nach Paris mitkommen konnte. Er kehrte voller Begeisterung zurück. In der Schankstube redete er mir die halbe Nacht die Ohren voll, wie aufregend die Stadt und Dein neues Leben sei. Außerdem scheint er von Mademoiselle de Montesquiou sehr angetan zu sein. Ich ließ mir nichts anmerken, aber ich hatte vor Neid eine flammende Wut in mir lodern, weil ich Dich nicht sehen konnte und er schon. Er hat mir einige Zeichnungen von Dir mitgebracht, worüber ich mich sehr gefreut habe. Sie hängen in meinem Zimmer, so ist wenigstens ein Teil von Dir immer bei mir. Ich möchte doch so gern alles sehen! Bestaunen, was Du bestaunst. Die Luft atmen, die Du atmest, aber das muss warten.

Ich hoffe, bald bei Dir zu sein, mein Schatz. Aber mein Vater ist noch immer ans Krankenbett gefesselt, und eine andere Hilfskraft als mich hat der Alte einfach nicht.

Dein frustrierter Gabriel

Paris
5. November 1912

Lieber Gabriel,

letzte Woche habe ich die Markthallen besucht. Die Eindrücke dieses geschäftigen und lärmenden Treibens haben mich zu einigen Kohlezeichnungen bewegt. Émile Zola hatte recht, als er die Hallen als »Der Bauch von Paris« bezeichnete. Muskelbepackte Männer mit Pfeife und Schiebermütze, deren Arme komplett mit Tätowierungen bedeckt waren, Marktschreier und feilschende Mägde, Ruß und Dampf! Diese enormen Mengen an Waren und Lebensmitteln, die hier verladen und gelöscht werden, verschwinden innerhalb eines Tages.

Auch wenn wir zwischenzeitlich über den Fernsprecher gesprochen haben, wollte ich Dir ein paar tröstende Worte schreiben: Es ist unser Schicksal, dass wir uns nicht so oft sehen. Aber ich werde geduldig sein. Und wenn der Prophet nicht zum Berg will, dann …

Deine Valérie

Raduille
17. November 1912

Liebste Valérie,

was hast Du bloß mit mir angestellt? Dein Überraschungsbesuch hat mich mit neuem Leben erfüllt. Im Nachhinein war alles wieder so schnell vorbei. Was bleibt, sind süße Erinnerungen. Wie an den einen Nachmittag, den wir im Atelier verbrachten. Draußen war es bitterkalt, doch innen beschlugen sich die Fensterscheiben, und wir lagen verschwitzt nebeneinander und waren einfach nur zusammen.

Jetzt kommt bald die Weihnachtszeit, und in der Post ist viel Betrieb, sodass kaum Zeit für Besinnliches bleibt. Hin und wieder packt mich die Neugierde, sodass ich die eine oder andere Postkarte lese, aber ohne Dich ist es nicht dasselbe. Erinnerst Du Dich an die Karte, die ich Dir im Frühling vorlas? »Du liebes Mädchen, lehne leise Dein süßes Köpfchen an mich an. Und lausche still der Zauberweise, wie glücklich Liebe machen kann.« Ich kann die Gefühle des Absenders sehr gut nachempfinden, wenn ich dabei an Dich denke.

Dein Gabriel

PS: Noch während ich diesen Brief verfasst habe, erhielt ich gute Nachrichten. Meinem Vater scheint es besser zu gehen. Das liegt wohl an der rothaarigen Krankenschwester, die ihn seit geraumer Zeit pflegt und ihm den Kopf verdreht. Er meinte, er könne ein Wochenende auf mich verzichten. Valérie, ich komme zu dir!

8. KAPITEL

Paris, November 1912

Der Zug aus der Normandie fuhr zischend in den Gare Saint-Lazare ein und es war, als brächte er einen Hauch von Salzwasser und Frische nach Paris. Während Gepäckträger sofort dienstbeflissen zu den Passagieren der ersten Klasse eilten, den Damen die Hand reichten und ihre Taschen, Koffer, Hundezwinger und Hutschachteln auf Wagen manövrierten, traten weiter hinten die Passagiere der dritten Klasse aus dem Dampf.

Valérie stieß einen spitzen Schrei aus, als sie Gabriel entdeckte. Es war ihr einerlei, was andere von ihr dachten, und so stürzte sie ihm direkt in die Arme und küsste ihn.

Dankbar für seine Nähe, die verhinderte, dass er ihre Tränen sah, hielt sie ihn fest. Seine Arme legten sich schützend um sie. Ganz wohlig sog sie seinen Geruch ein; eine angenehme Mischung aus Filz, Kohle und Rasierwasser, zusammen mit dem Duft von Heimat, der sofort ihre Sehnsucht weckte.

»Du meine Güte, sind das viele Menschen!«, keuchte er, als er zwischen zwei Küssen nach Luft schnappte. »Und du, du siehst umwerfend aus! Zeig dich her, Mademoiselle aus der Stadt!«

Er hielt Valérie an den Oberarmen, trat einen Schritt zurück und musterte sie.

Etwas an diesem Lächeln gefiel ihr nicht. Sein Grinsen erreichte seine Augen nicht. Er wirkte abgekämpft. Doch auf ihr Nachfragen reagierte er nicht.

»Wie findest du meine neue Garderobe?«, lenkte sie schließlich mit einem koketten Blick ab. Valérie trug ein tabakbraunes Schneiderkostüm, dessen Rock nur bis knapp über die Waden reichte, dazu dunkle Lederstiefel mit Absatz. »So kommt mir der Rock auf dem Fahrrad nicht mehr ins Gehege.«

»Du bist mit dem Fahrrad unterwegs?«

»Ja, aber ich schiebe es auf dem Rückweg. Es sind zu Fuß nur etwa zwanzig Minuten. Du kannst deine Tasche auf den Gepäckträger legen.«

Zusammen verließen sie den Bahnhof, wobei es ihnen schwerfiel, sich auf die Straße zu konzentrieren. Ständig blieben sie stehen, um sich zu küssen oder sich zu beteuern, wie schrecklich sie einander vermisst hatten. Ansonsten sprach Valérie viel und Gabriel wenig, was sie aber nicht bemerkte. Sie war so aufgeregt, dass ihr gar nicht auffiel, wie Gabriel mit ihrem Tempo kaum mithalten und ihren Erzählungen nur schwer folgen konnte.

»Diese Häuser sind Resultat der Haussmannisierung. Aber es gibt noch volkstümliche Stadtteile. In Montmartre zum Beispiel. Diese Gegend war ursprünglich ein Dorf und gehört noch nicht so lange zu Paris. Einige meiner Künstlerfreunde haben sich dort ein Atelier gemietet und es gibt wunderbare Lokale wie das Kabarett ›Lapin

Agile‹. Dort wirst du heute Abend meine Freunde kennenlernen. Der Name des Lokals stammt von einem lustigen Wortspiel. Der ursprüngliche Besitzer hieß André Gill, also A. Gill …«

»Valérie!«, unterbrach Gabriel sie. Er berührte ihren Arm und blieb stehen. Als sie in seine Augen blickte, erschrak sie. Ein harter Zug erschien auf seinem Gesicht, und er bedachte sie mit einem müden, fast schon gereizten Blick.

»Ich habe wahnsinnige Kopfschmerzen und bin müde. Ich würde mich gern einfach nur hinlegen und später entscheiden, ob ich abends ausgehe.« Seine Stimme klang gepresst und machte deutlich, dass sie besser nicht versuchen sollte, ihn umzustimmen.

Völlig vor den Kopf gestoßen ging sie mit ihm weiter und schwieg befangen. Valérie hatte sich den Besuch anders vorgestellt. Sie hatte sich auf eine leidenschaftliche Begegnung eingestellt und vorbereitet. Olympe hatte ihr geraten, die Verhütungsfrage lieber in die eigene Hand zu nehmen und sie zu einem Apotheker ihres Vertrauens geschickt. Dieser hatte ihr unter der Ladentheke ein Pessar verkauft.

Doch jetzt schien es so, als hätte sie sich zu früh gefreut. Gabriel war unpässlich. Ob müde oder verstimmt, das war ihr letztendlich nicht klar.

Aber sie konnte es nicht ändern und ihre Freunde erwarteten sie trotzdem im »Lapin Agile«. Also ging sie allein hin.

»Und, wo ist dein Liebster?« Victor schenkte ihr ein Glas Wein nach. Er war ein unglücklich verliebter Schotte, der sich wegen seiner Homosexualität von seiner Familie entfremdet hatte und im Folies Bergère die Bühnenbilder für Isadora Duncan anfertigte.

»Ach, der.« Valérie zwang sich zu einem Lächeln. Dabei spielte sie mit ihrem Ring. »Was brauche ich einen Liebsten, wenn ich dich haben kann?« Die beiden waren eng miteinander befreundet und liebten es, trotz – oder gerade wegen – Victors Sexualität, miteinander zu schäkern.

Nur Apollinaire bedachte sie mit einem schweigenden und zugleich vielsagenden Blick, während er an seiner Zigarette zog und der Rauch sich unter den Lampenschirmen wölbte.

Valérie hatte sich gut in die Gemeinschaft eingegliedert. Neben der Malerei und der Bildhauerei erhielten auch ihre Resolutheit und ihre Schlagfertigkeit einen gründlichen Feinschliff. Was im bürgerlichen Kleingeist noch immer als Sittenverfall galt – trinken, feiern und sich lieben –, empfand sie als Befreiung. Hier entzog man sich den üblichen Konventionen und büßte dabei weder an Intellekt noch an Würde ein. Die Bohème begrüßte Außenseiter, da ihre Mitglieder sich selbst als solche sahen. Viele brachen allmählich ihre alten Zelte in Montmartre ab und schlugen sie in Montparnasse neu auf. Nicht zuletzt, weil das Viertel für seine Bälle, Bühnen, Bars und Bordelle berüchtigt war und die Verbrauchssteuer auf Wein entfiel.

Gewiss, nach diesen Maßstäben war Valérie noch immer das unschuldige Mädchen vom Lande, das selten über den Durst trank und Gabriel treu war, dennoch mochte ihre Veränderung ihn schockiert haben. Wie Yvette verzichtete sie zumindest teilweise auf das Korsett. Sie rauchte, schminkte sich, trug einen Damenbowler und ergänzte ihre Kleidung mit einer Fliege oder einer Krawatte. Schon lange geriet sie nicht mehr in Schnappatmung, wenn sie einen bekannten Künstler oder Autor traf, und wenn ihr ein Nachtschwärmer ungalante Avancen machte, dann jagte sie ihn ebenfalls ungalant davon.

Gerade stürzte sie ihr drittes Glas hinunter, während sie mit Modigliani füßelte, als Apollinaire aufstand und ein Spiel verkündete.

»Zeit für einen Wettbewerb!«

Valérie ahnte, dass er das nur tat, um sie vom Trinken abzuhalten, denn er schätzte diese anständige, unverbrauchte Seite an ihr.

Die Menge tobte und war mit Enthusiasmus dabei. Père Frédé, der Besitzer des Lapins, brachte Stifte und Leinwände für die Stative. Eine kluge Investition seinerseits, denn in der Vergangenheit hatte er sich zu oft über die Künstler auslassen müssen, die direkt auf seine Wände schmierten.

Beim Spiel ging es darum, dass immer zwei Teilnehmer ausgelost wurden und gegeneinander antraten. Aus dem johlenden Publikum erhielten sie Anweisung, was sie zeichnen sollten. Danach wurde ein Gewinner gekürt und die Zeichnung verschenkt oder gegen ein Getränk eingetauscht.

Soeben schlug Braque Picasso, dieser gab den Stift mit einem kräftigen Schnauben weiter an Valérie. Sie trat gegen eine Mitstudentin an, beide sollten eine Giraffe mit Bowler und Regenschirm zeichnen. Valérie beschwerte sich lachend, dass das vorherige Motiv deutlich leichter gewesen sei, und fragte, ob ihr denn jemand für die Giraffe Modell stehen würde.

Apollinaire stieg auf einen Stuhl, während Victor das Hinterteil spielte und dem Dichter den Po tätschelte. Ein Bowler flog von der einen, ein Schirm von der anderen Seite zu, und das Gelächter der Besucher überschlug sich.

Energisch machte Valérie hier einige Striche, verwischte dort etwas und stieß hin und wieder ein Fluchen aus, ehe Apollinaire auf die Uhr blickte und sich an Victor wandte. »Ich bedaure, unser Rendezvous beenden zu müssen, doch die Zeit ist um!«

Danach wurde ihr Werk bis auf den letzten Strich zerlegt und analysiert, dennoch gewann sie die Runde. Die Studentin empörte sich und behauptete, Valérie und Apollinaire hätten sie betrogen. Stifte wurden durch die Luft geschleudert, ehe sie davonrauschte.

»Die sollte lieber lernen, mit Kritik umzugehen, sonst ist sie hier falsch«, murmelte Picasso, während er an seiner Pfeife zog und Eva sich an seine Schulter schmiegte.

Der Zwischenfall war schnell vergessen, und Victor verloste Valéries Giraffe. »Welcher Auserwählte ist dieser magnifiken Zeichnung würdig? Auf dass er sie auf ewig bewundere?«

»Nun hör aber auf!« Valérie lachte.

In der Menge hob jemand die Hand. »Ich. Ich hätte sie gern.« Die Stimme klang ruhig und tief und hob sich von den anderen ab. Ein Schauer lief Valérie über den Rücken, als sie sie erkannte.

»Gabriel!« Sie merkte nicht, dass ihr Tränen aus den Augen quollen. Eiligen Schrittes ging sie ihm entgegen. »Du bist hier.«

»Ich wollte mir das nicht entgehen lassen«, sagte er mit einem Lächeln, während er sanft über ihre Wange strich. In seinen Augen lag noch immer ein Schimmer von Bedrückung.

Von da an war der Abend gerettet. Mit einer vor Stolz geweiteten Brust stellte sie ihn ihren Freunden vor.

»Ein guter Fang«, flüsterte Victor ihr zu, als sie sich zu später Stunde verabschiedeten. Die Melancholie in seiner Stimme entging ihr nicht.

»Früher oder später wirst auch du wieder jemanden in dein Leben lassen, Victor.«

»Ich weiß nicht, Valérie. Manchmal denke ich, dass ich die Liebe schon verloren habe.«

Sie verabschiedete sich und flüsterte dabei in sein Ohr: »Das Gute am Verlieren ist, dass man das Verlorene wiederfinden kann.«

Später in dieser Nacht fand Valérie selbst all das wieder, was sie in den letzten Wochen verloren geglaubt hatte.

Gabriel mit Haut und Haar. Schon im Hausflur küsste er sie so sinnlich, dass sie es kaum ins Zimmer schafften. Später nahm Gabriel sie erschöpft in den Arm und schmiegte sich dicht hinter sie. Valérie fühlte sich sicher in seiner Nähe, aber dennoch konnte sie nicht sofort einschlafen, in ihrem Kopf arbeitete es. Diese Geborgenheit, die sie jetzt noch spürte, wie lange würde sie halten? Das erste Mal, seit sie zusammen waren, überkam sie das Gefühl, dass sich etwas zwischen sie drängte. Wenn sie sich nicht bald für die eine oder andere Richtung entschieden, steuerten sie mit ihren unterschiedlichen Lebensstilen auf einen Abgrund zu. Es war nur noch eine Frage der Zeit. Sie musste sich entscheiden, was ihr wichtiger war. Die Kunst oder die Liebe. Beides zusammen würde nicht funktionieren.

Und obwohl es warm war, erfasste sie ein kalter Schauer.

9. KAPITEL

Paris, Dezember 1912

Nach Gabriels Besuch sah sich Valérie in ihren Befürchtungen bestärkt, als seine Briefe bald ausblieben. Den Fernsprecher nahm er entweder gar nicht mehr ab, oder aber er blieb unnahbar. Bis Weihnachten war sie von seinem Verhalten so verunsichert, dass ihr Selbstbewusstsein zu bröckeln begann. Was hatte sich zwischen ihnen verändert? Liebte er sie nicht mehr? Lag es an ihr, oder war Gabriel einfach zu beschäftigt?

Ihren Bruder wollte sie nicht ausfragen. Zum einen würde ihr Interesse ihn überraschen, denn er wusste nichts von ihrer heimlichen Beziehung, zum anderen verlöre sie so ihre Würde. Also musste sie lernen, all ihre unbeantworteten Fragen zu ertragen und bis zu ihrem Wiedersehen mit ihnen zu leben.

Zum Glück gab es in Paris viel zu tun, sodass ihr kaum Zeit zum Grübeln blieb. Täglich war sie von früh bis spät unterwegs, machte Besorgungen, suchte nach neuen Malutensilien oder arbeitete an ihren Werken. In der Académie ging es auf das Semesterende zu, und viele Abschlussarbeiten erforderten ihre Aufmerksamkeit. Olympes Renovierung ging ebenfalls voran. Mit den neuen Möbeln und der hellen Farbe wirkten ihre Räumlichkeiten frischer und größer. Ein Gemälde von Braque, welches Valérie für fünfzig Francs erstanden hatte, machte sich hervorragend über der Jugendstil-Kommode und dem petrolblauen Plüschsofa. Und seit dem dritten Advent schmückte ein zimmerhoher Tannenbaum den Salon, und es duftete herrlich nach Zimt und anderen Gewürzen.

Apollinaire arbeitete eifrig an seinem Sammelband und ersuchte mehr als einmal Valéries Rat. Das Porträt von Picasso war fertiggestellt und würde in den Buchhandlungen die Aufmerksamkeit der Kundschaft erregen. Einer Publikation im kommenden Jahr stand somit nichts mehr im Weg. Ihr Bruder Jules nutzte die freien Wochenenden, um nach Paris zu kommen. Valérie schätzte die innige Beziehung zu ihm sehr, hegte aber den Verdacht, nicht der alleinige Grund seiner Besuche zu sein. In der Tat steckte ein Mädchen dahinter, welches er im »Maxim's« kennengelernt hatte.

Die Weihnachtstage verbrachte Olympe bei einem Liebhaber in Nizza. Valérie packte am 24. Dezember ihren Koffer und machte sich auf nach Raduille.

Erst als der Zug zischend und träge stampfend aus dem Gare Saint-Lazare rollte, um dann allmählich zu beschleunigen, spürte sie das Gewicht der letzten Tage von ihren Schultern fallen. Die Ungewissheit hatte sie bis zuletzt bekümmert, aber bald würde sie ihre Liebsten in die Arme schließen. Sie atmete tief durch, lehnte sich zurück und freute sich auf ihre Familie, auf die Heimat, das dekorierte Haus und gute Essen.

Trotz der Liebe zu Paris verstand Valérie allzu gut, was ihre Eltern damals in das holzgerahmte und reetgedeckte Landhaus in Raduille geführt hatte. Es war ein offenes Haus voller Leben und Kultur, ein lautes noch dazu. Draußen im Vorgarten hörte man das gemächliche Hacken und Schaufeln des Gärtners, drinnen im Salon das Klavier, wenn Moniques Finger über die Tasten glitten. Aus dem ersten Stock klang das Tippen der Schreibmaschine ihres Vaters und wie er manchmal mürrisch im Zimmer auf und ab ging, wenn ihn eine Blockade ärgerte. Aus der Küche schallte eine Arie von Puccini, und durch die Flure eilte das Dienstmädchen Babette, die es liebte zu singen. Im hinteren Garten hielt Maman im Frühling und Sommer ihre Tanzstunden ab. Wie Feen sahen die Mädchen aus, wenn sie sich barfuß und in weiten Tuniken zwischen Rosen, Glockenblumen, Rittersporn und Petunien bewegten. Am wohlsten fühlte sich Valérie aber, wenn sie die schweren Schritte ihres Bruders und sein tiefes, kehliges Lachen hörte. Dann wusste sie, dass sie daheim war.

Egal, wie weit sie von zu Hause fort war – wenn sie nachts die Augen schloss und an Raduille dachte, spürte sie eine Seligkeit, die sie jedes Mal erfüllte, sobald sie die Eingangshalle betrat. Sie sah den in Weiß und Mintfarben gekachelten Steinboden und den Staub, der in der Sonne glitzerte. Den Jugendstilkronleuchter im Eingang und die Deckenmalerei ihrer Maman. Und ganz oben, zwischen Eingangstür und Kronleuchter, blickten zwei kleine Putten auf sie herab. Nur die wenigsten wussten, dass diese Engelchen die Geschwister Séraphine und Raphaël darstellten, die in den fünf Jahren zwischen Valérie und Monique zur Welt gekommen und das Kindesalter nicht überlebt hatten. Nun wachten sie als Schutzengel über das Haus und die Familie.

Als Weihnachtsgeschenke hatte Valérie sich für jeden etwas Einzigartiges einfallen lassen. Bei den Bouquinisten fand sie für Monique Noten von Debussy und Satie, und für Maman die nagelneue Schallplatte *Roma* des erst kürzlich verstorbenen Komponisten Massenet. Für ihren Vater eine signierte Erstausgabe von *Les Misérables* und für Jules einen seltenen Wein zusammen mit einem marineblauen Schal.

Am meisten aber hatte sie sich um Gabriels Geschenk bemüht: ein Ölgemälde, das sie beide an einem Weiher mit dem Rücken zum Betrachter zeigte. Sie hielten einander in den Armen, Valéries Gesicht blieb verborgen, während von Gabriel das Seitenprofil zu sehen war. Wer es wusste, erkannte die beiden. Für alle anderen war es bloß ein junges Liebespaar. Sie hoffte, seinen Geschmack damit getroffen zu haben.

Während Valérie so durch die Landschaft der Normandie fuhr, beschlich sie das Gefühl, dass die Uhren auf dem Land langsamer tickten. Während in der Stadt die Zeit nur so dahinraste, erwartete sie in Raduille Behaglichkeit und Beständigkeit. Gedankenverloren sah sie vor dem Fenster Wiesen und Wälder vorbeiziehen, während der Himmel sich verfinsterte. Sonderlich weihnachtlich war die Stimmung nicht. Den ganzen Herbst schon gab es heftige Regenfälle und Überschwemmungen an den Küsten.

Als Valérie in Cherbourg aus dem Zug stieg, roch es nach Regen, und ihre Füße froren fürchterlich von der langen Zugfahrt. Obwohl es Nachmittag war, wölbten sich die Wolken schwarz unter dem Himmel.

Gabriel hatte versprochen, sie abzuholen, und sie entdeckte ihn sofort. Mühsam zerrte sie ihr schweres Gepäck aus dem Abteil, welches Gabriel ihr sogleich abnahm. Doch als sie ihn umarmen wollte, hielt sie abrupt in ihrer Bewegung inne. Etwas stimmte nicht. Nervös streckte sie ihren Arm nach ihm aus. Gabriel lachte nicht, so wie er es immer tat. Er stand einfach nur da, die Hände tief in den Hosentaschen vergraben, die Schiebermütze leicht schief auf dem Kopf. Um den Arm trug er ein schwarzes Band. Ein Trauerflor.

»Was ist geschehen? Ist etwas mit deinem Vater? Ist er …« Sie konnte die Worte nicht aussprechen, und doch ahnte sie die Antwort.

Er nickte bloß, und er schien gegen die unterdrückten Tränen anzukämpfen. Er fasste sich an die Stirn und an die Nasenwurzel, als hätte er schreckliche Kopfschmerzen. Mit heiserer Stimme flüsterte er: »Das beschleunigt alles.«

Die Worte schlugen ein wie der Blitz. Ehe sich ihre schlimmsten Befürchtungen zu einem Gedanken formen konnten, sah sie es in seinen Augen, in der leicht abweisenden Haltung, und sie hörte es an seiner dünnen, monotonen Stimme: Er würde sie verlassen, um das Geschäft seines Vaters zu übernehmen. Und nicht nur das, er würde einem Mädchen von hier den Hof machen, so wie es sich gehörte, denn ein Geschäftsinhaber brauchte einen wohlgeführten Haushalt.

»Bitte sag, dass das nicht wahr ist.«

All ihre vergangenen, schönen Momente zogen in diesem Augenblick an ihr vorbei. Verzweifelt versuchte sie, sich an ihnen festzuhalten. Valérie schluckte und senkte ihre Augen, denn sie ertrug seinen Anblick nicht. Ihr Herz raste, und sie kämpfte gegen das Gefühl der Ohnmacht an.

Seine Hand schoss vor und berührte sie am Ellenbogen. Sie wehrte ihn nicht ab und ließ geschehen, dass er sie an sich zog. Seine Stirn presste sich fest gegen die ihre, sie hielten die Augen geschlossen. Fast wie auf dem Gemälde, das sie ihm schenken wollte. War es eine dunkle Vorahnung gewesen, die sie auf der Leinwand verewigt hatte? Hatte sie es nicht schon von Anfang an gewusst? Sogar schon an ihrem ersten Tag in Paris, als sie mit Apollinaire im Jardin des Tuileries darüber gesprochen hatte? Ihre Lebensstile waren wohl einfach zu verschieden, das Ganze mit ihnen war eben doch nicht mehr als eine dumme Träumerei gewesen – leider mit viel zu ernsten Gefühlen.

Tränen quollen aus ihren Augen. Sie hasste sich für ihr Aufschluchzen, als er sein Gesicht in ihrem Haar vergrub und sie die Nässe auf seiner eisigkalten Wange spürte. Er klammerte sich an ihrer Hand und an ihrer Taille fest, als wäre er ein Sterbender, der darum flehte, nicht alleingelassen zu werden.

»Du weißt, dass du mir trotzdem immer das Wichtigste bleibst?«

Valérie versuchte, tapfer zu nicken, doch es gelang ihr nicht. Sie schluchzte, war wütend und gleichzeitig verzweifelt. Es lagen ihr noch so viele Worte auf der Zunge, aber nichts von all dem hätte ihre gemeinsame Zeit zurückgebracht, die nun abgelaufen war. Sie wollte schreien, aber wozu?

Also hielt sie ihn einfach in den Armen, während sie schweigend um ihre verlorene Liebe trauerte und sich die Finsternis auf sie herabsenkte.

10. KAPITEL

Paris, Januar 1913

Das neue Jahr kam. Valérie weinte noch immer tage- und nächtelang um Gabriel und konnte gar nicht mehr aufhören. Manchmal waren es richtige Anfälle aus dem Nichts. Das Schlimme war, dass sie ihn nicht nur als Liebenden verlor, sondern auch als Freund, mit dem sie so viel teilte. Der Schmerz glich einem Riss im Herzen, der bis tief in ihre Seele reichte. Immer und immer wieder spielte ihr Gedächtnis Gabriels Worte ab, die er in Cherbourg an sie gerichtet hatte:

»Ich bin in Raduille verankert, aber du hast dich hier nie wohlgefühlt. Du gehörst nach Paris. Es war wunderschön, dich im Café zu sehen, umgeben von deinen Freunden und der Kunst, dein Lachen war so ehrlich. Aber meine Welt wird das nie sein, und ich kann nicht verantworten, dass du das alles für mich aufgibst.«

Eigentlich war ihre Trennung so vernünftig und logisch, dass sie nicht so lange hätte schmerzen dürfen. Aber es fühlte sich an, als hätte ihr jemand das Herz herausgerissen. Das war doch der Grund gewesen, weswegen sie sich niemals verlieben wollte. Aber ihre Gefühle hatten sie hintergangen und sie blind für das Offensichtliche gemacht.

An manchen Tagen glaubte Valérie, alle Kraft hätte sie verlassen. Sie fühlte weder Muskulatur noch Knochen, als hätte ihr jemand die Wirbelsäule aus dem Körper gerissen, sodass nichts als ein Klumpen Fleisch übrigblieb. Und ihr Herz, ihr kleines, verletztes Herz schlug so kräftig, als könnte es sich nie wieder beruhigen.

Aber wider Erwarten lernte es genau das. So wie jemand, der beide Beine gebrochen hatte, wieder das Laufen erlernte. Langsam und zaghaft zwar, doch Valérie hatte nicht vor, sich der Liebe zu ergeben. Sie war weiß Gott nicht die Einzige, die mit einem gebrochenen Herzen herumlief, und ihr Herz war nicht das einzige, das gebrochen blieb. Der Sturm verflog, und das Feuer verrauchte. Aber eines war klar: Sie würde nie mehr jemanden so nahe an sich heranlassen. Es war es das Risiko nicht wert, wieder verletzt zu werden.

»Da mussten wir alle schon durch. Schon viele Male! Glaub mir, das geht vorbei«, pflegte Apollinaire zu sagen.

Und das tat es tatsächlich. Langsam, aber unaufhaltsam ging das Leben in Paris weiter. Alte Gesichter verabschiedeten sich, neue kamen hinzu, und Valérie kämpfte sich zurück ins Leben.

11. KAPITEL

Paris, September 1913

»Guten Morgen«, sagte Olympe mit einem erstaunten Unterton, als Valérie den Speisesaal mit dem gedeckten Frühstückstisch betrat. »Ich hätte nicht gedacht, dass du so früh wieder auf den Beinen bist.«

»Du weißt doch, man soll so schnell wie möglich zurück zur Routine«, entgegnete Valérie mit einem Gähnen, während sie sich ein Croissant schnappte. Ihr Nacken schmerzte noch von der klumpigen Matratze im Schlafwaggon, und es knackste einmal laut, als sie den Hals dehnte. Den gestrigen Tag und die halbe Nacht hatte sie durchgehend in Zügen verbracht.

»Da ist aber reichlich Post gekommen«, kommentierte sie mit vollem Mund. Beiläufig nahm sie den obersten Umschlag und arbeitete sich durch.

»Du warst ja auch lange fort.«

Das stimmte. Ein aufregender Sommer lag hinter Valérie. Ihr Dozent Alphonse Mucha hatte für seine Studenten eine Exkursion nach Wien organisiert. Zwei ganze Monate hatte sie in dieser charmanten Stadt an der Donau verbracht. Die Studierenden bewegten sich zwischen Kunsthäusern, Salons, Akademien und natürlich dem Ausstellungshaus der Wiener Secession. Sie frühstückten im Café Central, deckten sich bei Demel mit Lebkuchen und Schokolade ein und vergnügten sich abends auf dem Prater.

Höhepunkt ihrer Reise war aber der Besuch in Gustav Klimts Atelier in der Feldmühlgasse 11 gewesen. Er war ein freundlicher, sehr nahbarer Zeitgenosse im übergroßen Malerkittel, der den Studierenden seine Maltechniken erklärt hatte. Valérie staunte über die liebliche, reine Darstellung seiner Modelle, über die Farbenfreude und Ornamente. Besonders aber faszinierte sie, wie verbunden sie alle mit der Kunst waren, auch über die Landesgrenzen hinweg. Was war das nur für ein Privileg, sich in dieser Welt zu bewegen!

»Was ist, bist du nun doch eingeschlafen?«, riss Olympe sie aus den Gedanken. Sie deutete auf den Brief, den Valérie in den Händen hielt. »So lange, wie du schon draufstarrst, muss es sich ja fast um einen Roman handeln.«

Aber der Brief war nicht lang, er war sogar ausgesprochen kurzgehalten. Und trotzdem musste Valérie die Zeilen immer wieder lesen, um sie zu begreifen. Ihre Hände zitterten.

»Liebes, ist alles in Ordnung?«, fragte Olympe mit Besorgnis in der Stimme.

Endlich gelang es Valérie, sich vom Schreiben zu lösen. »Gabriel ist verheiratet«, antwortete sie tonlos. »Meine Schwester hat es mir geschrieben.

»Was?«, entfuhr es Olympe.

»›Unsere Cousine Claudine!‹«, las Valérie vor. »›Ist das nicht schön? Sie hat sich doch so aufopferungsvoll um ihn gekümmert, als sein Vater gestorben ist. Schade, du konntest nicht bei der Hochzeit dabei sein.‹«

Olympe sah sie ungläubig an. »Schade?«

Niedergeschlagen legte Valérie den Brief vor sich auf den Tisch. »Sie weiß doch nichts davon. Niemand wusste es.« Ihre Kehle wurde eng, und sie seufzte schwer.

»Es geht schon«, wimmelte sie Olympe ab, als diese sie trösten wollte. »Ich meine, wir wussten doch, dass es irgendwann so kommen würde. Dass er mir nicht ewig nachtrauert. Mir kann man schließlich auch nicht nachsagen, dass ich ein Kind von Traurigkeit gewesen wäre.« Sie widmete einen flüchtigen Gedanken an die Liebschaften, die sie seit der Trennung unterhalten hatte, denn das Leben musste schließlich weitergehen. Valérie liebte es zu flirten, dem Zauber und dem Knistern zu erliegen, wenn ihr im Theater oder im Varieté ein attraktiver Mann zugewandt war, ihr Wein nachschenkte und sich mit ihr über Malerei und Literatur unterhielt. Aber jetzt schüttelte sie den Kopf.

»Ich verstehe doch auch nicht, weshalb mich das gerade so trifft. In Raduille wäre ich niemals so glücklich geworden wie hier in Paris. Ich habe mich bewusst für das Leben hier entschieden. Nur warum tut es trotzdem so weh?«

»Weil es nun mal etwas anderes ist, ob man einen Liebhaber oder ob man die große Liebe verliert«, antwortete Olympe sanft und streckte die Hand nach ihr aus. »Mit der Liebe ist es wie mit der Kunst. Die einen können nichts mit ihr anfangen, und die anderen … Es gibt Bilder, die scheinen ein Leben lang auf uns gewartet zu haben. Aber dann, wenn wir sie sehen, reicht ein flüchtiger Moment aus, damit sie zu uns sprechen, uns ihre Gefühle offenbaren und uns einnehmen. Nicht jedes Gemälde hat eine Seele. Aber wenn du einmal eines gesehen hast …«

Valérie begriff. »Dann geht es dir für den Rest deines Lebens nicht mehr aus dem Kopf.«

»So ganz dramatisch würde ich es dann doch nicht sehen«, versicherte Olympe mit einem Augenzwinkern. »Mit der Zeit verblassen Bilder auch, oder sie verlieren an Bedeutung. Und dann erscheint eines Tages ein neues Meisterwerk, das dich erschüttert.«

12. KAPITEL

Paris, Juli 1914

In Valéries zweitem Jahr in Paris erlebte sie einen warmen Frühling. Während sich der Horizont über Europa verfinsterte, besuchte sie Bälle, Theater und sonstige Vergnügungen und begleitete ihren Vater während seiner neuesten Lesereise. Bei jeder Gelegenheit traf sie sich mit ihren Freunden und frequentierte Cafés und Restaurants. Gerade saßen sie zu sechst im Außenbereich des Rotonde.

Valérie trank einen Rotwein und aß etwas Baguette mit Oliven und unterhielt sich mit Victor, der Erfreuliches zu berichten hatte.

»Du hattest recht mit dem, was du mir einst im Lapin sagtest. Das Gute daran, wenn man etwas verliert, ist, dass man es wiederfinden kann. Und ich habe meinen Liebsten wiedergefunden. Nach so vielen Jahren!«

Valérie ergriff seine Hand und drückte sie fest. »Ich freue mich sehr für euch.«

»Und du, ma chère? Wie lebt sich dein Leben?«

In diesem Augenblick wusste sie, dass sie mit sich im Reinen war. Dieses Leben wollte sie gegen nichts auf der Welt eintauschen. Nicht einmal gegen Gabriel. »Es lebt sich großartig.«

Modi murmelte, dass er die britische Dame am gegenüberliegenden Tisch äußerst attraktiv fände. Dann verließ er auch schon seinen Platz, um mit der Frau Bekanntschaft zu machen. »Modigliani, *painter and Jew*«, stellte er sich vor.

Eine Weile verfolgte Valérie interessiert, ob der Bildhauer mit seinen direkten Avancen Erfolg hatte, doch schon bald war sie abgelenkt.

Es roch bereits nach Sommer, nach alten Geistern und frischen Ideen. Nach Kaffee, Sahne und Kuchen. Durch die geflochtenen Stuhllehnen schimmerte die Sonne, und Valéries Strohhut malte ihr kleine, rautenförmige Schattenpunkte auf das Gesicht.

Olympe blätterte durch eine Modezeitschrift, und auf dem Boulevard herrschte reger Betrieb. Pferdehufe klapperten über die Straßen, hin und wieder rollte ein Automobil daher. Und Menschen, all die Menschen! Ein junges Paar küsste sich auf dem Boulevard du Montparnasse, eine Frau prüfte an der Spiegelung im Fenster eines Geschäfts den Sitz ihres Hutes, und ein Jugendlicher half einer älteren Dame über die Straße, während seine halbstarken Freunde bei einer Litfaßsäule standen und beim Anblick eines Werbeplakats für das Moulin Rouge johlten und pfiffen. Als er zu seiner Gruppe zurückkehrte, wäre er beinahe in einen Zeitungsjungen hineingelaufen, der laut schrie: »Extrablatt! Freispruch für Henriette Caillaux! Extrablatt!«

Apollinaire winkte den Jungen zu sich an den Tisch und kaufte ihm eine Zeitung ab. Er breitete sie auf dem Tisch aus. »Das gibt es doch nicht!«

Henriette Caillaux war die Frau des ehemaligen Präsidenten und Finanzministers. Im März dieses Jahres hatte sie den rechtsradikalen Chefredakteur des *Figaro*, Gaston Calmette, erschossen, nachdem dieser ihren Gatten beleidigt und gedroht hatte, kompromittierende Briefe zu veröffentlichten. Der Finanzminister musste sofort aus seinem Amt zurücktreten.

Valérie beugte sich über den Zeitungsrand. »Sie wurde freigesprochen, weil sie sich während der Tat in einer seelischen Notlage befunden habe? Das ist ja allerhand!«

»Das war Mord«, empörte sich Olympe, während sie Valérie mit ihrer Zigarettenspitze beinahe ein Auge ausgestochen hätte.

Ehe die Gemüter erhitzten, blätterte Apollinaire weiter. Plötzlich weiteten sich seine Augen.

»Mon Dieu! Österreich-Ungarn hat Serbien den Krieg erklärt!«

Sie mussten die Nachricht erst einmal sacken lassen.

»Einen Monat nach der Ermordung des Thronfolgers und seiner Frau«, sagte Max Jacob mit einem nachdenklichen Unterton. Ein harter Zug erschien auf seinem Gesicht, ein Ausdruck, den sie selten an ihm sah. Valérie hatte, wie die meisten Franzosen, das Attentat eher beiläufig und mit mäßigem Interesse verfolgt. Sie hatte ja sogar zuerst auf der Weltkarte nachschauen müssen, wo dieses Sarajevo lag!

Apollinaire stieß die Luft aus und schüttelte den Kopf. »Das ist nicht gut. Das ist gar nicht gut.«

»Aber das hat doch keine Auswirkung auf uns?«, fragte Valérie unsicher. Schließlich gab es immer wieder Kriege da unten – und diese Länder lagen weit von Frankreich entfernt.

»Da bin ich mir nicht sicher«, entgegnete Apollinaire, während er sein Kinn rieb. »Wenn Österreich-Ungarn sich mit Serbien im Krieg befindet, wird Deutschland nachziehen. Und wenn Serbien in Gefahr ist, wird Russland das nicht hinnehmen, da sie den Balkan kontrollieren.«

»Meine Güte, das hört sich so verzettelt an, als wäre Europa ein Schachbrett und die Länder nichts als Spielfiguren«, schimpfte Victor. Er zündete sich eine Zigarette an und erstickte das Streichholz mit energischen Bewegungen.

»Das ist noch nicht alles«, fuhr Apollinaire fort, und seine Züge verdüsterten sich. »Frankreich hat mit Russland seit zehn Jahren eine Allianz. Zusammen mit England bilden wir die Triple Entente. Wenn sich Deutschland und Russland bekriegen, müssen auch wir zu den Waffen greifen.«

»Das hört sich für mich sehr spekulativ an«, versuchte Valérie einzuwenden. Diese Gedanken gefielen ihr überhaupt nicht.

Doch die Gruppe schwieg. Unsicherheit huschte über ihre Gesichter. Um sie herum ging das Leben in seinem üblichen Takt weiter, doch die Stimmung hatte sich unwiederbringlich verändert, als läge eine Bedrohung in der Luft.

Nachdenklich fixierte Victor einen unsichtbaren Punkt unter der Markise des Cafés. »Und wenn es doch zum Krieg kommt?«

»Ach, das ist doch lächerlich!« Valérie machte eine hektische Handbewegung – und erwischte dabei ein leeres Glas, das auf dem Tisch stand. Klirrend fiel es zu Boden und zersprang. »Herrje, das tut mir leid.« Schnell rückte sie ihren Stuhl zurück, um die Scherben einzusammeln.

Ein Kellner eilte mit Kehrblech und Handschaufel zu ihnen. »Mademoiselle, nicht! Ihre Hände!«

Doch es war zu spät. Sie hatte sich in der Innenfläche ihrer linken Hand geschnitten. Langsam quoll das Blut aus der Wunde und breitete sich auf ihren Handlinien aus.

Der abergläubische Max zog zischend die Luft ein.

»Halt bloß die Klappe«, murmelte Valérie unwirsch, ehe er etwas beschwören konnte. Doch ein kalter Schauer lief ihr über den Rücken.

TEIL 2

1914–1916

13. KAPITEL

Paris, September 1914

»Verstehe … ja, Maman … Nein, du brauchst dir keine Sorgen zu machen … Mir geht es gut. Hier ist alles so wie immer. Fast …« Valérie hielt inne und lauschte, ob ihre Mutter die Lüge schluckte. Auf keinen Fall wollte sie Françoise ängstigen, aber da Kriegsgeschehnisse ohnehin aus den Zeitungen gehalten wurden, witterte sie gute Chancen.

»Für wie naiv hältst du mich?«, bellte es prompt aus der Leitung. »Wenn selbst die Regierung ihren Sitz von Paris nach Bordeaux verlegt, muss das doch seine Gründe haben.«

»Die Situation hat sich bereits wieder beruhigt«, versicherte Valérie. Sie lächelte, als könnte ihre Mutter sie sehen, und wiederholte: »Es geht mir gut. Wirklich. Du brauchst dir keine Sorgen zu machen.«

Die Straßenaufstände und Tumulte vor ihrem Haus erwähnte sie besser nicht. Dass die Kriegserklärung Gedankengut zutage förderte, das selbst Valérie schockierte, ebenfalls nicht.

Diese kriegseuphorische Stimmung glich einem alkoholischen Getränk, dem man zu viele verschiedene Zutaten beigemischt hatte. Gruppenzwang, Vergeltungsdrang,

Bigotterie, Abenteuerlust und Chauvinismus – das alles ergab einen gefährlichen Cocktail, auf den die Menschen unterschiedlich reagierten. Da gab es die Ängstlichen, die tuschelten, über eine Flucht nachdachten und anfingen, Lebensmittel zu hamstern. Die Hedonisten, die so taten, als wäre nichts geschehen, und die ihr Leben feiernd und tanzend fortsetzten. Und dann gab es die Heroischen, die bereit waren, für Ruhm und Ehre ihr Leben zu lassen – und das der Feinde zu nehmen. Feinde? Dieses Wort brachte Valérie nicht über die Lippen. Wenn sie an Wien zurückdachte, an diese Gastfreundschaft, wenn sie sich vor Augen führte, wie viele Nationen sich allein in Paris tummelten, wie bereichernd und inspirierend sich diese Menschenvielfalt auf die Künstlerszene auswirkte, dann musste sie schwer schlucken. Ohne Diskurs und Internationalität könnte Kunst nicht bestehen.

»Ist es denn sicher in Paris?«

Valérie hielt die Luft an. Nur drei Tage, nachdem sie und ihre Freunde im Rotonde von der deutschen Kriegserklärung an Serbien erfahren hatten, war der sozialistische Politiker Jean Jaurès in einem Café erschossen worden. Wenn überhaupt jemand dazu in der Lage gewesen wäre, den Frieden in Frankreich zu wahren, dann er. Vermittlungsversuche, Interventionen bei den Verbündeten oder die Androhung eines Generalstreiks – nichts war von ihm unversucht geblieben. Jetzt war er tot. Wäre die Kriegsfrage ein Schachspiel, wie Victor es damals treffend formuliert hatte, hätten die Kriegsgegner somit ihre Dame verloren. Und einen Tag später war mit der Generalmobilmachung auch der König gefallen: Frankreich befand sich im Krieg mit Deutschland.

Valérie hatte mit Olympe und Yvette an einem sonnigen Nachmittag am Hauseingang an der Avenue des Champs-Élysées gestanden und beobachtet, wie Tausende Soldaten mit polierten Waffen und herausgestreckter Brust vorbeimarschierten und »À Berlin!« schrien. Da hatte sie aus ihrem Zimmer ihre Zeichenmappe, Papier und Stifte geholt, um die Szenerie einzufangen.

Die Leute bewunderten die Soldaten in ihren Uniformen. Valérie fragte sich dagegen, wie vorteilhaft diese knallroten Hosen mit den Képis auf dem Schlachtfeld sein sollten, doch was verstand sie schon vom Militär?

Die Mobilmachung war ein einzigartiges Spektakel: Mütter mit verweinten Gesichtern zückten ihre Taschentücher und winkten ihren Söhnen nach. Junge Frauen rannten ihren Verlobten und Ehemännern hinterher, um ihnen letzte Liebesbriefe in die Uniform zu stecken. Hier und da verloren einige von ihnen die Nerven und brachen in Tränen aus, weil alles so plötzlich kam.

Die Kinder hingegen blickten fasziniert und staunend um sich, während sie Kriegsspielzeug und Zinnsoldaten in ihren kleinen Händen hielten. In der Schule lernten sie, dass der Deutsche, der sogenannte *Boche*, den Erbfeind Frankreichs darstellte. Alte stützten sich mit einem seligen Lächeln auf ihre Gehhilfen – die Hoffnung in sich tragend, dass die Niederlage von Sedan endlich vergolten würde. Auf skurrile Weise eine rührende, gar verführerische Stimmung, der eine eigene Magie innewohnte.

Doch Valérie hatte inzwischen ihre Zuversicht verloren, was den Krieg betraf. Sie fühlte sich hundeelend.

Zunächst hatte sich in den letzten Wochen kaum etwas verändert. Auf der Rue de Rivoli flanierten Touristen, im Jardin du Luxembourg schoben Mütter ihre Kinderwagen vor sich her, die Bohémiens dichteten und soffen an der Rive Gauche – und dann hatten in der ersten Septemberwoche plötzlich die Deutschen vor Paris gestanden.

Dass Schlachten geführt wurden, das hatte man gewusst. Nicht aber, wie weit die Armee schon vorgedrungen war. Die Nachricht hatte eine Panikwelle ausgelöst. Auf den Straßen spielten sich dramatische Szenen ab. Treppenhäuser erzitterten unter den eiligen Schritten der fliehenden Bewohner. Vollbepackte Großväter rissen die Haustüren auf und brachten ihre Familien in Sicherheit. Kinder, die im Getümmel ihre Eltern verloren hatten, schrien sich mit angsterfüllten Gesichtern die Seele aus dem Leib und pressten ihre Stofftiere an ihre Körper. In den Kirchen küsste man eilig ein letztes Mal das Kruzifix, ehe die Menschen aus der Stadt strömten, nicht im Klaren darüber, ob sie ihre Freunde, ihre Verwandten und ihren zurückgelassenen Besitz jemals wiedersehen würden. Die Regierung und eine halbe Million Menschen flohen aus Paris.

Die Garnison hatte hundertfünfzigtausend Männer bis auf die Zähne bewaffnet. Als die Deutschen ihre linke Flanke geöffnet hatten, waren sie zusammen mit weiteren Korps aus dem Osten losgestürmt – teils waren sie in Taxis zur Front gefahren.

Acht Tage lang bangte Frankreich. Ein Riss spaltete das Land von der Schweiz bis nach Belgien, einem Höllenschlund gleich. Die Söhne der Nation erlebten ihre Feuertaufe an der Marne und kämpften unerbittlich. Als sie siegten, tanzte die Bevölkerung, als wäre damit bereits der ganze Krieg gewonnen. Alle sprachen in einem nahezu religiösen Eifer vom »Miracle de la Marne«.

Dennoch war es erschreckend, dass die Bevölkerung so lange nichts von der akuten Bedrohung gewusst hatte. Aber warum bloß? Sie waren fern der Schlachtfelder, doch mitten im Geschehen.

Nachdem Valérie ein weiteres Mal versichert hatte, dass es ihr an nichts fehlte und es in Paris keinen Grund zur Sorge gebe, wollte Françoise auflegen.

»Warte, Maman!« Valérie zögerte. Obwohl ihre Mutter dreihundertfünfzig Kilometer von ihr entfernt war, konnte sie ihre Bedrückung so deutlich spüren, als stünde sie direkt neben ihr. »Geht es dir und Papa denn gut?«

»Papa geht es blendend. Die Geschehnisse spornen ihn an für einen neuen Roman. Manchmal verlässt er stundenlang sein Arbeitszimmer nicht, und würde ich nicht regelmäßig eine Suppe hochschicken, würde er wohl verhungern, ohne es zu merken.«

Valérie schwieg. Ihr war nicht entgangen, dass ihre Maman über ihr eigenes Befinden schwieg. »Und weiter?«

Ihre Mutter seufzte schwer, und im Hörer rauschte es einen Moment. »Es ist dein Bruder. Er hat sich diese

Flausen in den Kopf gesetzt. Und dein törichter Vater unterstützt ihn dabei …«

Valérie riss die Augen auf. »Jules will sich melden? Aber …«

»Als Sanitäter, ja. Er überlegt, das Studium für die Kriegsdauer zu unterbrechen. Das ist doch absurd!«

»Verstehe …« Valérie musste sich gehörig zusammenreißen, denn ihr ganzer Körper zitterte. Zu hören, dass ihr Bruder im Inbegriff war, sich freiwillig zu melden, machte den Krieg erst richtig greifbar. »Ich werde mit Jules darüber sprechen.«

»Damit würdest du mir einen großen Gefallen tun. Auf dich wird er hoffentlich hören.«

»In Ordnung, ich komme am Wochenende nach Raduille.«

Im Hintergrund hörte sie Stimmen und ein Poltern. Ihre Mutter musste zum Telefonieren zur Post gegangen sein, und vermutlich befand sich Gabriel im selben Raum. Sie bekam einen heißen Kopf. Die Stimme ihrer Mutter klang gedämpfter, als hätte sie sich vom Hörer abgewendet.

»Claudine, um Himmels Willen, lass Gabriel diese Kiste hochheben, wenn er wieder da ist. In deinen Umständen solltest du nicht mehr so schwer schuften. Warte, ich helfe dir.«

Die Erkenntnis traf Valérie wie ein Blitz. Claudine war schwanger. Von Gabriel. Sie ließ den Kopf hängen und wagte weder zu atmen noch sonst ein Geräusch von sich zu geben. Ihre Brust brannte.

Die Stimme einer Frau versicherte Valéries Mutter, dass alles bestens sei. »Das Bébé wird täglich stärker. Ich spüre es!« Und dann nach einer Pause: »Ist das Cousine Valérie am Fernsprecher? Wie geht es ihr? Darf ich ihr Guten Tag sagen? Ich habe seit einer Ewigkeit nichts mehr von ihr gehört.«

Stiefel klapperten über die Diele, Schritte wurden lauter. Hastig legte Valérie den Hörer auf.

14. KAPITEL

Paris, September 1914

»Du lieber Himmel! Was Apollinaire schreibt, kann ich wirklich nicht ohne Riechsalz vorlesen, solange Damen anwesend sind«, rief Victor aus. Er saß bei Valérie und Olympe im Salon und zog einen Brief aus seiner Brusttasche, den er sogleich auseinanderfaltete.

Olympe zwinkerte ihm verschwörerisch zu. »Mach dir um uns keine Sorgen. Wir sind aus härterem Holz geschnitzt. Ich bin mit seinen erotischen Lektüren durchaus vertraut.«

Sie schielte zu Valérie, die sich in diesem Augenblick fluchend den blutigen Finger in den Mund steckte, weil sie nicht mit der Nadel umgehen konnte. Der Ernst der Lage ließ nicht zu, dass die Frauen untätig blieben. Das Bedürfnis, sich für die Wohlfahrt einzusetzen, wuchs enorm. Als »gute Französinnen« erwartete man von ihnen, dass sie die Männer unterstützten und ihren Beitrag leisteten, das Vaterland zu verteidigen. Daher nähten und strickten sie Kleidungsstücke oder stellten Verbandsmaterial sowie Lebensmittel zusammen, um sie für die Front zu spenden. In der Küche herrschte Dauerbetrieb. Zusammen mit der Köchin kochten sie Fleisch, Obst und Gemüse ein. Anderes trockneten sie oder legten es in Essig oder Öl ein. Auch Zigaretten, Kaffeewürfel und Kondensmilch kamen gut an. Den Spenden fügten sie Postkarten, zuversichtliche Briefe oder Gedichte hinzu. Manchmal gab Valérie auch eine Zeichnung, Stifte oder ein ausgelesenes Buch mit.

Mit einem frischen Pflaster um den Finger setzte sie sich wieder zu Olympe und Victor auf das Sofa. »Ich gehöre ganz dir. Erzähl, was er schreibt.«

Er überflog den Brief und räusperte sich. »Nun ja, er beschreibt seine Liebesabenteuer mit seiner neuen Gefährtin en détail und betont, er habe all ihre neun Pforten gefunden – und geöffnet.«

»Oh, là là. Noch immer der alte Schwerenöter von damals«, stieß Olympe mit einem tiefen, rauchigen Lachen aus.

»Im Moment geschehen sonderbare Dinge. Es scheint, als hätte der Krieg eine Welle von Frivolität ausgelöst«, sinnierte Valérie. »Picasso ist mit Eva in seinem Liebesnest in Avignon, Apollinaire wühlt sich in Nizza durch die Bettlaken, und Modi …«

Olympe wusste bereits, worauf sie hinauswollte, und senkte grinsend den Blick auf ihre Näharbeit, doch Victor sah sie fragend an. »Ja? Was ist mit ihm?«

Ihre Freundschaft reichte zu tief, um Befangenheit zu empfinden. »Er würde gern einen Akt von mir malen. Er sagt, ich hätte hinreißende Titten.«

»Die hast du in der Tat, *darling*«, antwortete Victor wie aus der Pistole geschossen, bevor er seinen Wein leerte und den Blick über sie schweifen ließ.

In gespielter Empörung schlug sie nach ihm. »Darfst du so etwas überhaupt sagen?«

»Weshalb auch nicht? Ich bin zwar vom anderen Ufer, aber ich habe Sinn für Ästhetik, und diese ist bei dir nun mal nicht von der Hand zu weisen. Und? Wirst du dem Akt zustimmen?«

»Du kennst meine Meinung dazu«, schaltete sich Olympe ein, während sie ihr Nähzeug weglegte und eine Zigarettenschachtel aus ihrer dünnen Strickjacke fischte. »Das ist deine Chance. Modi wird früher oder später groß rauskommen, das weiß ich.«

»Ich bin mir nicht sicher, ob ich ihm das noch wünsche, wenn ein kompromittierendes Gemälde von mir auf dem Markt kursiert.«

»Ach, was für ein Unsinn!« Der Rauch von Olympes Gauloises wehte ihr entgegen.

Doch Valérie war mit einem Mal bedrückt. »Vielleicht ist es auch ganz gut, wenn etwas von uns für die Nachwelt bleibt. Und sei es ein Gemälde. Wer weiß, wohin das alles führen wird. Schlimm, was gerade in Belgien passiert.«

Nach diesen düsteren Gedanken legte sich kurzzeitiges Schweigen über den Raum. An Tagen wie diesen schien es unvermeidlich, immer wieder auf den Krieg zu sprechen zu kommen. Zu viele waren inzwischen direkt von ihm betroffen, nicht nur an der Front. Die fehlenden Männer hinterließen Lücken in den Fabriken, welche die Frauen zusätzlich zu ihren Alltagssorgen auffüllen mussten – natürlich zur Hälfte des Lohnes, den die Männer bekamen. Vor allem Witwen und Waisen standen vor dem Ruin.

»Wie sieht es eigentlich bei dir aus?«, wollte Valérie von Victor wissen. »Wirst du dich melden?«

Er schenkte ihr einen machtlosen Blick. »Mein Partner und ich kamen nach Frankreich, um endlich Frieden zu finden. Im Vereinigten Königreich gibt es keine allgemeine Wehrpflicht. Von daher ziehe ich es vor, den Freiwilligen den Vortritt zu lassen.«

Valérie fühlte, wie ein Druck von ihrer Brust wich, und sie atmete aus. Noch mehr Freunde, die sie verließen, würde sie im Augenblick nicht ertragen.

Olympe war bereits wieder nach Scherzen zumute. »Immerhin würdest du eine britische Uniform tragen. Die französische ist doch lächerlich! Welche Armee kleidet ihre Infanteristen so ein, dass sie wie Zielscheiben durch die Gegend marschieren?«

»Die Uniformen sind in der Tat ein Gräuel«, sah Victor ein. »Ich denke, die Deutschen sterben nicht, weil die Franzosen besser kämpfen, sondern weil sie sich totlachen!«

Ohne dass die anderen es bemerkten, kippte bei Valérie die Stimmung. Schon seit Kriegsbeginn pflegte sie die Angst mit Galgenhumor zu übertünchen. Und so hätte sie auch jetzt gelacht, ginge es hier nicht auch um ihren Bruder.

Sie stützte ihre Ellenbogen auf ihren Knien ab und faltete die Hände. »Mon Dieu, ich darf morgen nicht versagen, wenn ich nach Raduille fahre.«

»Ach, du wirst deinen Bruder schon zur Vernunft bringen.« Jovial tätschelte Victor ihre Schulter, ehe er die

Augenbraue hob. »Und was ist mit der anderen Sache in Raduille?«

»Gabriel ist momentan völlig unwichtig«, herrschte Valérie ihn an, selbst überrascht über ihren Gefühlsausbruch. »Mir geht es nur um Jules. Ich habe solche Angst um ihn! Schon beim Gedanken, ich könnte ihn verlieren, ist es mir, als würde ich vor Kummer den Verstand verlieren.« Sie vergrub ihr Gesicht in den Händen und schämte sich. »Selbst wenn er unversehrt bliebe, werden ihn die Erlebnisse ein Leben lang zeichnen. Überall heißt es, der Krieg sei ruhmreich. Was soll daran ruhmreich sein? Ich denke eher, dass er alle Fortschritte der letzten einhundert Jahre wieder verwirft. Und ich verstehe diese Menschen einfach nicht, die danach eifern, zu den Waffen zu greifen!«

Die letzten Worte hatten ihre Lippen als unverständliches Schluchzen verlassen. Frauen, welche mit ihrem Gerede das patriotische Pflichtgefühl der Männer ins Wanken brachten, drohte die gesellschaftliche Ächtung. Doch sie konnte sich nicht länger verstellen. Nicht hier vor ihren Freunden.

Als sie gehört hatte, dass Reims, insbesondere die Kathedrale, schwer beschossen wurde und dass ihr ganzer Dachstuhl ausbrannte, war sie in Tränen ausgebrochen. Dabei galt sie nun wirklich nicht als frommer Mensch. Es lag vielmehr daran, dass es die Zustände so gegenwärtig machte. Nicht einmal ein jahrhundertealtes Relikt, welches schon so vieles erlebt hatte, blieb von dieser Katastrophe verschont. Welche Kräfte waren da zu Werke?

Die Zerstörung von Reims hatte ihr die rohe, barbarische Gewalt vor Augen geführt. Dieser Krieg veränderte die Welt. Und ausgerechnet in diesen Krieg wollte ihr Bruder ziehen.

»Bitte entschuldigt mich«, murmelte sie, ehe sie im Badezimmer verschwand und sich übergab.

15. KAPITEL

Raduille, September 1914

Am nächsten Tag fuhr Valérie nach Raduille. Der Druck, den Bruder von der Front fernzuhalten, wuchs erst recht, als sie die tonnenschwere Munition der Großgeschosse bemerkte, die eine Militärtruppe in den Zug verlud.

Üblicherweise gab es freie Platzwahl, sodass sie ohne schlechtes Gewissen ihre Taschen auf die Nachbarssitze legen und ungestört ihren Gedanken nachgehen konnte. Doch der Zug war mit lauter Uniformierten besetzt. Sie schluckte, denn der Schaffner wies ihr einen freien Sitz neben einigen Soldaten zu. Entschuldigungen murmelnd, zwängte sie sich zwischen die Männer. Es war so eng, dass sie es kaum wagte, den Sommermantel zu öffnen und sich zu bewegen.

Zu allem Überfluss kam der Zug etwa auf halber Strecke zum Stehen. Sie befanden sich mitten auf dem Land, umgeben von Weideland und Acker. Im Zugabteil wurde es immer wärmer und stickiger.

Nach einer Viertelstunde kam der Schaffner vorbei und erzählte, dass es eine Panne gebe. Man sei mit der Reparatur fast fertig, aber nun müsse man zusätzlich einen entgegenfahrenden Zug abwarten, ehe sie weiterfahren durften. Den Passagieren war gestattet, den Wagen zu verlassen und sich draußen die Beine zu vertreten, bis es so weit war.

Valérie nahm nur ihre kleine Tasche mit dem Zeichenblock mit und spazierte allein einen Feldweg entlang. Auf einem Acker in der Nähe sah sie drei Bäuerinnen, die gemeinsam mit dem Pflug die Herbstfurche zogen. Sie schenkten weder ihr noch dem stillstehenden Zug Beachtung. Nicht genug damit, dass ihnen die Männer fehlten, auch das Vieh wurde vom Kriegsministerium eingezogen. Was früher das Pferd geschafft hatte, zogen nun die Frauen gebeugt unter der brütenden Septembersonne durchs Feld. Schon vom Zusehen konnte Valérie die körperliche Anstrengung spüren. Wie sehr ihre Muskeln abends brennen mussten!

Aus Angst, sie könnte die Weiterfahrt verpassen, kehrte sie zurück zum Zug, doch sie war viel zu früh. Die Soldaten hatten es sich im Schatten gemütlich gemacht und spielten Dame. Ausgelassen erzählten sie sich Geschichten, prahlten über Eroberungen und schmiedeten Pläne für die Zukunft. Ihre Heiterkeit machte es schwierig, an die Ernsthaftigkeit des Krieges zu glauben. Sie hatten dem Tod noch nicht ins Auge geblickt.

Valérie saß auf einem Stein und begann die Männer unauffällig zu skizzieren. Dabei lauschte sie ihren Erzählungen, schmunzelte heimlich, wenn sie was Unterhaltsames sagten, und baute diese Geschichten in ihre Bilder ein.

Nachdem sie die Männer grob skizziert hatte, stellte sie hinter jedem Einzelnen seinen Alltag dar, wie sie ihn sich vorstellte. Den, der vorhin von seinen Kindern gesprochen hatte, zeichnete sie als liebevollen Vater, den Dandy vergnügt im Varieté, den Geigenbauer bei der Arbeit in seiner Werkstatt. Durch Verwischen, Ausradieren und einen feineren Bleistift wirkte das Leben wie eine verblasste Erinnerung.

Irgendwann nahm einer der Soldaten mit ihr Blickkontakt auf. Valérie sah weg, nur um sich im nächsten Moment von ihm erwischen zu lassen, als sie wieder zu ihm schielte. Auch er warf ihr immer wieder Blicke zu. Nachdem sie dieses Spiel einige Male gespielt hatten, stand er auf.

Sie versuchte, gelassen zu bleiben, was einfacher gewesen wäre, hätte der Mann nicht so außerordentlich gut ausgesehen. Das Kinn war ziemlich markant, die Lippen eher schmal, aber zu einem verschmitzten Lächeln hochgezogen. Seine Augen waren von einem dunklen Türkis wie die Farbe eines warmen Bergsees. Zwischen seinen Lippen steckte eine Zigarette.

»Entschuldigung, aber haben Sie Feuer?«

Seine Stimme ließ sie erschaudern. Sie erinnerte sie an die von Gabriel, sodass ihr Herz ungewöhnlich auf ihn reagierte. Auch die Augenpartie glich der seinen. Sie musste wohl eine Schwäche für diesen Männertyp haben. Verwirrt stand sie auf. »Haben Sie denn kein Streichholz?«

»Bedaure.«

Sie hätte schwören können, dass sich in seiner Brusttasche eine Streichholzschachtel abzeichnete, zumal seine

Kameraden ebenfalls schon rauchten. Es blieb ihr nichts anderes übrig, als sein Lächeln zu erwidern.

»Wenn Sie sie dafür mit mir teilen?«

Kurzerhand nahm er die Zigarette aus dem Mund und steckte sie ihr zwischen die Lippen. Valérie hielt den Blick zu ihm aufrecht, erstaunt und zugleich fasziniert von seiner Offensive, hob sie die Augenbrauen.

»Rocktasche«, sagte sie bloß.

Auch er konnte den Blick nicht von ihr lassen und förderte ihre Streichhölzer zutage. Der Geruch von Schwefel entfaltete sich, und für einen Moment sah sie in seinen Augen die Flamme widerspiegeln. Kräftige Hände schützten das brennende Streichholz vor dem Wind, dann inhalierte sie tief. Nach einem weiteren Zug reichte sie ihm die Zigarette.

Mit einem Zwinkern bedankte er sich, dann entdeckte er ihre Mappe, die sie beim Aufstehen auf den Stein gelegt hatte. »Sie zeichnen?« Er streckte die Hand nach der Mappe aus.

»Nicht, das ist peinlich«, erwiderte sie und versuchte, ihm die Mappe zu entreißen, gab sich aber rasch geschlagen.

Er warf einen Blick auf ihre Bilder und lachte. »Wenn ich zeichne, dann ist das peinlich, aber Sie scheinen mir eine Künstlerin zu sein.«

Der Soldat blätterte ihre Zeichnungen durch und entdeckte die Einzelporträts, darunter jenes, das sie von ihm gemacht hatte. Ihr Gesicht wurde ganz heiß.

»Sie haben mich als Geigenbauer gezeichnet? Das ist

verblüffend. Sie sind eine aufmerksame Beobachterin.«

»Ich gehe bloß mit offenen Augen und Ohren durchs Leben …« Es war ein halbherziger Versuch, sich rauszureden.

Er sah sie mit zusammengekniffenen Augen nachdenklich an. »Soweit mir bekannt ist, wird man fürs Modellsitzen bezahlt. Sie schulden mir Geld.«

Achselzuckend schlug sie ihn mit seinen eigenen Worten. »Bedaure.« Dann fügte sie rasch hinzu: »Habe mein letztes Geld für Streichhölzer ausgegeben.«

Sie lachten.

»Dann muss ich diese Zeichnung konfiszieren. Aber vorher müssen Sie sie signieren.«

»Muss ich das?«, fragte sie in gespielter Verblüffung.

»Ja, sonst erfahre ich Ihren Namen nicht.«

»Wenn Sie mir im Gegenzug verraten, wem ich sie widmen soll?«

»Mein Name ist Louis Renarde.«

Sie schrieb etwas auf das Papier, dann händigte sie ihm die Zeichnung aus.

»Also …«, er las ihre Signatur, »Valérie …« Dann faltete er die Zeichnung zusammen und steckte sie in seine Brusttasche. »Gehen Sie auch mal mit einem netten Herrn aus?«

»Nun ja, die Guten gehen ja jetzt alle weg …«

»Ich habe vor wiederzukommen.«

Sie biss sich auf ihre Unterlippe. »Das will ich hoffen! Aber noch ist Krieg.«

»Das lässt sich nicht von der Hand weisen, aber der wird ja nicht ewig dauern.«

»Dann sollten wir weitersehen, wenn es so weit ist.«

»Das sollten wir«, pflichtete er ihr bei. »Vergessen Sie nicht: Man sieht sich immer zweimal im Leben.«

»Valérie, du weißt, dass ich keine Wahl habe.«

»Doch, die hast du. Die hat man immer!«

Ihr standen die Tränen in den Augen, während sie mit Jules über den Hof des Anwesens spazierte. Vom angrenzenden Bauernhof roch es nach frischem Kuhmist und umgepflügter Erde. Gerüche, die ihr ihre Kindheit in Erinnerung riefen. Obwohl es tagsüber noch sommerlich warm gewesen war, fror Valérie seit der beginnenden Dämmerung. Doch ihr Zittern kam nicht von der Kälte.

Auch an Raduille war der Krieg nicht spurlos vorbeigegangen. Viele Männer fehlten. Das Haus ihrer Eltern beschäftigte nur noch halb so viele Angestellte. Der Gärtner war schon vor einem Monat einberufen worden, das Dienstmädchen Babette arbeitete in einer Munitionsfabrik.

Nur die Natur täuschte eine friedliche Idylle vor. Bei Regen breitete sich der Nebel altehrwürdig über die Normandie aus. Das Herbstlicht leuchtete in kräftigen Gelb- und Orangetönen, der morgendliche Tau verwandelte Wiesen und Spinnennetze in glitzernde Kunstwerke. Tiere bereiteten sich auf den Winterschlaf vor, und die Vögel zogen in den Süden.

Valérie legte den Kopf in den Nacken und beobachtete einen vorbeiziehenden Schwalbenschwarm. Sie wünschte, sie könnte mit ihnen fortgehen. Es wäre etwas anderes gewesen, wenn Jules einberufen worden wäre. Jeder Mann über zwanzig Jahre musste drei Jahre dienen. Weil das Militär aber nicht so viele Soldaten brauchte, durfte ein großer Teil von ihnen sich Zeit lassen, während andere per Befehl einberufen wurden. Aber freiwillig in den Krieg ziehen? Das begriff sie nicht.

»Das ist nicht mehr Räuber und Gendarm, wie wir es früher in den Wäldern spielten. Das ist Krieg. Menschen sterben, die noch fünfzig, sechzig weitere Jahre hätten leben sollen! Jules …«

Wieder stieg Übelkeit in ihr auf. Sie blinzelte heftig und griff nach seiner Hand. Schon jetzt spürte sie, dass eine unaufhaltbare Veränderung zwischen ihnen vorging. Eine leichte Entfremdung nur, aber sie traf Valérie sehr. Sie vermisste Jules' Unbeschwertheit, die Scherze und ewigen Neckereien. Die gemeinsamen Unternehmungen und Verschwörungen.

Sie schickte ein Stoßgebet in den Himmel: Bitte lieber Gott, lass diese Zeiten zurückkommen. Lass das Band zwischen uns nicht mürbe werden.

Ihr Blick tauchte in seinen, bis sie sicher war, dass seine Aufmerksamkeit ihr gehörte.

»Ich bitte dich, Abstand von dieser Idee zu nehmen. Wagemut schützt nicht vor dem Tod.«

»Verstehst du denn nicht? Gerade deswegen will ich helfen. Um den Tod zu verhindern und die Verletzten zu versorgen. Das ist alles, was ich jemals tun wollte. Militärdienst muss ich sowieso leisten, sobald ich mit dem Studium fertig bin. Ich kann dem Krieg gar nicht fernbleiben.«

»Dann warte wenigstens bis nach deiner Ausbildung«, flehte Valérie in der Hoffnung, dass der Krieg bis dahin vorbei sein würde. Seit Napoleon Bonaparte hatten militärische Konflikte nie länger als ein paar Monate gedauert. Wenn sie ihren Freunden Glauben schenkte, wären die Soldaten bis Weihnachten wieder zu Hause. Doch diese Hoffnung war genau Jules' Sorge.

»Der Unterricht ist voll mit Theorie. Aber ich bin bereit! Auf dem Feld kann ich nützlich sein. Ich könnte mir nie verzeihen, nicht gehandelt zu haben, als meine Hilfe gebraucht wurde. Und das Studium kann ich später immer noch beenden!«

Valérie merkte, dass sie ihn nicht aufhalten konnte und dass sie ihre Worte zügeln musste. Schweigend weinte sie.

Er unterbrach sie mit einer klaren Handbewegung. »Spar dir deine Tränen, es hat keinen Zweck, Valérie. Ich gehe auf jeden Fall. Alles andere wäre nicht tragbar.«

Etwas in seinem Ausdruck gefiel ihr nicht. Es war eine tiefe Entschlossenheit, zu der es kein Durchdringen gab. Eine Krähe scharrte hinter ihnen in der Erde.

»Außerdem geht es nicht nur um mich, sondern auch um Gabriel. Im Gegensatz zu mir hat er tatsächlich keine Wahl – von Fahnenflucht einmal abgesehen.«

Abrupt blieb Valérie stehen. »Was?«

»Ja, er wurde einberufen. Mein bester Freund. Und ich glaube, er fürchtet sich, nur würde er das niemals zugeben. Darum habe ich mich entschieden, mit ihm zu gehen. Ende Oktober sitzen wir im Zug nach Nîmes und beginnen mit der Militärausbildung. Was ist mit dir? Wieso bist du plötzlich so blass?«

Ihr fehlten die Worte. »Bitte entschuldige mich.«

Die Krähe schreckte auf und flog davon, als Valérie losrannte.

Ohne nachzudenken, stürmte sie zur Post. Was sich gehörte und was nicht, kümmerte sie in diesem Augenblick nicht.

Die Ladenglocke klang wie ein schrilles Kreischen, als sie die Tür aufriss. Jetzt war es ohnehin zu spät, um sich Gedanken zu machen. Ehe sie sich's versah, stand sie vor Gabriel. Das erste Mal seit fast zwei Jahren.

Sie sah diesen Mann, der ihr nach all der Zeit immer noch so vertraut war, als wäre seit ihrem letzten Wiedersehen kein Tag vergangen, und den sie immer noch am liebsten sofort in die Arme schließen würde. Dabei hatte sich inzwischen so viel verändert. Er hatte geheiratet, ein Geschäft übernommen und eine Familie gegründet; sie war eine echte Pariser Künstlerin, die das süße Leben an der Rive Gauche genoss, Krieg hin oder her.

»Bonjour, Valérie.« Allein seine Stimme ließ sie erschaudern. Er war um eine neutrale Tonlage bemüht, doch sein Gesicht war voller widersprüchlicher Gefühle.

Die Augen schienen sich über das Wiedersehen zu freuen, aber das Lächeln wirkte schuldbewusst.

Sie bemerkte, dass es ihr gleich erging. Das gegenseitige Wohlwollen bestand weiterhin. Hätte sie sich eher bei ihm melden müssen? Seine Weihnachtsgrußkarten hatte sie nie beantwortet, ihren Ring kommentarlos per Post zurückgeschickt. Nun fehlten ihr die Worte für eine angemessene Begrüßung, und statt sich vorsichtig heranzutasten, brach es aus ihr heraus.

»Ist es wahr, dass du gehst?«

Ihre Blicke trafen sich. »Dann hat es dir Jules also erzählt.« Er bedachte sie mit einem müden Blick und seufzte. »Ich schließe gleich. Möchtest du hochkommen?«

Als würde etwas sie zurückhalten, blieb Valérie vor der Treppe stehen. »Wo ist Claudine?«

»Mit ihrer Mutter in Cherbourg bei der Schneiderin zur Anprobe. Sie kommt erst morgen wieder.«

Seine Stimme klang gepresst. Offensichtlich war es ihm peinlich, als befürchtete er, sie könnte seine Worte als unsittliches Angebot auffassen.

Mit einem Schlucken folgte sie ihm in die Wohnung, die sie in ihrer Jugend fast täglich betreten hatte. Neben dem kleinen Kachelofen stand noch immer der abgewetzte rubinrote Stoffsessel mit dem Bücherregal dahinter und der Stehlampe mit dem Fransenschirm daneben. Auf dem Beistelltisch ruhte die Porträtfotografie seiner verstorbenen Maman. Sie roch das Holz der Möbel, die getrockneten Kräuter in der Küche sowie einen Hauch von Kaffee. Der Garderobenständer war nach wie vor von Jacken, Hüten und Postuniformen überladen. Alles war so vertraut, als müsste Maître Pigalle jeden Moment mit einer Pfanne voll Entenbrust und Cidre-Äpfeln aus der Küche treten und sie spontan fragen, ob sie mitessen wolle.

Und doch war alles anders. Eine fremde Aura lag in diesen Räumen. Valéries Nackenhaare sträubten sich. Geblümte Vorhänge und ansprechender Zierrat verrieten, dass dies neuerdings auch das Reich einer Frau war.

In der Zwischenzeit zog Gabriel seine Jacke aus. Er legte die Mütze ab und fuhr sich durchs Haar. Fragend sah er sie an. »Was ist?«

»Nichts«, antwortete sie, während sie den Impuls unterdrückte, eine seiner abstehenden Strähnen zurückzustreichen. Auch wenn ihr Herz ungewohnt ausschlug und sie kerzengerade in der Mitte des Wohnzimmers stand, war es schön, wieder bei ihm zu sein.

»Möchtest du Tee?« Er schritt an ihr vorbei und hantierte am Herd. Einen Moment konnte sie alles, was dagegensprach, hier zu sein, ignorieren. Sie genoss seine Gesellschaft, spürte das wohlige Gefühl, das sich in ihr ausbreitete. Doch im nächsten Augenblick zog sich alles zusammen und verhärtete sich. Denn während Gabriel den Teekocher mit Wasser füllte, schwenkte ihr Blick nochmals durch den Raum – und sie bemerkte das einzige Möbelstück, das neu war: Vor dem Fenstersims stand eine Kinderwiege mit weißen Vorhängen.

Heiße Tränen quollen aus ihren Augen. Was machte

sie hier überhaupt? Gabriel und sie teilten nichts mehr. So gut, wie sie glaubte, die Trennung überstanden zu haben, so tief drang der Schmerz in ihre Brust ein.

Gabriel nahm von ihrem Gefühlswandel keine Notiz und redete im Plauderton weiter. »Und wie ist das Leben so zu dir, was macht die Kunst? Gehst du noch oft mit deinen Freunden ins Lapin? Was macht Olympe? Trinkst du den Schwarztee immer noch am liebsten mit getrockneter Bergamotte? Ohne Zucker, dafür mit etwas Milch?«

Da schleuderte sie ihm ihre Wut entgegen. »Hör auf damit!«

Verwirrt sah er sie an. »Womit?«

»So zu tun, als würdest du mich kennen.«

Die Stirn in Falten gelegt, bedeutete er ihr, Platz zu nehmen, und schenkte ihre Tasse ein. Dann setzte er sich ihr gegenüber. »Nun, ich dachte, das würde ich. Was ist los?«

Sie blickte in sein Gesicht, das sie so gut kannte wie ihr eigenes. Die runden Augen, die langen Wimpern, die entschlossenen Lippen und dieses Grübchen am Kinn … Wie viele Stunden hatte sie damit verbracht, dieses Gesicht zu studieren? Wie oft hatte sie in Zeiten des Liebeskummers die Gipsmaske hervorgeholt? Sie hatte Olympe damals gebeten, sie zu entsorgen, und sie seither nicht mehr gesehen.

»Herrgott noch eins, Valérie! Ich kann auch Selbstgespräche führen.«

Abrupt stand sie auf. »Verzeih, ich sollte gehen. Hätte nicht herkommen sollen. Ich weiß nicht, was wir uns zu sagen haben.«

Seine Hand griff ihren Arm, als sie ihn beim Vorbeigehen streifte. »Warte, geh nicht.« Er sah sie nicht an, hielt einfach nur ihren Unterarm umschlossen und seufzte. »Ich weiß doch auch nicht, wie ich mit der ganzen Situation umgehen soll. Mit dir, mit meiner Familie, dem Militärdienst …« Er hob den Blick.

Ihr platzte gleich der Kragen. Mit einer energischen Handbewegung machte sie sich frei und deutete zur Wiege. »Und ich weiß nicht, wie ich damit umgehen soll!«

Die Botschaft kam an. Seine Augen weiteten sich, als sprächen sie eine Warnung aus, dann stand er ebenfalls auf. »Urteile nicht darüber, wie ich mein Leben gestaltet habe, nachdem du fortgegangen bist. Genau so wenig, wie ich jemals über deinen Lebenswandel geurteilt habe. Im Gegenteil, ich habe dir immer nur das Beste gewünscht und dafür gesorgt, dir nicht länger im Weg zu stehen.«

Valérie schluckte. Verletzte Gefühle waren eine heimtückische Sache. Gleichzeitig wurde ihr bewusst, dass nichts ihr erlaubte, unfreundlich zu werden. Sie ärgerte sich über ihre eigene Empörung und Selbstgefälligkeit.

»Meine Güte, du hast ja recht. Entschuldige. Der Krieg und das Ganze verwirren mich.« Ihre Stimme versagte. »Gott, Gabriel.« Sie senkte den Blick und schüttelte den Kopf.

Seine flehenden Augen hatten etwas Entwaffnendes, das alle ihre Vorwürfe zum Verstummen brachte.

»Du darfst nicht gehen«, flüsterte sie. Erschrocken über ihre eigenen Worte biss sie sich auf die Lippen. Doch dann konnte sie nicht länger an sich halten. »Du darfst nicht gehen!«

Tränen liefen ihr über die Wangen. Doch scheinbar trugen sie zu einer Belustigung bei. Er begann zu lachen.

»Findest du das unterhaltsam?«, fragte sie kratzbürstig.

»Ich lache, weil mich deine Tränen nie froher gemacht haben. Sie bedeuten nämlich, dass ich dir noch immer wichtig bin.«

Die Hitze schoss ihr ins Gesicht. »Ich finde es sehr unangemessen, dass du so mit mir sprichst, obwohl du …« Sie brachte die Worte nicht über die Lippen und wandte den Blick von seinem Ehering ab.

»Valérie, darfst du mir denn nicht trotzdem am Herzen liegen? Du hast mir mal viel bedeutet, es war nicht nur ein Traum. Es gab bloß keine Zukunft.« Wieder nahm er ihre Hand und neigte den Kopf. »Wenn ich gehe … Wenn ich an der Front bin … Darf ich dir schreiben?«

»Was willst du mir denn schreiben, das du nicht auch Claudine schreiben kannst?«

»Dass ich Angst habe.«

Verblüfft sah sie ihn an. Angst war etwas, worüber die Männer nicht sprechen durften. Entmutigende Worte senkten die Moral, machten einen angreifbar.

»Claudine würde sich nur unnötig sorgen. Und du … bei dir habe ich mich nie verstellen müssen. Ich konnte immer ich selbst sein. Du hast mich verstanden.«

Wenn sie ihn immer verstanden hatte, warum tat es dann so weh, ihn gehen zu lassen und einen Schlussstrich zu ziehen? Und dann sah sie es. Über der Geschirrkommode aus massivem Nussbaum hing es: das Liebespaar am Weiher, ihr Gemälde. Auch wenn die Vernunft sie zu einer Trennung gezwungen hatte, war sie, Valérie, immer Teil seines Lebens gewesen.

»In Ordnung«, flüsterte sie, während sie ihren Kummer niederkämpfte. »Du darfst mir schreiben. Schreib über alles, was dich beschäftigt. Aber eins musst du mir versprechen.«

Voller Entschlossenheit sah er sie an. »Alles. Alles, was du willst.«

Sie konnte sich nicht länger zurückhalten. Weinend versank sie in seinen Armen. Wie schön sich das anfühlte, welche Geborgenheit sie noch immer bei ihm fand. Aber sie durfte ihren Gefühlen nicht nachgeben. Ihr wurde die Gefahr ihres eigenen Verlangens bewusst, als sie den Kopf hob und ihn ansah. Auch er neigte seinen Kopf zu ihr. Sie wusste, dass er sie begehrte, und der vertraute Duft seines Rasierwassers machte sie benommen.

Valérie spürte seinen Atem auf ihren Wangen, der ihre Tränen trocknete, und seine Lippen kamen näher. Sie schloss die Augen, öffnete den Mund ganz leicht. Nur eine fingerbreite Distanz hielt sie von einem Kuss ab.

Keiner wagte dem anderen zu gestehen, was sie füreinander empfanden. So verharrten sie einen Augenblick, doch der magische Moment zog vorbei, und Valérie wich zurück.

Eindringlich sah sie ihn an. »Pass auf meinen Bruder auf. Bring Jules unversehrt nach Hause. Versprich es mir!«

16. KAPITEL

Paris, März 1915

Es gab Menschen, die so weitermachten, als ginge sie der ganze Krieg nichts an. Monsieur Duchamp war ein solches Exemplar. Kaum einer zelebrierte den Hedonismus mehr als der Medienmagnat. Gerade stand er bei Olympe im Salon und besprach mit ihr die Vorbereitung für eine Abendgesellschaft.

»Und nach der Bouillabaisse halte ich eine Dorade mit Zitronenaioli für die richtige Wahl, was meinen Sie, Mademoiselle?«

»Vortrefflich. Dazu würde ich einen Riesling aus der Spätlese empfehlen. Es befinden sich einige wunderbare Sorten im Haus.«

»Und was das Dessert anbelangt …«

Valérie lauschte dem Gespräch nur mit halbem Ohr.

»Und Ihre bezaubernde Gesellschafterin, Mademoiselle Massé, wird ebenfalls anwesend sein?« Er neigte den Kopf und holte Valérie mit wohlwollenden, aber auch gierigen Augen zurück in das Gespräch. »Ich hoffe sehr, wo doch so viele bekannte Gesichter zugegen sein werden.« Er nannte Namen aus dem alten Pariser Geldadel, von etablierten Künstlern sowie Schauspielerinnen. Plötzlich griff er dabei nach ihrer Hand.

»Gewiss doch.« Sie lächelte gequält und löste sich höflich aus seinem Griff. Schon beim Rundgang durch Olympes Stadtpalais war er wie eine Motte um sie geschwirrt und hatte sie beträchtlich oft zwischen ihren Schulterblättern oder an der Taille berührt.

Mit bemerkenswerter Eleganz lockte Olympe den Schwerenöter nun von Valérie weg.

»Wenn Sie mir bitte folgen würden, dann zeige ich Ihnen die Galerie, von der ich gedenke, das Streichquartett spielen zu lassen.«

Nachdem sie fertig waren und Olympe Monsieur Duchamp hinauskomplimentiert hatte, lehnte sie sich mit dem Rücken gegen die Tür, schloss die Augen und atmete geräuschvoll aus.

Valérie sah ihr förmlich an, wie sie eine Maske ablegte.

»Danke für dein Eingreifen. Dann werde ich am besagten Abend wohl wegen einer Erkältung unpässlich sein. Ich bin nicht erpicht auf seine Gesellschaft.«

»Nichts dergleichen wirst du tun. Ich informiere Monsieur Duchamp noch heute Abend, dass ich es mir anders überlegt habe. Er soll sich für seine Festivität einen Gastgeber suchen, der mehr seinem Esprit entspricht, als ich es tue.«

Olympe ließ sich zu Boden sinken, was in ihrem Kostüm aus schneeweißer Seide mit Samtkragen aus dem Hause Drécoll sehr undamenhaft aussah.

»Ich halte es nicht länger aus, Valérie. Ich ertrage mich selbst nicht mehr. Diese täglichen Matineen, diese Empfänge und Abendgesellschaften, Bälle und Theaterbesuche, Ausritte und Pferderennen – ein solcher Lebensstil, während sich das Land in einer Krise befindet, widert mich an.«

Kurzerhand setzte sich Valérie ebenfalls auf den Fußboden. Sie ließ die vergangenen Monate Revue passieren.

Apollinaire war im Dezember aus Nizza zurückgekehrt, hatte die französische Staatsbürgerschaft beantragt und sich freiwillig für den Kriegsdienst gemeldet. Offensichtlich fürchtete er nach dem *petite mort* in den Armen seiner Geliebten auch den richtigen Tod nicht mehr.

Der Krieg war nicht plötzlich gekommen, er hatte sich wie ein Dieb nach Paris geschlichen und die Stadt lautlos infiltriert, bis er zum Alltag wurde. Ein weiterer Teil der üblichen Sorgen, mit denen man sich durchs Leben schlug.

Niemand blickte mehr auf, wenn ein uniformierter Soldat vorbeilief. Frauen des Croix-Rouge, die in weißen Schürzen Spenden sammelten, gehörten zum gewohnten Bild. Mehr Besucher denn je füllten sonntags die Kirchen. Resigniert nahm man hin, dass der Krieg länger dauern würde als erhofft. Viel länger.

Eine Ration auf Fleisch, Getreide, Kohle und Benzin wurde verhängt. Wegen der hohen Decken im Stadtpalais wollte es nicht mehr richtig warm werden. Olympe litt ständig an einer Erkältung. Ein Drittel der Dienstboten hatte die Kündigung eingereicht, um der Nation zu dienen. Das ganze Land schien in Bewegung, als wäre eine Völkerwanderung ausgebrochen. Neben all den Soldaten, welche die Züge vollstopften, reisten Ausländer zurück in ihre Heimat. Auch Franzosen wollten das Land verlassen und nach Spanien oder in die Vereinigten Staaten emigrieren, doch oftmals scheiterte es an den Papieren. Vor dem Krieg war es nicht nötig gewesen, bei einer Landesüberquerung einen Pass vorzuweisen, und so besaßen viele gar keinen.

Seit März gab es eine Ausgangssperre, und die Fenster mussten verdunkelt werden. Es nützte wenig; nachts erzitterte die Stadt unter den Bomben, welche die *Boches* auf sie niederregnen ließen. Der Gare Saint-Lazare und der Gare du Nord wurden schwer beschädigt.

Mit einem Seufzer, der tief aus ihrer Brust entwich, tauchte Valérie aus ihren Gedanken auf. »Und was willst du tun?«

»Kennst du Edith Wharton? Sie gründete ein Unternehmen namens *American Hostels for Refugees*. Du weißt ja, dass täglich Flüchtlinge aus Belgien oder dem Niemandsland kommen. Ich will mich mit ihr zusammenschließen und hier im Stadtpalais etwas Ähnliches für Witwen und Waisen errichten.«

Zuerst war sich Valérie nicht sicher, ob ihre Freundin das nur so dahersagte, doch in ihrem Blick erkannte sie tiefe Entschlossenheit. Niemand konnte länger die Augen vor dem Krieg verschließen.

»Na schön«, sagte Valérie und nickte. Sie stand auf und zog Olympe hoch. »Wo beginnen wir?«

17. KAPITEL

Paris, Mai 1915

Ypern
28. Mai 1915

Liebste Schwester!

Die zweite Flandernschlacht liegt hinter uns. Jetzt steht dem Heimaturlaub nichts mehr im Weg, und ich darf übermorgen abreisen! Bitte telegrafiere auch Maman und Papa, dass ich komme. Leider habe ich kein weiteres Briefpapier. Du glaubst nicht, wie sehr ich mich freue!

Bisous, Jules

Nach einem Jubelschrei rannte Valérie durch den Stadtpalais an der Avenue des Champs-Élysées. Sie fand Olympe in der Bibliothek, wo sie in einem hochtaillierten, blattgrünen Rock und einer luftigen Leinenbluse ihren Angestellten Anweisungen gab. Das Personal ging eiligen Schrittes umher, verschob Möbel und stellte Feldbetten auf.

»Entfernen Sie diese monströsen Blumenbouquets! Sie sind breiter als meine Armspanne und schlucken Platz für ein weiteres Bett.«

Valérie schmunzelte. Olympe war keine Frau der langen Rede, sondern packte den Stier direkt bei den Hörnern und ließ Taten folgen. Bereits nächste Woche würden die ersten Witwen und Waisen eintreffen. Olympe fiel Valéries Lächeln auf. »Gute Neuigkeiten?«

»Ja, mein Bruder kommt nach Hause. Ich werde gleich alles für die Abreise vorbereiten.«

An die nächsten Stunden und an die Fahrt selbst konnte sie sich später kaum noch erinnern. Sie war in ihren Gedanken so sehr bei ihrem Bruder, dass ihre Umgebung wie hinter einem Schleier verborgen blieb.

Papa holte sie mit dem Einspänner in Cherbourg ab und begrüßte sie zwar herzlich, aber flüchtig, als wäre er in Gedanken. Vom Meer wehte eine angenehme, salzige Brise. Sie fuhren durch das Wäldchen, das bis nach Raduille führte, und als sich die grünen Blätter allmählich lichteten und vor ihr das reetgedeckte Elternhaus erschien, das von blühenden Sträuchern und Blumen und singenden Vögeln umgeben war, spürte sie ein wohliges Gefühl in ihrer Brust. Sie glaubte, noch nie weiter vom Krieg entfernt gewesen zu sein als jetzt. So, als wären die letzten zehn Monate nur eine Illusion gewesen. Sie hörte das fröhliche Kinderlachen und das Plätschern des Dorfbrunnens. All die guten Gerüche ihrer Heimat wehten ihr entgegen; Lavendelseife, als sie ihre Maman umarmte und die Nase in ihre blondergrauten Locken tauchte, Kiefernholz, Knoblauch, Kräuter und Geräuchertes.

Valérie packte ihre Koffer aus und half anschließend Monique dabei, Jules' altes Zimmer herzurichten. Der Duft von frisch gewaschener Wäsche entfaltete sich im Raum, als sie das Bett bezogen.

Maman stand in der Küche und stellte sicher, dass der Coq au Vin so zubereitet wurde, wie Jules ihn liebte. Während seines Urlaubs sollte es dem heimgekehrten Sohn an nichts mangeln. Sie holte sogar das Grammophon aus dem Dachstock, welches sie seit Kriegsbeginn dort oben verwahrte, weil sie es unmoralisch fand, sich über Musik zu freuen, während Jules an der Front war.

Den ganzen Tag half Valérie ihr, knetete Teig, bürstete Teppiche aus und polierte das Silberbesteck. Gerade scherzte und lachte sie mit ihrer Schwester in der Küche, als sie ein Geräusch vernahm. Unbedacht kniff sie Monique in den Arm.

»Aua!«

»Still jetzt!«

Und dann hörten sie es gleichzeitig: Im Erdgeschoss öffnete sich die Tür, und schwere Stiefel schritten über die knarrende Diele.

Schreiend stürmten die Schwestern aus der Küche und überfielen ihren Bruder. Ihr Lärm ließ den Rest der Familie wissen, dass Jules angekommen war. Valérie drückte ihn mit aller Kraft. Die roten Hosen hatten sich nicht lange bewährt, daher trug Jules nun eine horizontblaue Uniform mit Wickelgamaschen und die Armbinde des Croix-Rouge. Er wirkte kräftig und zu ihrer Erleichterung gut genährt.

In der Aufregung war es unmöglich, einen vernünftigen Satz auszutauschen. Alle waren froh, ihn wohlauf zu sehen, und sprachen durcheinander. Nicht nur die Familie schloss Jules liebevoll in die Arme, auch das Personal begrüßte ihn mit Zuneigung. Babette, die eigens für Jules aus der Munitionsfabrik zurückgekehrt war, um ihre Stelle im Haus wieder anzutreten, gab ihm gar einen Kuss auf die Wange.

Die Stunden verstrichen, die Familie genoss das Zusammensein und das hervorragende Dîner. Es war das erste Mal seit einem halben Jahr, dass sie wieder alle zusammen waren. Weihnachten ohne Jules hatte sich nicht richtig angefühlt, und so holten sie jetzt alles nach. Innen sorgten Kerzen für ein gemütliches Ambiente, draußen färbte die untergehende Sonne die Umgebung in malerische Violetttöne.

Valérie saß ihrem Bruder gegenüber und suchte Blickkontakt. Sie stieß mit ihm an und erzählte hier und dort etwas Unterhaltsames. Jules verhielt sich fröhlich, lachte oft und griff beherzt zum Wein. Maman wollte wissen, wann er denn das Studium wieder aufnehmen würde, und Papa erkundigte sich, ob das Mädchen aus der Nachbarschaft und er einander noch immer Briefe schrieben. Monique verkündete, sie habe ein neues Klavierstück gelernt, und fragte, ob er sie später auf dem Cello begleite.

Für einen Moment ließ Valérie sich von diesem friedlichen Treiben täuschen, doch je genauer sie hinsah, desto klarer wurde ihr, dass alles eine Inszenierung war.

Jules' Lächeln erreichte seine Augen nicht. Obwohl er oft sein Weinglas hob, blieb es voll, ohne dass er nachfüllte. Fragen wich er aus. Statt über die Kämpfe zu berichten, verzettelte er sich in Belanglosigkeiten. Er sprach über sein Schuhwerk, dass er Monique so dankbar sei für die Socken, die sie ihm gestrickt habe. Alles wirkte wie eine einstudierte Rede, um seine Familie bei Laune zu halten, als wäre der Krieg ein Klassenausflug.

Was Valérie aber erstaunte, war, dass sich Papa nicht mit solchen Erzählungen zufriedengab und immer direkter versuchte, Jules aus der Reserve zu locken. Auf der einen Seite konnte sie es ihm nicht verübeln. Er wäre ebenfalls bereitwillig in den Krieg gezogen, doch das Alter hatte ihn ausgemustert. Nach dem Misserfolg seines jüngsten Romans schrieb er neuerdings über tapfere Soldaten, treue Frauen in der Heimat, Ehre und Pflichtgefühl, kurz: was gerade gefragt war. Aber die Texte entsprachen nicht seinem Wesen, so als hätte er sich verkauft. Valérie fiel auf, dass er mehr Wein trank als früher. Doch was sie wirklich schockierte, war die Wortwahl, wenn er zu seinem Sohn sprach.

»Da habt ihr den *Boches* eine schöne Portion Blei zum Fressen gegeben, was?«

Vielleicht lag es an Valéries sensibler Verbindung zu Jules, denn sie schien als Einzige zu bemerken, wie sein Gesicht versteinerte. Seine Augen wichen ihren Blicken aus, vielmehr begann er, ins Leere zu starren. Das Essen auf seinem Teller wurde kalt.

Françoise schenkte ihrem Mann einen empörten Blick.

»Aber Adalbert!« Sie zog es bewusst vor, beim belanglosen Austausch von Trivialitäten zu bleiben.

Doch ihr Vater ließ sich nicht beirren.

»Ich hörte zudem, ihr habt einen schönen Teppich aus Landminen geknüpft. Sind die *Boches*, diese Dreckshunnen, brav in die Luft geflogen, als sie darüber rannten?«

Geräuschvoll legte Jules Gabel und Messer beiseite. »Ich weiß nicht, Papa. Hab's nicht gesehen. Ich war damit beschäftigt, einem Soldaten sein Erbrochenes aus dem Hals zu fischen, als er bei einem Giftgasangriff beinahe erstickt wäre.«

Seine Worte trafen sie wie eine Ohrfeige. Jules tupfte mit der Serviette seinen Mund ab und legte sie anschließend auf den Tisch. »Entschuldigt mich. Ich bin müde und möchte mich ausruhen.«

Maman stand auf und startete einen vergeblichen Versuch, ihn umzustimmen. Als er fort war, setzte sie sich wieder und bedachte ihren Mann mit einem vorwurfsvollen Blick. »Wirklich toll gemacht, Adalbert!«

18. KAPITEL

Raduille, Mai 1915

Später an diesem Abend, nachdem alle zu Bett gegangen waren, zögerte Valérie, ob sie noch bei Jules vorbeischauen sollte. Sie machte sich Sorgen. Und sie plagten die vielen Fragen, die unbeantwortet geblieben waren.

Wie immer, wenn sie eine Weile nicht weiterkam, wischte sie schließlich ihre Zweifel beiseite. Sie nahm eine Weinflasche und zwei Gläser, die leise aneinander klirrten, und klopfte an seine Zimmertür.

»Ich bin es. Darf ich reinkommen?«

Schritte auf der anderen Seite der Tür, dann öffnete sie sich. Jules trug eine Schlafhose mit Unterhemd und sah sie missmutig an. »Was willst du?«

»Mit dir reden, weil ich den Tag nicht so enden lassen möchte.« Sie hob die Weinflasche. »Die Flasche ist schon auf, und da ich sie nicht allein trinken kann …«

Endlich grinste er. »Ich dachte schon, du würdest nicht kommen.«

Sie trat in sein Zimmer und setzte sich im Schneidersitz auf sein Bett hin. Während er einschenkte, spielte sie mit ihren Haarspitzen. Plötzlich wusste sie nicht, was sagen. »Weißt du noch, als …«

»Bitte erspar mir dieses Geplänkel, um dich an die Fragen heranzutasten, die dich wirklich interessieren«, unterbrach er sie barsch. »Es sei denn, du magst lieber mit der Tür ins Haus fallen wie Papa vorhin.«

»Papa mag sich ungeschickt aufgeführt haben, doch er wollte doch nur herausfinden, wie es dir geht! Er wollte hören, dass du stark bist und er sich keine Sorgen machen muss.«

Während sie sprach, schnappte sich Jules eine Gauloises und zündete sie an.

»Ich glaube kaum, dass sie wirklich wissen wollen, was los ist. Und ich möchte es ihnen auch gar nicht sagen. Sie würden es nicht verkraften.«

Valérie schluckte, und sie hoffte, stärker zu sein, als Jules ihren Eltern zugestehen wollte. »Magst du es mir erzählen? Ich würde gern wissen, was dich beschäftigt. Was geschieht dort drüben an den Frontlinien?« Sie hielt inne und zögerte. Was Jules vorhin am Tisch erwähnte, hatte sie tief erschüttert. »Du hast von Gas gesprochen. Was passiert bei einem Gasangriff?«

Seine Augen funkelten, als sprächen sie eine letzte Warnung aus. Valérie hielt dem Blick stand und sah ihn auffordernd an.

»Kampfgas ist eine gefährliche Mischung aus verflüssigtem Chlor, das in Stahlflaschen gelagert wird. Man wartet, bis der Wind in die gewünschte Richtung bläst, und öffnet dann die Druckflaschen. In Ypern bewegte sich ein über sechs Kilometer breiter Chlornebel auf uns zu. Es war ein fürchterlicher, beängstigender Anblick. Es gibt kein Entkommen, man verliert sofort die Orientierung. Und weil das Gas schwerer ist als Luft, sinkt es in die Schützengräben hinab.«

»Dann ist es … ich meine …« Valérie fehlten die Worte. »Ist es wie einschlafen?«

Jules sah sie emotionslos an. »Nein, es ist eher wie ein qualvolles Ersticken, während die Salzsäure einem bei lebendigem Leib die Haut vom Gesicht abzieht. Und selbst wenn man überlebt, kann man davon erblinden.«

Er warf ihr etwas zu, das sie erst bei genauerem Hinsehen als eine Maske mit runden Sichtscheiben für die Augen und einem Mundfilter erkannte. Sie sah furchteinflößend aus, ein wenig wie der Kopf eines Insekts. »Die müssen wir immer bei uns tragen, um uns zu schützen. Das Kriegsministerium ist dran, auch welche für Pferde zu entwickeln.«

Valérie wollte in Tränen ausbrechen, doch sie beherrschte sich. Jules öffnete sich ihr gegenüber endlich – das durfte sie nicht aufs Spiel setzen. Er sollte nicht den Eindruck haben, sie würde sein Los bedauern. Stattdessen leerte sie ihr Glas und füllte nach. Der Wein wirkte schnell und verschleierte die Bedrohung hinter einem gnädigen Dämmer.

Jules brauchte eine Zigarettenlänge, um mit seinen Erzählungen fortzufahren.

»Beängstigend sind nicht der ganze Lärm und der dauernde Beschuss, sondern die Ruhe am Morgen. Wenn wir über die von Einschlägen gepflügte Erde schreiten und die Toten einsammeln. Niemand darf sich in dieser Todeszone bewegen, Unbefugte würde man sofort erschießen. Darum haben wir immer eine Flagge des Croix-Rouge bei uns. Die stecken wir in den Morast und verscharren die Toten vor Ort, während uns Soldaten von beiden Linien aus dabei zusehen. Bei den Gefallenen machen wir keinen Unterschied, ob Franzose oder Deutscher. Im Tod sind wir alle gleich. Leider erlauben Zeitnot und die schiere Menge der Toten uns nicht, sie angemessen zu beerdigen. Meist können wir sie nur eine Handbreit tief begraben, sodass sie beim nächsten Granatenregen zerfetzt durch die Luft fliegen oder von kaninchengroßen Ratten ausgebuddelt werden. Die Verwundeten transportieren wir ab. Von der Kriegstaktik her ist es sinnvoller, die Soldaten nur zu verwunden, statt zu töten, weil sie zu versorgen mit einem größeren Aufwand verbunden ist. Du kannst dir daher vorstellen, was für ein enormer logistischer Umtrieb dahintersteckt. Im Prinzip pflegen wir sie nicht gesund, vielmehr machen wir sie so schnell wie möglich wieder einsatzfähig.«

Jules presste die Lippen zusammen.

»Jeden Morgen kommen Leutnants, Majore und Offiziere in ihren frisch gewaschenen Uniformen zu uns ins Lazarett und schauen sich ihre Männer an, machen irgendwelche Notizen und entscheiden dann, wie es mit ihnen weitergeht. Das Schlimme aber ist nicht die Versorgung der Verwundeten, sondern diese pure Verzweiflung. Wir können nicht alle retten. Manche sterben auf dem Feldbett still und leise einen elenden Tod. Dann bleibt nur noch, einen Totenschein auszufüllen und den Angehörigen etwas über einen ehrenvollen, schnellen

Tod zu berichten. Glaube mir, kläglich dahinzuraffen und eilig verscharrt zu werden, hat nichts Ruhmreiches.«

Wie konnte er all das, was er erlebte, so nüchtern beschreiben? Als hätte er ihre Gedanken erraten, sah er sie mit einem herzzerreißenden Blick an. Die Augen verquollen und tränenschwer, das Gesicht gerötet.

»Was ich erlebe, ist die Hölle, doch ich fühle nichts! Während ich innerlich tot bin, halte ich die Hand eines Sterbenden, der in diesem Moment mehr fühlt als ich. Mit Morphium versuche ich, ihm für die letzten, quälenden Atemzüge Erleichterung zu verschaffen. Dann schlafe ich erschöpft ein, gleichgültig darüber, dass neben mir ein Toter liegt und mich mit offenen, gebrochenen Augen anstarrt. Ich blicke in fahle, verschwitzte Gesichter, höre ihren rasselnden Atem, ihr Stöhnen, ihre Schreie, ihre Rufe nach ihren Geliebten, aber ich fühle nichts dabei. Ich bin einfach nur müde. So lange schon, dass ich Angst habe, nicht mehr zu erwachen und im Traum Dinge zu sehen, die ich nie wieder sehen will. Ich möchte zurück zur Hoffnung finden, aber in mir ist alles kalt. So kalt.«

»Oh, mon frère …« Sie wollte den Arm nach ihm ausstrecken, doch er schlug ihre Hand weg. Sie hatte mitleidig, bemutternd reagiert.

»Sag es schon, Valérie. Sag, was dir auf der Zunge brennt. Dass du mich gewarnt hast und du es für unklug hieltest, dass ich freiwillig gehe.«

Mit aufgerissenen Augen entgegnete sie: »Ich werde nichts dergleichen sagen. Das Einzige, was du verdienst, ist meine Bewunderung. Du leistest so viel! Ich bin unglaublich stolz auf dich. Aber Jules, du musst dich ausruhen! Du bist völlig übermüdet und brauchst dringend erholsamen Schlaf.«

Er wischte sein Gesicht mit einem Taschentuch trocken und verzog die Lippen zu einem missglückten Lächeln. »Ach, mach dir nichts vor, Val. Den werde ich nie wieder finden.«

Die Worte schmerzten ungeheuerlich. Sie wollte nicht, dass er so litt. »Und wenn ich dich halte? So wie wir uns immer gehalten haben, wenn jemand von uns Alpträume hatte?«

In seinen Augen spiegelten sich alte Kindheitserinnerungen wider. »Ja, das wäre schön.«

Also legte sich Valérie hinter ihn, legte ihren Arm über ihn und war einfach für ihn da.

»Wir beschützen einander«, flüsterte sie. »Das haben wir schon immer.«

Er nahm ihre Hand, presste sie fest auf sein Herz und seufzte tief, sodass Valérie fühlen konnte, wie sich sein Puls verlangsamte.

Doch in ihrem Kopf arbeitete es. »Wenn es dort drüben so schlimm ist … warum schreibt mir Gabriel das nicht? Warum berichtet er nur über Belangloses?«

Als wollte sie sich vor ihren eigenen Gefühlen verstecken, vergrub sie ihr Gesicht in Jules' Nacken. Sie hatte nie mit ihm über das, was zwischen Gabriel und ihr war, gesprochen.

»Weil er sonst den Mut verlieren würde«, antwortete er schläfrig. »Man vergisst, dass die Soldaten diese Briefe auch für ihre eigene Moral schreiben. Um selbst zu glauben, dass nicht alles schlecht ist. Durchschaue die Absicht dahinter und lass dich darauf ein. Spiel mit und erzähle ihm ebenfalls Dinge, die ihn erheitern. Euch verbindet doch so viel mehr.«

Wie schaffte es Jules selbst im Halbschlaf, so zielsicher ins Schwarze zu treffen? Ihre Kehle wurde eng.

»Es ist nicht einfach für mich, seine Vertraute zu sein, während Claudine einen Kinderwagen durch die Gegend schiebt … und ich«, sie begann zu stammeln, »und ich ihn noch immer liebe.«

So, jetzt war es raus. Ihr Kopf dröhnte. Einen Moment war sie sich nicht sicher, ob Jules sie überhaupt noch hörte oder ob er schon schlief. Er atmete tief und regelmäßig.

»Ach, Val. Das weiß ich doch«, flüsterte er auf einmal. »Ich wusste es von Anfang an.«

Erstaunt hob sie den Kopf. »Du wusstest es die ganze Zeit?«

Doch da war Jules bereits eingeschlafen.

19. KAPITEL

Paris, Dezember 1915

Auf dem Friedhof wiegten sich die Baumkronen im Wind. Kein Flüstern war zu hören, kein Geräusch von der Straße. Bis auf ein paar Krähen, die wie Späher ihr Reich bewachten und in der Erde nach Futter scharrten, herrschte eine gespenstische Stille. Vereinzelte Schneeflocken schwebten hinab zu den Trauergästen, verfingen sich in ihrem Haar, in ihren Mützen und den Mänteln.

Valérie schob ihre frierenden Finger tiefer in den Pelzmuff. Es kam ihr unwirklich vor, die Bohème so ernst anzutreffen. Normalerweise war sie durch nichts aus der Fassung zu bringen, nicht einmal durch Krieg, wie Valérie immer wieder verwundert feststellte. Man machte hier und da Abstriche, feierte jetzt eben mit klappernden Zähnen, weil es keine Kohle gab, und teilte sich den billigen Fusel, der dafür schneller einfuhr. Aber es war irgendwie trotzdem immer möglich gewesen, sich zu amüsieren. Jetzt aber standen sie da, schockiert und paralysiert, als stellten sie zum ersten Mal fest, dass das Leben endlich war. Ganz gleich wie sehr sie sich austobten, es konnte auf einen Schlag alles vorbei sein.

Obwohl Eva Gouel seit dreieinhalb Jahren ein festes Mitglied in Valéries Freundeskreis war, hatten die beiden Frauen wenig miteinander zu tun gehabt. Im Nachhinein bedauerte Valérie, nicht mehr Zeit mit ihr verbracht zu haben. So war ihr Picassos Liebste im Grunde genommen eine Fremde geblieben, und es fehlte ihr auch jetzt an Emotionen, um angemessen zu trauern.

Für ihn war der Tod der Dreißigjährigen natürlich eine Tragödie, obwohl bereits die nächste Geliebte sein Bett wärmte. Mit seinem leichenblassen Gesicht und den kraftlosen Schultern war Picasso kaum wiederzuerkennen. Mütterlich hatten Gertrude Stein und Alice Toklas sich bei ihm eingehakt.

Noch während der Trauerrede verwandelte der Schnee sich in Regen.

»Sie soll ja immer sehr krank gewesen sein«, flüsterte Victor Valérie zu, der mit ihr einen Regenschirm teilte.

Zitternd vor Kälte drückte sie ihr Kinn und die durchgefrorenen Wangen tiefer in den Schal. Es war ein bitterkalter Dezembermorgen, eine Woche vor Weihnachten. Schon das zweite Fest im Schatten des Krieges.

Valérie dachte an ihren letzten Brief von Gabriel und spürte eine schwere Melancholie:

Mich peinigt, was ich sehe. Im Schützengraben ist es eisig kalt. Ich habe sie verloren, Valérie. Ich habe die Sonne verloren, die einst unter dem Kirschbaum Dein Gesicht kitzelte, als ich Dich das erste Mal küsste. Wieso sehe ich dieses Bild noch so klar vor mir, obwohl die Zeit es längst verblasst haben müsste? Bitte hilf mir, die Sonne wiederzufinden.

Und weiter:

Wir wissen beide, wohin das beinahe geführt hätte, als wir in meiner Wohnung so nahe beieinanderstanden. Ich trage diese Erinnerung wie einen Schatz in mir, denn sie war das letzte schöne Erlebnis vor dem Einrücken. Du hast den Anstand besessen, es all die Zeit unerwähnt zu lassen, und bei Gott, ich mag ein Narr sein, es nun doch auszusprechen: Ich wünschte, ich hätte Dich geküsst. Auf Deine Stirn, Deine Nase und Deine Lippen. Ich wünschte, ich hätte Dich noch ein letztes Mal in meinen Armen gehalten und Dir gebeichtet, was für ein absurder Fehler es war, Dich verlassen zu haben.

Bitte spotte nicht über dieses Geständnis, das Dir wie eine Beleidigung vorkommen muss. Lass es unkommentiert, damit ich mich meiner Offenheit nicht schämen muss. Aber ich schreibe Dir in einem Moment großer Not, und in diesen dunklen Stunden habe ich gelernt, auf die Konventionen zu pfeifen und zu sagen, was ich fühle.

Der vertraute Ton hatte in ihr eine tiefe Betroffenheit ausgelöst. Es lag über ein Jahr zurück, dass sie sich in seiner Wohnung getroffen hatten. Je weniger sie an ihn dachte, umso besser, denn sie war davon überzeugt gewesen, dass ihre Liebe unerwidert bliebe. Bis jetzt, denn dieser Brief brachte ihr ganzes Weltbild ins Wanken. Konnte es sein, dass Gabriel sie nach all der Zeit noch immer liebte? Und wohin sollte das führen? Schon damals lagen unüberwindbare Hindernisse zwischen ihnen. Weitere kamen mit Claudine und dem Kind dazu. An eine gemeinsame Zukunft war ohnehin nicht zu denken.

Valérie schüttelte sich, als müsste sie sich von einem Alptraum losreißen. Was machte sie sich überhaupt solche Gedanken! Zorn erfüllte sie, weil er in ihr noch immer so tiefe Gefühle auslöste.

Ach, Gabriel, was bist du für ein Narr!, rief sie innerlich aus. Er tat nicht nur seiner Frau gewaltig unrecht, sondern auch ihr, weil dadurch alles wieder hochkam. Einzig die Not, die ihn zu solch einem Schreiben veranlasste, ließ sie Nachsicht walten. Sie würde seiner Bitte Folge leisten und nicht auf dieses Geständnis eingehen. Nur so würde er nach dem Krieg mit Würde zurück zu seiner Frau finden.

Soeben beendete der Priester seine Trauerrede. Beschämt stellte Valérie fest, dass sie Eva nicht einmal bei ihrer letzten Ehrerbietung die volle geistige Aufmerksamkeit geschenkt hatte. Mit einem tiefen Seufzer hakte sie sich bei Victor ein und setzte sich mit ihm in Bewegung, um wie die anderen eine Blume ins Grab zu werfen. Wie klein der Sarg von hier oben aussah, wie klein der Mensch doch in Wirklichkeit war.

Als die Trauergemeinschaft sich auflöste, entdeckte sie Modigliani, und er zwinkerte ihr zu. Seine Augen drangen wie ein Leuchtfeuer im Nebel zu ihr hindurch.

Plötzlich wusste sie, wie sie Gabriel vergessen konnte.

»Entschuldige mich einen Moment«, sagte sie zu Victor.

»Oh nein, ich ahne, wohin das führt. Das halte ich für keine gute Idee«, warnte er sie, aber Valérie ignorierte ihn.

Das Geräusch ihrer Schuhe auf dem nassen Pflasterstein klang gedämpft. Sie glaubte, jeden einzelnen Regentropfen zu spüren, der träge auf ihr Gesicht fiel.

Während sich ihre ganze Welt zu lange schon um Angst, Tod und Trauer drehte, verzehrte sie sich nach dem Leben.

»Modi, ich habe nachgedacht«, sagte sie, als die beiden ungestört waren. Dabei bedachte sie ihn mit einem vielsagenden Blick. »Ich möchte, dass du mich malst.«

20. KAPITEL

Paris, Dezember 1915

»Wenn alle meine Modelle anderthalb Jahre benötigten, um bei mir aufzutauchen, hätte ich bald keine Vorlagen mehr«, begrüßte Modi sie am nächsten Tag.

Mit einem entwaffnenden Lächeln trat Valérie ein.

»Du warst noch nie hier?«, fragte er, während er ihr den dunkelbraunen Tweedmantel mit auberginefarbenem Fischgrätmuster sowie Muff und Pelzboa abnahm.

Während sie sich ihres Hutes und ihrer Handschuhe entledigte, blickte sie sich im Atelier um.

Es war eine typische Männerbude eines Künstlers am Rande des Existenzminimums, der gerne ins Glas blickte. Wein- und Spirituosenflaschen, herumliegende Bücher und zerknüllte Skizzen dominierten die Einrichtung. Staub war schon länger nicht gewischt worden. Wahrscheinlich war es besser so, weil er sich sonst an den noch nicht getrockneten Gemälden festsetzen würde. Ein abgewetzter Sessel stand neben einem überfüllten, maurischen Beistelltisch, dessen Aschenbecher überquoll. Ein strohgeflochtener Stuhl, der sich in seine Bestandteile auflöste, diente als Nachttisch. Die Schüssel für die Körperwäsche hatte einen Sprung. Mehrere Staffeleien und Leinwände standen herum, teils mit begonnenen, teils mit beendeten Gemälden. In den Porträts erkannte sie manch bekanntes Gesicht. Wie jenes der stürmischen Beatrice Hastings, die sich schon tausendmal vom Maler getrennt hatte. Daneben in einem ganz anderen Zeichenstil entdeckte sie das Porträt von Apollinaire. Beide Pupillen und die linke Augenbraue fehlten. Der Name Guillaume war nach rechts geschrieben, Apollinaire abwärts, sodass die Initialen AG nebeneinanderstanden.

Modiglianis Malutensilien lagen hingegen säuberlich sortiert auf dem Fenstersims. Pinsel, Farbpaletten und Farbtuben – alles befand sich an seinem Platz. Bemerkenswert war die Fensterfront zur Südseite, die sich über die gesamte Zimmerlänge erstreckte. Die Milchglasfenster sorgten für eine perfekte, gleichmäßige Helligkeit im ganzen Raum. Allerdings musste man die Fenster öffnen, wenn man hinausblicken wollte.

Im Nachhinein wusste Valérie nicht mehr, warum sie sich so lange davor geziert hatte, für ihn Aktmodell zu stehen. Modi war ein Trinker, aber er gehörte zu den zuvorkommendsten Menschen, die sie kannte, und sie brauchte sich nun wirklich nicht für ihren Körper zu schämen.

Die Tatsache, dass Valérie wenig später nackt vor Modigliani stand, hatte tatsächlich nichts Anstößiges. Er stellte sicher, dass sie nicht fror, und legte ihr eine Decke bereit. Dann schenkte er ihr ein Glas Wein ein, um ihr die Nervosität zu nehmen, und bedeutete ihr, wie sie sich auf der Chaiselongue hinlegen sollte.

»Den Arm noch etwas mehr an die Taille geschmiegt, nein, warte, nicht ganz so leblos …« Als hätte er das Bild bereits genau vor Augen, nahm er ihren Ellenbogen und platzierte ihn in die gewünschte Position. Dann ein Griff in die Kniekehle. »So das Bein, *bene*.«

Sie musste ein Grinsen unterdrücken, während er sie so drapierte. Es überraschte sie selbst, wie wohl sie sich fühlte. Modi betrachtete den Körper allein im Interesse der Kunst, das lag mitunter daran, dass er der vielleicht letzte Künstler seiner Art war. In seinem Werk überdauerte ein Hauch der Renaissance-Kultur, mit der er in Livorno aufgewachsen war. Während die ganze Welt den kubistischen Wunderkindern nacheiferte, blieb Modigliani unbeirrt seinem eigenen Stil treu: einfache Umrisse, schmale und lange Hälse und Gesichter, geschlossene oder fehlende Augen sowie ein nur angedeuteter Hintergrund. In seine Werke ließ er sich nicht reinpfuschen.

»Ab jetzt nicht mehr bewegen!«

Zunächst malte er die Umrisse mit Kreide. Den Impuls, sich alle paar Minuten zu rühren, aufzustehen und ihm über die Schulter zu spähen, konnte sie erstaunlich gut unterdrücken. Als Künstlerin wusste sie, was sich auf der anderen Seite abspielte, also hing sie stattdessen ihren Gedanken nach.

Der Geruch von Farbe erfüllte den Raum, als Modi diese auf seiner Palette anrührte und mischte. Valérie betrachtete sein loses Hemd mit dem Halstuch, das er trotz der Fadenscheinigkeit mit würdevoller Eleganz trug. Seine Arme, die voller Farbe waren, die zurückgeschlagenen Ärmel und die Hände, die Wunderbares erschufen.

»Und warum bist du nicht im Krieg?« Eine provokante Frage, das wusste sie.

Lachfältchen erschienen auf seinem Gesicht. »Weil ich dann nicht malen könnte. Und deswegen.« Er schlug sich mit der Faust auf die Brust.

Natürlich, wie dumm von ihr, nicht an seine lädierte Lunge gedacht zu haben. Als Kind war er schwer an Typhus erkrankt. Sie ließ ihren Blick durch das Atelier schweifen. Ihr Akt war nicht der einzige, an welchem er arbeitete. Wohin sie auch sah, reckten sinnliche Grazien dem Betrachter ihren Körper entgegen.

»Wie viele von denen waren deine Geliebten?«

Er unterbrach seine Arbeit und sah sie an. Valérie bemerkte, dass sie schon sehr lange kein Mann mehr auf diese Weise angesehen hatte. Seit Kriegsbeginn nicht.

»Keine. Ich male keine Akte von Frauen, mit denen ich schlafe.«

Sie lachte und legte den Kopf in den Nacken. »Das ist aber jammerschade.«

Dem Künstler entging Valéries Erregung nicht. »Ist dir kalt?«

»Wie kommst du darauf?«

Er grinste und deutete mit der Rückseite des Pinsels auf ihre Gänsehaut. »Weil ich das Gefühl habe, dass du aufgewärmt werden willst.«

Gelassen erhob sie sich von ihrer Chaiselongue. Sie ließ ihn nicht aus den Augen. »Dann solltest du aufhören, mich zu malen.«

Ein Streichholz tauchte die Umrisse des Zimmers für einen flüchtigen Moment in Licht. Der süßlich-würzige Geruch einer Haschischpfeife entfaltete sich, gefolgt von einem zufriedenen Seufzen. Die Luft war stickig und roch nach Farbe, Rauch und Schweiß.

Sie stand auf und öffnete ein Fenster. Dann kehrte sie zurück zu Modi und setzte sich auf die Matratze – ein Bett besaß er nicht.

»Willst du auch was ab?«, fragte er, und hielt ihr die Pfeife hin.

»Nein, danke. Ich mag nicht, was das Zeug in meinem Kopf anstellt.« Außerdem war sie noch ganz benebelt vom Liebesrausch. Sie fühlte sich befreit. Gern wäre sie länger bei ihm geblieben, doch sie wollte sich nicht aufdrängen, zumal es bereits dämmerte.

»Ich sollte gehen. Die Ausgangssperre setzt gleich ein. Es war sehr schön mit dir, Modi …« Zögernd hielt sie inne und sah ihn an. Was sagte man nach einer solchen Begegnung? Danke, dass du mir geholfen hast, einen Nachmittag lang meine Sorgen zu vergessen? Sie kam sich albern vor und ließ den Satz unbeendet.

Wortlos schlüpfte sie in ihr Unterhemd. Dann erschien ein schelmisches Grinsen auf ihrem Gesicht, und sie verschwand hinter der Staffelei, um ihren Akt in Augenschein zu nehmen.

»Du brichst die Regeln, *cara*«, warnte er sie.

In dem Moment ertönten die Sirenen eines Bombenangriffes. Während Valérie erstarrte, blieb Modigliani gelassen und setzte einen Blick auf, als wollte er sie tadeln.

»Siehst du, der Herr straft sofort.« Dann klopfte er einladend auf seine freie Matratzenseite. »Sieht so aus, als müsstest du die Nacht hier verbringen.«

Ihr wurde flau im Magen. Bei Bombenangriffen geriet sie immer in ein Zittern, das zu einem unkontrollierbaren Schlottern übergehen konnte. Schon spürte sie kalten Schweiß auf dem Rücken.

»Vielleicht hätte ich jetzt doch gern einen Zug«, sagte sie, huschte zurück unter die Decke und lauschte dem entfernten Grollen der Explosionen. Sie beließ es bei einem Zug an der Pfeife und betete, dass die Droge ihre Ängste in einen gnädigen Dämmer hüllte.

Eine Weile schwiegen beide und hingen ihren Gedanken nach. Die Sirenen hatten sie zurück in die Gegenwart gebracht, zurück in den Krieg.

»Es fällt mir so schwer, die andere Seite als Feind zu sehen. Immerzu muss ich an Wien denken und die Bekanntschaften, die ich da getroffen habe. Stell dir vor, ich hätte mich dort verliebt. Wohin hätte das in Zeiten wie diesen geführt?«

Über den Krieg zu sprechen, glich der Büchse der Pandora. Man wusste nie, wohin das Gespräch führen und welche Emotionen es zutage fördern würde. Valérie glaubte, dass dies ein Grund war, warum so wenige darüber sprachen. Weil man gar nicht wusste, wo anfangen.

Sie war sich nicht sicher, ob Modi sie überhaupt hörte, bis er sagte: »Wenigstens wärst du dann über den anderen Kerl hinweg.«

»Welcher Kerl?« Sie unterstrich ihre Frage mit einer hochgezogenen Augenbraue.

Mit stoischer Gelassenheit nahm er einen tiefen Zug. »Du fragst, als ob eine Vielzahl Verehrer zur Auswahl stünde.«

»Die gab es auch!«, verteidigte sie sich erbost, als wäre das etwas, worauf sie stolz sein sollte.

»Soweit ich das beurteilen kann, ja. Aber nur einen hast du damals im Lapin angesehen wie keinen anderen.«

Sie drehte sich auf die Seite und schaute ihn an. Warum musste Modi ausgerechnet jetzt darauf zu sprechen kommen? Sie wollte jetzt nicht an Gabriel denken. Es war hoffnungslos und brachte nichts außer Kummer.

»Ich bin nicht hierhergekommen, um über Liebe zu sprechen.«

Da legte er die Pfeife ab und küsste sie am Hals, am Schlüsselbein und schließlich auf ihren Brüsten.

»Nein, sondern um Liebe zu machen.«

Seine Berührungen und Griffe waren fest und zärtlich zugleich, wie man es von einem Mann erwartete, der mit seinen Händen arbeitete. Plötzlich schlug er die Decke zurück, und seine Fingerspitzen wanderten ihre Silhouette entlang. Eine Detonation in der Nähe erklang, und Valérie rang nach Luft. »Modi, ich zittere«, flüsterte sie. Doch das Zittern kam nicht länger von ihren Ängsten.

Am nächsten Morgen kehrte Valérie gut gelaunt zurück in den Stadtpalais. Im Entrée hörte sie, wie Olympe gerade am Fernsprecher mit jemandem redete.

»Nein, Madame Massé, ich weiß nicht, wo sie ist.« Sie hielt inne und schien ein Schluchzen zu unterdrücken, was Valérie sehr verwunderte. »Das tut mir fürchterlich leid.«

Irritiert musterte Valérie ihre Freundin, die von ihrer Ankunft noch nichts bemerkt zu haben schien. Nebenan blieb Yvette wie angewurzelt mit einem Staubwedel in der Hand stehen. Dass Maman anrief, war nichts Ungewohntes. Immer wieder bat sie ihre Tochter, nach Raduille zurückzukehren, weil sie sich vor den Bomben in Paris ängstigte.

Entschlossen ging sie zum Fernsprecher. »Ich bin hier, Olympe. Lass mich mit ihr sprechen.«

Ihre Blicke begegneten sich. Tränen hatten Olympes Gesicht vollkommen aufgequollen. Was war los? Olympe wollte etwas sagen, doch ihre Lippen zitterten, ohne dass ihnen ein Ton entwich.

Besorgt griff Valérie zum Fernsprecher. Etwas stimmte nicht. Überhaupt nicht. »Maman?«

Auf der anderen Seite hörte sie ein so hoffnungsloses Schluchzen, dass es ihr das Herz zerriss. »Du musst nach Hause kommen, Valérie, du musst!«

»Was ist los, Maman?« Sie hatte Mühe, auch nur einen zusammenhängenden Satz zu verstehen.

»Brief … vom Kriegsministerium … bedauert, uns mitzuteilen, dass …«

Instinktiv fasste sich Valérie an die Brust. Ein stechender Schmerz schlug so gnadenlos zu, dass ihr schwindelig wurde. Sie wagte weder zu atmen, noch konnte sie klar denken. Der Schock klaubte ihr die Worte von der Zunge und zog ihr die Kraft aus den Beinen.

»Was bedauert das Kriegsministerium?«

Ihr wurde übel, als sie begriff. Der Schrei blieb in ihrer Kehle stecken.

Und dann sagte ihre Mutter jene Worte, die sie gehofft hatte, niemals in ihrem Leben hören zu müssen: »Jules ist gefallen. Er ist tot.«

21. KAPITEL

Raduille, Januar 1916

Das Schlagen der Standuhr im Wohnzimmer durchbrach die Stille in einem Haus, das kein Lachen mehr kannte. Es war ein klangvolles Signal, das sie daran erinnerte, dass die Zeit weiter voranschritt. In ihrem Zimmer klang der Schlag unscheinbar und dumpf, als ginge er sie nichts an.

Apathisch starrte sie aus dem Fenster, überblickte die winterliche Landschaft, ohne wirklich etwas wahrzunehmen. Das Einzige, was sie empfand, war Schmerz. Tiefer, unsäglicher Schmerz. Sie hätte schreien müssen, um ihn zu vertreiben, doch ihr fehlte die Stimme. Sie kam sich vor, als würde sie unter Wasser gedrückt werden, nur eine Nasenspitze von der Oberfläche entfernt, und qualvoll ertrinken, während die bleischweren Hände um Hilfe gestikulierten.

Manchmal packte das Elend sie wie eine Flutwelle, die sie mitriss, bis sie schließlich erschöpft war von ihrem Kummer. Manchmal aber kam das Leid schleichend, sanft, wie die Wirkung eines Rauschmittels, das sie hinfort in eine andere Welt trug. Dann war sie erfüllt von einer benebelten Leere.

Jules' Antlitz begleitete sie von morgens bis abends und in ihre Träume. Sein Tod lähmte sie, saß direkt auf ihrem

Brustkorb, sodass sie fürchtete, im Schlaf zu ersticken. Doch vielmehr glich ihr Zustand einem Dämmern als Schlafen.

Es klopfte.

Mit einer trägen Bewegung drehte sich Valérie um und verschränkte die Arme. Dabei zeichneten sich ihre Schulterblätter auf ihrem Rücken ab.

Babette, das Dienstmädchen, trat ein und hielt ein Tablett in den Händen. Mitfühlende Augen ruhten auf ihr. »Sie müssen etwas essen, Mademoiselle.« Eine kleine Dampfwolke schwebte über der Schüssel, und der Geruch von Erbsen verbreitete sich. Schon beim Anblick der Suppe zog sich Valéries Magen zusammen. Sie würde keinen Bissen runterkriegen. Dennoch bedankte sie sich, denn es nützte nichts zu diskutieren.

Babette stellte das Tablett auf den Tisch und nahm das unberührte Frühstück wieder mit.

Valérie wartete, bis das Dienstmädchen die Tür hinter sich schloss, dann setzte sie sich an den Tisch. Kerzengerade saß sie da und faltete die Serviette auseinander, als stünde sie unter Hypnose. Sie nahm den Löffel in die Hand, und dann – nichts. Sie war wieder in ihrer eigenen Welt.

Im Zimmer über ihr schrie jemand. Ein Stuhl flog um. Valérie reagierte nicht. Adalbert Massé war außer Stande, etwas zu schreiben, als löschte die Trauer sämtliche Wörter aus seinem Kopf. Dennoch verbarrikadierte er sich in seinen Räumlichkeiten, wie auch die restliche Familie. Jeder kämpfte seine Schlachten für sich allein. Das Elend in den Gesichtern der anderen zu lesen, bereitete ihnen nur noch mehr Kummer.

Und immer diese Weinkrämpfe, denen sie keinen Einhalt gebieten konnte. Diese Panik und Resignation zugleich, diese Gewissheit, dass Jules nie mehr nach Hause kommen würde. Leichen gingen in diesem Chaos schlichtweg verloren, waren zerfetzt oder mussten wegen der Infektionsgefahr eilig verscharrt werden. Jules war fort, einfach fort, und nichts auf der Welt konnte ihn zurückbringen. Der innere Kompass war zerbrochen, das Band zerrissen.

Hatte er leiden müssen? War es wirklich so schnell gegangen, wie das Kriegsministerium behauptet hatte? Ein sauberer Schuss aus den feindlichen Lagern? Sie wollte diesen winzigen Trost annehmen, den man ihr zu vermitteln versuchte, aber es gelang ihr nicht.

Und noch etwas quälte sie. Dass sie es nicht gespürt hatte. Er war am selben Tag gestorben, als Eva Gouel beerdigt wurde. Und was hatte sie gemacht? In den Armen eines Mannes gelegen. Dafür schämte sie sich. Auch wenn sie tief in ihrem Inneren wusste, dass Jules dieses Risiko von Anfang an eingegangen war, strafte sie sich selbst mit bösen Gedanken und Beschimpfungen.

Sie bedauerte sich selbst, ihre Familie und ihren Bruder. Und als wäre dies nicht genug, kamen finanzielle Sorgen hinzu. Natürlich versuchten ihre Eltern, es zu verheimlichen, doch nachts konnte Valérie sie miteinander reden hören. Jules' Rente war ein Witz, viel mehr eine Beleidigung, Papas letztes Buch ein Misserfolg. Das Manuskript über den patriotischen Soldaten hatte er während eines Anfalls verbrannt, man konnte froh sein, dass sich die Schäden im Zimmer begrenzt hielten. Die Familien hatten in den Wirren des Kriegs Besseres zu tun, als ihren Töchtern Tanzunterricht bei Madame Massé zu finanzieren. Und Valérie? Sie brauchte einen Pinsel nur anzuschauen, und dann überkam sie das Elend. Jules war es gewesen, der sie ermutigt hatte, Kunst zu studieren. Sie erinnerte sich an seine Worte vor vielen Jahren in ihrem Atelier:

Es steht nie alles still. Dinge verändern sich, die Erde dreht sich immer weiter. Und jetzt kommt deine Zeit. Und meine! Freu dich darauf!

Freu dich darauf. Dieses Gefühl würde sie nie wieder empfinden können.

Mechanisch legte Valérie den Löffel beiseite. Die Suppe war kalt. Zwei Löffel hatte sie geschafft, ehe das Wabern in ihrem Magen begann. Und dann schrie auch sie, wie ihr Vater vorhin geschrien hatte. Sie schleuderte ihr Geschirr so kraftvoll vom Tisch, dass es klirrend zu Boden fiel. Sie stützte ihre Ellenbogen auf dem Tisch ab und rieb sich die Schläfen. Der Becher war umgekippt und rollte an der Tischkante entlang. Das Wasser tropfte so träge auf den Boden, als machte es sich lustig über Valérie.

Sie hielt es nicht mehr aus, fühlte sich vor lauter Lethargie wie eine Gefangene im eigenen Körper. Was sie brauchte, war Bewegung, ein Drill, der sie vom Denken abhielt.

Sie musste hier raus.

Valérie öffnete ihren Schrank mit der Nummer 3392 und wischte sich den Schweiß von der Stirn und den Schmutz von der Wange. Es war nur eine Nummer, die ihren grauen Garderobenschrank von all jenen unterschied, die jetzt bei Feierabend geöffnet wurden, damit die Frauen sich umziehen und ihre Habseligkeiten herausnehmen konnten.

Mit einem konzentrierten Blick durch den kleinen Spiegel in der Innentür versuchte Valérie, ihre Haare zu bändigen. Obwohl ihre Kleidung nassgeschwitzt war, zögerte sie keine Sekunde, den schwarzen Taillengürtel aus Seidenmoiree sowie die Trauerkleidung über die Arbeiterschürze zu legen, denn es war ihr wichtig, ihre Trauer zu zeigen.

Valérie, die mit zweiundzwanzig Jahren noch nie in ihrem Leben gearbeitet hatte und die im tiefsten Herzen eine Kriegsgegnerin war, fand ausgerechnet in einer Munitionsfabrik in Cherbourg Erfüllung. Es war keine gute Stelle, im Gegenteil. Aber die Arbeit beanspruchte sie so sehr, dass keine Sekunde Zeit blieb, zu trauern oder zu grübeln.

Valérie war zuvor noch nie in einer solchen Fabrik gewesen und kannte die Abläufe nicht. Bevor sie beginnen durfte, musste sie ihre körperliche Verfassung und ihre Augen testen lassen. Man durfte dort nur arbeiten, wenn man gesund und kräftig sowie eine französische Staatsangehörige war.

Die Munitionettes arbeiteten unter gefährlichen Bedingungen, die die Atemwege belasteten und das Gehör bei dem konstanten Krach beschädigten. Man musste extrem wachsam sein, denn nur ein kleiner Fehler konnte die ganze Fabrik gefährden. Spritzer von Säurepartikeln brannten sich in die Kleidung, und wenn sie die Haut trafen, fühlte sich das wie heiße Nadelstiche an. Ein Brechmittel musste für alle in Griffnähe sein, falls jemand giftige Dämpfe einatmete. Die Frauen waren ungeschützt Staub, Säuren und Maschinenöl ausgesetzt. Sie mussten Minen kalibrieren, die Hülsen für die Detonationskörper einbauen und bearbeiten und Inspektionen vornehmen. Für die Zünder schlugen sie mit dem Hammer Löcher in die Gehäuse. Ab diesem Zeitpunkt war die Munition scharf. Anschließend wurde alles gemessen, mit Stempeln beschriftet und verpackt. Zuletzt rollten sie per Förderband in den Versandbereich und dann schnell weg, denn niemand wollte zu viel von dem Zeug auf einer Fläche haben. Eine einzelne Granate, die losging, das wäre ja von den Schäden her noch überschaubar, aber nicht auszudenken, wenn es zu einer Kettenreaktion käme.

Valéries Arbeitstag begann um sieben Uhr dreißig und dauerte ohne Pause bis halb eins. Eine Stunde Mittag, dann ging es weiter bis halb sieben Uhr abends. Um diese Zeit hatten die Geschäfte bereits geschlossen. Für Mütter, die im Moment allein für das Einkommen und die Versorgung der Kinder aufkommen mussten, war das eine Katastrophe. Daher half Valérie ihnen manchmal, während der Mittagspausen einzukaufen, was wiederum bedeutete, dass sie in ihrer Pause weder zum Essen noch zum Ausruhen kam.

Abends wusch sie sich gründlich, wobei ihre Arme schrecklich schmerzten. Eine Patrone wog gut sieben Kilogramm, und an einem zehnstündigen Arbeitstag musste Valérie etwa zweieinhalbtausend Patronen bearbeiten, also zweifach von Hand anheben. Manchmal brannten ihre Arme deswegen so sehr, dass sie sie abends am Frisiertisch kaum noch zum Haarekämmen heben konnte. Gesicht und Hände waren gelb und rot von den ganzen Ölverfärbungen. Aber das war immer noch besser als ein Leberschaden, vorübergehende Blindheit oder ein chronischer Husten, wie es andere Frauen bekamen. Dann fiel sie todmüde in ihr Bett, während das monotone Dröhnen des Tages noch so lange in ihrem Kopf nachhallte, dass sie keinen Gedanken fassen konnte.

Dennoch beklagte sich niemand in der Fabrik. Es herrschte eine Kameradschaft unter den Frauen, ähnlich wie bei den Soldaten an der Front, und man war überzeugt, etwas Gutes für das Land zu tun. Damit eine angenehme Stimmung herrschte, sangen die Frauen patriotische Lieder, plauderten und scherzten. Der junge Fabrikbesitzer André Citroën, der in seiner Freizeit gern mit Automotoren experimentierte und selbst im Kriegsdienst gewesen war, erkannte, wie wertvoll diese Fabrikarbeiterinnen waren. Er zählte zu den ersten Arbeitgebern, die für die alleinerziehenden Mütter kostenlose medizinische Untersuchungen sowie Kinderbetreuungsplätze bereitstellten.

Eines Abends, es war Ende Februar, schob Valérie gerade ihr Fahrrad die letzten hundert Meter den Hügel nach Raduille hinauf, als sie von einem Militärfahrzeug überholt wurde. Sie schenkte dem Wagen keine Beachtung, denn Uniformierte gehörten zum gewohnten Bild. Stattdessen sog sie den Geruch der Bäume ein und schnappte nach frischer Luft. Doch als sie oben im Dorf ankam, parkte das Fahrzeug vor ihrem Haus. Ein Soldat stieg aus, den Valérie noch nie gesehen hatte. Er öffnete die hintere Tür, um einem Kameraden mit Achselkrücken beim Aussteigen zu helfen.

Sie hörte zunächst nur die Stimme des Verletzten, sah dann die breiten Schultern, die Hände, die fest um die Griffe der Krücken geschlungen waren. Die Haare waren kurz getrimmt, nicht so wie früher, als stets ein Büschel unter seiner Postbotenmütze rausgequollen war. Vor Schreck ließ Valérie ihr Fahrrad fallen. Der Krach erregte die Aufmerksamkeit der Soldaten. Langsam drehte sich der Verletzte zu ihr um, das Gesicht zwar schmerzverzerrt, doch lächelnd, als er sie erkannte.

Valérie musste aufschluchzen. Sie blickte dem Mann in die Augen, den sie zuletzt vor anderthalb Jahren gesehen hatte und der ihr in einem Brief geschrieben hatte, dass er bereue, sie verlassen zu haben.

22. KAPITEL

Raduille, Februar 1916

»Du bist hier.« Ihr war bewusst, wie lächerlich diese Worte waren, doch etwas anderes brachte sie nicht über die Lippen. Es war das erste Mal überhaupt, dass sie seit Jules' Tod eine innere Regung spürte.

»Du bist hier«, wiederholte sie. Ein zaghaftes Lächeln zauberte sich auf ihre Lippen, und sie machte einen Schritt auf ihn zu.

»Valérie …« Das Timbre seiner Stimme hallte seltsam nach. In diesem einen Wort schwangen alle Gefühle mit, die er für sie hegte: die ausgesprochenen wie die unausgesprochenen, und so viel Schmerz, dass es für mehr als ein Menschenleben reichte. Auch er streckte die Hand nach ihr aus, als wollte er sie festhalten, doch dabei drohte ihm eine Krücke zu entgleiten, und schnell wanderte die Hand zurück, um einen Sturz zu vermeiden.

Ihre Angst um ihn wuchs, als sie das verletzte Bein genauer betrachtete. Was unter seiner Uniform im Verborgenen lag, konnte sie sich nicht ausmalen, doch sein rechter Oberschenkel wirkte schmaler, als säße dort ein fester Verband.

»Was ist geschehen?«

Er blinzelte und schien ein Seufzen zu unterdrücken.

»Ein Durchschuss, der aber gut verheilt. Nichts, weswegen du dich sorgen müsstest.« Seine Augen ruhten auf ihr, und Valérie bemerkte eine tiefe innere Qual.

»Valérie, ich muss dir etwas Wichtiges erzählen. Jules …«

Eine schrille Stimme ließ beide zusammenfahren.

»Wenn das nicht unser Gabriel ist!«

Eine Dorfbewohnerin hatte ihn entdeckt, und bald strömten andere Leute zu ihnen, sodass ein vertrautes Gespräch nicht mehr möglich war. Was war mit Jules? Auch ihre Eltern und Monique eilten aus dem Haus, und schließlich bahnte sich Claudine mit dem Kinderwagen einen Weg zu ihnen. Valérie wurde sanft, aber unnachgiebig zurückgedrängt.

»Ich wusste, dass du es bist, als ich den Wagen sah. Ach, mein Liebster!«

Claudine nahm das brabbelnde und strampelnde Bündel aus dem Kinderwagen, ein herzallerliebstes, inzwischen fünfzehn Monate altes Mädchen mit einem blonden Schopf und kugelrunden Augen. Das Kind mit Gabriel zusammen zu sehen, schnürte Valérie die Kehle zu.

»Sag guten Tag zu deinem Papa«, forderte ihre Mutter es auf und legte die kleine Caroline in seine Arme.

Mit einem liebevollen Lächeln küsste Gabriel die Kleine.

Wie ein verschrecktes Tier wich Valérie zurück. Das hier war jetzt sein Leben, seine Familie. Sie merkte, dass sie einer solchen Begegnung nicht gewachsen war. Sie wurde sich ihrer ungewaschenen Hände und des vom Maschinenöl strähnigen Haars bewusst. Nein, sie gehörte nicht hierher, das hatte sie nie.

Ehe sich ihr und Gabriels Blick erneut treffen konnte, schlich sie sich davon und sperrte sich aufgewühlt für den Rest des Abends in ihrem Zimmer ein.

Der nächste Tag war ein Sonntag, und die Familie putzte sich wie in alten Zeiten für die Messe heraus. Mit den breitkrempigen Damenhüten, den Elfenbeinfächern aus Kranichfedern, den Handschuhen sowie Papas Zylinder kam die Familie Massé daher, als wollte sie die düsteren Monate auslöschen. Doch die Farbe der Trauer ramponierte das Ensemble, sodass der Versuch mehr einem Flaggschiff glich, das nach einer verlorenen Schlacht mit gebrochenem Mast und zerfetzten Segeln so würdevoll wie möglich zurück in den Heimathafen schiffte.

Valérie ließ sich wegen Migräne entschuldigen, um zu Hause zu bleiben. Da sie der Überzeugung war, dass Gott sich von ihr abgewandt hatte, fand Religion keinen Platz mehr in ihrem Leben. Seit Jules' Tod hegte sie den Wunsch, aus der Kirche auszutreten, ein Bedürfnis, das ihre Eltern natürlich nicht tolerierten. Sie hatten zwar momentan Verständnis für ihren Unmut, hielten diese ablehnende Haltung jedoch für eine Laune ihrer Trauerphase.

»So kann das nicht weitergehen. Für heute soll es in Ordnung sein, doch ich erwarte, dass du in absehbarer

Zeit wieder mit uns kommst«, knurrte ihr Vater beim Verlassen des Hauses.

Als sie fort waren, dauerte es nicht lange, ehe es in der Eingangshalle klopfte. Da Babette ebenfalls in der Kirche war, ging Valérie selbst zur Tür. »Habt ihr etwas vergessen? Ich dachte … oh.«

Sie brach ab, als Gabriel vor ihr stand. Ohne darauf zu warten, dass sie ihn ins Haus ließ, humpelte er herein. »Ich wusste, dass du hier sein würdest. Wir müssen reden, jetzt!«

Sie nickte und trottete ihm hinterher. Trotz der Krücken ging er erstaunlich schnell und zielstrebig voran in Richtung Wohnzimmer. Mitten im Raum blieb er stehen und sah sie an. Ihr fiel auf, dass seine Wangen leicht eingefallen und von einem kurzen Stoppelbart überzogen waren. Er musste es eilig gehabt haben. Die Stirn hatte er in Falten gelegt. Das Blau seiner Augen leuchtete nicht mehr so kraftvoll wie früher. Ein schöner Mann, nach wie vor, doch vom Krieg gezeichnet. Seine Lippen zitterten, als ränge er mit sich. Dann platzte es aus ihm heraus:

»Verdammt, Valérie! Ich habe Scheiße gebaut. Ich habe gestern das erste Mal mein Kind im Arm gehalten, dem ich ein Fremder bin, und neben einer Frau geschlafen, die ich nicht mehr kenne. Ich …«

Sie schloss die Augen. »Nein, hör auf, davon zu sprechen. Ich will diese Dinge nicht hören.«

»Aber ich muss! Du hast auf meine Briefe nicht reagiert, und das habe ich respektiert, doch als ich getroffen wurde und fast verblutet wäre, eingekesselt im Granatenregen, da hatte ich eine Eingebung. Es gibt genügend Leid auf dieser Erde, warum zusätzlich welches uns selbst auferlegen, wenn es vermeidbar wäre? Ich liebe dich, Valérie. Das habe ich immer. Und ich denke – nein, ich weiß! –, dass du meine Gefühle erwiderst, denn sonst hättest du nicht geschwiegen, sondern mir eine gepfefferte Antwort geschrieben, die sich gewaschen hat. Ich kenne dich!«

»Du dummer Narr!«, schleuderte sie ihm entgegen. »Du sprichst von Leid. Ist dir bewusst, welches du Claudine und deinem Kind zufügst, wenn du sie für mich verlässt?«

»Nicht größer als das Leid, welches ich ihr schon jetzt zufüge, weil ich sie nicht liebe. Was ist schlimmer, mit einer Lüge zu leben oder sich der Wahrheit zu stellen?«

Entrüstet ballte Valérie die Hände zu Fäusten. »Du hast ja keine Ahnung! Es wäre ihr Ruin.« Sie brauchte nur an die Frauen in der Munitionsfabrik zu denken, die Arbeit und Familie unter einen Hut bringen mussten und nicht auf ihre Männer zählen konnten, die im Krieg kämpften oder bereits gefallen waren. Unter diesen widrigen Umständen zu überleben, wünschte Valérie nicht ihrem schlimmsten Feind. Und Claudine war immerhin ihre Cousine, die ihr in Kindertagen einmal nahegestanden hatte.

»Ich könnte mir das nie verzeihen. Den Gabriel, den ich einst liebte, würde seiner Frau so etwas niemals antun.«

Er sah sie verbittert an. »Und was schlägst du vor?«

»Wir müssen akzeptieren, dass das mit uns unwiederbringlich vorbei ist. Wir können nicht mehr zusammen sein, und auch nichts mehr teilen. Das ist uns seit dem Augenblick nicht mehr gestattet, als du deiner Frau einen Ring an den Finger gesteckt hast. Es mag ein Fehler gewesen sein, sie zu heiraten, das ist wahr. Aber wir müssen mit den Konsequenzen leben.«

»Aber …« Er hielt inne. Seine Stimme versagte, sodass die kommenden Worte nur noch ein Flüstern waren. »Ich habe es deinem Bruder versprochen.«

Ihre Augen weiteten sich. »Was sagst du da? Ihr seid euch an der Front begegnet?«

»Wir waren im selben Abschnitt, ja. Jules gehörte zu denen, die im Schützengraben die Verwundeten abtransportierten. Ich befand mich in der Infanteriedivision und kämpfte auf dem Feld. Unsere Flanke wurde nach mehrstündigem Beschuss von der deutschen Offensive durchbrochen. Als dann die schweren Geschütze die Verteidigungsanlagen und Versorgungslinien angriffen, erhielten wir den Befehl zum Rückzug, damit wir unseren Abschnitt verteidigen konnten. Da traf mich ein Kleinkaliber unmittelbar neben der Oberschenkelarterie. Während meine Kameraden zurück in die Schützengräben sprangen, fiel ich in einen flachen Teich, einen Granattrichter, der mich vor weiterem Beschuss schützte.«

Die sachliche Kälte, mit der er sprach, als handelte es sich um einen Bericht, ließ sie schaudern. Dann hielt er inne und schüttelte den Kopf.

»Ich wäre in diesem nassen Grab verblutet. Und wenn

ich nicht daran gestorben wäre, dann durch die Hand des Feindes. Ich war so kurz vor dem sicheren Schützengraben, keine zwanzig Meter fehlten mir, aber der Beschuss war zu gewaltig. Wohin ich blickte, flogen mir Patronen um die Ohren. Ich saß in der Falle und litt unter fürchterlichen Schmerzen. Da hörte Jules meine Schreie.«

Gabriel senkte seinen Blick und wischte sich über die Nase. »Er ist wegen mir gestorben, Valérie. Weil er mich gerettet hat.«

Mit bebenden Lidern schloss sie ihre Augen. Ein fürchterlicher Schmerz hämmerte gegen ihre Schläfen. Es kam ihr wie ein Erdbeben vor, das ihr den Boden unter den Füßen wegriss.

»Er ist aus dem Schützengraben geklettert und eilte ohne zu zögern zu mir.«

»Nein!« Valérie schüttelte den Kopf und versuchte, die schrecklichen Bilder, die so lebhaft vor ihrem inneren Auge erschienen, zu vertreiben. Sie sah die beiden vor sich im Granattrichter, als wäre sie dabei gewesen, roch das Schießpulver, spürte die Spritzer der Erde auf ihrem Gesicht und hörte die Schreie der Männer, umgeben vom Donner der Artillerie.

»Sofort riss er sich den Schal vom Hals, um mein Bein abzubinden. Er sagte, ich solle Ruhe bewahren und die Zähne zusammenbeißen, dass jetzt alles wieder gut werde. Dann forderte er mich dazu auf, den Arm um seine Schulter zu legen. Wir richteten uns auf, stolperten weg vom Kampfgeschehen, Richtung Verteidigungslinie und …«

»Hör auf!« Valérie wich nach hinten und krallte sich an einem Möbel fest. Schmerzerfüllt fasste sie sich an die Stirn, grelle Blitze durchzuckten ihren Schädel.

Der ganze Verlustschmerz kam blitzartig zurück. Die nackte Panik, das Gefühl, dass ein Teil von ihr für immer aus ihrem Leben gerissen war, die Todessehnsucht, nur um wieder bei ihm zu sein – die Emotionen erschlugen sie förmlich. Und sie wusste nicht, wie sie mit ihnen umgehen sollte.

Sie schrie und schlug um sich, auch nach Gabriel. Und als er sie packte und fest an sich drückte, um ebenjene Hiebe abzuwehren, da küssten sie sich auf einmal.

Niemand hatte das gewollt, sie konnten es sich nicht erklären, doch Valérie und Gabriel prallten aufeinander. Die Gewalt ihrer Liebe betäubte den ganzen Schmerz, den sie seit Monaten in sich trug, und machte Valérie ganz benommen. Sie konnte nur daran denken, dass Gabriel bei Jules gewesen war, als dieser dem Tod so furchtlos entgegengetreten musste. Ein Gedanke, der ihr Trost und neue Kraft spendete.

Sie schlang ihre Hände um sein Gesicht und flüsterte, dass sie ihn die ganze Zeit geliebt habe.

Obwohl er verletzt war, hob er sie hoch, als wöge sie nichts, dann stolperte er mit ihr die Treppe hinauf in ihr Zimmer. Hingebungsvoll küsste er sie, setzte sich aufs Bett, während sie vor ihm stehen blieb.

Einen Moment sahen sie sich schweigend an, zögernd. Er umklammerte ihren Bauch, hakte ihren Rock auf und ließ ihn zu Boden fallen. Anschließend öffnete er die unteren Knöpfe ihrer Bluse, während Valérie die Reihe von oben löste. In der Mitte trafen sie sich und streiften die Bluse gemeinsam ab. Nur in Strümpfen und Unterhemd fühlte sie sich verletzlich, aber Gabriel hauchte ihr wärmende Küsse auf die Haut. Ihr wurde heiß und kalt zugleich.

Rasch half sie Gabriel aus den Stiefeln. Sie kniete sich vor ihm nieder, öffnete seinen Gürtel und schälte ihn aus der Uniform. Kummer erfüllte sie, als sie den Verband erblickte. Als sie seine Brust küsste, legte er keuchend den Kopf in den Nacken, ehe er sie an sich zog und sie sich liebestrunken auf das Bett fallen ließen.

Als Gabriel in sie eindrang, versiegte all der Schmerz. Zumindest für einen Moment. Sie hatten einander wieder – das war momentan das Einzige, was zählte.

23. KAPITEL

Raduille, März 1916

Nachdem es einmal geschehen war, öffneten sich die Schleusen, die ihre Gefühle bis dahin zurückgehalten hatten. Nun gab es kein Entrinnen mehr, nichts hinderte Valérie und Gabriel daran, erneut zueinander zu finden. Die Macht ihrer Zuneigung, die Sucht nach Vergnügen und Zerstreuung nahmen von ihnen Besitz und erschütterten sie bis in die Grundfundamente ihrer Vernunft.

Es folgte ein Frühling, der sie all die Schrecken der Vergangenheit vergessen ließ. Mit Gabriel hatte sie einen wichtigen Freund wiedergefunden. An seiner Seite fürchtete sie sich nicht vor der Zukunft. Sie fand Grund zur Freude und glaubte, wieder im Leben angekommen zu sein. In den Armen ihres Geliebten fiel es ihr schwer, Kummer zu empfinden.

Bald fand auch die Kunst wieder ihren Platz in Valéries Alltag, und sie arbeitete nur noch halbtags in der Fabrik. Eine Vertretung war rasch gefunden, es gab zu viele Frauen, die händeringend nach Arbeit suchten. Valéries Eltern freuten sich für sie, dass es ihr besser ging, auch wenn sie ihr durch die Blume mitteilten, dass sie das Geld zurzeit hätten gebrauchen können. Aber Kunst hatte immer Vorrang, und derzeit malte sie wie eine Wahnsinnige. Wie schon vor vier Jahren verwandelte sich ihr Refugium zum Liebesnest.

Darüber, dass Gabriel weiterhin das Bett mit Claudine teilte, schwiegen sie. Und darüber, was sie Claudine antaten, erst recht. Doch die Tatsache brachte Valérie fast um. Wann immer sie Claudine im Dorf sah, schämte sie sich. Wenn Claudine lachte, versetzte ihre Ahnungslosigkeit Valérie einen Stich ins Herz. Und immer war sie so freundlich zu ihr! Wäre Claudine wenigstens eine gemeine Metze gewesen – es wäre Valérie leichter gefallen, sie zu hintergehen. Am schlimmsten aber war es, wenn Claudine mit Gabriel und dem Kind unterwegs war. Wenn ihr Liebster ihren Weg kreuzte und nur ein flüchtiges Nicken für sie übrig hatte, gefolgt von einem kurzen, vielsagenden Blick, wenn Claudine nicht hinsah. Und sie sah oft nicht hin, denn Caroline war ihr Augenschein. Sie ging so geduldig und liebevoll mit ihrer Tochter um, dass Valérie erneut von Gewissensbissen befallen wurde, weil sie diese Idylle zerstört hatte. Dann verbrachte sie den nächsten Tag weinend in Gabriels Armen, hasste sich dafür, weil sie ihn liebte, und hasste ihn, weil er ihr nicht allein gehörte.

»Du musst damit aufhören. Es zerreißt dich, wenn du so denkst«, tröstete er sie.

»Und warum fällt es dir denn so leicht?«, fragte sie ihn schon fast vorwurfsvoll.

»Das tut es nicht. Aber ich weiß, dass ich dich liebe, und das wiegt alle Unannehmlichkeiten auf.«

Valérie begann zu begreifen, dass nur die gemeinsame Zeit im Atelier zählen durfte. Gewissensbisse, Eifersucht oder Zukunftsfragen beschädigten nur die Kostbarkeit ihrer wiedergefundenen Liebe.

Irgendwann lebten sie nur noch für die heimlichen Stunden in Valéries Atelier. Die Tage überschlugen sich und flossen ineinander, ohne dass es Valérie richtig bewusst wurde. Liebestrunken und voller Sehnsucht verloren sie sich ineinander.

Doch wie bei all den schönen Dingen zog die Zeit viel zu schnell vorbei. Sein Bein war bald genesen, und Gabriel musste zurück an die Front. Er war zwar kein Infanterist mehr, sondern hatte einen Platz in der Artillerie, wo es etwas sicherer war, nur würde das Bangen um ihn abermals von vorn beginnen. Allein der Gedanke verursachte Übelkeit in Valérie. Manchmal war die Angst so haltlos, dass sie sogar schon morgens erbrechen musste.

»Ich komme zurück, das verspreche ich dir«, sagte er am Abend ihres Abschieds. Er trug bereits seine Uniform und hatte sich von all seinen Freunden verabschiedet. Zuletzt war er zu ihr ins Atelier gekommen. Ein letztes Mal hatten sie sich geliebt, doch Valérie konnte es kaum genießen. Zu sehr schwirrten ihre Gedanken. Zusätzlich lähmte sie der Kummer. Wieder war da diese Angst, dass ihm etwas zustoßen könnte. Aber daran durfte sie keine Gedanken verlieren. Nach vorne blicken, lautete die Devise. Doch ob das tatsächlich besser war? Es war eine Weile schön gewesen, den Krieg zu vergessen und nur für den Moment zu leben. Doch nun beschäftigten sie existenzielle Zukunftsfragen.

»Und dann, wie soll es weitergehen?«

»Ich werde mir etwas einfallen lassen«, versicherte er ihr. »Valérie, ich habe nachgedacht. Ich will mich scheiden lassen, wenn das alles hier vorbei ist.« Seine Stimme klang entschlossen, obwohl ein Hauch von Schmerz mitschwang. Er liebte seine Tochter von Herzen, das wusste sie.

Erstaunt horchte sie auf. Die ganze Zeit über hatte sie nicht gewagt, eine mögliche Scheidung anzusprechen. Nun wusste sie nicht, ob sie Freude oder Erleichterung empfinden sollte. Die Folgen wären immens. Sowohl für Claudine als auch für sie. Und wo sollten sie dann leben? In Raduille bestimmt nicht, denn hier wäre Valérie Schimpf und Schande ausgesetzt, weil sie der armen Claudine den Ehemann und Vater ihrer Tochter ausgespannt hatte. Ob Gabriel mit ihr nach Paris ziehen würde und sie am Ende nach einem langen Umweg doch noch ihre zwei großen Lieben vereinen könnte? Aber wäre das überhaupt in seinem Sinn, oder würde ihre Liebe spätestens an diesem Punkt erneut scheitern?

»Was ist denn, mein Schatz? Du sagst gar nichts.«

Valérie sammelte sich. Sie sollte jetzt nicht zweifeln. Gabriels Abschied stand bevor, und er sollte zuversichtlich sein, wenn er zur Front zurückkehrte.

»Du hast recht, wir werden eine Lösung finden. Dessen bin ich mir sicher«, flüsterte sie.

Ein letztes Mal küsste er sie leidenschaftlich. Voller Innigkeit beschworen sie ihre Liebe. Dann war es für Gabriel Zeit, zu gehen.

Valérie stand in der Tür ihres Ateliers und blickte ihm nach, wie er in seiner stattlichen Uniform und gepacktem Tornister durchs hohe Gras stapfte, bis sie ihn nicht mehr sah.

24. KAPITEL

Cherbourg, Mai 1916

»Mademoiselle Massé, wie lange haben Sie noch?« Ihr Vorarbeiter musste schreien, damit sie ihn hören konnte bei all dem Krach, von dem sie in der Produktionshalle umgeben waren.

Sie blickte von der Leiter auf ihn hinab. »Das ist die letzte Ladung«, antwortete sie, während sie half, eine Palette mit Geschossen für Haubitzen zu Boden zu lassen.

»Gut, und dann ab zur Untersuchung mit Ihnen. Sie haben den Termin in einer Viertelstunde.« Der Klang seiner Stimme duldete keine Widerworte, dennoch kletterte Valérie rasch nach unten, um ihn zurückzuhalten.

»Mit Verlaub. Ich denke nicht, dass es nötig ist, den Firmenarzt zu belasten. Mir geht es schon wieder viel besser. Es war ja nur ein kurzer Anflug von Schwindel.«

Der Schnurrbart des Mannes zuckte. »Ein kurzer Anflug von Schwindel kann in einer Munitionsfabrik zu einem Todesurteil für Sie und alle Arbeiterinnen werden. Diese Sicherheitsvorkehrungen gibt es nicht einfach so. Hörten Sie nicht, dass in Manchester eine ganze Halle explodierte? Wollen Sie so etwas verantworten? Ich mit Sicherheit nicht!«

Nach diesem Machtwort machte sie sich lieber auf dem Weg, ehe seine Rüge noch die Aufmerksamkeit der anderen auf sich lenkte und die Phantasie der Tratschweiber ankurbelte. Sie ließ die Produktionshalle hinter sich und wischte sich den Schweiß von der Stirn. Sofort spürte sie, wie sich der Druck auf den Ohren löste, als sie unter das Tageslicht trat und die wärmenden Sonnenstrahlen ihr Gesicht kitzelten. Draußen war es wesentlich ruhiger, nur die Motoren der Lieferwagen brummten und jaulten, während die Räder über die Kieselsteine der Zufahrten rollten.

Doch Valérie hatte keine Zeit, ihre Umgebung wahrzunehmen, denn die Übelkeit kehrte zurück. Sie legte sich die Hände auf den Magen und überquerte hastig den Platz. Erst im Praxisgebäude beschleunigte sie ihre Schritte und erreichte die Toilette gerade noch rechtzeitig, um sich zu übergeben.

Sie atmete heftig, bespritzte ihr Gesicht mit Wasser und kühlte ihre Wangen. Als sie ihr Spiegelbild erblickte, erschrak sie. Tiefe Augenringe, eine bleiche, wächserne Stirn und eine verrutschte, schmutzige Haube sahen ihr entgegen. Und Angst, ja, sie hatte Angst!

Bitte lass es nicht das sein, was ich befürchte, dachte sie. Ob sie nicht lieber nach Hause gehen und sich der Untersuchung entziehen sollte? Doch das würde sie die Arbeitsstelle kosten. In der Fabrik vergingen die Tage nach wie vor rasch. So hatte Valérie eine Weile recht erfolgreich verdrängt, dass sie seit zwei Monaten auf ihre Regelblutung wartete. Aber das Ausbleiben ihrer Menstruation könnte auch von der Überanstrengung kommen, denn seit Gabriel fort war, schlief sie nicht mehr richtig. Und die aufkommende Übelkeit könnten die giftigen Dämpfe verursachen, die sie ständig einatmete.

Sie griff nach jedem Strohhalm, dessen war sie sich bewusst. Valérie musste nicht zum Arzt, um zu wissen, dass sie schwanger war. Was für ein Mist! Dass ausgerechnet ihr das passieren konnte! Und da schon Mitte Mai war, würde es nicht mehr lange dauern, bis man es sah. Wenn wenigstens bald Frieden wäre! Dann könnte Gabriel zurückkehren und mit ihr eine Lösung finden. Aber es gab kein Anzeichen auf Frieden, im Gegenteil.

Was sie jetzt brauchte, war Klarheit, ohne sie kam sie nicht weiter. Sie musste sich untersuchen lassen, um endlich Gewissheit zu haben. Noch einmal wusch sie Hände und Gesicht, dann gab sie sich einen Ruck und verließ die Toilette.

»Du musst es unseren Eltern sagen. Dass du nicht aus der Fabrik entlassen wurdest, sondern freiwillig gekündigt hast, um zu malen – den Bären konntest du unseren Eltern gerade noch aufbinden. Aber bei deinem Bauch dürftest du bald in Erklärungsnot geraten.« Monique sprach mit ungewohntem Nachdruck in der Stimme.

Die beiden Frauen saßen im Wohnzimmer. Monique machte Korrespondenzen, während Valérie den Kopf hängen ließ. Die Sache mit der Arbeitsstelle ärgerte sie ebenfalls, aber das war bei weitem weniger von Belang als die Schwangerschaft. Allem Anschein nach hatte sich der

Firmenarzt verpflichtet gefühlt, Valéries Vorarbeiter zu informieren. Der duldete keine Schwangeren auf der Arbeit, nicht nur aus moralischen, sondern auch aus Sicherheitsgründen. Ihren Eltern hatte sie vorgemacht, dass sie statt zu arbeiten lieber mehr malen würde, da Jules' Tod sie nicht länger lähmte wie zu Beginn. Nur stimmte das nicht. Der Schaffensdrang, der während Gabriels Aufenthalt in Raduille kurz auflebte, war bereits wieder abgeflacht. Ihre alltäglichen Sorgen hatten ein zu großes Ausmaß genommen. Es tat gut, sich wenigstens ihrer Schwester anvertraut zu haben. Diese hatte überraschend gefasst reagiert.

»Und du konntest nicht aufpassen? Ich meine, es gibt doch bestimmte Methoden, um zu verhindern, dass …« Eine ausladende Geste sprach für die ungesagten Worte.

»Mit diesen Methoden bin ich durchaus vertraut. Aber die sicherste ist wohl immer noch die, es lieber bleiben zu lassen.« Valérie hob mahnend den Finger und sagte mit tiefer Stimme: »Lass dir das eine Lehre sein, liebe Schwester.«

Im nächsten Moment war sie wieder sehr ernst. »Aber man könnte es noch immer verhindern. Auch dafür gibt es Methoden …«

Ihre Schwester sah sie schockiert an. »Ein schrecklicher Gedanke, zudem gefährlich und verboten. Willst du das wirklich?«

Nein, das wollte sie nicht. Allein beim Gedanken daran huschte ein Schatten über ihr Gesicht. Sie wollte dieses Kind bekommen. Es war ein schönes Gefühl, etwas von

Gabriel in sich zu tragen, etwas, das in ihr wuchs und auf ihn wartete, wenn er zurückkam. Doch sie fürchtete sich vor den Folgen.

»Ich möchte es ja, aber ich muss immerzu an unsere Eltern denken. Ist dir bewusst, in was für einen Skandal ich sie damit verwickle?«

»So schlimm wird es schon nicht«, versicherte Monique ihr. »Natürlich wären sie für den Moment nicht erfreut, aber es gibt doch immer wieder Paare, die nach der Geburt des ersten Kindes heiraten. Und in Kriegszeiten haben die Leute mehr Verständnis. Wenn du ihnen versicherst, den Vater des Kindes zu heiraten, werden sie es verschmerzen. Und spätestens in ein paar Jahren redet niemand mehr davon.«

»Wenn …« Sie biss sich auf die Zunge. Es war noch zu früh, um Monique alle Details zu beichten. Dass der Kindsvater sich zuerst scheiden lassen musste, ehe er sie heiraten konnte. Falls er das nach dem Krieg denn überhaupt noch wollte. Valérie seufzte und runzelte die Stirn. »Was schreibst du da überhaupt?«

Mit einem Lächeln legte Monique die Füllfeder ab. »Ich pflege ein paar Brieffreundschaften.«

»Mit Männern an der Front?« Erstaunt sah sie sich die bereits adressierten und zugeklebten Umschläge an. Es waren knapp ein Dutzend Briefe. Einige waren noch offen, weil Monique ein kleines Geschenk hinzufügen wollte. »Woher kennst du die alle?«

»Die kenne ich nicht persönlich. Die Kirche und die Presse haben eine Möglichkeit gefunden, um die Männer an der Front aufzuheitern. Ich schreibe einsamen Soldaten freundliche Zeilen, spreche ihnen Mut zu und flirte ein wenig. Manchmal schicke ich kleine Gaben mit, ein paar getrocknete Blumen, ein selbstgemachtes Armband oder ein hübsches Porträtfoto von mir.«

»Also pflegst du mit ihnen die Art Korrespondenz, die sie eigentlich mit ihren Freundinnen und Frauen führten, wenn sie welche hätten?« Kritischen Blickes nahm Valérie einen der noch offenen Briefe und überflog ihn.

»Ich würde es eher als eine Art Patenschaft sehen. Man nennt diesen Austausch auch *marrainage*.«

»Und das wird von der Kirche gebilligt?« Sie stieß auf eine Passage, in der Monique einem Soldaten schrieb, dass es in den Schützengräben sicherlich kalt sei, er aber das Feuer ihrer Zuneigung in sich tragen solle. Und einem anderen schrieb sie, dass sie ihm mit ihren Küssen Kraft spende.

Monique nahm ihr das Schreiben ab, welches ihre Schwester offensichtlich nicht zu würdigen verstand. »Nicht nur gebilligt, sondern explizit erwünscht. Auch ich erfülle in dieser großen Sache meine Pflicht.«

»Du weißt, wofür die deine Fotos und Briefe dann noch verwenden, wenn du ihnen solche Dinge schreibst und ihre Phantasie in dieser Einsamkeit entfachst? Wenn sie … wenn sie …« Valérie brach ab.

»Na und? Wenn es ihnen dadurch besser geht? Außerdem kann ich davon nicht schwanger werden.«

Schockiert wich Valérie zurück. »Dann ist ja alles gut!«, zischte sie verletzt.

Die letzten Worte waren Monique zu schnell über die Lippen gerutscht, und sie hob die Hand vor den Mund. »Entschuldige, so habe ich das natürlich nicht gemeint.«

Valérie winkte ab. »Schon gut, es ist ja wahr.« Sie unterdrückte das Bedürfnis, ihre Schwester zu fragen, woher sie wohl über derartige Dinge Bescheid wusste, doch Monique war kein Mädchen mehr, sondern eine siebzehnjährige junge Frau, die schon erstaunlich viel vom Leben verstand. Der Krieg hatte sie vor ihrer Zeit zur Erwachsenen gemacht.

»Du hast mir noch nicht erzählt, von wem das Kind ist. Es muss ja bereits in Paris geschehen sein, nicht wahr? Ist es von einem Künstler?«

Das konnte Valérie zweifelsfrei ausschließen, denn zwischen Modi und Gabriel hatte sie die Monatsblutung gehabt. »Nein, Monique. So weit bin ich nun auch wieder nicht. Es ist hier passiert.« Sie entschied, Monique nicht länger auf die Folter zu spannen. »Es ist von Gabriel.«

»Von *unserem* Gabriel?«

»Kennst du noch weitere in Raduille?«

»Aber …«

»Ich weiß …«

Einen Moment öffnete und schloss sich Moniques Mund stumm. Zu viele Gedanken schienen durch ihren Kopf zu gehen. »Ach, du meine Güte, das ist wirklich problematisch!«

25. KAPITEL

Raduille, Juni 1916

Im Verlauf ihres Lebens hatte Valérie immer wieder von Frauen in froher Erwartung gehört, die sich sehnlichst wünschten, dass die Schwangerschaft rascher voranschreite, um endlich das geliebte Kind in den Armen zu halten.

Valérie erging es anders, sie hätte lieber mehr Zeit gehabt, um ihr Leben neu zu organisieren und nachzudenken, wie sie diese enorme Herausforderung meistern sollte. Doch das Bébé wurde täglich größer und duldete keine Verzögerung. Valérie musste rasch handeln, denn sie konnte ihre Schwangerschaft nicht mehr lange verheimlichen.

Bereits jetzt konnte sie kein Korsett mehr tragen. Babette würde bald ihre Kleider anpassen müssen, und das wäre der Moment, in dem alles ans Licht käme. Um das hinauszuzögern, trug sie nun häufig ihre Reformkleider, die seit geraumer Zeit in Paris *très à la mode* waren. Diese weiten Kleider erinnerten mehr an weite Tuniken. Die List gewährte ihr ein paar Wochen Aufschub.

»Himmel, du musst es ihm sagen«, drängte Monique sie, als sie eines Abends vor dem Zubettgehen erfuhr, dass Valérie Gabriel noch immer nicht geschrieben hatte.

»Er wird es früh genug erfahren«, entgegnete sie. »So wie alle anderen auch.«

»Aber je früher er es weiß, umso besser kann er sich vorbereiten. Dann kann er die nötigen Schritte in die Wege leiten.«

»Und die da wären?«

»Liegt das nicht auf der Hand? Er muss die Scheidung so rasch wie möglich einreichen, damit er dich heiraten kann.«

»Und was ist mit Claudine?«

»Jetzt mal zum Teufel mit der!«, rief Monique so barsch, dass es Valérie überraschte. »Wenn Gabriel sie fallenlässt, haben die Leute wenigstens Mitleid mit ihr und verstoßen sie nicht. Ihr Kind bleibt auch bei geschiedenen Eltern legitim. Es wird nie mit der Schande leben, dass es in Sünde gezeugt wurde. Es wird nie nach Hause kommen und fragen, was denn ein Bastard sei, weil es so in der Schule gerufen würde. Deinem Kind aber steht das alles bevor, wenn Gabriel dich nicht heiratet. Also spar dir die Gewissensbisse. Die wären vielleicht vor deiner Affäre nützlich gewesen, aber nun haben sich die Prioritäten verschoben. Jetzt betrifft es nicht länger nur dich, sondern uns alle. Es geht um den Ruf der Familie.«

»Ach, Monique.« Ihre Anteilnahme rühre Valérie zutiefst. Es war nicht so, dass sie nicht selbst schon längst in die Richtung gedacht hätte, aber sie war dabei zum gleichen Ergebnis gekommen wie jetzt. »Genau darum geht es ja. Wir werden ohnehin mit der Schande leben. Selbst wenn die Scheidung zustande kommen sollte, was ich nach wie vor ein schwieriges Thema finde, kann Gabriel im Moment nichts tun. Er kämpft auf der anderen Seite des Landes. Die lassen ihn nicht gehen, nur weil er Vater wird. Er ist im Moment so machtlos wie wir.«

»Das ist so ungerecht!«, schimpfte Monique. In ihren Augen schimmerten jene Tränen, die Valérie schon lange nicht mehr übrig hatte. »Dann bleibt uns nichts anderes übrig, als zu warten und zu beten, dass der Krieg möglichst bald vorbei ist und Gabriel heil zurückkommt? Nur dass noch lange kein Ende in Sicht ist, nicht wahr?«

Valérie bemühte sich um einen sachlichen Ton ohne Groll und ohne Verzweiflung. »So ist es. Und es tut mir aufrichtig leid, dass ich dich damit belasten muss. Auch dein Ruf wird darunter leiden.«

»Das ist mir egal«, entgegnete Monique trotzig, während sie sich mit dem Ärmel über das Gesicht fuhr.

Valérie berührte ihre Schultern. Sie hatte das Gefühl, ihre kleine Schwester benötigte mehr Trost als sie selbst. Und auf sonderbare Weise stärkte sie das. Monique zuliebe wollte sie zuversichtlich sein.

»Es bedeutet aber nicht, dass wir uns nicht trotzdem freuen dürfen. Möchtest … möchtest du mal fühlen?«

Plötzlich schien es so, als würde Monique begreifen, dass sie nicht länger unter sich waren. Dass da etwas unter Valéries Herzen schlummerte, das jede Mühe wert sein würde. Ihre Tränen verebbten augenblicklich. »Kann man denn bereits etwas fühlen?«, fragte sie im Flüsterton.

»Manchmal, wenn es einen Purzelbaum schlägt.« Valérie lächelte und nahm die Hand ihrer Schwester. Einen Moment erinnerte sie sich daran, als sie selbst noch ein Kind gewesen war und Mamans Bauch mit Monique darin hatte befühlen dürfen. Diese Geste war die erste Erinnerung ihres Lebens. Ob sie damals auch so große Augen gemacht hatte wie Monique jetzt? Plötzlich schien all die Furcht verschwunden – für den Moment.

In dieser Nacht bekam Valérie vor lauter Grübelei kein Auge zu. Monique hingegen schlief tief und fest. Seit Jules gestorben war, schliefen die Schwestern wieder im selben Zimmer. Manchmal war es sonderbar, wie ein schwerer Verlust die Leute einander wieder näherbrachte.

Während sie auf dem Rücken lag und ihren Bauch streichelte, dachte sie an einen weiteren Grund, weshalb sie Gabriel noch nicht geschrieben hatte und den sie ihrer Schwester verschwiegen hatte: Sie fürchtete sich vor seiner Reaktion. Sie zweifelte nicht daran, dass er sich auf das Kind freuen würde. Aber würde er auch den Schneid besitzen und eine Scheidung von Claudine tatsächlich durchziehen? Und würde sie – Valérie – das wirklich wollen? Bisher hatte sie nur daran gedacht, was gut für das Kind wäre und nicht für die Kunst. Konnte und durfte sie als Mutter und Ehefrau noch Künstlerin sein? Oder bedeutete diese Schwangerschaft, dass sie eine neue Rolle einnehmen musste, die sie nie gewollt hatte? Und überhaupt – wer außer ihr hatte zu entscheiden, was sie mit ihrem Leben anfing?

Sie könnte natürlich auch weglaufen. Zurück in die Avenue des Champs-Élysées flüchten, und dort das Kind hinter den sicheren Mauern von Olympes Stadtpalais bekommen. In der Anonymität der Stadt wäre sie nicht solch starken Feindseligkeiten wie auf dem Land ausgesetzt. Unter all den Flüchtlingsfamilien, die zurzeit bei Olympe wohnten, wäre es eins von vielen Kindern. Aber es gab auch wieder Gründe, die dagegensprachen. Eine unbekannte Künstlerin konnte nicht bestehen, sie brauchte einen Namen, musste an die Öffentlichkeit treten, war auf Galeristen und Mäzene angewiesen. Gerade die dürften aber ihre Probleme damit haben, eine Gefallene zu fördern. Kunst war noch immer etwas sehr Prestigeträchtiges.

Bedeutete dieses Kind also das Ende ihrer Karriere? Es schien fast so, als würde auch hier kein Weg an einem Trauschein vorbeiführen. Monique hatte recht, die Prioritäten hatten sich verschoben. Sie musste einfach heiraten. Danach konnte sie Gabriel immer noch überzeugen, dass sie ein unkonventionelles Leben als Künstlerin führen wollte.

Am nächsten Tag setzte sie den Brief endlich auf. Danach würde sie auch ihren Eltern reinen Wein einschenken. Es fiel ihr ungewöhnlich schwer, den richtigen Ton zu treffen. Auf keinen Fall wollte sie, dass Gabriel ihre Verzweiflung spürte. Sie hütete sich davor, irgendetwas zu fordern, musste aber auch klarstellen, dass sie auf seine Unterstützung angewiesen war.

Der Haufen zusammengeknüllter Papiere vor ihr auf dem Tisch wurde immer größer. Schließlich endete sie mit einem schlichten: *Ich vermisse dich und sehne den Tag herbei, an dem wir eine Familie sein können.* Danach verklebte Valérie den Umschlag und stand auf. Ihr schwindelte leicht, und sie berührte die sanfte Wölbung ihres Bauches. Eine mütterliche, intuitive Geste, die sie schnell wieder unterließ. Sie durfte sich nicht verraten, noch nicht.

Da sie keine Briefmarken mehr im Haus hatten, musste sie zur Post. Schon auf dem Weg bekam Valérie ein mulmiges Gefühl. Kurz spielte sie mit dem Gedanken, einfach nur die Postwertzeichen zu kaufen und den Brief dann einzuwerfen, aber der Brief würde ohnehin durch Claudines Hände gehen. Also ging sie lieber gleich zur Post und hoffte, Claudine wäre zu beschäftigt, um dem Schreiben größere Beachtung zu schenken.

Erleichtert atmete Valérie aus, als sie die Post betrat und die Aushilfe den Schalter bediente. Claudine hielt sich im hinteren Bereich auf, Valérie konnte hören, wie sie Caroline wickelte und dabei mit ihr sprach. Doch als sie die Ladenglocke hörte und Valérie entdeckte, stand sie prompt auf. Ihre Hände stemmte sie in ihre festgeschnürte Taille. Neben ihr wurde sich Valérie ihrer runden Form bewusst.

»Ah, Cousine, hast du etwas zum Aufgeben?«

Obwohl sie in einem freundlichen Ton sprach, ging von ihr eine eisige Bedrohung aus. Sie ahnte es doch etwa nicht?

Valérie fühlte sich wie eine ertappte Verräterin, als sie der Aushilfe den Brief zuschob und sich um einen beiläufigen Blick bemühte. Ihre Hände begannen zu schwitzen. Wie eine Inspektorin trat Claudine hinter die Postbeamtin und spähte auf den Adressaten, dann nahm sie den Umschlag mit spitzen Fingern an sich. Am liebsten hätte Valérie das Schreiben sofort zurückgerissen. Mutlos versuchte sie, mit ihrer Cousine belanglose Konventionen auszutauschen, um sie abzulenken, doch da blitzten deren Augen bereits auf.

»Oh, ein Brief an Monsieur Pigalle, da wird er sich freuen. Er ist gerade in Verdun, weißt du.«

Valérie fühlte sich wie ein in die Enge getriebenes Tier. Sie sollte besser gehen und trat von einem Fuß auf den anderen, doch sie zwang sich zur Ruhe.

»Geht es dir nicht gut? Du siehst so blass aus. Willst du dich einen Moment hinsetzen?«

Claudines Unterton gefiel Valérie nicht. Wachsam und gefährlich, aber hinter Freundlichkeit versteckt. Ihr Blick war dabei so scharfsinnig wie der einer Geschäftsfrau, der nichts entging.

»Nein, nein, es geht schon …«

Claudines Hand umfasste ihren Arm und zog sie so mühelos in den Personalbereich, dass man als Außenstehende nicht merkte, wie viel Kraft in ihrem Griff steckte.

»Bitte, ich bestehe darauf. Du kennst dich hier hinten ja noch bestens aus von früher. Fühl dich wie zu Hause. Hier, halt mal kurz Caroline, dann mache ich dir im Hinterzimmer einen Kaffee.«

Schon saß Valérie auf einem Stuhl und hielt Gabriels Tochter auf dem Schoß. Das Mädchen sah sie aus großen, überraschten Augen an und brabbelte vor sich hin. Es ließ eine Rassel fallen und blickte dem Spielzeug unbeeindruckt nach.

»Na, na. Das heben wir gleich wieder auf.« Valérie bückte sich, und ein heftiger Anflug von Übelkeit durchfuhr sie. Das kleine Mädchen grinste sie an, und ihre kleinen Hände griffen nach ihrem Gesicht. Was hatte sie da bloß angerichtet?

Den Kaffee, den Claudine wenig später brachte, stürzte Valérie so schnell runter, wie ihre Speiseröhre die Hitze des Getränks auszuhalten vermochte. Danach bedankte sie sich, reichte Claudine ihre Tochter zurück und entfernte sich mit aller Würde.

Sie hielt sich dazu an, ihre Schritte zu mäßigen, obwohl sie am liebsten davongerannt wäre. Nicht nur, weil sie Claudines Blick wie einen Dolch im Rücken spürte, sondern weil sich ihr Magen für den Kaffee rächte. Sie schaffte es gerade noch rechtzeitig in eine Gasse außer Sichtweite der Post, ehe sich ihr Magen leerte.

Es war ein Abgrund. Eine andere Bezeichnung kam ihr nicht in den Sinn, als Claudine noch am selben Abend wie eine Gewitterwolke ins Haus der Familie Massé rauschte. Ein fürchterlicher Abgrund, in den sie fiel.

»Natürlich habe ich den Brief gelesen! Ich sehe doch, was du unter deinem Kleid versteckst und mit was für Stielaugen du meinem Mann immer nachschaust!«

Valérie war noch zu schockiert, um sich gegen diese Anschuldigungen zu wehren. In Claudines Augen lag so viel Hass, dass es ihr Angst einjagte. Flehend blickte sie zu ihren Eltern. Die endlose Enttäuschung in ihren Gesichtern drang wie ein Giftpfeil durch sie hindurch.

»Valérie … schwanger? Von Gabriel?« Ihre Mutter weigerte sich zu begreifen, ihre Lippen zitterten. Ein Schwächeanfall zwang sie, sich zu setzen. Sie presste sich ein Taschentuch an die Stirn.

Ihre Worte gingen in Carolines Weinen unter. Da es spätabends war, hatte Claudine sie mitnehmen müssen. Das Mädchen verstand nicht, weshalb die Mutter so aufgebracht war. Schließlich eilte Monique dazwischen, um Claudine die Kleine abzunehmen und sie zu beruhigen. Valérie fühlte sich hundeelend.

Die Scham ihrer Bloßstellung verursachte einen kalten Schauer und einen hitzigen Kopf zugleich. Ein unangenehmes Kribbeln kroch bis in den Nacken hoch. Diesen mächtigen Schuldgefühlen war sie nicht gewachsen, die Wut auf sich selbst und der gleichzeitige Überlebenswille wirkten zu gewaltig auf sie ein.

Wer ihr Angst machte, war ihr Vater. An seiner Schläfe pulsierte eine Ader, die Augen waren starr und glasig. Sie fürchtete, er wollte sie gleich an Ort und Stelle verprügeln.

»Ist das wahr?« Sein Atem roch nach billigem Wein, das Schnauben erinnerte an einen brodelnden Vulkan. Und zu Monique gewandt: »Wusstest du davon?«

Ehe ihre Schwester den Mund öffnen konnte, ging Valérie dazwischen.

»Natürlich nicht! Denkst du, ich würde sie damit belasten?«

Sie log ohne Gewissensbisse. Monique durfte nicht dafür bestraft werden, weil sie ihr Geheimnis während der letzten Wochen mit sich herumtragen musste.

Ihr Vater schlug auf die Kommode. Das Geschirr darin erzitterte, und die Frauen zuckten zusammen.

»Ich kann nicht glauben, was ich hier höre! Das ist unter deiner Würde! Wie konntest du dich selbst derart hintergehen und dich auf einen verheirateten Mann einlassen? Und dann schwängert er dich auch noch, als wärst du ein ehrenloses Straßenmädchen!«

Bei diesen Worten heulte Claudine auf. Die Vorstellung musste für sie unerträglich sein.

Als Valérie sich wütend darüber auslassen wollte, dass Claudine ihre Korrespondenzen nichts angingen, erwiderte ihr Vater: »Natürlich geht sie das was an! Es ist ihr Mann, den du verführst.«

»Zum Verführen braucht es mindestens zwei!«

Eine schallende Ohrfeige traf ihre Wange.

»Wie kannst du es wagen, mir gegenüber so vorlaut zu sein?«

Zutiefst verletzt ließ Valérie Schimpf und Schande über sich ergehen, während sie den Impuls unterdrückte, ihre brennende Wange zu betasten. Sie fühlte sich schrecklich im Stich gelassen. Sie hasste sich dafür, ihre Fassung derart verloren zu haben, und dass ihr der Schneid fehlte, sich anständig zu verteidigen.

Doch jetzt musste sie unter all das einen Schlussstrich

ziehen und an dieser Auseinandersetzung wachsen, wenn sie nicht von der Finsternis verschluckt werden wollte. Niemand war da, um für sie Partei zu ergreifen, also musste sie das selbst tun. Während sich Claudine und Valéries Eltern einig darüber waren, dass sie mit ihrem Egoismus und ihrer Wollust gleich zwei Familien zerstört hatte, fühlte Valérie sich, als spannte sich ein Schutzschild über ihre Brust. Sie hörte sich die Vorwürfe an, als gingen sie sie nichts mehr an, als wäre sie bloß eine Zuschauerin. Und als die Anschuldigungen endlich verebbten und sie aus ihrer Lethargie erwachte, erhob sie sich.

»Ich bedaure jeden Funken Schmerz, der durch dieses Handeln entstanden ist, Claudine, das kannst du mir glauben. Ich bedaure, was ich dir angetan habe, deinem Kind, aber auch mir selbst. Und ich bedaure, dass ich keine Reue empfinde.« Sie konfrontierte sich mit Claudines hasserfülltem Blick und hielt ihm stand. Sie fasste sich bewusst an den Bauch, und ihre Stimme wurde fester: »Ich würde es wieder tun. Wir würden es wieder tun. Es gibt Dinge zwischen zwei Menschen, die sind zu mächtig, um von Außenstehenden verstanden zu werden. Wir können zwar zur Rechenschaft dafür gezogen werden, was wir getan haben, aber nicht für unsere Gefühle. Niemand gibt uns vor, in wen wir uns verlieben. Gabriel mag dir auf dem Papier gehören, doch sein Herz gehört mir. Das hat es schon immer. Tut mir leid, Claudine. Ich hoffe, du findest deinen Frieden, so wie wir alle.«

Und mehr gab es nicht zu sagen.

26. KAPITEL

Raduille, Juli 1916

Die Auseinandersetzung setzte Valérie mehr zu, als sie preisgeben wollte. Vor allem dem Bébé schien es nicht gut zu gehen, als würde es von all der Ablehnung den Mut verlieren. Auch in der zweiten Schwangerschaftshälfte war Valérie übel und schwindelig. Sie litt unter Herzrasen und leichten Blutungen. Als Fieberschübe mit heftigen Schmerzen hinzukamen, war sie gezwungen, das Bett zu hüten. Wenigstens blieb ihr so die Missachtung der Menschen erspart, die sie auf der Straße nicht mehr grüßten. Sie fühlte sich wie eine Last. Erniedrigt, geringgeschätzt, missachtet.

Gleichzeitig wuchs die Zuneigung zu ihrem ungeborenen Kind ins Unermessliche. Valérie hegte das Bedürfnis, es vor der Welt zu beschützen und ihm all ihre Liebe zu geben. Heftige Muttergefühle durchströmten sie und stillten die schmerzliche Sehnsucht nach Gabriel.

Obwohl sie Erleichterung verspürte, dass ihr Geheimnis endlich offenbart war, blieb eine bedrückende Beklemmung bestehen. Ihre Eltern hatten sie zwar nicht verstoßen, wechselten aber nur noch die nötigsten Worte mit ihr. Sie hielten Valérie emotional auf Distanz und legten den Mantel des Schweigens über die ganze Angelegenheit. Sie ignorierten die Schwangerschaft, als existierte sie gar nicht. Was war mit ihnen los? Erlaubte ihre freigeistige Weltanschauung überhaupt derart bornierte Verhaltensweisen? Offensichtlich gab es Grenzen, auch in den Kreisen der Bohème. Es tat unglaublich weh, denn sie liebte ihre Eltern nach wie vor und wollte an ihrem Leben teilhaben.

Eines Abends fühlte sich Valérie stark genug, um sich von ihrem Bett zu erheben und in der Bibliothek der Familie nach Büchern zu suchen, mit denen sie sich in eine bessere Welt träumen konnte. Dafür musste sie an der angelehnten Tür des Salons vorbeigehen. Es brannte Licht im Zimmer, und sie hörte die Stimmen ihrer Eltern. Hier ließen sie oft gemeinsam zu einem Sherry den Tag Revue passieren, während Maman stickte und Papa rauchte. Valérie wurde hellhörig, als ihr Name fiel.

»Da hat sie uns ganz schön was eingebrockt. Weißt du, Françoise, in einer anderen Welt wäre es mir einerlei, was die Leute darüber denken. Das ist nicht deren Angelegenheit, und es ist auch nicht allein Valéries Schuld. Auch mit diesem Jungen sollte man ein ernstes Wörtchen reden. Aber du kennst die Strukturen und Gepflogenheiten, mit denen wir uns befassen müssen. Selbst beim Verlag musste ich heute Rede und Antwort stehen, so weit hat es sich schon rumgesprochen. Der Verleger meinte, er könne meine Bücher nicht länger verkaufen, da unser Familienname in der ganzen Provinz kompromittiert sei.«

»Oh, wie furchtbar! Wir sind doch auf deine Tantiemen angewiesen!«, stieß Madame Massé aus. Auch Valérie hielt den Atem an. Dass ihre Schwangerschaft sogar die Karriere ihres Vaters bedrohte, fand sie unerträglich.

»Konntest du ihn umstimmen?«

»Ich musste mich gehörig zusammenreißen, ihm nicht in den Arsch zu treten«, knurrte ihr Vater. »Aber ich habe zur Notlüge gegriffen und konnte das Ruder gerade noch herumzureißen. Ich behauptete, sie sei auf dem späten Nachhauseweg in Cherbourg von einem Unbekannten angegriffen worden, der sich ihr aufgezwungen habe. So kann man uns wenigstens nicht länger die Verlotterung der Sitten vorwerfen.«

Etwas in Valérie zog sich zusammen. Eine Vergewaltigung war etwas Schreckliches. Die Tatsache, dass eine solche wünschenswerter wäre als die verbotene Liebe, mit der ihr Kind gezeugt wurde, versetzte ihr einen Stich. Und das alles nur, um den Schein zu wahren, damit nicht die gesamte Familie daran zu Grunde ginge.

»Eine abscheuliche Vorstellung, Adalbert.« Doch nach kurzem Überlegen schien ihre Mutter die Lüge zu goutieren. »Aber diese Behauptung mag gar nicht so schlecht sein. Wenn das erst einmal die Runde macht, werden die Leute sicherlich auch Valérie gegenüber verständnisvoller. Mitleid ist ein hervorragender Puffer gegen Vorurteile.«

»Sorgen bereitet mir eher, wenn es Gabriel zu sehr ähnelt. Wenn Valérie und das Kind auch noch öffentlich von Claudine diffamiert werden, wäre die Tragödie unaufhaltbar.«

»Du lässt aber die Tatsache aus, dass Gabriel ein guter Junge ist. Er wird seine Pflicht erfüllen, wenn er zurück ist.«

»Und vor allen sein Gesicht verlieren? Nach allem, was er sich hier aufgebaut hat? Dass ich nicht lache! Der kann von Glück reden, dass er ohne Weiteres in sein gemachtes Nest zurückkehren darf. Claudine wird ihm wohl oder übel verzeihen, denn sie wird vor allem froh sein, dass er sie nicht verlässt. Und unsere Kleine wird er fallenlassen.«

Maman widersprach heftig. »Nein, so ist er nicht, dessen bin ich mir sicher.«

»Wir werden sehen. Erst muss er es überhaupt zurückschaffen. Dasselbe haben wir uns auch bei unserem Sohn erhofft und dann …« Seine Stimme brach ab.

Einen Moment herrschte Stille, und beide kämpften gegen den Schmerz von Jules' Verlust an. Noch immer tat es so weh.

»Wie dem auch sei«, fuhr ihr Vater nach einer Weile fort. Seine Stimme schien wieder gefestigt. »Wir werden sehen, wie es kommt. Ach, wäre sie doch bloß nie schwanger geworden. Am besten wäre es wohl, wenn sie es verliert. Das könnte sich für uns alle als Segen erweisen. So müsste sie nicht einen Säugling durchs Dorf kutschieren, der wie ein Brandmal an ihre Sünde erinnert.«

»Adalbert! Das meinst du doch nicht im Ernst! Derartiges geht nun wirklich zu weit«, rief Maman empört. »Du sprichst von unserem Enkelkind!«

»Ein Enkelkind? Diese Bezeichnung muss es sich erst verdienen. Vorerst bleibt es ein Bastard.«

Während Valérie die eine Hand vor den Mund hielt, krallte sie sich mit der anderen am Türrahmen fest. Gerade noch rechtzeitig konnte sie ein Aufschluchzen unterdrücken. Sie fühlte sich, als hätte sie eine Ohrfeige bekommen. Einen Moment gelang es ihr nicht, den aufflammenden Zorn und den darin verborgenen Schmerz zu kontrollieren. Sie war versucht, die Tür aufzustoßen und die beiden anzuschreien, was ihnen einfalle, so respektlos über ihr Kind zu reden.

Sie hätte so vieles zu sagen gehabt, und gleichzeitig wusste sie, dass es zwecklos war. Für ihren Vater war der Sachverhalt eindeutig. Sie hatte Schande über sie alle gebracht und war kein respektabler Mensch mehr. Persönlich mochte er das anders sehen, aber er wurde nicht nach seinem Denken, sondern seinem Handeln beurteilt, also hatte er Valérie die kalte Schulter zu zeigen. Und ihre Mutter? Die hatte sich seinen Launen zu fügen.

Sie musste weg von diesem Ort, ertrug nicht länger, wie ihre Mitmenschen sich in ihrer selbstgefälligen Empörung aufspielten. Sie war nach Raduille gekommen, um für ihre trauernde Familie da zu sein, um den Verlust in der Gemeinschaft besser zu ertragen. Dafür war sie ohne zu zögern bereit gewesen, alles, was sie sich in Paris aufgebaut hatte, aufzugeben. Die Kunst, ihre Freunde, ihre Emanzipation und ihre Arbeit. Was war ihr Dank? Sie wurde von ihrer Familie fallengelassen.

Noch nie hatte sie Paris mehr vermisst als jetzt. Diese Stadt hatte sie zu dem Menschen gemacht, der sie heute war. Paris nahm sie auf und gab ihr das Gefühl, zu Hause zu sein. Am liebsten wäre sie sofort abgereist. Olympe würde sie mit offenen Armen empfangen – oh, wie ihre Freundin ihr fehlte! Nur blieb ihr das Reisen in ihrem jetzigen Zustand verwehrt. Schon wenn sie wenige Schritte tat, kollabierte ihr Kreislauf.

Gleichzeitig musste sie fort von hier, dieser Umgang war nicht länger tragbar. Es gab nur einen Ort, an dem sie jetzt noch sicher war. Der Ort, an dem noch immer der Geist der alten Heilerin spukte, an dem die Kreativität von Valérie Besitz ergriffen und an dem das Schicksal von Gabriel und ihr seinen Lauf genommen hatte: ihr Atelier.

Entschlossen quälte sich Valérie die Treppe zu ihrem Zimmer hoch, packte ihre Sachen und schlich noch in derselben Nacht über den Dienstboteneingang davon.

»Senfgelb und Kastanienbraun hatten sie nicht, aber ich habe dir dafür Ocker und Ziegelrot geholt. Und Koralle statt Lachs. Geht das? Hier der neue Borstenpinsel.«

Gerührt beobachtete Valérie, wie Monique ihre Einkäufe aus der Tragtasche holte und auf den Arbeitstisch legte. Die Farbunterschiede waren zwar gravierender, als sich ein Laie denken konnte, doch allein die Hilfsbereitschaft ihrer Schwester ließ ihr Herz erweichen.

»Und was ist das hier?« Sie deutete auf eine zweite Tragtasche, aus der flache, in Papier gewickelte Vier- und Rechtecke ragten.

»Das sind neue Leinwände. Es betrübt mich, wenn du deine alten Gemälde von früher übermalst, nur weil dir das Material ausgeht.«

»Ach Monique, du bist ein ganz lieber Schatz.«

Im Gegensatz zu ihren Eltern, die Valéries Fernbleiben ignorierten, kam ihre Schwester dreimal die Woche mit frischen Nahrungsmitteln sowie Kleidung vorbei. Mit Monique ließ sich die Zeit besser totschlagen. Sie spielte mit ihr Karten oder strickte ein Kleidungsstück für das Bébé.

»Bleibst du noch ein wenig? Ich habe soeben Tee aufgesetzt.« Mit einer schnellen Bewegung schaufelte Valérie sich genügend Platz auf dem Tisch frei, damit sie sich setzen konnten. »Wie ist die Stimmung zu Hause?«, fragte sie, während sie die Tassen füllte.

Ihre Schwester sah nachdenklich zu ihr auf und zögerte. »Papa ist sehr jähzornig, weil er es undankbar von dir findet, dass du fortgegangen bist. Deswegen stünden wir jetzt noch mehr im Mittelpunkt. Er hat verboten, dass Maman und ich über dich sprechen. Sie zeigt es zwar nicht offen, aber sie vermisst dich. Das spüre ich. Ach, Valérie, diese ganze Geschichte ist so verzwickt!«

»Und wie ist … die finanzielle Situation? Erholt sich die Familie von ihrem schlechten Ruf?« Sie fragte nicht ohne sarkastischen Unterton.

Dass die Lippen ihrer Schwester bebten, verhieß nichts Gutes. »Maman findet zwar keine Schülerinnen mehr für ihre Tanzstunden, weil unser Haus nicht länger als tugendhaft gilt … aber die Finanzen haben sich ein wenig erholt.« Der Satz klang unvollendet. Sie senkte den Blick und drehte die Tasse um ihre eigene Achse.

»Dann hat Papa einen Vorschuss für ein neues Manuskript erhalten?«, fühlte sie Monique auf den Zahn und strich sich über den Bauch.

»Das ist es nicht …«

Eigentlich hatte sie damit schon alles gehört, was sie für ihre Schlussfolgerung brauchte. Wenn ihre Eltern mit ihrer Arbeit keinen Umsatz machten und sie trotzdem zu Geld gekommen waren, konnte es nur eine Möglichkeit geben.

»Es ist deine Mitgift. Sie haben sie aufgelöst.«

Valérie schloss ihre Augen. Ihre Aussteuer war ihre einzige Aussicht gewesen, um mit Gabriel neu anzufangen, wenn er zurückkehrte. Materiell hatte es ihrer Familie nie an etwas gefehlt. Die Mitgift hätte gereicht, damit Valérie von ihrer Kunst hätte leben können, ohne sich je darüber sorgen zu müssen, ob sich der Ertrag ihrer verkauften Bilder rentierte. Einfach so, von der einen Sekunde auf die andere, war sie mittellos und offiziell verstoßen.

»Das ist so ungerecht«, klagte Monique. »Ich hätte nie gedacht, sie einmal von dieser Seite zu sehen. Früher war ich sehr stolz auf unsere Eltern. Sie waren so unkonventionell und klug. Wir hatten als Mädchen viel mehr Freiheiten als die anderen, durften Romane lesen, die anderen verwehrt blieben.«

»Es sind andere Zeiten, Monique. Der Krieg wirft uns weit zurück. Die Leute sehnen sich nach Recht und Ordnung. Unsere Eltern waren aufgeschlossen, als sie sich das leisten konnten. Aber sie sind Künstler, und Künstler haben es in der Krise besonders schwer. Sie brauchen Geld. Ohne Mamas Tanzschule und Vaters Bücher sind sie bloß noch Eltern. Und dann sind sie auch noch tieftraurig wegen Jules. Trauer verbittert.«

Monique sah sie fassungslos an. »Ausgerechnet du nimmst sie in Schutz?«

»Das nicht. Ich möchte dich nur daran hindern, dass du sie verachtest. Die Einzige, die deine Verachtung verdient, bin ich.« Valérie wurde allmählich müde. Sie hatte keine Kraft für Moniques Empörung, brauchte sie für das Bébé.

»Es tut mir leid, Monique, ich sollte mich jetzt ein wenig hinlegen. Aber wenn du mir einen Gefallen tun würdest …«

»Natürlich.«

Valérie stand auf und reichte ihr einen Brief. »Gabriel weiß noch immer nichts von dem Bébé. Claudine hat den letzten Brief abgefangen, und sie wird sich auch sicherlich diesen unter den Nagel reißen. Darum wirf ihn bitte in Cherbourg oder sonstwo ein. Er muss es erfahren! Er muss wissen, dass ich ihn brauche … Dass wir ihn brauchen.«

Ohne zu zögern nahm ihre Schwester das Schreiben an. »Natürlich. Ich verspreche es.«

27. KAPITEL

Raduille, Oktober 1916

Voller Schrecken riss Valérie ihre Augen auf. Es dauerte einen Moment, bis sie durch den Einfall des Sonnenlichts die Tageszeit einschätzen konnte. Sie hatte sich nach dem Mittagessen nur für einen Moment hinlegen wollen und war dabei in einen Tiefschlaf versunken. Jetzt musste es später Nachmittag sein.

Langsam setzte sie sich auf. Sie brauchte mehr Schwung als gewöhnlich, der inzwischen dicke Bauch machte sie träge. Es war Mitte Oktober, seit ihrem Brief an Gabriel waren drei Monate vergangen, und sie wartete noch immer auf eine Antwort. Das Ausharren machte sie zunehmend nervöser. Wenn die Berechnungen des Gynäkologen in der Munitionsfabrik stimmten, würde das Kind in vier Wochen kommen – und von Gabriel kein Lebenszeichen.

Wie bei einer Vogelscheuche stand ihr das Haar in alle Richtungen. Das entenblaue Sommerkleid aus Samt, das früher einmal mit den richtigen Accessoires Valéries Eleganz betont hatte, war zerknittert, fleckig und müffelte.

Aus tiefen Augenringen betrachtete sie die Leinwand, die ihr gegenüberstand. Bis auf die blei- und nebelgraue Grundierung war sie unberührt. Bedrohlich schien sie

Valérie anzublicken, sie herauszufordern. Sie wusste noch nicht, was für ein Gemälde es werden sollte, aber das würde sie jetzt herausfinden. Valérie erhob sich und griff zur Farbpalette, ohne die Leinwand aus den Augen zu lassen. Sie ignorierte ihre trockene Kehle, das Pochen in ihrem Schädel und das Ziehen im Unterleib.

Konzentriert mischte sie die Farben an, dann tauchte sie den Pinsel ein und taxierte die Leinwand. Sie musste ihre Ängste einfangen und darauf festhalten, damit sie sich von ihnen befreien konnte.

Ihre melancholische Stimmung spiegelte sich zunehmend in ihren Gemälden wider. Menschen zeichnete sie entweder ohne Gesichtszüge oder aber mit durchlebten Gesichtern, die von einer finsteren Aura umgeben waren. Sie hielt welkende Bäume, schwindendes Licht und Vergänglichkeit fest und befasste sich gern mit Gegensätzen. Vermehrt suchten Alpträume sie heim. Dass sie die Geburt nicht überleben würde. Dass ihr einst so hoffnungsvolles Dasein ein sinnloses Ende ereilte. Ihre Akte nahmen explizitere Ausmaße an, um Liebe und Sexualität als Scheidepunkt von Leben und Tod darzustellen. Denn so fühlte sie sich, wie eine zu Tode Verurteilte, weil sie zu sehr geliebt hatte.

Noch nie hatte sie so viele Bilder produziert, das Ausmaß glich bald einer Obsession. Sie zeichnete die Umrisse grob mit Kohle oder Granitstift vor, fast karikaturenähnlich, ohne Fehler zu korrigieren, denn diese Gelegenheit bekam man auch im wahren Leben nicht. Jeder Strich, und war er noch so falsch, war Teil des Ganzen. Später folgte eine dünne Farbschicht, welche die Kohle jedoch nicht überdeckte. Zu den dominierenden Grau- und Schwarztönen kamen leuchtende Ornamente hinzu.

Manchmal war sie so in ihre Arbeit vertieft, dass sie vergaß zu essen und zu lüften. Besonders im Hochsommer hatte ihr die Hitze zu schaffen gemacht. Dann quälte sie sich die wenigen Schritte zum Fluss, tauchte die geschwollenen Füße ins Wasser und träumte von einer Welt, in der sie mit ihren Liebsten vereint war.

Phasenweise ging es ihr besser, doch immer wieder wurde sie von heftigen Schüben und depressiven Verstimmungen heimgesucht. Das nahm im Herbst zu, als die Tage kürzer und die Nächte kälter wurden. Die Schwangerschaft schritt voran, sie konnte nun spüren, wie sich das Bébé bewegte und strampelte, als schien es sagen zu wollen: *Maman, ich bin hier. Ich bin bereit für die Welt!*

Maman … Das Wort erfüllte Valérie mit Unsicherheit. Was, wenn sie diesem Wesen nicht gerecht werden könnte und sie eine schlechte Mutter wäre? Wäre sie das nicht schon allein aufgrund der Umstände? Und wieder kreisten die Gedanken um die bevorstehende Geburt. Was war mit Gabriel, hatte er ihren Brief erhalten? War seine Antwort verlorengegangen? Fing Claudine ihre Post ab? Freute er sich? Würde er bald zurückkommen? Doch mit jedem Tag des Wartens schwand ihre Hoffnung und wich der Sorge. Wollte er nichts von dem Kind wissen? So sehr konnte sie sich doch nicht in ihm getäuscht haben! Oder bedeutete sein Schweigen, dass …

Sie wagte nicht, die Gedanken weiter auszuführen, denn sie taten ihr nicht gut. In diesen dunkelsten Stunden schloss Valérie mit sich selbst einen Pakt. Dass sie und das Kind leben würden. Sie war auf sich allein gestellt, durfte nicht darauf vertrauen, dass man sie retten würde, also musste sie ihre eigene Retterin sein. Sie stellte sich vor, dass eines Tages eine ältere, stärkere Valérie kommen, sie an die Hand nehmen und mit ihr fortgehen würde.

Valérie tauchte aus ihrer Gedankenverlorenheit auf. Sie war so sehr in die Malerei vertieft gewesen, dass sie nicht bemerkt hatte, wie jemand das Atelier betrat und wie angewurzelt im Türeingang stehen blieb.

Moniques Gesichtszüge wirkten abgekämpft. Die sonst rosigen Wangen waren blass und die zitternden Lippen zeigten, wie sehr sie um Fassung kämpfte.

»Valérie, ich weiß gar nicht, wie ich es dir sagen soll«, begann sie mit quälender Stimme. »Ich habe Neuigkeiten für dich. Das Kriegsministerium hat sich bei Claudine gemeldet. Es geht um Gabriel … Er … er ist …«

»Nein!« Valérie schrie sich die Seele aus dem Leib, um das Wort nicht zu hören. Das Inventar ihres Malertischchens flog zu Boden, die Leinwand riss sie von der Staffelei und schmetterte sie auf die Stuhllehne. Beides zerbarst. Beim Schwung verlor sie das Gleichgewicht und kippte nach vorn.

Sofort sprang Monique zu ihr, um sie zu stützen.

»Man weiß es nicht mit Sicherheit. Seine Leiche … wurde nicht … weißt du, es muss in Verdun ziemlich schlimm sein … vielleicht lebt er … aber es heißt vermisst, vermutlich gefallen.«

Ein animalischer Laut stieg aus Valéries Kehle. Aus ihrem tiefsten Innern wallte ein derartig heftiger Schmerz empor, dass ihr schwarz vor Augen wurde. Etwas in ihr zerriss. »Seit wann?«

Ihre Schwester sah sie flehend an. »Eine Weile schon. Claudine hatte es bislang für sich behalten, in der Hoffnung, dass er in Kriegsgefangenschaft geraten wäre und sie bald eine Nachricht von den Deutschen bekäme. Aber heute in der Kirche erlitt sie einen Zusammenbruch …«

Erschrocken hielt Monique inne und starrte zu Boden.

Einen Moment sah Valérie sie apathisch an, dann erst bemerkte sie die Pfütze zu ihren Füßen. Es war zu spät. Der Schock hatte die Geburt ausgelöst. Ein wellenartiger Schmerz begann bei ihrer Brust und wanderte hinab in ihren Unterleib, als hätte sie heftige Menstruationsschmerzen.

Mit einer Zielstrebigkeit, die keine Widerworte duldete, manövrierte Monique sie auf ihr Bett. »Rühr dich nicht, ich hole Hilfe!«

Wenig später kehrte Monique mit der Hebamme zurück. Auch Françoise war dabei.

Nassgeschwitzt hob Valérie den Kopf. »Maman! Du bist gekommen?« Das erste Mal seit Monaten trafen die beiden aufeinander. Für vorwurfsvolle Worte blieb keine Zeit. Sie hielten einander in den Armen und weinten.

Françoise sah sie mit einem bedeutungsvollen Blick

an: »Als ich davon hörte, habe ich mich sofort auf den Weg gemacht. Mir ist gleichgültig, was Papa dazu sagt. Es geht hier um mein Enkelkind. Halte durch, meine Kleine, wir schaffen das gemeinsam!«

Und das taten sie auch. Sobald die Wehen einsetzten, vergaß Valérie all ihre Angst und ihre düsteren Gedanken. So sehr sie die Nachricht über Gabriel schockierte, durfte sie sich jetzt nicht weiter damit befassen. Jetzt ging es um die Geburt eines kleinen Wesens, welches sie sich mit aller Kraft herbeisehnte.

Und als im Morgengrauen die Schreie eines Säuglings erklangen und Valérie ihr perfektes Bébé in den Armen hielt, verschwanden für den Augenblick alle Leiden und das Bewusstsein, jemals welche gehabt zu haben.

28. KAPITEL

Raduille, Oktober 1916

Die kleine Julie war an einem Montag zur Welt gekommen und somit im wahrsten Sinne des Wortes alles andere als ein Sonntagskind. Schon vor ihrer Geburt war ihr ein Leben unter einem schlechten Stern vorbestimmt, entstanden aus einer Liebe, die nicht sein durfte.

Nach langem Hin und Her war Valérie mit ihrer Tochter wieder ins Elternhaus eingezogen. Wie es ihrer Mutter gelungen war, ihren Vater zu überzeugen, würde ihr für immer ein Rätsel bleiben. Ihr war es einerlei. Sie ging ihm aus dem Weg und er ihr. Er hatte das Bébé nicht einmal angesehen, geschweige denn in den Arm genommen, und verbarrikadierte sich lieber im Büro. Dann sollte er eben schmollen! Seine Worte im Salon würde sie ihm nie verzeihen.

Zumindest die Frauen im Haushalt waren entzückt und konnten sich stundenlang über die Wiege beugen und mit Julie schmusen.

Mutter und Kind erholten sich allmählich. Valérie war der Hebamme zu Dank verpflichtet für die ruhige und sachliche Anleitung und ihr Taktgefühl. Die Geburt war ohne nennenswerte Komplikationen verlaufen, auch wenn die Heftigkeit sie überrascht hatte. Nicht einmal in

Bezug auf die Schmerzen, sondern auf die Emotionen. Im Nachhinein fiel es ihr aber schwer, sich zu erinnern, alles lag hinter einem Schleier verbogen. Valérie wusste nur noch, dass sie sich stark gefühlt hatte, unendlich stark, wie eine Kämpferin! Jedenfalls hatte sie angeblich wie eine geflucht. Laut Monique sei Maman schockiert gewesen, doch die Hebamme meinte, dass selbst die unflätigsten Ausdrücke willkommen seien, wenn die Gebärende dafür mehr Kraft aufbieten konnte. Man nenne es nicht umsonst »Kraftausdruck«.

Und dann war sie endlich da, ihre kleine Julie, und sie war perfekt. Sie hatte kaum Haare, nur einen leichten blonden Flaum, eine flache, niedliche Nase und blaue Augen. Für Valérie war sie das hübscheste Bébé der Welt, und wie herrlich sie duftete! Heftige Gefühle überwältigten sie. Sie hielt ihre Tochter fest und brach in Tränen aus. Eine nie dagewesene Zuneigung durchströmte sie, eine Liebe, die sogar jene zu Gabriel übertraf. Selbst wenn er nicht zurückkommen sollte, würde dank Julie mehr von ihm bleiben als bloße Erinnerungen. Das war Julies bittersüßes, aber auch Trost spendendes Vermächtnis.

Nach zwei Wochen stand die Taufe bevor. Auch wenn sie im engen Familienkreis stattfand, bedeutete dieser Schritt, dass Valérie wieder Teil der Öffentlichkeit und somit ein öffentliches Ärgernis wurde.

Und so begann die Schikane von vorn. Sobald sie ein Geschäft betrat, verstummten die Gespräche der Dorffrauen, nur damit sie dann hinter ihrem Rücken weitertuscheln konnten. In der Boulangerie weigerte man sich, sie zu bedienen, kurz: Man behandelte sie wie eine Aussätzige. Auch wenn sie sich nichts anmerken ließ, hinterließ diese Zurückweisung Spuren auf ihrer Seele. Sie war immer noch derselbe Mensch, war immer noch das verträumte Mädchen aus Raduille, das Künstlerin werden wollte. Doch das alles zählte nichts mehr.

Daher verbrachte Valérie die Tage entweder im Haus oder sie führte den Kinderwagen an einsamen Wegen entlang spazieren. Hauptsache, sie konnte es vermeiden, mit den Menschen in Kontakt zu treten. Auch über ihre Zukunft musste sie nachdenken. Ihre kleine Tochter verdiente Liebe und Aufmerksamkeit. Im Moment bekam sie von dem Gerede noch nichts mit, doch das würde sich ändern. Gleichzeitig war Valérie auf die Unterstützung ihrer Familie angewiesen. Ohne Ehemann konnte nach wie vor ihr Vater über sie bestimmen, und sie zweifelte keine Sekunde daran, dass er zu drastischen Mitteln greifen würde, wenn er darin die Notwendigkeit sähe. Wie sie diese Abhängigkeit frustrierte! Das war nicht das Leben, wonach sie strebte. Aber dem musste sie sich fügen, bis Gabriel zurückkäme.

Falls er denn zurückkäme …

29. KAPITEL

Raduille, Dezember 1916

In der Adventszeit jährte sich Jules' Todestag. Liebevoll packte Valérie mit ihrer Schwester die Figuren für die Grippe aus, da stellte sie fest, dass etwas fehlte. Sie wollte aus Naturmaterialien den Stern von Bethlehem gestalten, der über die Heilige Familie wachte. Als Symbol, dass auch ihr geliebter Bruder bei ihnen war.

Nachdem sie Julie gefüttert und gewickelt hatte, übergab sie sie in die Obhut ihrer Großmutter. Sie machte sich auf den Weg in den Wald. Um schneller zu sein, stieg sie auf ihr Fahrrad und stellte es nahe bei ihrem Atelier ab. Die klare, kühle Luft tat ihr gut und färbte ihre Wangen rosig. Eine dünne Schneeschicht hatte die nackten Äste der Bäume eingekleidet, halb zersetztes Gehölz und heruntergefallenes Laub raschelten und knacksten unter ihren Schritten. Sie sammelte Zweige, Vogelbeeren und Tannenzapfen. In der Nähe hörte sie die Sägerei. Es roch wunderbar nach frisch geschnittenem Holz und Harz. Einige wenige Vogelarten, die im Land überwinterten, scharrten nach Futter, in der Ferne sang ein Rotkehlchen. Verträumt legte Valérie den Kopf in den Nacken, lauschte den Geräuschen der Natur und blickte zum klaren Winterhimmel, als sie ein Knacksen hinter sich hörte. Sie fuhr herum.

»So ganz allein im Wald unterwegs?«

Clément Fabron lehnte sich mit verschränkten Armen gegen einen Baum. Er musste sie von der Sägemühle aus beobachtet haben, die ihm und seiner Frau gehörte. Zwischen seinen Lippen steckte ein Zahnstocher. Ein Hauch von Sägestaub bedeckte Haare und Schultern.

Nachdem der erste Schreck abgeklungen war, fand Valérie die Worte wieder: »Du meine Güte, Clément! Dich habe ich ja ewig nicht gesehen. Bist du nicht mehr im Dienst?«

»Fronturlaub.« Er deutete mit dem Daumen zum Sägewerk, und ein Grinsen machte sich auf seinem Gesicht breit. Valérie verstand. Fronturlaub bedeutete, dass man zwar nicht in der Gefechtszone eingesetzt war, jedoch seinen Militärdienst bei anderen Aufgaben leistete, beispielsweise in der Rohstoffbeschaffung. Da dies ohnehin sein Hauptberuf war, schlug er mit der Versetzung zwei Fliegen mit einer Klappe.

»Dein Ruf eilt dir ja ganz schön voraus.«

Etwas in seiner Stimme gefiel ihr nicht. Das Lächeln wandelte sich zu einem spöttischen Blick, und ihr war nicht mehr wohl dabei, mit ihm allein im Wald zu sein. Lässig löste sich Clément vom Baum und pirschte sich an sie ran.

»Ich hörte, was passiert ist. Dass du jetzt einen Säugling hast. Ich muss zugeben, dass ich mich sehr darüber amüsiert habe, dass ausgerechnet du so tief fällst. Du hast dich schon immer für etwas Besseres gehalten. Ich kenne dich von früher, da war ich dir auch nicht gut genug.«

Himmel, trug er ihr diese Zurückweisung immer noch nach? Selbstbewusst hob sie ihr Kinn, um ihre Angst zu verbergen.

»Daran hat sich nichts geändert, wenn du darauf aus bist.«

Verblüfft sah er sie an, dann brach er in schallendes Gelächter aus und fischte sich den Zahnstocher aus dem Mund. »Nein, daran hat sich wirklich nichts geändert. Madame von und zu Kubismus und wie ihr Stümper eure Kunstrichtungen sonst noch nennt. Es heißt, in Paris seien die Frauen weitaus aufgeschlossener und frivoler. Dass man sich das Geld für die Huren gleich schenken kann, weil selbst die Bürgersfrauen es mit jedem treiben. Du gehörst mit Sicherheit dazu. Claudine sagt auch, dass du deinen Braten von dort hast.«

Sie wagte es weder ihn zu unterbrechen noch zu korrigieren. Dass Julie eine Frühgeburt war, kam ihrer Cousine sicherlich ganz recht. Solange sich das Gerücht hielt, Valérie wäre in Paris schwanger geworden, musste sie sich nicht als gehörnte Ehefrau geben.

»Aber vielleicht sollte ich mir ja einfach selbst ein Bild von deiner Offenherzigkeit machen?«

Ehe sie sich's versah, packte er ihre Handgelenke und presste ihr einen Kuss auf die Lippen. Valérie kämpfte gegen seine Kraft an. Sie konnte nicht fassen, wie zügellos sich Clément ihr gegenüber benahm. Und dann, als er seine Zunge zwischen ihre Lippen schieben wollte, schmeckte sie Blut.

Rasch wich er zurück und berührte seine Lippe. »Du hast mich gebissen! Du Biest, du hast mich wirklich gebissen!«

Valérie spie ihm vor die Füße.

»*Crétin!* Wenn du es wagst, mir zu nahe zu kommen, dann beiße ich noch mal zu!«

Hastig stiefelte sie davon. Clément blickte ihr nach.

»Das nächste Mal, wenn ich dich allein im Wald treffe, werde ich dich nicht um Erlaubnis fragen, pass bloß auf!«

Sie war froh, als sie wenig später ihr Fahrrad erreichte. Kopfschüttelnd stieg sie auf und fuhr davon. Obwohl sie sich nach außen gelassen gab, pochte ihr Herz gewaltig. Dieses Mal hatte sie Clément mit einem mutigen Schlagabtausch abwimmeln können, doch sie musste auf der Hut bleiben. Ihr zerstörter Ruf machte sie für so manchen zum Freiwild.

Sie wollte nur noch nach Hause und Julie an sich pressen. Ihr Anblick und das selige Lächeln, wenn sie die Kleine stillte, würde ihren Zorn verrauchen lassen.

Da sie mit ihren Stiefeln nicht das Entrée verschmutzen wollte, betrat sie das Haus durch den Dienstboteneingang. Dort zog sie die Schuhe nahe dem Ofen aus und stellte ihre gesammelten Zweige ab. Dann schnappte sie sich von der Wäscheleine ein sauberes Stilltuch und eine Windel und stieg in Strümpfen die Treppe hoch.

»Julie, mein Schatz, ich bin zurück.« Doch die Wiege war leer. »Maman?«, rief sie, als sie das Zimmer wieder verließ. In diesem Augenblick hörte sie die Babyschreie aus dem Salon. Es war ein herzzerreißendes Weinen. Eilig lief sie in den Salon – und fand dort ihre Eltern mit zwei Ordensschwestern vor. Papa reichte der einen irgendwelche Unterlagen.

»Damit ist alles geregelt«, sagte er, während ihre Mutter im Begriff war, Julie der anderen Schwester zu überreichen.

»Was geht hier vor?« Aufgebracht stürmte Valérie zu ihrer Mutter und entriss ihr Julie. Sie beruhigte ihr Kind und wiegte es in ihren Armen. »Schsch, alles wird gut.«

Ihr Vater schürzte die Lippen und sah zu Boden. Das Gesicht ihrer Mutter war gerötet, die Augen tränennass. Zu ihren Füßen stand eine gepackte Tasche.

»Was ist hier drin?«, fragte Valérie. »Und warum trägt Julie ihre Wintersachen?«

Die Augen ihrer Mutter flehten um Verzeihung. »Valérie, mein Schatz. Dein Vater und ich haben uns Gedanken gemacht.« Sie schluckte. »Darüber, was für die Kleine am besten wäre. Du siehst doch sicherlich ein, dass dieser Zustand nicht von Dauer sein kann?«

»Sprich offen, Maman!«, schrie sie ihre Mutter an. Sie wollte die Worte von ihr hören, wollte, dass sie sich dafür schämte.

»Wir geben sie weg«, brachte ihr Vater es auf den Punkt.

In Valéries Innerem zerschellte etwas. Ihr Mund bewegte sich, doch kein Ton schaffte es über die Lippen. Ein Schmerz breitete sich in ihrer Brust aus. Sie presste Julie fester an sich.

»Das habt nicht ihr zu entscheiden«, flüsterte sie. Sie wusste, dass dem nicht so war. Ihr Vater war Julies gesetzlicher Vormund, da Valérie nicht verheiratet war.

Sie erkannte ihn nicht wieder. Diese ablehnende Haltung und die Kälte in seiner Stimme waren ihr fremd. Der tägliche Schmerz um den verlorenen Sohn, die Missgunst, die Tristesse, von der er umgeben war, hatten ihn vergiftet und zu einem verbitterten und verschlossenen Menschen gemacht.

»Lieber wäre es mir natürlich, wenn du es ebenfalls einsehen würdest.« Er sah sein Enkelkind nicht einmal an.

Erneut versuchte ihre Mutter, ihr zuzusprechen. »Kind, so sehe doch ein. An deiner Seite ist dieses Bébé eine verlorene Seele, solange es keinen Vater hat.«

»Ich habe sie dir anvertraut! Ihr hättet sie weggegeben, ohne mir was zu sagen! Wie könnt ihr es wagen? Das werde ich euch nie verzeihen!«

»Wir haben unsere Töchter zu selbstständig denkenden und unabhängigen Frauen erzogen, aber deine Emanzipation wird dir durch dieses Kind genommen. Du bist eine Schande.«

»Aber wenn Gabriel zurückkommt …«

»Darauf kannst du nicht zählen!«, mischte sich ihr Vater ein. »Er ist verschollen, entweder gefangen oder tot, noch dazu verheiratet. Wo auch immer er ist, er kann dich von dort aus nicht beschützen.«

»Ich könnte mit Julie nach Paris gehen. Das hätte ich vielleicht schon viel eher tun sollen«, überlegte Valérie.

Jedes Mittel war ihr recht, um ihre Tochter bei sich zu behalten. Die Ordensschwestern straften sie mit ungeduldigen Blicken.

»Auch dort würde sich deine Schande wie ein Lauffeuer verbreiten«, widersprach ihr Vater.

»Es ist Paris! Es wäre nicht so skandalträchtig wie hier. Ich kenne Frauen, die haben es auch geschafft, ihre Kinder ohne Mann zu erziehen. Isadora Duncan zum Beispiel. Colette, Suzanne Valadon oder …«

»Himmel, natürlich gibt es einzelne Schicksale. Hast du dir in diesen drei Jahren denn einen Namen gemacht, der groß genug ist, um die richtigen Gönner zu gewinnen?«

Nein, das hatte sie nicht. Auf Kosten ihrer Eltern war sie, ohne je wirklich zu arbeiten, mit anderen Dingen beschäftigt gewesen, mit Vergnügen und Zerstreuung. Sie hatte ihre wahre Berufung viel zu wenig ernst genommen. In den Monaten der Schwangerschaft hatte sie mehr gemalt als in den drei Jahren in Paris. Dafür zahlte sie nun den Preis. Valérie senkte den Kopf.

»Geh wieder nach Paris«, drängte ihr Vater sie. »Fang von vorn an, führe das Leben, auf das du mit deinem Studium hingearbeitet hast. Es wird auch wieder etwas Geld geben. Aber als Hausfrau und Mutter – dazu bist du nicht bestimmt.«

»Aber ich bin nun mal jetzt eine Mutter«, flüsterte Valérie, während sie sich die Tränen aus den Augen wischte.

Françoise schob sich zwischen die beiden, die Hände wie zum Gebet gefaltet.

»Kind, ich ersuche dich, Vernunft walten zu lassen. Verstehst du nicht, dass wir uns zu diesem drastischen Schritt entschieden haben, um dir zu helfen? Julie bleibt deine Tochter, das leugnet niemand. Du musst sie ja nicht für immer weggeben, nur bis zur Rekonvaleszenz deiner Reputation. Sobald ein Mann dich zur Frau nimmt, kannst du sie holen kommen. Und wenn Gabriel tatsächlich zurückkommt und Claudine verlässt, könnt ihr immer noch eine glückliche Familie sein.«

Valérie begriff, dass sie geschlagen war. Auch wenn sie ihre Eltern für diese Untat verurteilte, erkannte sie ihre gut gemeinte Absicht dahinter. Julie verdiente einen besseren Start ins Leben. Hinter den Mauern eines katholischen Kinderheims würde es sicher sein, etwas, das sie in Paris nicht garantieren konnte, seit sich die Stadt regelmäßig unter Beschuss befand. Doch sie fühlte sich wie eine Verräterin und wie eine sehr, sehr schlechte Mutter. Ihr Blick fiel auf ihre Tochter, und Tränen strömten aus ihren Augen. Sie zitterte so sehr, dass sie fürchtete, Julie nicht länger halten zu können.

»Geben Sie sie mir«, sagte die eine Ordensschwester. Sanft umfasste sie das Kind und wartete, bis Valérie ihre Tochter frei gab. Doch sie weigerte sich loszulassen, überhäufte sie mit Küssen und Liebkosungen.

»Vergiss mich nicht. Vergiss nicht, dass du geliebt wirst«, flüsterte sie mit dünner Stimme. Dann spürte sie, wie die Nonne sie ihr sanft entzog.

Mit aller Kraft, die sie aufbieten konnte, sah sie zu, wie die Schwestern mit Julie und der Tasche verschwanden.

Das Zuschlagen der Wagentüren riss Valérie aus ihrer Starre.

»Nein, wartet!«, rief sie, doch da fuhr der Wagen bereits davon. Aufgewühlt rannte sie ihm nach. Da sie keine Schuhe trug, bohrten sich die spitzen Kieselsteine in ihre Fußsohlen, bis die Schmerzen nicht länger auszuhalten waren. Es war, als würde mit jedem weiteren Meter Entfernung zu ihrer Tochter ein festerer Druck auf ihre Brust einwirken, bis diese zu zerbersten drohte.

Valérie war keine richtige Mutter mehr. Verzweifelt blickte sie um sich. In den Fenstern einiger Nachbarhäuser bewegten sich Vorhänge. Für einen Moment war sie so verzweifelt, dass sie sich wünschte, tot zu sein. Sie sah das Haus ihrer Eltern, den Hof, auf dem sie aufgewachsen war, die Abzweigung zur Dorfstraße, die Orte, an denen sie mit Jules und Gabriel schon als Kinder gespielt hatte. Das alles war nicht mehr von Bedeutung. Nun gab es nichts mehr, das sie hier hielt.

TEIL 3

1917–1918

30. KAPITEL

Paris, Januar 1917

»Wie, abgereist? Sie wohnt nun in Nizza?«

Valérie stand vor Olympes Hauseingang an der Avenue des Champs-Élysées. Eine fremde Frau hatte ihr die Tür geöffnet und verkündet, dass Mademoiselle de Montesquiou nicht länger hier wohne. Valérie linste an der neuen Hausdame vorbei und blickte in das Entrée. Vom Treppengeländer rutschten Kinder und spielten Fangen, im Salon saßen gut ein Dutzend Frauen, die sich am Feuer wärmten und stickten. Ganz wie es sich ihre Freundin gewünscht hatte, diente ihr Palais nach wie vor als Unterkunft für all diejenigen, die im Krieg ihr Zuhause verloren hatten.

Valérie konnte dennoch nicht fassen, dass Olympe einfach fort war. »Und mein Zimmer?«

»Bedaure, aber es war der ausdrückliche Wunsch der Besitzerin, dass der Palais seine Türen für all jene öffnet, die besonderen Schutz benötigen.« Ihre Stimme klang gedehnt. »Sind Sie denn ein solcher Fall, Mademoiselle …«

»Massé, Valérie Massé. Und ich fürchte … also nein, ich fürchte natürlich nicht …«

In diesem Moment hielt ein Pferdewagen vor dem Haus an, der Valéries Gepäck und die Kunstwerke transportierte, die sie aus Raduille hatte bringen lassen. Hilflos ließ sie ihren Blick zwischen der Frau und dem Lieferanten schweifen.

»Hat Mademoiselle de Montesquiou mir denn eine Anschrift hinterlassen? Es wundert mich nur, dass sie mir nie einen Brief geschrieben oder auf die meinen geantwortet hat.«

Die neue Hausdame steckte eine ihrer blassen Hände in die Westentasche und blickte auf ihre silberne Uhr. »Massé sagten Sie … Ja, da wurde tatsächlich etwas hinterlegt. Einen Augenblick, bitte.«

Sie verschwand und ließ Valérie draußen warten. Die schenkte dem bereits ungeduldigen Lieferanten ein betretenes Lächeln.

Kurz darauf kehrte die Frau mit aufgesetztem Zwicker, einer offenen Schachtel und vier Briefen zurück.

»Laut Anschrift schickte Mademoiselle de Montesquiou diese nach Raduille, doch sie wurden retourniert. Es hieß, die Empfängerin sei abgereist ohne Adressangabe.«

Das Blut in ihr begann zu kochen. Claudine, dieses Miststück! Sie hatte ihre Briefe abgefangen, um ihr eins auszuwischen.

»Das ist demnach auch für Sie.« Mit spitzen Fingern überreichte sie Valérie ein Päckchen.

Sie nahm die Schachtel entgegen, dann seufzte sie, als sie darin sowohl Bob, den Totenschädel von den Katakomben, als auch Gabriels Maske erblickte. Obwohl sie Olympe damals gebeten hatte, alles, was sie an ihn erinnerte, zu entsorgen, hatte sie die Maske über all die Jahre aufbewahrt. Was musste ihre Freundin von ihr denken, nachdem sie so lange unbeabsichtigt nichts von sich hatte hören lassen? Sie würde ihr schreiben und das Missverständnis klarstellen. Die neue Anschrift besaß sie ja jetzt.

Doch zuerst musste sie sich um wichtigere Angelegenheiten kümmern. Beispielsweise, wie schon vor fünf Jahren, eine Unterkunft zu finden.

An der Académie Colarossi gelang es ihr, den Direktor zu sprechen. In der Hoffnung, sie könnte in eins der Studentenzimmer einziehen, betrat sie sein Büro, einen dekadenten Raum, der mit seinen zimmerhohen Pflanzen, schweren Mahagonimöbeln und wuchtigen Teppichen an die glanzvolle Vorkriegszeit erinnerte. Doch auch hier wurde sie abgewiesen.

»Ich bedaure, keine bessere Nachricht für Sie zu haben, Mademoiselle Massé, aber die Zimmer sind nur den Studierenden vorbehalten, und Ausnahmen kann sich die Académie nicht leisten, jetzt, da es so viele Obdachlose gibt.«

Mit hängenden Schultern wollte sie das Büro eben verlassen, als der Direktor sie mit einem Räuspern zurückbehielt.

»Sind Sie denn eigens für die Kunst in die Stadt zurückgekehrt?«

Langsam drehte sie sich um. Sein Ton, der von einem mitleidsvollen Interesse bekundete, rüttelte etwas in ihr wach.

»Finden Sie das abwegig, Monsieur?«

Der Direktor strich über seinen schwarzen Spitzbart und sah sie lange an, als würde er sich seine nächsten Worte sorgsam zurechtlegen.

»In diesen Zeiten haben es die schönen Künste schwerer denn je. Gemälde und Skulpturen füttern nicht die Waffen an der Front mit Munition. Vielleicht haben Sie mitbekommen, dass selbst Näherinnen der Haute Couture Nadel und Faden niederlegten, um sich den Rüstungsbetrieben anzuschließen. Es scheint, als gäbe es auf dieser Welt keinen Platz für Luxus. Ich weiß nicht, wie ratsam es ist, sich ausgerechnet jetzt einen Namen machen zu wollen und die Leute auf einen Spaziergang durch Ihre Werke einzuladen.«

»Das sehe ich anders, Monsieur. Ich denke, nun ist es wichtiger denn je, an seinen Träumen festzuhalten. Mache ich jemandem mit einem Bild eine Freude, hebt das ebenso die Moral. Wenn ich hingegen nur auf bessere Zeiten warte, bin ich Spekulantin und keine Künstlerin.«

»Das sind entweder die Worte einer sehr klugen oder einer sehr verzweifelten Person. Gibt es denn keine anderen Interessen, denen Sie vorübergehend nachgehen können?«

Einen Augenblick blitzte das Verletzliche und Hoffnungslose aus ihren Augen, ehe sie entschlossen antwortete: »Nein, die habe ich nicht, Monsieur.«

Und es klang kein Stück verzweifelt.

Auf der Straße wartete der Lieferant. »Und? Kann ich Ihre Ware hier abladen?«

»Nein, die Fahrt geht weiter«, entgegnete sie, während sie sich neben ihn auf den Kutschbock schwang.

»Das kostet aber extra!«

»Daran soll es nicht liegen«, murmelte sie. Zur Besänftigung reichte sie ihm einige Münzen aus ihrer Brieftasche.

»Bekomme ich auch eine?«, fragte sie, als er sich eine Gauloises anzündete.

»Na, meinetwegen. Und wohin soll es nun gehen?«

Valérie inhalierte tief und überlegte. »Nochmals rüber in die Rive Droite!«

Während sie losfuhren, fiel ihr auf, wie sehr sich die Stadt verändert hatte. Die Unbeschwertheit der Belle Époque fehlte, das Lachen der Menschen war verstummt, die Bouquinisten auf der Seine hatten ihre Läden geschlossen. Auf den Straßen bettelten morphiumsüchtige Invaliden, die von der Kriegsrente allein nicht leben konnten. Viele Frauen trugen Trauer, weil sie in irgendeine Beziehung zu einem Gefallenen standen. Les Halles bestanden nur noch aus zertrümmerten Marktbuden, als hätten Brandschatzer ihr Unwesen getrieben. Die Rufe der fliegenden Gemüsehändler, der Crainquebille, die mit ihren Handkarren durch die Straßen zogen, waren schon lange verstummt.

Eine neue Beschäftigung stellte die Geduld vieler Frauen auf die Probe: stundenlanges Anstehen für Essen. Von morgens bis abends standen sie sich die Füße in den Bauch und versuchten, den Schmerz zu ignorieren, der von ihren Fußsohlen bis in den Rücken ausstrahlte, nur um eine Handvoll Kartoffeln, Polenta, Maisgrieß, etwas Margarine, Bohnen und Rüben zu erlangen. Valérie sah sie überall. Wer sein eigenes Geschirr mitbrachte, konnte sein Glück auch in der Rue Mouffetard versuchen. Für zwei Sous durfte man dort die aufgewärmten Küchenabfälle der Restaurants mitnehmen.

Als Valérie in Montmartre ankam und zur schneeweißen Sacré-Cœur aufblickte, hatte sie zum ersten Mal seit Jules' Tod das Bedürfnis zu beten. Grenzte es nicht an Ironie, dass die Basilika zu Gedenken an den verlorenen Krieg von 1871 erbaut werden sollte und dass sie in jenem Jahr fertiggestellt wurde, als der Weltkrieg begann?

Die Sacré-Cœur verschwand wieder aus ihrem Sichtfeld, und der Wagen fuhr durch schmale Gassen immer weiter den Hügel hinauf, bis er an der Rue Ravignan anhielt. Auf der Straße spielten Kinder, und eine alte Frau saß auf einer Bank und schälte ein paar Kartoffeln.

»Ich bin mir sicher, dass Ihre Geduld bald belohnt wird«, besänftigte sie ihren Fahrer, ehe sie abstieg und in einem Gebäude verschwand.

»Sie haben Glück, chère femme. Nun, da viele Männer an der Front sind, ist ein Zimmer frei geworden. Das dürfte genau das Richtige für Sie sein.«

Das Bateau Lavoir auf der *Butte Montmartre* erinnerte an ein heruntergekommenes Schiff. Seinen Namen hatte es durch ihren Freund Max Jacob erhalten, der früher hier ein- und ausgegangen war, ebenso wie Picasso. Auf der Straßenseite war das Haus ebenerdig, doch nach hinten reichte es mehrere Stockwerke in die Tiefe. Wie viele Gestalten hier hausten, wusste niemand. Es war eine dieser klaustrophobischen Mietskasernen, die eigentlich abgerissen werden sollten, weil Schmutz und Krankheit es unbewohnbar machten, doch die armen Maler fanden hier bezahlbaren Wohnraum. Man sagte, wenn ein hoffnungsvoller Künstler seine Zelte im Bateau Lavoir aufschlug, konnte man gleich eine Münze werfen. Die eine Hälfte schaffte den Absprung von diesem sinkenden Schiff, die andere ging zugrunde.

Wenn sich Valérie vorstellte, dass Gertrude Stein für nahezu neunzig Sitzungen in dieses Rattennest gekommen war, um sich von Picasso porträtieren zu lassen, dann war dies ein Beweis für ihren unerschütterlichen Glauben in ihn.

Valérie nahm ihren Strohhut ab und beäugte das baufällige Zimmer. Die Wände waren nur aus Holz und so dünn, dass man die Tür auch gleich ganz offen lassen konnte. Schritte, Fürze, Rülpser, Damenbesuche – Valérie würde alles mitbekommen, was um sie herum geschah. Raus aus dem prachtvollen Stadtpalais und rein in die Baracke. Es schien, als würde sie ihre Karriere rückwärts gehen. Ein Kloß ließ ihre Kehle eng werden, doch sie riss sich zusammen. Im Gegensatz zu ihrer Anreise vor fünf Jahren brach sie nicht mehr in Tränen aus, wenn ihr ein Plan nicht auf Anhieb gelang. Der Krieg und ihre Lebenserfahrung hatten sie zu einem pragmatisch denkenden Menschen gemacht. Jetzt galt es, sich die Wunden zu lecken und einen Überblick über ihre Situation zu verschaffen. Diesen bekam sie, als der Vermieter sie ans Fenster führte und in die Tiefe des Hinterhofes zeigte.

»Dort sind der Wäschetrog, eine Pumpe sowie der Abtritt.«

Doch Valérie sah nicht hin. Ein Zitat von Oscar Wilde kam ihr in den Sinn. *Wir liegen alle in der Gosse, aber einige von uns betrachten die Sterne.*

Valérie überblickte die Dachlandschaft des volkstümlichen Paris mit seinen engstehenden Häusern, rauchenden Schornsteinen, Balkonen und den unzähligen Wäscheleinen. Bomben hatten ihre Spuren hinterlassen, doch sie war wieder zu Hause in ihrer geliebten Stadt.

Es würde vielleicht jemand eine Münze werfen, doch Valérie selbst entschied, für was Kopf und für was Zahl stand. Mit einer eleganten Bewegung setzte sie ihren Hut auf und sah den Hausverwalter an.

»Ich nehme es.«

31. KAPITEL

Paris, Januar 1917

Weil Valérie die Übersicht verloren hatte, wer von ihren Freunden noch in der Stadt verweilte, beschloss sie, Orte aufzusuchen, an denen sie früher mit ihnen verkehrt hatte. Doch am Boulevard Saint-Germain konnte sie schlecht den ganzen Tag in Cafés verbringen, und Lokale wie das Bal Bullier waren nun zu Munitionslagern umfunktioniert worden. Daher entschied sie, Gertrude Stein und ihre Lebensgefährtin Alice Toklas an der Rue Fleurus 27 zu besuchen. Die Kunstsammlerin, Autorin und Mäzenin erhielt rund um die Uhr so viel Besuch, dass sie seit geraumer Zeit ihre Türen nur noch sonnabends zu einem Jour fixe öffnete. Dabei empfing sie berühmte Künstler sowie Literaten und solche, die es werden wollten.

Valérie überlegte lange, was sie anziehen sollte, und entschied sich für ein hochtailliertes, grauviolettes Abendkleid aus der Vorkriegszeit, mit bleigrauen Ärmeln und Seidengürtel.

»Ah, Valérie, Sie habe ich ja eine Ewigkeit nicht mehr gesehen. Wie geht es Ihnen?«

Alice Toklas, wie immer in bunte Gewänder gehüllt, umarmte sie herzlich. Madame Steins Lebensgefährtin war eine bizarre, aber liebenswürdige Frau mit dunklen Augen, einer Adlernase und auffallendem Oberlippenflaum. Gertrude nannte sie ihre Ehefrau. Bei ihren Soireen machte Madame Stein keinen Unterschied, ob die Kunstschaffenden männlichen oder weiblichen Geschlechts waren. Jeder Mensch war willkommen, sofern sein Intellekt nicht das Niveau der Gesellschaft senkte. An ihren Abendveranstaltungen wurde kein Tropfen Alkohol ausgeschenkt, denn Madame Stein verachtete jegliche Substanz, die den Verstand benebelte.

»My dear Valérie«, begrüßte die Mäzenin sie, während sie sich mit träger Eleganz von ihrem Barockstuhl erhob. An der Wand über ihr hing ebenjenes Porträt, das Picasso vor gut zehn Jahren von ihr gemalt hatte.

Jedes Mal, wenn Valérie den Pavillon von Gertrude und Alice betrat, war sie erschlagen von den Eindrücken. Ihre vier Meter hohen Wände waren bis auf den letzten Flächenmeter mit Gemälden von Cézanne, Matisse, Braque, Picasso und Toulouse-Lautrec belegt. Ihre selbstlose Unterstützung bewies, wie sehr Gertrude alles liebte, was mit Kunst zu tun hatte. In ihrem Kurzhaarschnitt, dem Kaftan, den abgetragenen Sandalen und ihrer beachtlichen Leibesfülle wirkte sie wie ein zufriedener Mönch, der in diesem Pavillon der Hochkultur sein Nirwana gefunden hatte.

»Meine Liebe, Sie sind damals so überstürzt aus Paris abgereist, keiner wusste, weshalb. Olympe ging sehr sparsam mit Informationen um, doch ich erkannte ihre Sorge um Sie.«

»Mein Bruder ist gefallen, und später gab es ein …«, sie

suchte nach dem richtigen Wort, »… ein familiäres Zerwürfnis. Das Leben hat uns allen übel mitgespielt.«

»Das tut mir leid. Er war sicherlich sehr tapfer.«

»Das war er in der Tat.«

Nach einem kurzen Schweigen blickten beide zum Eingang, wo Suzanne Valadon gerade ihren Sohn Maurice Utrillo mit einer Ohrfeige in Empfang nahm, da er sturzbetrunken auftauchte.

»Ach, der Junge mal wieder. Poor boy.« Gertrude seufzte. »Er wurde wegen seiner schizophrenen Veranlagung ausgemustert, did you know that? Natürlich auch, weil er ein so schwerer Trinker ist. Es ist so traurig, was dieses Gesöff mit einem macht.«

»Wir alle tragen Ballast mit uns und versuchen, in dieser Welt unseren Platz zu finden«, antwortete Valérie nachdenklich, die Nachsicht mit Utrillo hatte. »Und gleichzeitig fragt man sich, wozu das alles noch gut sein soll, in dieser schweren Zeit.« Valérie deutete auf all die wunderbaren Bilder und dachte an die Worte des Direktors der Académie Colarossi.

Gemälde und Skulpturen füttern nicht die Waffen an der Front mit Munition.

Die Worte hatten bei ihr Spuren hinterlassen. »Ist der Kunstschaffende nicht ein Egoist, wenn er sich jetzt statt der Wirklichkeit der Phantasie hingibt?«

»Of course not! Sie dürfen die Daseinsberechtigung für Kunst niemals hinterfragen, das wäre unser Untergang. Sie hilft uns, die Welt besser zu begreifen, die Trauer gemeinsam zu ertragen.«

»Da haben Sie natürlich recht, Gertrude.« Valérie erinnerte sich an ihre eigenen Worte, die sie vor fünf Jahren an Apollinaire gerichtet hatte.

Kunst ist eine Sprache, die keine Grenzen kennt, die verbindet. Sie schließt niemanden aus. Wenn das stimmte, war Kunst in der Tat wichtiger denn je. Dennoch …

»Es kommt mir zuweilen nicht richtig vor, sich nur noch der Kunst zu widmen. Es muss doch einen Weg geben, sie mit etwas zu ergänzen, das uns hilft zu bestehen. Mit ihr allein käme ich mir … so verloren vor.«

Gertrude nickte zustimmend. »Fürwahr, verloren ist ein treffendes Wort. Eine ganze Generation steht vor dem Abgrund. Es liegt nun an uns, sie wieder auf den rechten Pfad zu führen, diese *lost generation.*«

Die verlorene Generation … an diesen Begriff musste Valérie die nächsten Tage immer wieder denken, während sie sich durch das alltägliche Leben kämpfte. Besonders, als sie sich mit Utrillo im Café Les Deux Magots traf. Schon bevor sie sich setzten, zitterten seine Hände. Sie hatte bei der Begrüßung eine deutliche Schnapsfahne wahrgenommen.

»Einen Ouzo bitte.«

»Und für Sie, Mademoiselle?«, fragte der Kellner.

Mit einem Lächeln gab sie ihm die Karte zurück. »Einen Kaffee, vielen Dank.«

Als die Bedienung weg war, blickte sie auf ihre Taschenuhr. »Bist du sicher, dass du schon um diese Uhrzeit zum harten Alkohol greifen möchtest?«

Aus müden Augen und mit Tränensäcken sah er sie an, den Rücken gekrümmt. In seinen Augen funkelte etwas. »Wer bist du, meine Mutter? Alle Künstler saufen, das gehört dazu.«

»Die meisten, das mag stimmen, aber für gewöhnlich beginnen sie erst abends mit dem Trinken, damit sie das Tageslicht für ihre Arbeit nutzen können.«

Als Antwort hob er seine Hand, zwischen deren Fingern eine Zigarette glomm. »Siehst du das? Wie soll ich malen, wenn meine Hand so zittert? Alle halten mich für verrückt, dabei bin ich doch nur ein Alkoholiker. Ich bin dreißig und trinke, seit ich fünfzehn bin. Da ist es jetzt auch zu spät, was daran zu ändern.«

Er rauchte so gierig, dass die Zigarette zwischen seinen Fingern auseinanderzufallen drohte.

Valérie konnte Trinker nicht ausstehen, also wechselte sie schnell das Thema. Himmel, auf was für ein Treffen hatte sie sich da eingelassen? Da wäre sie lieber zu Modigliani gegangen, der die ganze Zeit über in Paris geblieben war. Er wollte von ihr wissen, wann sie ihre Aktsitzungen wieder aufnehmen würden, aber sie war noch nicht bereit für das, was nach diesen Sitzungen folgen würde.

»Und woran arbeitest du gerade?«, fragte sie Utrillo gedankenverloren.

Ehe er antworten konnte, hörte sie irgendwo aus dem hinteren Bereich des Lokals ein kehliges, fast obszönes Lachen und das Klatschen zweier Hände, die kräftig einschlugen. Es gab in ganz Paris nur einen Mann, der so ungewöhnlich lachte. Der Mann, der in jeder Hosen- und Jackentasche ein Buch mit sich führte und es bei erster Gelegenheit zutage förderte, um einen Reim zu rezitieren oder über den Duktus einer Zeile zu fachsimpeln. Der hochintelligent war und fünf Sprachen fließend beherrschte, aber der selbst mit fünfunddreißig seiner Mutter noch immer jede Woche die Schmutzwäsche vorbeibrachte.

Valérie drehte sich um und sah zum Soldaten auf, der in polierten Stiefeln, Militäruniform und einem Verband um den Kopf soeben mit einem alten Bekannten sprach.

»Apollinaire!«, rief sie, ehe sie vom Stuhl sprang und ihm in die Arme fiel.

»Du bist nun tatsächlich Franzose. Wer hätte das gedacht.« Mit einem anerkennenden Nicken reichte sie ihm seinen Pass zurück.

»Und du wohnst im Bateau Lavoir? Also ich bin mir nicht sicher, ob das eine passende Gegend für eine Dame ist.«

»Du kennst die Baracke?«

»Aber natürlich! Max Jacob, André Salmon und ich gingen dort früher ein und aus, um Picasso von der Arbeit abzuhalten.« Ein nostalgisches Lächeln erschien auf seinem Gesicht. »Da sind wir also. Beide zurück in der Wahlheimat.«

Apollinaire entkorkte einen Wein. Inzwischen waren sie bei der zweiten Flasche angelangt. Es gab schlichtweg zu viel zu erzählen, um schon nach einem Glas zu enden.

Nachdem sie sich im Café von Utrillo verabschiedet und sie sich zu Apollinaire gesellt hatte, war aus dem Kaffee ein Aperitif geworden, dann ein Abendessen, und schließlich, als das Lokal schloss, war Valérie mit Apollinaire weiter in den Taubenschlag gezogen, wie er seine Dachwohnung nannte, die keine zweihundert Meter vom Café Les Deux Magots entfernt lag.

Apollinaire war bereits im März vor zehn Monaten durch den Splitter einer Granate am Kopf verwundet worden. Die Wunde war noch frisch, weil es Komplikationen beim Heilprozess gab. Demnächst stand seine dritte Operation an. Bis dahin stolzierte er mit dem Kopfverband durch die Stadt, als handelte es sich um eine Auszeichnung.

»Und wie ist das Leben so zu dir?«, wollte er wissen.

Sie seufzte tief, womit sie schon eine Menge preisgab.

»Das hört sich an, als gäbe es eine kurze und eine ausführliche Version.«

»Und welche willst du hören?«

Als Antwort füllte er ihr Glas nach. »Ich war lange genug nicht für dich da. Na komm, erzähl einem alten Freund, was dir auf der Seele brennt.«

»Auch wenn du mich danach nicht mehr achten könntest?« Sie runzelte die Stirn. Der Wein lockerte ihre Zunge, und mit jedem weiteren Schluck wuchs ihr Bedürfnis, sich ihrem Freund anzuvertrauen.

Apollinaire lächelte sie an. »Du kennst so viele Geschichten über mich und weißt, wo ich mich überall herumgetrieben habe, und achtest mich doch auch!«

»Ja, aber du bist ein Kerl …«

»Und du hast Eier wie einer. Also schieß schon los!«

Einen Moment noch hielt sie all ihre Emotionen zurück, weil sie sich vor dem Darauffolgenden fürchtete. Der Schmerz ihrer Vergangenheit hatte sich wie Meeressand auf dem Grund abgesetzt. War es da ratsam, alles wieder aufzuwirbeln? Aber wenn sie sich nicht Apollinaire anvertraute, wem dann?

»Na gut.« Nachdem sie erst zu reden angefangen hatte, konnte sie gar nicht mehr damit aufhören. Sie erzählte vom Tod ihres Bruders, ihrer Heimkehr nach Raduille, ihrer Arbeit in der Munitionsfabrik und schilderte ihr Wiedersehen mit Gabriel – in allen Belangen und mit allen Konsequenzen.

»Ich musste sie zurücklassen, mein süßes Mädchen.« Eine Träne rann ihre Wange hinab.

Voller Mitgefühl nahm Apollinaire ihre Hand in die seine. »Das ist wirklich eine tragische Geschichte. Dass deine Eltern sie weggegeben haben, finde ich ungeheuerlich.«

Es tat gut, ihn auf ihrer Seite zu wissen, auch wenn das ihre Sehnsucht nach Julie nur verstärkte.

»Aber letztendlich war es das einzig Richtige. Ich kann mich nicht allein um sie kümmern, weder hier noch in Raduille. Und Almosen werde ich keine annehmen!«, stellte sie klar, als hätte sie seine Gedanken gelesen.

»So vieles hat sich verändert, aber stur geblieben bist

du«, schimpfte er in einem gut gemeinten Tonfall. »Ich verstehe nun, was du meinst. Für das Kindswohl habt ihr wahrscheinlich richtig gehandelt. Auch wenn es schmerzhaft ist.«

»Sehr sogar.« Allein darüber zu sprechen schnürte ihre Brust zu. Es gelang ihr gerade noch, ein Schluchzen zu unterdrücken.

»Und ich hoffe natürlich, dass Gabriel bald zurückkommt und ihr eine richtige Familie sein könnt. Aber nach all dem, was du mir erzählst …«

»Sieht es schlecht um ihn aus. Ich weiß. Und wenn er gar nicht mehr zurückkommt, werde ich Julie niemals zurückbekommen. Nicht als ehrbare Frau.« Sie nahm rasch einen Schluck Wein.

»Ich wüsste da noch eine andere Lösung«, sagte Apollinaire, nachdem sie eine Weile geschwiegen hatten. Seine Augen suchten die ihren. »Heirate mich!«

Vor lauter Schreck hätte sie beinahe den Wein wieder ausgespuckt. »Was?«

»Es wäre eine Zweckehe, damit du ehrbar und abgesichert bist und Julie zu dir nehmen kannst.«

Sie konnte nicht glauben, was er ihr soeben anbot. »Und wenn Gabriel zurückkommt? Dann bin ich verheiratet und nicht frei für ihn.«

»So, wie er zurzeit.«

»Touché.« Sie ließ sich den Gedanken durch den Kopf gehen. »Trotzdem, das kommt mir nicht richtig vor … Natürlich finde ich deinen Vorschlag sehr edel«, fügte sie rasch hinzu. »Aber solange der Krieg anhält, will ich Julie hier in Paris nicht unnötig in Gefahr bringen. Und spätestens, wenn Frieden ist, hoffe ich, dass Gabriel zu mir kommt.« Sie hatte ein schlechtes Gewissen, Apollinaire zurückzuweisen, doch er blieb gelassen.

»Dein Vertrauen in seine Rückkehr ist bemerkenswert. Aber pass auf, dass es kein törichtes Ausmaß annimmt. Sonst blockierst du dich am Ende selbst. Überlege es dir gut.«

Weil die Ausgangssperre schon eingesetzt hatte, bezog er sein Canapé mit einem frischen Laken, damit Valérie darauf schlafen konnte.

»Ich fürchte, die Decke allein reicht bei der Eiseskälte nicht. Leider habe ich kaum Kohle zum Nachfeuern. Nimm zusätzlich meinen Wintermantel.«

In dieser Nacht brauchte Valérie ungewohnt lange, um einzuschlafen. Während aus Apollinaires Zimmer ein festes, gleichmäßiges Schnarchen dröhnte, deckte sie sich mit seiner Militärjacke bis unters Kinn zu. Gerührt von seiner Hilfsbereitschaft, sog sie den Geruch der Jacke ein und fragte sich, ob dies der Duft ihres künftigen Ehemannes sein könnte, doch sie glaubte nicht daran. Stattdessen bildete sie sich ein, dass sie die Schützengräben riechen konnte. Die aufgewühlte Erde, den Tabak der selbstgedrehten Zigaretten, das Metall der Waffen. Und sie dachte dabei an Gabriel.

Er war noch irgendwo da draußen. Sie spürte es.

Später gab es einen Sirenenalarm, und Zeppeline ließen Bomben auf die Stadt regnen. Wieder ängstigten sich

Leute zu Tode, wieder gingen Teile ihrer geliebten Stadt zu Bruch. Wann würde dieser Wahnsinn endlich enden und wieder Frieden herrschen? Valérie kauerte mit Apollinaire unter dem Esstisch. Sie war froh, Julie dieser Gefahr nicht ausgesetzt zu haben.

32. KAPITEL

Paris, Januar 1917

Noch in der gleichen Woche kam Apollinaire unangekündigt vorbei.

»Ah, das Bateau Lavoir, was habe ich es vermisst.«

Als handelte es sich um frische Bergluft, atmete er den Muff der Baracke ein, dann blickte er mit einer ausladenden Geste um sich. Zwischen den Holzwänden konnte man die Rattenjungen piepsen hören, die darauf warteten, gefüttert zu werden. Oben unter dem Dachgiebel gurrten die Tauben. Irgendwo im Haus ging eine Flasche zu Bruch, ein Kind plärrte, jemand schlug Wäsche auf, und eine Frau, entweder Prostituierte oder Modell, stritt mit einem Künstler um den Preis. Nebenan riss jemand das Fenster auf und schüttete schmutziges Wasser aus, auf der anderen Seite hustete ein Nachbar so stark, als wäre er im Begriff, jeden Moment seine von Schleim durchtränkte Lunge auszuspucken. Aus der Wohnung von Madame Moulin drang der Geruch von Bratfett, gedünsteten Zwiebeln und Knoblauch, und unten im Hof schwor ein Trunkenbold seiner ihm überdrüssigen Geliebten die ewige Treue und bat um eine allerletzte Chance.

Mit einem Ausdruck vollster Zufriedenheit nickte

Apollinaire. »Neue Gesichter, gleiche Geschichten. Nichts hat sich geändert. Glaub mir, Valérie, als wir selbst arm waren, konnten wir es nicht erwarten, von hier zu verschwinden. Aber jetzt, wenn ich so zurückblicke … es war angenehmer, unbekümmerter. Wir besaßen wenig und teilten trotzdem so viel mehr als heute.«

Valérie hob eine Augenbraue und blickte in ihre Teetasse. Diese Nacht war schon wieder so kalt gewesen, dass der Teesatz unten gefroren war. Und Apollinaire trauerte den guten alten Zeiten nach? Für wen war die Belle Époque denn besonders *belle* gewesen? Sie wollte soeben eine unwirsche Bemerkung fallenlassen, als sie feststellte, dass er plötzlich verändert wirkte, müde und schuldbewusst.

»Jacqueline, so heißt die Frau, mit der ich mich derzeit treffe, hatte eine Fehlgeburt.«

»Oh, das tut mir leid.« Gleichzeitig runzelte sie die Stirn. Aus reiner Selbstlosigkeit war er bereit, ihr, Valérie, einen Antrag zu machen, während er gleichzeitig eine Frau liebte, die vielleicht auch noch gern ein Wörtchen mitzureden hätte. Manchmal konnte sie über die Naivität der Männer nur den Kopf schütteln. Ein Glück, dass sie nicht angenommen hatte, sonst wäre sie schon wieder in einer verzwickten Lage.

Sie wollte ihre Hand auf seine Schulter legen, doch da fuhr er bereits fort: »Wir wussten beide nicht, dass ein Kind unterwegs ist, und merkten es erst, als es schon zu spät war.« Nachdenklich blickte er aus dem Fenster, dann drehte er sich zu ihr um.

»Was bleibt von uns auf dieser Welt, wenn wir nicht mehr sind? Die Kunst, magst du sagen, unsere Werke. Doch wie wahrhaftig sind sie? Entsprechen sie tatsächlich uns oder viel eher unserem Bestreben zu gefallen?«

Es war eine rhetorische Frage, die keiner Antwort bedurfte. Prüfenden Auges durchwühlte er Valéries Aquarelle, legte einige davon in eine Mappe und klappte sie mit einem resoluten Schnappen zu. Dann klemmte er sie unter den Arm.

»Komm mit, Valérie, wir sollten einen Spaziergang machen. Es wird Zeit, deine Werke unter die Leute zu bringen, damit du nicht länger in diesem Loch leben musst.«

Beim Kunsthändler in der Rue Vignon, den Apollinaire herzlich wie einen alten Freund begrüßte, musste Valérie sofort an eine Kröte denken. Seine durch die Brille stark vergrößerten Augen blinzelten sie neugierig an. Monsieur Marron schien mit seinem Laden verwachsen zu sein, sein Äußeres spiegelte sein Sortiment wider: ein wenig kurios, ein wenig verstaubt, aber weltgewandt, sehr weltgewandt. Sie wagte es nicht, ihn sofort mit ihrer Kunst zu konfrontieren, und stöberte lieber einen Moment zwischen den Regalen umher. Sie wusste plötzlich nicht, ob sie wirklich den Schneid hatte, um aus ihrer Malerei ein Geschäft zu machen. In den noblen Kreisen, in welchen sie sich früher bewegt hatte, wäre das Malen nie mehr als nur ein netter Zeitvertreib gewesen. Aber ob sie damit tatsächlich Geld verdienen und davon leben konnte? Doch was blieb ihr übrig? Sie hatte keinen anderen Beruf gelernt. Sie musste diesen Weg einschlagen, wenn sie eines Tages Julie zurückbekommen wollte.

Neben den guten Bildern gab es auch Fehlkäufe, die billig verramscht wurden. Missmutig durchwühlte Valérie Gemälde von niederer Qualität, die man nur zum Übermalen kaufte, um an Leinwänden zu sparen. Waren diese Bilder wirklich so viel schlechter als die ihren?

»Ist das nicht traurig?«, fragte sie Apollinaire, der hinter sie getreten war. »Da arbeitet man tage-, wenn nicht gar wochenlang an einem Bild, und letztendlich wird es nur wegen der Leinwand gekauft? Ich würde in die Seine springen, wenn ich mich hier plötzlich fände.«

»Das sind meist Anfänger, die noch Übung brauchen. Und bei manchen nahm das Schicksal dennoch eine glückliche Wendung. Kennst du Rousseau?«

»Den Philosophen?«

»Nein, den Künstler.« Er warf ihr einen tadelnden Blick zu, ehe seine Gesichtszüge milder wurden. »Es muss wohl etwa zehn Jahre her sein, als Picasso für fünf Francs eines seiner Bilder zum Übermalen kaufte. Es war das Porträt einer Frau. Rousseau war ein Zöllner, der im Malen lediglich eine Freizeitbeschäftigung sah. Doch Picasso erkannte sein Talent und stellte das Bild aus. Er ging sogar so weit, dass er für Rousseau ein Bankett veranstaltete. Ich gebe zu, dass ich seine Kunst am Anfang nicht ernst genommen und mich über ihn lustig gemacht habe, aber wir wurden später Freunde, und er porträtierte mich mit Marie. Schade, dass du ihn nicht kennengelernt hast.

Er war eine genügsame, ehrliche Seele.« Er unterbrach seinen Monolog für einen Moment und fixierte gedankenverloren einen unsichtbaren Punkt an der Decke: »Was ich damit sagen will, ist: Es kann am Ende immer noch etwas Gutes rauskommen, selbst wenn du zunächst in der Wühlkiste landest.«

Valérie begann die Gemälde genauer zu betrachten. Sie merkte nicht, dass Apollinaire sich entfernte, und nahm erst wieder von ihrer Umgebung Notiz, als sie vorne an der Theke seine Stimme hörte.

»Mein geschätzter Monsieur Marron, ich sehe hier nirgendwo ein Bild von Madame Massé. Haben Sie noch nicht von ihr gehört? Sie soll sehr gefragt und talentiert sein.«

»Nein, der Name ist mir fremd. Welche Art von Bildern malt sie?«

»Am besten, Sie fragen sie gleich selbst. Sie ist hier.«

Valérie hätte im Erdboden versinken können, als Apollinaire sie auf diese Weise vorführte! Die Hitze schoss in ihre Wangen. Dennoch trat sie zwischen den Regalen vor und nestelte unter dem skeptischen Blick des Händlers an ihrer Mappe. Er setzte seine Brille auf und begutachtete ihre Aquarelle. Dabei runzelte er die Stirn, stieß ein Schnauben aus und wiegte den Kopf hin und her. Als Valérie dies als Ablehnung interpretierte und ihre Bilder wieder einsammeln wollte, klatschte seine große Hand auf die Papiere.

»Wie viel das Stück?«

»Fünfzehn Francs.«

»Das hätte ich vor dem Krieg gezahlt. Aber die Leute sind sparsamer und vorsichtiger geworden. Sagen wir acht.«

»Zwölf!«

»Zehn, das ist mein letztes Angebot.« Monsieur Marron hielt ihr die Hand hin.

Es war unmöglich, etwas aus seiner unergründlichen Miene zu lesen. Unauffällig nickte Apollinaire ihr zu, und Valérie schlug ein. »Abgemacht. Nehmen Sie gleich alle?«

»Vorerst nur sechs. Kommen Sie in einer Woche wieder. Wenn sie sich bis dahin verkauft haben, dürfen Sie mir weitere bringen.«

Valérie hatte nicht gemerkt, wie ihr Herz in wohliger Aufregung zu pochen begonnen hatte, als der Händler in den hinteren Teil des Ladens verschwand, um sie auszuzahlen. Sie hatte soeben ihr erstes Geld mit ihren Zeichnungen verdient. Apollinaire bemerkte das Leuchten in ihren Augen. Mit einem Augenzwinkern zog er sie aus dem Geschäft, nachdem sie ihren Lohn erhalten hatte.

»Herzlichen Glückwunsch! Lass uns das feiern.«

33. KAPITEL

Paris, Januar 1917

Auch wenn Valérie nicht ernsthaft erwog, Apollinaire zu heiraten, besuchte sie ihn nach seiner Operation im Val-de-Grâce so pflichtbewusst wie eine Ehefrau und brachte Blumen mit. Er war eben erst aufgewacht und wirkte noch etwas benommen. Als er wach genug war, um sie zu erkennen, strich er sein Krankenhaushemd glatt, als wäre ihm seine Aufmachung unangenehm.

»Wie lange bist du schon hier?«

Ein Lächeln umspielte ihre Lippen. Sie war froh, ihn einigermaßen wohlauf zu sehen. »Lange genug, um Zeugin zu werden, dass du nicht sonderlich gut auf das Narkosemittel reagierst.«

»Habe ich irgendetwas Unflätiges gesagt?«

»Nun ja, Schwester Bérénice war nicht erfreut, als du den vollen Nachttopf nach ihr geschmissen hast.«

Er sah sie fassungslos an, ehe sie beide in Gelächter ausbrachen. Das Lachen tat ihrer Seele richtig gut. Erleichtert trat sie zu ihm ans Bett und ergriff seine Hand.

»Oh, Apollinaire, ich bin so froh, dass du die Operation überstanden hast.«

Sie blieb eine Weile bei ihm und tauschte Belanglosigkeiten aus, merkte aber, dass es ihn anstrengte zu sprechen. Als der Docteur für die Visite kam, war es Zeit für sie zu gehen. »Ich komme morgen wieder. Erhol dich bis dahin gut.«

Während sie durch den Flur des Militärhospitals schlenderte, verflog ihr Frohmut. Überall lagen und stöhnten Schwerstverwundete, manche schrien vor Schmerzen oder weil sie im Fiebertraum meinten, wieder an der Front zu sein. Apollinaire gehörte noch zu den Glücklichen, die in einem Sechsbettzimmer untergebracht waren und die keine zu schlimmen Blessuren davontragen würden. Seine Narbe dürfte zwar von Dauer bleiben, doch das Haar würde sie verbergen. Was Valérie aber hier sah, entsetzte sie.

Der Speisesaal diente aufgrund der überlasteten Bettenkapazität als Massenschlag für die verletzten Soldaten ohne höheren Rang, »Kanonenfutter«, wie böse Zungen sagten, und nur eilig zusammengerückte kalkweiße Raumteiler sorgten für ein wenig Privatsphäre.

Es roch unangenehm nach Krankheit, Verwesung und Körperausdünstungen. Valérie bekam amputierte Arme, Männer im Rollstuhl, Erblindete und Gliedmaßen mit Brandnarben zu Gesicht. Bei ihrem Anblick wurde ihr ganz anders. Es tat weh, so junge Männer derart entstellt zu sehen. Sie dachte an Jules, der in dieser Arbeit, wie sie die Ärzte und Krankenschwestern verrichteten, seine Berufung gefunden hatte und der einen so hohen Preis dafür zahlen musste.

»Halt, warten Sie!«

Verwirrt drehte sich Valérie um, da wurde sie auch schon von einem flüchtigen Dieb angerempelt. Zwei

Schwestern und ein Sicherheitsmann rannten ihm hinterher, weil er offensichtlich etwas aus dem Medizinschrank gestohlen hatte. Wahrscheinlich Morphium, nachdem so viele Veteranen süchtig waren. Erschrocken richtete Valérie ihren Hut. Besser, sie ging jetzt.

Da hörte sie es. Es war nur ein Wort gewesen, doch es ließ ihr Blut in den Adern gefrieren. Nicht einmal wirklich ein Wort, eher ein Laut, ein hilfloses Gurgeln. Gegenüber von ihr, in der vordersten Bettreihe, wölbte sich ein Schwerstverletzter unter den Griffen zweier Krankenschwestern, die ihn ruhigzustellen versuchten.

Sein Gesicht war bis auf die Augenpartie in Bandagen gewickelt.

Seine Stimme ... Gabriel.

Wie paralysiert steuerte sie auf das Krankenbett zu. Die Schwestern beachteten sie nicht, sie hatten mit dem Kerl alle Hände voll zu tun. Er schlug zwischen Wachheit und Dämmer wild um sich. Vor lauter Anspannung hörte Valérie für einen Moment auf zu atmen. Konnte es sein? Oder irrte sie sich, und ihr Verstand spielte ihr einen bösen Streich?

»Gabriel? Bist du es wirklich?«

Als er sie sprechen hörte, hielt er kurz inne, und ihre Blicke trafen sich, obschon er durch sie hindurchzusehen schien. Vermutlich bekam er nicht einmal mit, dass sie hier war. Viel von ihm war nicht zu erkennen, aber seine Augen kamen ihr so bekannt vor.

Dann Schreie, qualvolle, animalische Schreie. Sein Verband im Gesicht war blutdurchtränkt.

»Was ist passiert?«

»Eine Operation am Kinn. Er ist zu früh erwacht, die Narkose war zu schwach«, keuchte eine der Krankenschwestern, als sie endlich seinen Arm zu greifen bekam. Und an den Patienten gewandt: »Monsieur, Sie müssen sich beruhigen, ich kann Ihnen das Morphium sonst nicht spritzen.«

»Reden nützt nichts«, sagte ihre Kollegin. »Hol die Gurte, damit wir ihn festschnallen können. Das ist bei solchen Zitterern ohnehin sicherer.«

»Nein, wartet!« Mit einem heftigen Tränenschwall stürzte Valérie an das Bett. »Ich kenne ihn!«

»Nicht zu nahe kommen! Er könnte Ihnen weh tun.«

Doch sie hatte seine Hand bereits ergriffen und hielt sie mit aller Kraft fest.

»Liebster, ich bin es!«

Zitternd fiel sie auf die Knie und lehnte sich über das Bett. Tränen quollen aus ihren Augen. Ihr Herz blutete bei seinem Anblick. »Ich bin hier. Du bist nun in Sicherheit.«

Wider Erwarten beruhigte er sich. Zu einem anderen Zeitpunkt hätten die Pflegerinnen ihre Anwesenheit bestimmt nicht geduldet, nun schienen sie dankbar um die zusätzliche Hilfe zu sein. Bald konnte ihm eine der Schwestern endlich das Morphium spritzen.

»Wer sind Sie?«, fragte sie, während sie mit der Nadel in die Haut stach.

»Seine Frau«, log Valérie, ohne Gabriels Hand loszulassen. »Jetzt wird alles gut, Liebster«, flüsterte sie. »Ich lasse dich nicht allein. Endlich sind wir wieder zusammen. Ach, Liebster, jetzt wird alles gut.«

Sie nahm gar nicht wahr, was sie ihm sagte. Die Worte sprudelten nur so aus ihr heraus, kamen aus ihrem tiefsten Innern.

»Du weißt nicht, wie glücklich ich bin, dich zu sehen. Wir haben so lange nichts von dir gehört, alle sagten, du seist tot, aber ich wusste, dass du lebst. Ich wusste es die ganze Zeit.«

Dass die Schwester hinter ihrem Rücken die Stirn in Falten legte, konnte sie nicht sehen.

»Madame, bitte stürmen Sie nicht so auf ihn ein. Er kann Sie ohnehin nicht hören. Das Morphium wirkt schnell.«

Ihre mahnende Stimme holte Valérie zurück in die Realität. Bandagiertes Gesicht, Operation am Kinn, keine Worte, nur gurgelnde Laute … ihr wurde übel.

»Was … was ist passiert?«

»Er wurde eben erst aus einem Feldlazarett hierher verlegt, weil sie dort nur begrenzte Mittel haben. Er hat etwas ins Gesicht bekommen. Die größten Granatensplitter konnte man schon vor Ort entfernen. Aber sein Kinn …«

Valérie fasste sich an die Brust. »Ja?«

»Sein Kinn ist weggesprengt.«

Etwas in ihr zerbrach. Heiße Tränen, ein Aufschrei, doch die Pflegerin war zu gehetzt, um sich auch noch um sie zu kümmern.

»Hören Sie, wenn Sie seine Frau sind, könnten Sie einen Moment bei ihm bleiben? Ich werde dringend gebraucht und muss anschließend bei einer Amputation assistieren.«

Valérie, die nicht fähig war, das Gehörte zu verarbeiten, nickte. Sie wachte über Gabriels Bett, während sich vor Entsetzen ihr Magen drehte.

Sie ermahnte sich selbst, sich zusammenzureißen. Sie musste jetzt stark bleiben. Für sie beide. Nein, für alle drei!

Kaum merkbar blinzelte er, sein Griff verstärkte sich minimal. Er erkannte sie!

»G-geh n-nicht«, murmelte er.

»Nein, natürlich nicht. Ich bin da und werde immer da sein. Hörst du?«

Gabriel hörte nicht. Er war in einen gnädigen Dämmer versunken.

Wie lange sie bei ihm verharrte, wusste sie nicht. Stunden vergingen, die Sonne ging unter, die Schwestern lösten sich ab, doch das Elend im Val-de-Grâce blieb.

Valérie hatte auf ihn aufgepasst und ihm die Stirn gekühlt. Irgendwann tippte jemand an ihre Schulter. Sie war eingenickt, ihre Hochsteckfrisur hatte sich längst gelöst.

»Madame Renarde? Ich bin Docteur Durant und werde bei Ihrem Mann nun einen Verbandwechsel vornehmen. Ich würde Ihnen diesen Anblick gerne ersparen, solange die schlimmsten Schwellungen noch nicht zurückgegangen und die Wunden frisch sind.«

Benommen blinzelte sie ihn an. Wie hatte er sie genannt? »Nein … nein«, sagte sie erschöpft. »Ich habe ihm versprochen, dass ich hierbleibe.«

»Wie Sie meinen.« Er wandte sich an Gabriel und kniff ihn sanft in die Armbeuge, damit er wach wurde. »Monsieur Renarde? Ich werde Ihnen nun den Verband abnehmen und die Wundheilung kontrollieren.« Er löste die erste Umwickelung und blickte noch einmal zu Valérie, wie um sie ein letztes Mal zu warnen. Dann setzte er seine Arbeit fort.

Sie war bei dem Anblick, der sich ihr darbot, so bestürzt, dass sie nicht realisierte, dass sie aufgestanden war und ihre Hände zum Gebet gefaltet hatte. Ein weiterer Teil der Bandage wurde freigelegt. Der Docteur ging sehr behutsam vor, er wollte nicht das empfindliche Fleisch der offenen Wunden beschädigen. Mit der nächsten Schicht kam eine Verletzung zutage, bei der Valérie den Übergang von Knochen zu Gewebe nicht erkennen konnte.

»Ah, das sieht gar nicht mehr so übel aus«, meinte der Docteur hingegen zufrieden.

Gar nicht mehr so übel? Etwa drei Viertel des Kinns fehlten! Von der linken Wange reichten Brandnarben über den Hals bis zum Schlüsselbein.

Sie versuchte, tapfer zu bleiben, während ihre Knie schlotterten. Doch der wahre Schock kam erst, als Nase und Wangen freigelegt wurden. Die Augen sahen zwar Gabriels zum Verwechseln ähnlich, aber das restliche Gesicht passte nicht. Es gehörte nicht zu Gabriel. Valérie stand vor einem Fremden.

»So, ich tupfe Ihnen jetzt Laudanum auf die Wunden. Das brennt ein wenig, wird die Schmerzen aber lindern.

Sie machen das wirklich gut, Monsieur Renarde. Und schauen Sie mal, Sie haben Besuch von Ihrer Frau.«

Während er sprach, lief ein eiskalter Schauer über Valéries Rücken. »Du großer Gott! Das ist gar nicht Gabriel Pigalle?«

Mit einem Ausdruck wachsender Besorgnis sah Docteur Durant sie an und kontrollierte die Unterlagen. »Nein, das ist Monsieur Renarde.« Er zögerte. »Sie sind gar nicht seine Frau?«

Ihr wurde übel. Sie hatte gerade intime Stunden voller Gefühlswallungen mit einem Fremden verbracht, ihm Mut zugesprochen und Liebesschwüre gehaucht. »Himmel, nein, das bin ich nicht.« Die heftigen Gefühle hatten sie so aufgewühlt, als stünde sie unter Drogen. Wie konnte sie sich so schwer getäuscht haben? Vor lauter Sehnsucht nach Gabriel hatte ihre Phantasie ihr einen bösen Streich gespielt. Ihr Schädel pochte, als würde jemand mit Hammer und Meißel gegen ihre Schläfe schlagen.

Der Verletzte sah sie flehend an, als wäre er sich der Folgen ihrer Erkenntnis bewusst und fürchtete nun, alleingelassen zu werden. Auf eine Art wollte sie ja bei ihm bleiben, aber sie konnte nicht. Sie schaffte es nicht einmal mehr, klar zu denken. Taumelnd entfernte sie sich und stieß gegen einen metallenen Schiebewagen voller Messinstrumente. Scheppernd fiel alles zu Boden, ihre Knie gaben nach, aber sie konnte sich gerade noch fangen.

Nur immer weitergehen, bloß nicht umdrehen, sagte sie sich.

Valérie kam sich so dumm vor. So verraten und verloren. Was bildete sie sich auch ein? Hatte sie wirklich geglaubt, sie würde in einer Stadt wie Paris zufällig auf den Vater ihres Kindes stoßen, einen im Einsatz verschollen Soldaten, der mit ihr glücklich bis ans Ende ihrer Tage lebte?

Dummes, naives Mädchen! Sie war eine Mutter ohne Kind, eine Witwe ohne Trauschein, und soeben hatte sie Gabriel ein weiteres Mal verloren.

34. KAPITEL

Paris, Januar 1917

Valérie verlor sich in den Tiefen einer Bar am Boulevard Saint-Germain. Plötzlich konnte sie sehr gut verstehen, wieso Utrillo trank. Es war ein wunderbares Heilmittel, das den Schmerz nicht nur betäubte, sondern auch den Verstand so einnebelte, dass ihr alles gleichgültig wurde.

Sie beachtete den Barmann nicht, der sie mit einem besorgten Blick bedachte und schließlich einem Laufburschen etwas zuflüsterte. Immer wieder nickte sie ein und nahm nur noch am Rande Notiz von ihrer Umgebung. Worte und schallendes Gelächter, Prostituierte, Soldaten, klirrende Gläser, die rauchige Stimme einer Sängerin – die Kakophonie eines Sonnabends klang wie ein entferntes Rauschen. Alles lag hinter einem dichten Schleier. Dann schreckte sie kurz auf, als ihre Flasche zu Boden glitt und zerschellte. Sie fiel beinahe vom Stuhl, wären da nicht plötzlich zwei kräftige Arme zu Hilfe geeilt.

Valérie blinzelte. »Gertrude?«

Die Mäzenin stützte sie, wandte ihren Blick aber dem Barmann zu. »For God's sake, wie konnten Sie ihr so viel ausschenken? Wenigstens haben Sie mich gerufen. Ihre anderen Freunde würden sich diesem Besäufnis nur anschließen.«

Sie informierte sich über die Zeche und bezahlte anstandslos. Dann nahm sie sich Valérie vor.

»Come on, my dear! Sie sind haltlos betrunken.«

Die Sonne spähte durch die Ritzen der Holzbaracke, der kranke Nachbar mit dem Husten gab mal wieder eine Arie von sich, zwei Frauen stritten auf der Straße. Valérie blinzelte und fröstelte, als sie die Bettdecke zurückschlug. Es war fürchterlich kalt im Bateau Lavoir. Natürlich war sie gestern nicht mehr in der Lage gewesen, den Ofen anzufeuern. Allerdings hatte jemand anderes versucht, Feuer zu machen, es dann aber offenbar aufgegeben. Sie erkannte es an den Kohlebriketts, der zerknüllten Zeitung und der resigniert weggeworfenen Schaufel.

Als sie sich aufsetzte, schwindelte ihr so sehr, dass ihr schwarz vor Augen wurde und sich ihr Magen drehte. Ihr Schädel fühlte sich ganz ausgetrocknet an, ihr Hals war wund und ein ekelhafter pelziger Geschmack haftete wie Bindemittel auf ihrer Zunge. Was für ein Elend!

Jemand in der Nähe atmete auf. Gertrude Stein saß in Valéries Schaukelstuhl in eine Pferdedecke gehüllt und schlief – ein Bild für die Götter. Erinnerungen von gestern blitzten in ihrem Gedächtnis auf. Gertrude hatte sie nach Hause gebracht, sie ins Bett manövriert und Wache gehalten. Es musste anstrengend gewesen sein, sie die *Butte* hochzubekommen.

Noch immer saß ein beengendes Gefühl auf ihrer Brust, ein allgegenwärtiger Kummer, den man auch dann mit sich trug, wenn man nicht daran dachte.

Die fatale Verwechslung im Val-de-Grâce hatten Spuren in ihrer Seele hinterlassen. Dass ausgerechnet Gertrude sie so sehen musste, war ihr unangenehm. Sie konnte sie jetzt schon rufen hören: »Überlassen Sie das Trinken den Taugenichtsen! Wir Frauen sollten uns zu gut für diese Herabsetzung sein.«

Valérie wollte den Moment der Konfrontation lieber noch eine Weile hinauszögern und ließ ihre Retterin weiterschlafen. Doch ihre Ruhelosigkeit verhinderte, dass sie sich ebenfalls wieder hinlegen konnte. Also stand sie auf, wusch sich und tat das Einzige, zu dem sie was taugte: Kunst schaffen.

An der Wand lehnten ihre Gemälde. Sie verrieten Valéries jeweiligen Gemütszustand bei der Entstehung. Den Anblick ihrer fröhlichen Bilder aus der Vorkriegszeit konnte sie kaum ertragen. Rasch wandte sie sich von den Bildern ab und zog jene Kiste aus dem Regal, die sie bei Olympe abgeholt hatte. Zuoberst lag Bob aus den Katakomben, der sie wiederum zu sehr an das Vergängliche, an den Tod und an das Gesicht im Val-de-Grâce erinnerte. Also wühlte sie weiter. Und mitten in all dem Gerümpel fand sie sie: Gabriels Maske.

Wenn sie dieses geliebte Antlitz mit jenem von gestern verglich, war es ihr, als würde es sich über den Krieg lustig machen. Da draußen starben Männer auf dem Schlachtfeld, während sie mit ihrer Kunst das schöne Leben einzufangen versuchte. Wie nutzlos! Es kam ihr töricht vor, nichts für diese Soldaten zu tun, die mit dem Verlust ihres Gesichtes so viel mehr verloren hatten. Man nannte sie *mutilés*, doch es gab auch einen Ausdruck, der weitaus weniger charmant klang. *Gueules cassées*, zerschlagene Fressen, wie sich die Versehrten selbst nannten, um sich vor Beleidigungen zu schützen, indem sie diese Wörter vorwegnahmen.

Gestern in der Bar ereilte sie ein Gedanke: dass sie froh gewesen war, dass es sich bei dem Verletzten nicht um Gabriel gehandelt hatte. Denn bei all den Schmerzen und der Verstümmelung dürfte es eine Gnade sein, tot zu sein. Aber nun war ihr klar, dass sie ihren Liebsten auch dann niemals aufgeben würde. Sie hätte alles darangesetzt, ihm sein altes Leben zurückzugeben und ihm mit dieser Gipsmaske geholfen, seine Identität zurückzuerlangen. Denn war es nicht das, was einem fehlte, wenn man ein *mutilés* war? Man konnte das entstellte Gesicht nicht einfach verbergen wie eine verstümmelte Hand unter einem langen Ärmel, und es war weitaus schwieriger, ein solches Gesicht anzusehen. Wie noch kommunizieren? Wohin blicken? Wie viel spielte sich im Gesicht, in der Mimik und nicht im Gesagten ab?

Wieder schielte Valérie zu ihrem Totenschädel. Sie nahm ihn in die Hand, berührte das Jochbein, die Augenhöhlen, den Kiefer und stellte sich die Muskulatur über den Knochen vor. Wer wäre Bob, wenn sie ihm eine Nase modellieren, ihm Glasaugen und schließlich Bart, Wimpern, Brauen und Kopfhaar geben könnte?

Entschlossen öffnete sie den Eimer, in welchem sie Ton mit etwas Wasser lagerte, damit dieser schön feucht blieb.

Stück für Stück kniff sie vom Tonklotz ab und knetete die Masse zwischen ihren Fingern. Bald war sie tief in ihre Arbeit versunken.

Irgendwann knarrte das Parkett unter trägen Schritten. Gertrude war aufgewacht und trat hinter sie. Sie sprach nicht sofort. In den zehn Jahren als Mäzenin hatte sie gelernt, wann man Künstler in Ruhe lassen sollte. Stattdessen blickte sie sich im Zimmer um.

»Ich hätte nicht gedacht, jemals hierher zurückzukommen.« Und nach einer Weile fügte sie hinzu: »Was wird das?« Sie klang unausgeschlafen und ein wenig genervt von dem nächtlichen Abenteuer, aber die Neugierde in ihrer Stimme konnte sie nicht verbergen.

»Ich helfe Bob, seine Identität zu finden.«

»Bob?«

Valérie reichte Gertrude den modellierten Schädel. Natürlich war sie noch lange nicht fertig, aber er sah jetzt schon ganz anders aus. Ein Mund mit einem sanft gezogenen Lächeln verbarg seine Zähne, die Augenhöhlen hatte sie aufgefüllt und mit dem Skalpell die geschlossenen Lider angedeutet. Die Stirn war mit den Furchen eines Denkers versehen. Eine Nase mit leicht aufgeblähten Flügeln erweckte den Eindruck, als würde er atmen. Bob war einem Menschen nun sehr viel ähnlicher.

»Verblüffend«, sagte Gertrude und reichte ihr den Schädel zurück. »Und so was hilft Ihnen, Ihr Erlebnis von gestern zu verarbeiten?«

»Sehr sogar.« Valérie stellte den Schädel auf ihren Arbeitstisch ab und hielt inne. Dann blickte sie zu Gertrude auf. »Ich wünschte, ich könnte mit meiner Kunst etwas Fundamentaleres schaffen, etwas für die Invaliden tun. Doch die werden sich wohl kaum über ein Bild freuen, wenn sie gerade ihr Gesicht verloren haben.«

Gertrudes Lächeln kam unerwartet. »Da kann ich Ihnen vielleicht weiterhelfen.«

»Ja? Und wie?«

»Well, wie Sie wissen, engagieren Alice und ich uns beim *American Fund for French Wounded.* Wir fahren jede Woche zu den Lazaretten und beliefern diese mit Medikamenten. Dort lernte ich kürzlich eine Kollegin aus Boston kennen, die für das *American Red Cross* arbeitet und Studien über Gesichtsversehrte führte. Sie ist Bildhauerin und möchte ein Atelier eröffnen, das sich genau mit der Aufgabe beschäftigt, Kunst für Invaliden zu machen. Sie stellt Gesichtsprothesen her.«

Valérie fühlte in ihrem Innern ein aufgeregtes Flattern.

»Sie ist hier in Paris?«

»Das ist sie. Und wenn Sie möchten, stelle ich sie Ihnen vor. Wie wäre es nächsten Mittwoch?«

»Das ließe sich einrichten. Wie lautet ihr Name?«

»Anna Coleman Ladd.«

35. KAPITEL

Paris, Mai 1917

Der Frühling erreichte die Stadt, die Zugvögel kehrten heim, und die Magnolienbäume in den Alleen und Stadtgärten blühten. Ein Bild der Fröhlichkeit, das im starken Kontrast zur Wirklichkeit stand. Während das Leben erwachte, wuchsen Ungeduld und Kriegsmüdigkeit bei der Bevölkerung. Nahrungsknappheit, Rationierungen und Ausgangsbeschränkungen zerrten an der Moral. Essen auf dem Tisch zu haben, war keine Selbstverständlichkeit mehr.

Da Valérie nun für das Croix-Rouge arbeitete, gehörten solche Erlebnisse der Vergangenheit, denn sie durfte zwei Mahlzeiten am Tag im neuen Atelier einnehmen und musste ihre Zeit nicht mehr mit Anstehen verbringen.

Nachdem drei Jahre lang niemand gewagt hatte, das Wort zu erheben, wurden vermehrt Stimmen laut. »Wir haben genug! Jetzt ist mal fertig mit Krieg!«, riefen die Leute. »Vielleicht brauchen wir ja auch eine Revolution, wie in Russland!«

Bis Mai 1917 streikten zwanzigtausend Arbeiterinnen. Angefangen hatte es mit den Näherinnen der Haute Couture, die sich lieber den Rüstungsbetrieben anschlossen und etwas für das Land taten, anstatt mit blutigen Fingern zum Amüsement der Bourgeoise beizutragen. Männer wollten ebenfalls streiken, aber da ihre Arbeit in den Fabriken teilweise als Militärarbeit zählte, wäre ein Fernbleiben einer Fahnenflucht gleichgekommen.

Dann begann die Schlacht an der Aisne, und beim Kriegsministerium gab es ein Leck, sodass Hinweise über die herben Verluste durchsickerten. Auch Apollinaire kam an neue Informationen. Er wurde nicht mehr für die Front eingeteilt, sondern arbeitete für das Ministerium in der Zensurabteilung. Was er Valérie anvertraute, schockierte sie.

Die Soldaten verlangten nach qualifizierteren Offizieren, die sich ihren Posten durch ihre Kompetenz verdienten und nicht, weil sie aus dem Schoß einer reichen Familie entsprangen. Die Stimmung war mehr als angespannt.

Dennoch zogen die meisten Informationen an Valérie vorbei, ohne dass sie groß Notiz davon nahm. Von morgens bis abends half sie mit, das Atelier in der *70 bis Rue Notre-Dame-des-Champs* einzurichten. Kiste für Kiste lud sie ins Haus und packte sie unter Mrs. Ladds Anweisungen aus.

Ruhig, konzentriert, akribisch, das war der erste Eindruck, den Mrs. Ladd auf Valérie machte, und sie sollte damit recht behalten. »Sie kann manchmal etwas eigen sein, wie eben alle Genies ein wenig eigen sind«, hatte Gertrude Stein sie vorgewarnt.

In ihrer Uniform wirkte sie älter, als sie tatsächlich war. Die achtunddreißigjährige Bildhauerin aus den Staaten war eine Frau von schlichter Schönheit, die sich dennoch jeden Morgen Zeit nahm, ihr Haar mit der Brennschere in Wasserwellen zu legen. Sie gab nicht viel von sich preis und ging nie nach der Arbeit mit den anderen Künstlerinnen etwas trinken.

Das Studio befand sich im Quartier Latin nur einen Spaziergang von der Académie Colarossi entfernt und war dadurch eine beliebte Adresse für Werkstätten. Es war eine friedliche Ecke mit engen, romantischen Pflasterstraßen, kunstvoll verzierten Häusern, hervorragenden Cafés, Bäumen und viel Licht. Wer durch diese Straßen ging, fern von all der Hektik und der Geschäftigkeit an der Rive Droite, verlangsamte automatisch seine Schritte.

Mrs. Ladd hatte genaue Vorstellungen, wie das Atelier eingerichtet sein sollte. Durch ein hohes schmiedeeisernes Tor gelangte man in ein helles Haus, das einen so prächtigen Vorgarten besaß, als würde er aus dem malerischen Süden Englands stammen. Daneben lag die *70 bis*, ein schmaler Durchgang, über dessen Eingangstür die Flaggen von Frankreich und Amerika hingen. Das Atelier selbst befand sich zuoberst in einem lichtdurchfluteten Dachstock.

Für die Maskenherstellung tauschte sich Mrs. Ladd regelmäßig mit Francis Derwent Wood aus, der die gleiche Arbeit in London verrichtete. Die beiden hatten einen Prozess herausgearbeitet, der es ermöglichte, federleichte und hauchdünne Masken aus Kupfer herzustellen, die sich wie eine zweite Haut über das entstellte Gesicht legten.

Zuerst fertigte man vom Verletzten eine Gipsmaske an. Wichtig war, dies erst dann zu tun, wenn alle Wunden verheilt waren und auch keine weiteren Operationen mehr anstanden, also alles, was aus medizinischer Sicht getan werden konnte, erledigt war. Wie schon bei Gabriels Maske musste man aus der Gipsform ein Positiv gießen, um einen »echten« Abdruck des Gesichts zu bekommen. Dieser Guss diente als Grundlage, um mit Modelliermasse die ganzen Deformationen aufzupolstern, und zwar so, wie der Soldat früher ausgesehen hatte. Fotos halfen bei der Rekonstruktion der Gesichter. Besaßen die Männer keine Fotografie, mussten Mrs. Ladds Künstlerinnen mit Beschreibungen auskommen oder nach eigenem Gutdünken handeln. War alles fertig modelliert, wurde die Maske behandelt und galvanisiert. Als Anode diente Kupfer, sodass beim elektrolytischen Bad eine Kupferprothese entstand. Je nach Bedarf und Verletzungsgrad bedeckte die Prothese ein ganzes Gesicht oder nur Teile davon.

Die fertige Maske wurden mit Drähten und Brillengestellen am Invaliden befestigt. Fehlte ein Auge, studierten die Künstlerinnen das Intakte und malten es auf einem Glasrohling nach, den sie ebenfalls in die Maske einarbeiteten. Bemalt wurde die Prothese mit Emaillefarbe, während der Verletzte sie trug. Hierfür musste man genau auf die Lichtverhältnisse achten, damit die Farbe mit dem des Gesichts übereinstimmte.

Dazwischen wurde die Prothese zahlreichen Tests unterzogen. Hielt sie ausreichend? Konnte der Invalide sie selbst an- und ausziehen? Wie gut gelang es ihm, mit der

Maske zu atmen, zu sprechen, zu kauen, zu schlucken und Zigarette zu rauchen? Drückte sie an einer Stelle unangenehm? Akribisch arbeitete man an Anpassungen, bis das bestmögliche Resultat erzielt war.

Schließlich kamen Augenbrauen, Wimpern und bei Wunsch auch ein Schnurrbart hinzu. Letzterer diente als beliebte List, um weitere Narben zu kaschieren. Die Arbeit an einer solchen Maske dauerte gut vier Wochen und erforderte zahlreiche Sitzungen, doch am Ende sollte sich die Geduld lohnen.

Im Studio an der *70 bis Rue Notre-Dame-des-Champs* ging es aber nicht in erster Linie um optische Verschönerung, sondern darum, verlorene Lebensqualität zurückzuerhalten.

Mrs. Ladd erklärte es wie folgt: »Stellen Sie sich vor, Sie haben eine schlimme Entstellung, vielleicht schon seit Monaten, und trauen sich deshalb nirgends mehr hin. Ich habe in den Lazaretten Soldaten besucht, die sich in ihrer Verzweiflung das Leben nehmen wollten, und solche, die es nicht wagten, zu ihren Familien zurückzukehren. Warum? Weil sie sich schämen und das Entsetzen in den Gesichtern ihrer Liebsten nicht ertrügen. Unsere Kundschaft sind Männer, die durchs Feuer gegangen sind und nun völlig zu vereinsamen drohen, die vielleicht zuletzt von der Person berührt wurden, die ihnen die Fäden aus den Nähten gezogen haben. Sie haben so viel mehr verloren als nur ein Gesicht, nämlich ihr Leben, ihre Freunde und die Fähigkeit, Freude zu empfinden. Wenn sie bei uns sind, sollen sie merken, dass sie immer noch Mitglieder unserer Gesellschaft sind und dass sie erwünscht sind. Darum muss das Studio ein Ort werden, an dem sie ihr Schicksal teilen können. Lassen Sie uns das Haus hier als eine Oase betrachten, als Refugium, wo sie unverbindlich Zeit verbringen dürfen.«

Hier gab es Kartenspiele, Tischtennis, Sofas, Tische, Stühle und eine Kaffeemühle. Pflanzen, Teppiche und Wandverzierungen sorgten für Ambiente. In der Buchhandlung an der Rue de l'Odéon besorgte Valérie bei Adrienne Monnier Lesestoff und wunderbare Erstausgaben von Colette, André Gide und Paul Valéry. Eine Buchhandlung für englische Literatur gab es in Paris noch nicht, also bestellte sie einige Romane direkt aus London.

Bei ihren Künstlerfreunden sammelte sie gestiftete Gemälde. Apollinaire, der inzwischen genesen war, schlug vor, einseitige Gedichte als Bild einzurahmen.

Was den zwischenmenschlichen Umgang betraf, gab Mrs. Ladd folgende Anweisung: eine feste, klare Stimme, Freundlichkeit und Offenheit, ohne Mitleidsbekundungen. Ebenso wenig waren taktlose Bemerkungen angebracht, wie etwa dass die Invaliden immerhin Glück gehabt hätten und noch lebten. Ferner ersuchte Mrs. Ladd ihre vier Mitarbeiterinnen um eine gesunde Balance aus Nähe und Distanz. Sie war sich der Wirkung ihrer Mädchen auf die Soldaten bewusst und wollte gebrochene Herzen und enttäuschte Erwartungen vermeiden.

Zur Vorbereitung gehörte auch, sich für die bevorstehenden Begegnungen zu wappnen. Mrs. Ladd warnte sie: »Sie werden schlimme Verstümmelungen jeglicher Art sehen, bei denen Sie gerne in Tränen ausbrechen würden, aber das dürfen Sie unter keinen Umständen tun! Sie müssen die Verwundeten wie ganz gewöhnliche Männer behandeln und dennoch ein sensibles Gespür für sie haben. Vermeiden Sie es, in Fettnäpfchen zu treten. Sollte Sie eine Begegnung überfordern, brauchen Sie sich nicht zu schämen. Wenden Sie sich in einem solchen Fall an mich.«

Valérie fand in ihrer Beschäftigung eine ungeheure Befriedigung. Sie fühlte sich wertgeschätzt und ernst genommen, weil sie das Atelier so frei mitgestalten durfte. Endlich hatte sie das Gefühl, ihrer Kunst einen Sinn zu geben.

Bald war sie so von ihrer Arbeit eingenommen, dass sie sich nach einer behaglicheren Bleibe umsah, die näher am Atelier und ihrem neuen Leben lag. Schon bald wurde sie in der nahen Rue Vavin zwischen dem Jardin du Luxembourg und dem Boulevard du Montparnasse fündig. Es tat ihr nicht leid, das Bateau Lavoir hinter sich zu lassen.

Und dann, im Juni war es endlich so weit. Das »Studio for Portrait-Masks« öffnete seine Tore. Gebannt blickten die Künstlerinnen und Mrs. Ladd zur Eingangstür. Um einen Termin zu bekommen, musste zuerst die Bedürftigkeit einer Gesichtsprothese vom Croix-Rouge attestiert werden. Gesichtsverletzungen waren typisch für Soldaten der Infanterie, die über die Schützengräben spähten und dabei ins Gesicht getroffen wurden. Auch Granatensplitter, Gasangriffe oder Verletzungen im Nahkampf konnten schlimme Wunden verursachen.

Aber nur weil eine schriftliche Bestätigung vorhanden war, bedeutete das noch lange nicht, dass die Männer dazu bereit waren, eine Gesichtsprothese in Auftrag zu geben. Das Schamgefühl war eine massive Hürde, die erst überwunden werden musste. So kam es, dass die Aufträge zunächst auf sich warten ließen.

»Es muss sich erst noch rumsprechen, das dauert seine Zeit. Wir müssen geduldig sein«, versicherte Valérie ihren Kolleginnen, die sich bereits schüchtern bei Mrs. Ladd erkundigten, wie lange ihre Lohnfortzahlung gesichert sei.

Doch bald kamen die ersten Soldaten vorbei, sahen sich um und stellten Fragen. Obwohl Valérie glaubte, sich vorbereitet zu haben, erwischte die Brutalität der Verstümmelungen sie eiskalt. Aus medizinischer Sicht mochten die Wunden verheilt sein, doch die Verletzungen, die die Soldaten auf ihrer Seele davongetragen hatten, waren ihnen dennoch anzusehen.

»Sind sie schlimm entstellt? Wie sehen sie denn aus?«, wollten abends Valéries Freunde im Les Deux Magots wissen.

»Wie kubistische Porträts. Das Gesicht in Bestandteile zerlegt und willkürlich wieder platziert.«

In Wirklichkeit fand sie keine Worte, die die *mutilés* nur ansatzweise beschrieben. Doch das Interesse für das Handwerk half Valérie, den Begegnungen allmählich ihren Schrecken zu nehmen. Sie lernte, weniger auf die

Entstellung zu achten, sondern richtete den Fokus auf das bestmögliche Ergebnis.

Valérie führte die neugierigen, aber vorsichtigen Männer herum, erklärte ihnen die Abläufe und die Herstellung der Prothesen, merkte aber bald, dass sie zuerst eine Beziehung zu den *mutilés* aufbauen musste. Man ließ nicht jeden Beliebigen an sein Gesicht, es war etwas sehr Intimes.

Also wechselte sie ihre Taktik: Sie setzte sich mit den Männern für ein Kartenspiel hin, forderte sie beim Tischtennis heraus, machte Kaffee oder unterhielt sich mit ihnen über ein Buch. Sie suchte bewusst Anknüpfungspunkte und las morgens die Zeitung, um die Herren nachmittags in ein Gespräch zu verwickeln. Nach einigen Wochen, der September hatte gerade begonnen, kamen die Aufträge plötzlich von allein.

Einer ihrer ersten Bekanntschaften war ein ehemaliger Bankier namens Albert Jugon. Er war gerade einmal vierundzwanzig Jahre alt gewesen, als er einen Schuss aus nächster Nähe ins Gesicht abbekommen hatte – zwei Wochen nach Ausbruch des Krieges. Die zahlreichen Narben, die an eine Kraterlandschaft erinnerten, und die schiefstehenden Augen bezeugten die vielen Operationen, denen Albert sich unterzogen hatte. »Ab der zwanzigsten habe ich aufgehört zu zählen.«

Es überraschte nicht, dass er unter schwerer Traurigkeit litt und noch vor einem halben Jahr suizidale Gedanken geäußert hatte. »Als ich frisch verwundet war, klaffte mitten in meinem Gesicht ein tennisballgroßes Loch. Genau da, zwischen Nase und Mund.«

Valérie musste ihn erst besser kennenlernen, ehe sie seine Wörter deutlich genug verstand, um mit ihm ein fließendes Gespräch zu führen. Dank der Chirurgie, die in den letzten Jahren dazu gezwungen worden war, sich rasanter denn je weiterzuentwickeln, konnte der Schaden an Alberts Gesicht auf ein Minimum reduziert werden, doch es war ein langer, schmerzhafter Weg.

Was er durchmachen musste, konnte niemand nachempfinden, der nicht dasselbe erlebte. Und obwohl sein Gemütszustand nach wie vor schwer belastet war, erkannte Valérie in ihm eine Verbissenheit und eine Widerstandsfähigkeit. Albert Jugon war ein Name, den sie sich besser merken sollte. Bestimmt würde sie in Zukunft von ihm hören. Eine Maske ließ er sich jedoch nie anfertigen.

36. KAPITEL

Paris, April 1918

Es hätte sie nicht erstaunen dürfen, ihn eines Tages hier anzutreffen. Valérie erkannte den Verletzten aus dem Val-de-Grâce sofort, als er unsicher in Mrs. Ladds Maskenstudio schlich. Das entstellte Gesicht schockierte sie nicht mehr, seit sie täglich Menschen wie ihm begegnete. Im Gegenteil, sie betrachtete ihn interessiert und stellte fest, dass die Wunden sauber verheilt waren und sich der ruhelose Blick gelegt hatte. Das Kinn sah wirklich schlimm aus, aber ohne das ganze Blut und die klaffenden Wunden wirkte es weitaus weniger bestialisch. Beim Anblick der Brandnarben am Hals spürte sie ihren eigenen Hals schmerzhaft aufflammen. Doch der obere Teil des Gesichtes wirkte nahezu unversehrt. Zwei kleine Brandflecke prangten über seiner rechten Braue, ein paar helle Narben verrieten jene Stellen, an denen man ihm Granatsplitter aus Stirn und Wange entfernt und die Wunden vernäht hatte.

Er stand einfach nur da und blickte sich um. Beim regen Betrieb fiel er den anderen Künstlerinnen nicht sofort auf. Zwei waren mit einem positiven Abguss einer Gipsmaske beschäftigt, eine weitere bemalte gerade die Kupfermaske eines Veterans, während er sie trug, und verwickelte ihn dabei in ein lockeres Gespräch. Mrs. Ladd bereitete das elektrolytische Bad für eine Kupferbehandlung vor, und im Hintergrund spielten *mutilés* Dame und lasen Zeitung.

Es war wichtig, dass man ihnen Zeit gab, um einen ersten Eindruck zu bekommen, und sie nicht sofort überfiel, aber dennoch genügend Aufmerksamkeit signalisierte. Valérie hatte auf eine Begegnung mit ihm gleichermaßen gehofft wie sich davor gefürchtet, denn etwas in ihr fühlte sich ihm verbunden, ja, sogar schuldig, weil sie ihn damals im Hospital im Stich gelassen hatte. Schmerzhafte Erinnerungen flammten vor ihrem inneren Auge auf. Sie wurde sich ihrer intensiven Gefühle bewusst, die er in ihr ausgelöst hatte, weil er Gabriel so ähnlich sah.

»Sie kommen für eine Maske?«, fragte sie, und ihr Kopf wurde heiß. Als sie ihm in die unsicheren Augen blickte, tat sich etwas in ihr. Sie sahen jenen von Gabriel so erschreckend ähnlich. Blau und so vertraut warm wie ein Sonnenuntergang über der Normandie. Sie gewährten tiefe Einblicke in seine empfindliche Seele.

»Ja, ein Freund empfahl mir dieses Studio«, antwortete er zurückhaltend. Er sah sie nicht einmal richtig an. Sein Mund bewegte sich etwas verzerrt wegen der Verletzung. Aber seine Stimme war ruhig und klar. Die Stimme eines Mannes, der für viele Monate im Militär gedient und dennoch seinen Eigenwillen nie verloren hatte. Ein sonderbares Gefühl, ihn zum ersten Mal sprechen zu hören, nachdem er schon über ein Jahr immer wieder in ihrem Kopf herumspukte. Auch seine Stimme klang der von Gabriel so ähnlich, dass alles in ihr zu kribbeln begann.

Aber er war es nicht, sie musste dieses Hirngespinst ein für alle Mal aus ihren Gedanken verbannen. Auch Scham erfüllte sie, er sah noch so jung aus, war vielleicht so um die fünfundzwanzig wie sie.

Plötzlich wirkte er sehr konzentriert, als sich ihre Blicke trafen. »Ich kenne Sie!«

Das Blut in ihren Ohren rauschte. Sie hatte diesem Mann im Hospital Dinge gesagt, die nicht für ihn bestimmt gewesen waren. Durch das verzerrte Gesicht war sie sich nicht sicher, wie sie seinen Ausdruck deuten sollte.

Er fasste sich in die Brusttasche, seine Hand zitterte, als er ein Papier auseinanderfaltete. »Sie sind Künstlerin. Das hier haben doch Sie gemacht. Oder etwa nicht?«

Valérie brauchte einen Moment, bis sie die Skizze wiedererkannte. Sie selbst hatte das Porträt des jungen Soldaten mit kantigen, gleichmäßigen Gesichtszügen angefertigt. Konturen, die nun nicht mehr vorhanden waren. Dahinter verbarg sich ein verblasster Geigenbauer. *Für Louis Renarde, komm gesund nach Hause.* Darunter ihre Unterschrift, datiert auf September 1914.

Die Erkenntnis traf sie unvermittelt. Valérie erinnerte sich. Sie hatte ihn und seine Kameraden gezeichnet, als der Zug in der Normandie stehen geblieben war. Es kam ihr vor, als läge dieser Tag ein Leben lang zurück.

»Ja … tatsächlich«, stammelte sie, während ihr gleichzeitig ein Stein vom Herzen fiel, weil Louis sie offenbar nicht als die Frau im Hospital wiedererkannte. Sie betrachtete ihn genauer. War er ihr deswegen so vertraut vorgekommen, ohne dass sie es sich hatte erklären können? Weil sie ihn gezeichnet und er ihr so gefallen hatte?

»Sie haben keine Ahnung, oder?«, stellte er fest, während sich seine Lippen kräuselten.

Resigniert reichte sie ihm die Skizze zurück. »Doch, natürlich. Wir teilten eine Zigarette und lachten gemeinsam. Und …«, sie errötete, »wir wollten mal miteinander ausgehen, wenn der Krieg vorbei ist.«

»Seien Sie unbesorgt. Ich weiß, wie ich aussehe, und werde nicht die Dreistigkeit aufbringen, Sie mit dieser Visage auszuführen.«

Aus Verlegenheit hätte sie beinahe gelacht. Es gab immer wieder *mutilés*, die ihrer Entstellung mit Sarkasmus begegneten, doch seine Worte klangen nicht verbittert, sondern einfach nur trocken. »Also, Monsieur, dass Sie so etwas sagen …«

Er berührte ihren Arm, und sie empfand ein leichtes Knistern dabei, ihre feinen Härchen stellten sich auf. Im Studio achtete man darauf, sich nicht zu nahe zu kommen aus den Gründen, die Mrs. Ladd ihren Künstlerinnen immer wieder eintrichterte.

»Verzeihen Sie, ich wollte Sie nicht in Verlegenheit bringen. Es ist nur so, dass ich selbst nicht weiß, wie ich damit umgehen soll.« Mit einem hilflosen Lächeln machte er eine Kreisbewegung vor seinem Gesicht. »Es hieß, man gewöhne sich daran, aber Geduld ist eine Tugend, die ich nicht aufweise.«

Mit vollstem Verständnis nickte sie. »Nun gut, vielleicht beginnen wir damit, dass wir uns einander vorstellen. Ein zweites Mal, wenn Sie so wollen. Sie heißen Louis, nicht wahr? Ich bin Valérie. Bis auf Mrs. Ladd sprechen wir uns alle mit dem Vornamen an. Ihre Wunde scheint gut verheilt zu sein. Sie muss schon eine Weile zurückliegen?«

Sie biss sich auf die Lippen, weil sie die Antwort längst kannte, und bemühte sich um einen beiläufigen Ton.

Louis schien sich allmählich zu öffnen.

»Ja, aber ich brauchte Zeit, um zu genesen und mit der neuen Situation zurechtzukommen. Ich war lange im Krankenhaus und befand mich in einem einzigen, wirren Rausch aus Schmerzmitteln. Es war entwürdigend, und ich bin froh, dass mich niemand gesehen hat, den ich kenne.«

Ihre Kehle wurde eng. Sie war dagewesen, und der Gedanke bestürzte sie, dass er sich für all die Höllenqualen auch noch schämte. »Sie sind ein tapferer Soldat, sonst wären Sie gar nicht erst hergekommen.«

»Was zugegebenermaßen meine ganze Überwindung kostete. Dass Sie nun hier sind …« Verlegen fasste er sich an den Nacken. »Es wäre mir lieber, wir wären uns nicht wieder begegnet. Ich habe oft an Sie gedacht … Nun gut, reden wir nicht länger davon.«

Sein Charme hatte ihn trotz allem nicht verlassen. Die Begegnung von damals erschien nun wieder ganz deutlich vor ihrem inneren Auge. Was wohl gewesen wäre, wenn …

»Sie werden sich besser fühlen, sobald Sie eine Maske haben. So viel kann ich Ihnen versprechen.«

»Können Sie das? Es ist nicht so, dass ich glaube, dass mein Leben dadurch besser wird. Damit habe ich mich abgefunden. Ich würde nur gerne die Leute nicht länger erschrecken, vielleicht auch eines Tages wieder meine Familie besuchen.« Einen Moment lang wirkten seine Augen traurig, dann zwang er sich zu einem Nicken. »Beginnen wir.«

Valérie bereitete alles für einen ersten Gipsabdruck vor. »Setzen Sie sich und lehnen Sie den Kopf zurück«, sagte sie, während er in ihrer Werkstätte Platz nahm. »Das dauert jetzt einen Moment. Entspannen Sie sich dabei.«

Bei dem Wort hob er eine Augenbraue und sah sie fremd an. »Mit Verlaub, aber entspannt war ich seit 1914 nicht mehr.«

Sie verstand. Jenes Jahr hatte mehr Einschnitte hervorgebracht, als man verkraften konnte. »Versuchen Sie, an etwas Schönes zu denken. Sie waren doch Geigenbauer, oder nicht? Haben Sie auch selbst gespielt?«

»Natürlich. Seit ich ein Kind war.« Für einen Moment tauchte in seinen Augen ein Glänzen auf, wie es nur durch eine schöne Erinnerung entstehen konnte. Danach wurden sie wieder stumpf. »Aber das geht nicht mehr.«

Valérie dachte, er spielte damit auf sein Kinn an, mit dem man die Geige fixierte. »Das sollte wieder möglich sein, wenn die Maske fertig ist. Wir müssen das bei der Anfertigung natürlich prüfen und allenfalls optimieren, aber ich sehe nichts, was dagegen spricht. Und was das Zittern betrifft … Wir sind mit Ärzten in Kontakt, die sagen, Musik würde Wunder wirken, um die Nerven zu beruhigen. Es würde Ihnen bestimmt helfen.«

»Nein.« Die Entschiedenheit seiner Stimme überraschte sie. Sein Blick wurde eisig. »Ich spiele nicht. Nie mehr.«

Eine unangenehme Stille breitete sich zwischen ihnen aus, als sie Louis wenig später den feuchten Gips auftrug und darauf wartete, dass dieser trocknete. Valérie war dankbar für das Grammophon, welches im Hintergrund spielte.

Die Art, wie Louis ihr versichert hatte, nie wieder Geige zu spielen, erschütterte sie zutiefst, ja, deprimierte sie regelrecht. Er war noch so jung, woher wollte er da schon wissen, dass es nicht eines Tages besser würde? So wie es ihr besser erginge, sobald Gabriel und Julie wieder bei ihr waren? Diese Hoffnung war das Einzige, was sie überhaupt aufrecht hielt. Wie konnte Louis weiterleben, wenn er an nichts mehr glaubte?

Streifen für Streifen legte sie den Gips auf seine Haut und fühlte sich zu dem Moment zurückversetzt, als sie für Gabriel die Maske angefertigt hatte. Sie war sich der Intimität ihrer Berührung bewusster denn je. Obwohl Louis die Augen meist geschlossen hielt, fühlte sie sich von ihm beobachtet. Sein ganzer Körper war angespannt, die Hände zu Fäusten geballt. Mit dem Auftragen war sie bald fertig, aber es würde dauern, bis der Gips getrocknet war und sie ihn abnehmen konnte. Irgendwie musste sie ihm doch helfen, sich Erleichterung zu verschaffen, sonst würde die Zeit nie vergehen.

Fieberhaft musterte sie ihn, da entdeckte sie in seiner Brusttasche einen Gedichtband. »Ah, Sie sind wohl literarisch bewandert«, stellte sie fest. »Soll ich Ihnen etwas aus dem Buch vorlesen, das Sie bei sich haben?«

Er saß auf seinem Stuhl, den Kopf in den Nacken gelegt. Einen Augenblick glaubte sie, er würde nicht auf ihren Vorschlag eingehen, doch dann griff er in seine Brusttasche, nahm das Buch hervor und reichte es ihr. Zaghaft nahm sie es an.

»William Blake«, murmelte sie. »Den hab ich früher auch gelesen.« Das Buchzeichen befand sich beim Gedicht *The Sick Rose*. Sie las vor: »*O Rose thou art sick. The invisible worm, that flies in the night in the howling storm: Has found out thy bed of crimson joy: And his dark secret love does thy life destroy.*«

Ergriffen hielt sie inne. Die Rhythmik und die präzise Wortwahl rührten etwas in ihr.

Als sie zu Louis blickte, stellte sie fest, dass sich seine Körperhaltung entspannt hatte.

37. KAPITEL

Paris, April 1918

Es war ein lauer Frühlingsnachmittag, am Himmel hingen schwere, dunkle Regenwolken, als Valérie Apollinaire einen Besuch in seinem Taubenschlag abstattete. Seit einiger Zeit war er gesundheitlich angeschlagen. Nach der Operation war er an einer Lungenentzündung erkrankt, doch er versicherte ihr, alles überstanden zu haben. Es war ungewohnt, ihn ohne Kopfbandage zu sehen.

»Herrlich, wie die Stadt um diese Jahreszeit duftet, wenn die Blätter der Platanen wie Schnee über die Dächer und Boulevards tänzeln.«

»Ein Poet durch und durch. Man könnte glatt vergessen, dass uns die Invasion der Deutschen droht. Das beweist, dass es dir wirklich besser geht«, stellte sie mit einem Grinsen fest, während sie zwei Weingläser aus der Küche brachte und füllte.

»Das Leben erwacht, die Paarungszeit beginnt …«

»Ja?« Sie hob eine Augenbraue und reichte ihm das Glas.

Er ignorierte es. »Sag, Valérie, erinnerst du dich noch an meinen Heiratsantrag, den ich dir letztes Jahr machte?«

Da sie nicht wusste, wohin diese Diskussion führen würde, hielt sie sich bedeckt. »Ich meinte, da war etwas …«

»Jetzt tu nicht so!«

Sie lachten. Es tat gut und wirkte befreiend, endlich mal wieder herumzualbern. Etwas, das mit keinem besser gelang als mit Apollinaire.

»Die Sache ist die«, fuhr er nach einer Weile fort. Dann hielt er inne und schien nachzudenken. Er räusperte sich. »Möchtest du mich immer noch nicht heiraten?«

Mit einem Seufzen lehnte sie sich in ihrem Stuhl zurück. Diese Frage beschäftigte sie schon seit geraumer Zeit. Seit sie in Paris lebte, galten all ihre Bestrebungen einzig Julie. Sie vermisste sie schrecklich und fühlte sich ohne sie nicht vollständig. Wann immer es die Ersparnisse erlaubten, kaufte sie sich einen Zugfahrschein nach Cherbourg, um ihre Tochter zu besuchen. Dann machten sie einen kleinen Ausflug an den Hafen, und Valérie zeigte ihr die Schiffe, sang mit ihr Chansons oder erzählte ihr eine Geschichte.

Mit ihren achtzehn Monaten entwickelte Julie sich zu einem prächtigen Mädchen, das gerne herumrannte und seinen eigenen Kopf hatte. Sie wollte überall dabei sein, reagierte beleidigt, wenn sie in den Kinderwagen verfrachtet wurde, und ahmte alles nach, was Valérie tat. Ihr aufrichtiges Lachen war herzerwärmend, und ihr Weinen, wenn Valérie gehen musste, herzzerreißend. Sie konnte die Gründe selbstverständlich noch nicht begreifen und klammerte sich besonders fest an ihre Mutter, wenn der Abschied nahte. Auch Valérie weinte dann heimlich zwischen Tür und Angel. Es war schwer zu ertragen, das Kind immer wieder aufs Neue zu verlassen.

Der Gedanke war verlockend, sie einfach zu sich zu

nehmen und auf die Konsequenzen zu pfeifen. Es brauchte von ihr nur ein einziges Wort, und Apollinaire würde ihr diesen Schritt ermöglichen. Aber ihn zu heiraten, und wenn es auch nur eine platonische Zweckehe wäre, bedeutete, Gabriel aufzugeben und nicht mehr an sein Überleben zu glauben.

»Ich hoffe, dass dich meine Entscheidung nicht kränkt, aber für mich bleibt es bei einem Nein«, sagte sie mit fester Stimme. »Das hat nichts mit dir zu tun. Wer immer einmal den Namen Madame Apollinaire tragen wird, darf sich glücklich schätzen. Aber wir harmonisieren als Freunde so gut.« Weil sie seinen Gesichtsausdruck nicht deuten konnte, zog sie ihn mit einem schelmischen Grinsen auf. »Ob wir als Ehepaar immer noch so ungezwungen wären? Und was, wenn du doch nicht der feurige Liebhaber wärst, wie ich es mir erhoffte?«

Sie hätte einen geistreichen oder lustigen Kommentar erwartet, aber Apollinaire seufzte erleichtert. »Gut.«

Überrascht sah sie ihn an. »Gut?«

Ein zauberhaftes Lächeln erschien auf seinem Gesicht. Sie begriff. Es war das Lächeln eines Verliebten. »Es geht um Jacqueline, von der ich dir erzählte. Die Fehlgeburt hat uns noch näher zusammengebracht. Sie hat mich während der Lungenentzündung wie ein Engel gepflegt und – mon Dieu – es ist um mich geschehen! So verliebt war ich seit Marie nicht mehr. Aber ich bin ein Mann, der seine Versprechen hält …«

»Und nun möchtest du, dass ich dich von diesem Versprechen befreie«, stellte Valérie fest. »Natürlich gebe ich dich frei! Heirate ohne schlechtes Gewissen! Sie kann sich glücklich schätzen, eine so treue Seele wie dich zum Mann zu haben.«

»Bist du dir sicher? Vielleicht wäre es die einzige Möglichkeit, dass du deine Tochter wiederbekommst.«

Mit einem traurigen Lächeln berührte sie seine Wange. Sie musste plötzlich an Louis denken, der der Meinung war, dass er niemals wieder Geige spielen würde. Auch er lebte in der Vergangenheit. »Nein, Apollinaire. Meine einzige Chance ist Gabriel.«

Da sah sie es in seinen Augen. Mitleid. Mitleid, weil sie sich etwas vormachte und an einer Liebe festhielt, die nicht mehr existierte. Sie fühlte sich plötzlich krank, als würde sie sich vom Leben entfernen, je fester sie sich an die Liebe zu einem Vermissten klammerte.

»Du, Apo, kann ich dich was fragen? Bist du mit William Blake vertraut?«

Interessiert rückte er sich in eine aufrechte Sitzhaltung. »Aber selbstverständlich.«

»So von Dichter zu Dichter … was wollte Blake mit der kranken Rose sagen?«

»Ah, das ist eine sehr gute Frage, über die sich die Geister scheiden.« Ganz in seinem Element kniff er die Augen zusammen und rezitierte das Gedicht. Danach holte er zur Erklärung aus. »Es geht um einen Wurm, der eine Bedrohung für die kränkelnde Rose darstellt, wobei sowohl die Rose als auch der Wurm für etwas stehen. Die Rose ist krank, ihre Blätter drohen zu verwelken. Der Wurm ist unsichtbar und fliegt durch die heulende Nacht. Er will zu ihr, will in ihr Bett und sich in ihre Leidenschaft ergießen, aber das tötet die Rose. Er ist der Phallus, der mit seiner Begierde die Erde zerhackt. Die Rose, also die Frau, wird durch diese Grobheit krank.«

»Der Wurm als unsichtbarer, fliegender Phallus?«

»Ja, er symbolisiert das Böse. Die Schlange, die Eva verführte.«

»Aber Würmer oder Schlangen fliegen nicht, sie kriechen. Und beim Phallus … also ich weiß ja nicht, wie sich deiner fortbewegt, aber …«

Lachend schlug er nach ihr. »Die Sache ist doch die: Es ist ganz gleich, wie wir es interpretieren. Es reflektiert nur unsere Gedanken, und wir ziehen jene Erkenntnisse daraus, die unser Verstand für unsere Lebenslage als sinnvoll erachtet. Was ziehst du denn für Schlüsse aus dem Gedicht?«

Valérie überlegte. »Die Rose ist keine Person, sondern die vollkommene Liebe. Doch sie ist verletzlich. Der Wurm, das sind wir. Er muss begreifen, dass es manchmal besser ist, dort zu bleiben, wo man hingehört. Ein Wurm muss im Boden bleiben, sonst vertrocknet er. Es ist seine Aufgabe, die Erde zu bearbeiten, weil sonst die Rose verwelkt. Wenn der Wurm will, dass die Rose überlebt, muss er sich von ihr distanzieren. Er darf nicht aus Selbstsucht an ihr festhalten, sonst sterben sie beide.«

»Et voilà, da hast du es. Möchtest du sonst noch etwas wissen?«

Ihre eigene Erkenntnis übermannte sie. »Nein, danke, Apollinaire. Das ist alles, was ich brauche.«

38. KAPITEL

Paris, Mai 1918

Die nächsten Wochen beschäftigte sich Valérie mit Louis' Maske. Zu Beginn war ihr Verhältnis zueinander ein wenig seltsam. Er war der einzige *mutilé*, den sie vor seiner Verletzung gekannt hatte. Obwohl sie sich nur kurz begegnet waren, hatte sie sich zu ihm hingezogen gefühlt. Sie hatte sein Lächeln und die Unbeschwertheit in seinen Augen gesehen – nicht nur die Schönheit von außen, sondern auch sein Inneres hatten sie beeindruckt. Doch beides war mit der Verwundung verloren gegangen. Valérie wollte alles daran setzen, den Louis von damals wiederzufinden. Ihm helfen, jenes Leben zurückzuerlangen, dafür sorgen, dass er wieder Freude empfand – dafür arbeitete sie unentwegt.

Es war, als fühlte sie sich für sein Glück verantwortlich, als hinge ihr eigenes von dem seinen ab. Sie hätte es niemandem erklären können, selbst in ihren Gedanken klang es sonderbar. Aber sollte Louis es schaffen, eines Tages wieder ein gutes Leben zu führen, dann gelänge es auch ihr.

Er kam inzwischen täglich in das Maskenstudio, knüpfte Kontakte, spielte Karten oder packte mit an, wenn es schwere Dinge zu tragen gab. Waren sie allein, redeten sie über sich, ihre Interessen und Träume.

»Sie lächeln übrigens, wenn er lächelt«, stellte Mrs. Ladd eines Tages fest. Sie war um einen neutralen Ton bemüht, der ihr jedoch nicht gelang. Als würde sie etwas sehen, was Valérie nicht sah.

»Wie könnte ich auch nicht? Ist Ihnen nicht auch aufgefallen, wie er strahlte, als er heute zum ersten Mal die fertige Maske anprobierte? Wie er sich im Verborgenen freute? Da muss einem doch das Herz aufgehen!«

Mrs. Ladd wirkte sichtlich unglücklich mit dieser Antwort, behielt ihre Meinung jedoch für sich.

Dass sie und Louis einander beim Scherzen und Erzählen nähergekommen waren, bemerkte Valérie erst, als Mrs. Ladd sie ermahnte, mehr Abstand zu wahren. Nicht nur wegen ihrer Regeln, sondern weil seit April eine Krankheit mit unerwartet heftigem Verlauf kursierte, die sich allmählich zu einer Pandemie entwickelte. Sie betraf vorwiegend junge, gesunde Menschen, die der Krankheit innerhalb weniger Tage erlagen. Weil im Mai der spanische König erkrankt und Spanien als neutrales Land bei der Berichterstattung von der Nachrichtenzensur befreit war, einigte man sich bald auf den Namen »Spanische Grippe«.

Während die Bevölkerung dazu angehalten war, Abstand zu halten, Mundschutz in der Elektrischen und in der Métro zu tragen, sich die Hände zu waschen und nicht auf den Boden zu spucken, fragte Valérie sich, ob Louis vielleicht mal mit ihr ausgehen würde. Natürlich erst, wenn er sich in der Öffentlichkeit wieder wohler fühlte. Er schien sich für ihre Kunst zu interessieren, wieso also nicht mal gemeinsam eine Galerie besuchen? Oder war das zu abwegig?

Während sie sich diese Frage stellte, bemalte sie den Kinnaufsatz von Louis' Maske. Als die letzte Emaillefarbe aufgetragen war und es Zeit für das Mittagessen war, fragte er, ob er sich zu ihr in den Garten gesellen dürfe.

Kurz darauf saßen sie im blühenden Vorgarten in der Sonne. Valérie aß ihre Mittagsbrote, während Louis sich mit ihr unterhielt und wartete, dass die Farbe auf der Maske trocknete.

»Was ist mit dir, hattest du eine schöne Kindheit?«, wollte er wissen.

»Die schönste sogar, obwohl ich immer eine Außenseiterin war und andere Interessen hatte. Aber solange ich Kind sein durfte, war es wunderbar. Vor allem, als ich noch meinen Bruder hatte.«

Vorsichtig hakte er nach. »Ist er gefallen?«

»Ja, vor zwei Jahren. Es war schlimm für uns. Er war … Es fällt mir immer noch schwer, darüber zu sprechen.« Traurig schüttelte sie den Kopf. Dann zwang sie sich zu einem Lächeln. »Und wie war es bei dir? Hast du Geschwister?«

Er akzeptierte den Themenwechsel und nickte. »Sechs Schwestern.«

»Sechs?« Mit großen Augen sah sie ihn an. »Und Brüder?«

»Einen, aber der ist über zehn Jahre älter als ich und wohnt schon lange nicht mehr bei uns.«

»Dann wird es für deine Eltern ein großes Geschenk sein, dass du lebend aus dem Krieg zurückgekehrt bist.«

Sein unerwartetes Schweigen hatte etwas Beklemmendes. »Oder warst du noch gar nicht bei ihnen, seit …«

»Nein. Sie sollten mich lieber so in Erinnerung behalten, wie ich früher war. So dachte ich jedenfalls die letzten paar Monate. Da wusste ich aber auch noch nicht, dass es so talentierte Menschen wie dich gibt. Jetzt mit der Maske vielleicht …« Er neigte den Kopf, als müsste er seine Gedanken abwägen. Seinen Augen entnahm sie ein Lächeln. »Ich fürchte mich nur vor ihrer Reaktion. Wenn sie mich dann bedauern oder noch schlimmer, wenn ich sie abstoße …«

»Ich kann dir nur meine Sicht der Dinge darlegen«, begann Valérie. »Als Jules starb, da fiel ich in einen Abgrund. Es war, als wäre etwas in mir ebenfalls gestorben. Und immerzu muss ich an unsere Mutter denken. An ihr klägliches, erdrückendes Weinen. Diese Laute, die einem das Herz zuschnürten …« Sie schluckte. »Wäre Jules zurückgekommen, ganz gleich, wie verwundet … Es hätte nicht die geringste Rolle gespielt.«

Ohne dass sie es merkte, hatte Louis ihre Hand berührt. Sanft verschränkten sie ihre Finger. Eine kleine Geste, doch sie half Valérie, sich zu fassen.

»Entschuldige«, murmelte sie und wischte sich die Tränen aus dem Gesicht, die sich lautlos aus ihren Augen geschlichen hatten. Sie sammelte sich und sah ihn an. »Du bist ein wundervoller Mensch, Louis. Völlig einerlei, was du darunter versteckst.« Sie deutete auf den Kinnaufsatz. »Wenn du mich nach meiner Meinung fragst, dann geh zu ihnen. Sie sind deine Eltern, sie lieben dich. Wie könnten sie auch nicht?«

Einen Moment sahen sie sich schweigend an und hielten einander die Hand. Egal, wie innig sich ihre Freundschaft zu entwickeln begann, nach dem heutigen Gespräch war noch etwas Neues hinzugekommen. Sie spürte es, zaghaft, aber deutlich.

Gerade wollte er etwas erwidern, als sich ein Schatten über sie legte. Die beiden hatten nicht gemerkt, dass zwei Gestalten auf sie zugekommen waren.

»Valérie Massé? Hier sind Sie ja!«

Sie brauchte einen Moment, bis sie den Besucher gegen das Sonnenlicht erkannte. Manchmal konnte man sich Menschen nur in der gewohnten Umgebung vorstellen, in der man mit ihnen zu tun hatte. Außerhalb davon wirkten sie fehlplatziert.

»Monsieur Marron? Was für eine Überraschung!« Schnell erklärte sie Louis: »Monsieur Marron ist Kunsthändler. Seit etwa einem Jahr beliefere ich ihn regelmäßig mit Aquarellen.«

»Und genau deswegen bin ich in Begleitung von Madame Berthe Weill hier«, stellte er seine Begleiterin vor, eine kleine Frau in ihren Fünfzigern mit runder Brille und gebieterischem Blick.

Der hartherzige Eindruck täuschte aber. Ihre Günstlinge nannten die Galeristin auch »La mère Weill«, weil sie sich so mütterlich um die Künstler sorgte. Valérie hatte

Bekanntschaft mit ihr gemacht, als sie letztes Jahr Modiglianis Akte, darunter den Valéries, ausstellte.

»Ich dachte doch, dass ich Sie schon einmal gesehen habe. Ihre Zeichnungen haben mich beeindruckt. Darum wollte ich Sie fragen, ob Sie erwägen, bei mir auszustellen?«

Sie riss den Mund auf und schloss ihn hastig wieder. »Das wäre mir eine Ehre! Sie würden also gerne die Aquarelle ausstellen?«

»Nein, die finde ich offen gestanden ziemlich hässlich.«

Verwirrt ließ Valérie den Blick zwischen ihr, Monsieur Marron und Louis schweifen. »Aber ich dachte …«

»Es ist Ihre Technik, die mit gefällt. Ihr Blickwinkel, die Art, wie Sie die Dinge sehen und wiedergeben … Doch was ich von Ihnen brauche, ist …«, sie winkte sich mit der Hand die richtigen Worte herbei, »… etwas Fundamentaleres. Sagen Sie, Mademoiselle Massé, sind Sie auch in der Lage, fundamentale Kunst herzustellen?«

»Ich … äh …« Sie wusste nicht so recht, was sie darauf erwidern sollte, doch Louis ergriff das Wort.

»Sehen Sie mein Gesicht?« Er betastete vorsichtig seine Maske, dann zog er den Kinnaufsatz aus. Couragiert offenbarte er dem Kunsthändler und der Galeristin seine Narben und Wunden. »Dieses Gesicht«, er setzte die Maske wieder auf, »hat mir Mademoiselle verliehen. Ich weiß nicht, wie Sie das nennen, aber ich würde es als ziemlich fundamental bezeichnen.«

39. KAPITEL

Paris, September 1918

Dass Louis so tapfer die Lanze für Valérie gebrochen hatte, führte im Spätsommer zu ihrem Durchbruch als Künstlerin. Sie durfte ihre Gemälde in der Galerie von Berthe Weill ausstellen.

Zuletzt war sie hier gewesen, als sie Modiglianis Ausstellung besucht und seine neue Lebensgefährtin, Jeanne Hébuterne, kennengelernt hatte. Leider endete der Abend im Fiasko; die Polizei drohte schon am ersten Tag damit, die Galerie zu räumen, weil Modis Akte angeblich ein öffentliches Ärgernis darstellten.

»La mère Weill« machte ihrem Kosenamen alle Ehre, als sie ihren kleinen Körper schützend zwischen Modi und den Polizisten schob.

»Warum sollte ich die Gemälde entfernen?«

»Diese Akte … Sie haben …«

»Ja?«

Verlegenes Räuspern. »Schamhaare!«

Wäre die Situation nicht so tragisch gewesen, hätte Valérie gelacht. Jedenfalls hatten die Akte verschwinden müssen, und Berthe hatte Modi persönlich fünf Gemälde abgekauft, damit er etwas zum Leben hatte. Wenig später waren er und die inzwischen schwangere

Jeanne nach Südfrankreich aufgebrochen, um dort ungestört zu malen und das Ende des Krieges abzuwarten.

Nun stellte Valérie ebenfalls ihre Bilder bei Berthe aus. Wer noch in der Stadt verweilte und etwas auf sich hielt, kam vorbei. Sie genoss die Aufmerksamkeit und die Erinnerung an die glanzvolle Vorkriegszeit. Picasso hatte Beziehungen und konnte sogar Champagner organisieren. Er kam mit seiner Frau Olga und Apollinaire mit seiner frisch angetrauten Frau Jacqueline. Dass diese berüchtigten Junggesellen tatsächlich mal heiraten und eine Familie gründen würden, erstaunte Valérie, zeigte ihr aber auch, dass nichts unmöglich war. Es herrschten Kriegszeiten, man konnte niemandem vorwerfen, das Leben in vollen Zügen zu genießen.

Sie selbst kam in Begleitung von Louis. Sie hatte ihn nicht einmal zu fragen brauchen, er wäre beleidigt gewesen, hätte sie was anderes erwartet. Insgeheim konnte Valérie gar nicht ausdrücken, wie sehr es sie freute, dass er sich zurück ins Leben kämpfte.

Sein Kinnaufsatz saß wie eine zweite Haut, und endlich hörte er auf, sich für sein Äußeres zu schämen. Apollinaire ging sehr herzlich mit ihm um. Wer zu Valérie gehörte, zählte er auch zu seinen Freunden. Als die Männer einander vorgestellt wurden, hatte Apollinaire ehrfürchtig sein Stirnband abgenommen und sich verneigt. Zum ersten Mal zeigte er seine Narbe in der Öffentlichkeit, weil Louis ihn inspirierte.

»Ich danke Ihnen für Ihren Mut, Monsieur.«

Valérie hatte eine Gänsehaut bekommen, als sie Zeugin dieser tiefgründigen Geste wurde.

Nun stand sie mit Apollinaire etwas abseits und überblickte die Ausstellung.

»Und, bist du schon reich?«

»Du weißt doch, wie das ist«, erwiderte sie, während sie verlegen abwinkte. »Man wird ausgestellt, verkauft einige Bilder … Im ersten Moment staunt man über die Summe, dann aber wird einem bewusst, wie lange man mit dieser auskommen muss.«

»Da du nicht über Geld sprechen willst, scheinst du tatsächlich welches verdient zu haben«, scherzte er. »Sieht ganz so aus, als wären wir erwachsen geworden.«

»Ja, wer hätte das geglaubt, nicht wahr?«

»Das ist alles dein Verdienst, meine Kleine. Ich weiß, wie hart du dafür geschuftet hast und welche Opfer es dich kostete.«

Obschon sie sich geschmeichelt fühlte, kreisten ihre Gedanken sofort um Julie, die sie so schrecklich vermisste. Heute war sie ihrem Ziel einen bedeutenden Schritt nähergekommen. Wenn sie sich erst als Künstlerin einen Namen gemacht hatte, könnte sie ihre Tochter vielleicht auch ohne Gabriels Hilfe zu sich holen. Von jedem Franc, den sie verdiente, legte sie zwanzig Centimes für Julie auf die Seite. Dieses Geld war das einzig Zuverlässige in ihrem Leben. Auf keinen Fall durfte sie sich jetzt auf den Lorbeeren ausruhen. Selbst wenn Valérie nach der Ausstellung Tausende Francs verdient, ja, vielleicht sogar einen Mäzen gefunden hätte, böte ihr das keine langfristige

Garantie. Sie musste mit mehreren Galeristen, mehreren Mäzenen in Kontakt treten und sich gut mit ihnen stellen, denn diese standen zwischen ihr und ihren Käufern. Und sollten diese Vermittler eines Tages einen Rückzieher machen, weil eine ledige Mutter nicht in ihr Förderungskonzept passte, musste sie eine direkte Beziehung zu ihren Kunden haben. Darum hatte sie sich den ganzen Abend den Mund fusselig geredet. Aber mit dem allerseits beliebten Apollinaire an der Seite war ihr das ziemlich gut gelungen.

»Als ich wieder nach Paris kam, schwor ich mir, dass kein Tag vergehen würde, an dem ich nicht auf meine Unabhängigkeit hinarbeite. Keine Tändeleien, keine Zerstreuung, bloß harte Arbeit, die mich meinem Ziel näherbringt.« Deutlicher wagte sie es nicht, in der Öffentlichkeit über Julie zu sprechen, doch Apollinaire hatte sie verstanden.

Er lächelte kurz, dann sah er sie ernst an. »Du bist auf einem guten Weg, ich glaube an dich.«

Valérie hätte ihn küssen können, so sehr schätzte sie ihn für seine Rückenstärkung. »Und für dieses Vertrauen danke ich dir. Dein Werdegang hat mich inspiriert.«

»Na, na, wir werden jetzt aber nicht sentimental«, sagte er, als sie eine Träne verdrückte. Freundschaftlich legte er den Arm um sie. Und so standen sie da in Berthe Weills wunderbarer Galerie, vor Valéries Gemälden, Arm in Arm, mit einem Glas Champagner in der Hand, und genossen diesen besonderen Moment.

Nur wenige Wochen später, als die Gerüchte über einen Waffenstillstand in aller Munde waren, erkrankte Apollinaire schwer. Die Nachricht machte Valérie ganz betroffen.

Als ein Bursche sie ihr überbracht hatte, war sie gerade mit Louis im Maskenstudio. Aufgebracht sah sie ihn an. »Das kann doch nicht sein! Er überlebt einen Krieg, und liegt dann wegen einer Grippe im Sterben!«

Mrs. Ladd kam zu ihnen und wollte wissen, was der Grund für ihre Aufregung sei.

»Nun, worauf warten Sie noch? Gehen Sie schon! Nehmen Sie sich den Rest des Tages frei!«, entgegnete sie, als Valérie ihr die Situation geschildert hatte.

»Ich begleite dich«, verkündete Louis.

»Das ist nicht nötig«, versicherte sie.

»Und es war auch keine Bitte.« Entschieden sah er sie an, dann half er ihr auch schon in den Mantel, schnappte sich den seinen und öffnete ihnen die Tür.

Mit der Mietkutsche standen sie fünf Minuten später am Boulevard Saint-Germain.

»Würde es dir etwas ausmachen, hier unten zu warten?«, fragte Valérie ihn.

Louis nickte. »Natürlich. Nimm dir alle Zeit.«

Valérie drehte sich um und stürmte so gehetzt in die Wohnung, dass sie beinahe in den Docteur gerannt wäre, der im Hausflur stand. »Ohne Mundschutz betreten Sie mir dieses Haus nicht, Madame!«

Widerwillig wickelte sich Valérie den Stofffetzen um das Gesicht, den der Arzt ihr reichte. Ihr wurde flau im Magen.

»Es ist nichts. Du machst dir unnötig Gedanken!«, versicherte Apollinaire ihr wenig später schon beinahe aggressiv, als Jacqueline sie ans Krankenbett führte. Doch sein ausgemergelter Körper strafte seine Worte Lügen. Das Sprechen kostete ihn viel Anstrengung. Geduldig ließ er geschehen, dass Jacqueline seine Stirn mit einem feuchten Waschlappen kühlte. Dann wandte er sich an sie: »Liebes, entschuldigst du uns einen Moment?«

Madame Apollinaire ließ ihren Blick wissend zwischen ihrem Mann und Valérie schweifen. »Aber natürlich.«

»Danke, mein Engel.«

Seine Lunge pfiff leise beim Sprechen. Er schenkte Jaqueline den liebevollsten seiner Blicke, doch sobald sie den Raum verlassen hatte, fiel die Maskerade in sich zusammen. Valérie hatte genau das befürchtet. Er spielte Jacqueline gegenüber den Starken. Dann schloss er die Augen und zog schmerzhaft die Luft ein, ehe er einen zähen Hustenanfall erlitt.

»Apollinaire?« Valérie bekam es mit der Angst zu tun und klopfte ihm auf den Rücken. Sie konnte es nicht fassen, blickte zu seinem Stahlhelm mit dem Einschussloch der Granate, den er wie ein Artefakt hütete.

Er sah sie müde an. »Das waren wohl in den letzten Jahren einige Blessuren zu viel, nicht wahr?«

»Die du alle mit Bravour überstanden hast, genauso, wie du diese ärgerliche Grippe besiegen wirst.«

»Weißt du noch, als ich dir versprochen habe, nicht im Krieg zu sterben? Wenigstens dieses Versprechen konnte ich halten.«

In ihr zog sich alles zusammen. »Bitte hör auf, darüber zu sprechen.«

»Aber es ist doch wahr. Machen wir uns nichts vor. Ach, meine Kleine, du hättest mich eben doch heiraten sollen, dann stünde dir nun eine hübsche Witwenrente zu, du könntest ehrbar sein und Julie bei dir haben, und frei für Gabriel wärst du obendrauf.«

»Ich muss bald weinen, wenn du so weitersprichst«, sagte sie, ungeachtet dessen, dass es dafür schon zu spät war und sich ihre Augen mit Tränen füllten. Sein rascher Krankheitsverlauf entsetzte sie. Ängstlich setzte sie sich zu ihm auf den Bettrand und ergriff seine blassen, schlaffen Hände. Unter der Maske bekam sie kaum noch Luft.

Auch in Apollinaires Augen traten nun Tränen. »Versprich mir, dass du deinen Weg gehen wirst, dass du die Malerei nie aufgibst und dass du das Leben in vollen Zügen genießen wirst. Tu es auch für mich, wenn ich nicht mehr bin.«

»Ich verspreche dir etwas anderes, nämlich, dass wir zusammen tanzen gehen, sobald das alles vorbei ist. Du wirst sehen, in ein paar Tagen ist es so weit. Dann trinken wir Rotwein im Café de Flore, essen Entrecôte im Maxim's und amüsieren uns im Moulin Rouge. Wir machen so weiter, wie wir aufgehört haben.«

»Aber das können wir nicht, meine Kleine. Das solltest du doch am besten wissen. Natürlich verstehe ich dich.

Ich verstehe dich so gut, als wärst du ich. Die Menschen geben nichts ohne Bedauern auf, und selbst Orte, Dinge und Personen, die sie besonders glücklich gemacht haben, verlassen sie nicht ohne Schmerz.«

Valérie kannte diese Worte, sie stammten aus der Widmung seines neusten Buches. Eine Publikation, die er gefälligst nicht hier im Krankenbett feiern sollte! Sie biss sich auf ihre Unterlippe.

»Es ist aber noch nicht Zeit, mich zu verlassen …« Ihre Stimme brach ab, ihr Schluchzen geriet außer Kontrolle.

Obwohl er schwach war, nahm er ihre Hand und führte sie an seine Lippen. »Das zu entscheiden liegt nicht länger in unserer Macht. Au revoir, ma chère, du solltest nicht in diesem Krankenzimmer sein, sondern nach draußen auf die Straße gehen, wo das Leben spielt.«

Wenig später lösten Picasso und Max Jacob sie ab. Sie wechselten kaum Worte, niemand war in Stimmung, um über Kunst oder Belanglosigkeiten zu plaudern, und schon gar nicht über Apollinaires bevorstehenden Tod.

Tränenüberströmt verließ sie den Taubenschlag.

Louis hatte Wort gehalten und unten auf sie gewartet. Dankbar um seine Stütze hakte sie sich bei ihm ein.

»Es war sehr freundlich von dir, auf mich zu warten.«

»Wie geht es ihm?«, fragte er voller Anteilnahme. Schluchzend schüttelte sie den Kopf, was ihm Antwort genug war. »Das tut mir sehr leid. Möchtest du, dass ich dich nach Hause begleite?«

Einen Augenblick genoss sie, wie er beschützend den Arm um sie legte, doch sie schüttelte den Kopf. »Das ist sehr aufmerksam von dir, aber ich möchte jetzt allein sein und mich bei einem Abendspaziergang sortieren.«

»Jetzt, zu dieser Stunde?«

Sie blickten um sich. Es herrschte eine sonderbare Stimmung auf den Straßen, der Krieg war zwar noch nicht vorbei, aber sein Ende nur noch eine Formalität. Russland hatte sich schon früher zurückgezogen. Im Juli war bekannt geworden, dass der ehemalige russische Zar Nikolaus II. erschossen worden war. Angeblich lebten seine Frau und fünf Kinder in Sicherheit im Exil, aber man ging davon aus, dass sie ebenfalls den Bolschewiki zum Opfer gefallen waren.

Der junge österreichische Kaiser Karl I. war 1916 auf den Thron gekommen und hatte einen Krieg geerbt, den er nicht führen wollte. Sein Friedensangebot scheiterte, doch letzten Sonntag unterzeichnete er endlich den Waffenstillstand. Heute, sechs Tage später, wurde in Berlin die Republik ausgerufen, was die Abdankung von Kaiser Wilhelm II. zur Folge hatte.

Gerade, als Louis erneut fragte, ob er sie wenigstens bis zur Mietkutsche begleiten dürfe, hielt ein Wagen mit einer Gruppe Veteranen vor ihnen an, und Albert Jugon kurbelte sein Fenster runter.

»He, Renarde! Hast du gehört, dass der Krieg bald vorbei sein wird? Meine Jungs und ich feiern im Maxim's. Möchtest du dich uns anschließen?«

Unschlüssig sah Louis Valérie an. Sie nickte ihm wohlwollend zu. »Geh nur. Ich komme gut allein zurecht.«

»Das gefällt mir nicht. Du wirkst so fragil wie eine Rose.«

Sie schenkte ihm ein rührseliges Lächeln. »Mag sein, aber Rosen haben Stacheln und können sich wehren.«

Valérie fröstelte, als Louis kurz darauf in den Wagen stieg und sie allein weiter den Boulevard Saint-Germain entlang spazierte. Unten auf der Straße feierten die Franzosen und wünschten dem deutschen Kaiser den Tod. »À mort Guillaume!«, schrien die Leute, und oben in seiner Dachwohnung lag ein anderer Guillaume im Sterben und konnte diese Todeswünsche hören.

»Bitte, Gott, lass ihn nicht im Fieberwahn glauben, dass die Wünsche ihm gelten«, flüsterte Valérie. Sie zitterte, und ging ziellos weiter. Die Kastanien auf dem Boulevard waren größtenteils verschwunden, weil man die Bäume aufgrund des Kohlenmangels gefällt hatte, um Brennholz zu erhalten.

Sie kam sich vor wie eine Komparsin in einem Theaterstück. Die Ausgangssperre hatte zwar noch Gültigkeit, die Pandemie wütete, aber die Leute waren es leid, sich an die Vorschriften zu halten, und die Polizisten zu ermüdet, um sie dafür zu bestrafen.

Die Kälte erinnerte sie daran, dass ein ereignisreicher Sommer hinter ihnen lag. Überall tanzten Menschen auf der Straße, Kinder sprangen auf Kutschen und Automobilen, und Alte lehnten sich aus den Fenstern. Fremde lagen sich in den Armen. Es gab aber auch solche, die weinten drauflos, weil sie so lange durchgehalten hatten, die am Ende ihrer Kräfte angelangt waren und sich der Sinnlosigkeit des Krieges erneut bewusst wurden.

Schließlich stand Valérie auf der Place Saint-Michel, demselben Platz, an dem sie im Herbst vor sechs Jahren in Paris angekommen war. Wie sie damals alles bewundert und mit jedem ihrer Sinne aufgenommen hatte! Jetzt blickte sie auf die Seine, die sich so schwarz wie Tinte durch die Stadt schlängelte. Läden, die von den nächtlichen Bombenangriffen beschädigt waren, waren verriegelt, und in der Ferne trotzte die Notre-Dame dem Lauf der Geschichte. Das kostbare Fensterglas hatte man schon vor Monaten in Sicherheit gebracht und mit herkömmlichem, hellgelbem Glas ersetzt.

Valérie schwor sich, sich das alles einzuprägen, damit sie Apollinaire davon erzählen konnte, und zog weiter.

Am nächsten Morgen klopfte es an ihrer Wohnungstür. Es war beträchtlich früh für unangekündigten Besuch an einem Sonntagmorgen. Valérie war angekleidet, aber noch nicht anständig frisiert. Verwundert öffnete sie und zuckte zusammen.

»Pablo?« Das rabenschwarze Haar fiel ihm ins Gesicht, und die Augen waren umschattet. In den letzten Jahren war sie aus nächster Nähe Zeugin seines kometenhaften Aufstiegs geworden und hatte Anteil an seinen Höhen sowie Tiefen genommen, doch es war nie zu einer bedeutenden Freundschaft gekommen. Bei allem Respekt, den sie für seine Kunst empfand, waren sie menschlich zu verschieden. Außerdem schätze sie den Rummel nicht, der zwangsläufig entstand, wenn er sich in der Nähe befand.

»Valérie, ich muss dir etwas sagen …«

Vehement schüttelte sie den Kopf. Sie ahnte bereits, was passiert war. »Nein!«

»Apollinaire … er ist …«

»Nein, ich will das nicht hören!«, schrie sie, während die Tränen aus ihren Augen strömten. Sie war noch nicht bereit dazu, ihren Freund gehen zu lassen. Ihre Beine gaben nach. Picasso konnte sie gerade noch rechtzeitig auffangen. Und obwohl er ein kleiner Mann war, hielt er sie unerwartet kräftig fest.

40. KAPITEL

Paris, Dezember 1918

Es wurde nicht sofort alles besser. Das Land musste erst lernen, sich wieder an den Frieden zu gewöhnen. Aus einem Krieg zu treten, brachte genauso viele Veränderungen mit sich mit, wie in einen hineinzugeraten. Eine langsame Regeneration setzte ein, doch die Leute hatten schwere Verluste erlitten, ihren Besitz und ihre Ersparnisse verloren. Niemand konnte einfach in das Leben zurück, aus welchem er vor viereinhalb Jahren gerissen worden war. Nahrungsmittel und Kohle blieben rationiert, sodass den Menschen nichts anderes übrig blieb, als auf dem Schwarzmarkt ihr Glück zu versuchen. Dann kam die zweite Grippewelle. Sie grassierte unter den heimkehrenden Soldaten, während diese sich auf den Bahnhöfen tummelten, und verbreitete sich mit ihnen über ganz Europa.

Zu Weihnachten waren noch immer viele Familien getrennt. Und manche wollten auch gar nicht zurück, weil ihr neues Leben nichts mehr mit dem alten gemein hatte. Die *mutilés* blieben lieber unter sich, wo ihre Entstellung ein vertrautes Bild war und man sich miteinander arrangierte. Hinzu kam, dass der Krieg zwar endlich der Vergangenheit angehörte, doch in den Seelen der Menschen tobte er weiter. Darum entschieden Mrs. Ladd und ihre

Künstlerinnen, ein Weihnachtsfest im Maskenstudio zu organisieren. Nichts Außergewöhnliches, nur ein gemütliches Beisammensein, damit niemand in diesen Tagen allein sein musste.

Das Fest der Liebe hatte für Valérie in den letzten Jahren an Bedeutung verloren. In dieser Hinsicht waren sie und die *mutilés* gleich. Wer hierherkam, konnte nirgendwo sonst hin.

Es kamen daher vor allem Kriegsveteranen. Freunde wie Fremde. Solche mit Masken, aber auch Versehrte mit frischen Verletzungen und in Bandagen gehüllten Gesichtern. Einer trug eine Augenklappe, ein Erblindeter versteckte seine Verwundung hinter einer schwarzen runden Brille. Manche kamen in Begleitung, manche ohne. Das Maskenstudio war unlängst zu einem Refugium und offenen Treffpunkt geworden. Hier war jeder willkommen, niemand stieß einen ab, niemand gaffte, und Valérie fühlte sich den *mutilés* verbunden.

In der Mitte des Ateliers stand ein schlichter, zimmerhoher Weihnachtsbaum mit Wunderkerzen. In der Werkstatt duftete es herrlich nach Plätzchen, und aus der Küche roch es nach Eintopf, Kartoffeln und Leberwürsten. Valérie und die anderen Künstlerinnen hatten die Tische zu einem großen Bankett zusammengeschoben und schwirrten fleißig umher. Leider herrschten aufgrund des Kohlemangels kühle Temperaturen, die Besucher trugen entweder ihre Mäntel oder waren in warme Tücher gehüllt. Auch wenn der Krieg zu Ende war, trugen die meisten Männer ihre Uniform samt Auszeichnungen – oft war sie ihr bestes Kleidungsstück und zudem nützlich gegen Kälte.

Es kamen so viele, dass die Stühle knapp wurden und Mrs. Ladd ihren Platz freigab und sich vor dem Baum auf den Boden setzte. Für ihre Rede aber stand sie auf.

»Während der Adventszeit erhielt ich einen Brief von einem ehemaligen Soldaten, der sich bedankte, weil er durch die Maske sein Leben wiedergefunden habe. Natürlich ist es nicht mehr dasselbe Leben wie davor.« Sie blickte in die Runde. »Auch wir schlagen ein neues Kapitel auf. Es waren bewegende Zeiten, die wir gemeinsam durchgestanden haben. Wir wurden auf eine harte Probe gestellt, niemand ist mehr derselbe Mensch wie vor dem Krieg. Sie alle tragen eine Geschichte in sich, und es ist mir eine Ehre, Teil davon geworden zu sein. Doch wie jede Geschichte muss auch unsere einmal enden. Nun, da wir bald in ein neues Jahr treten und die Friedensverhandlungen anstehen, wird es für meinen Mann und mich Zeit, nach Amerika zurückzukehren. Es kommt mir vor, als wäre es gestern gewesen, als ich dieses Atelier mit einer Handvoll talentierter Künstlerinnen einrichtete. Wir erleben immer wieder Begegnungen, die einen prägen. Die Dauer des Zusammenseins spielt dabei keine Rolle. Das Wesentliche ist, was wir mit unserer Zeit anzufangen wissen. Darum lasst uns diesen besonderen Moment festhalten, in dem wir Seite an Seite stehen, um des Krieges zu gedenken. Möge er der letzte sein, den wir erleben. Ich wünsche Ihnen allen ein gesegnetes Weihnachtsfest.«

Sie nickte einer von Valéries Freundinnen zu, die den

Takt für den Weihnachtsgesang vorgab. Die ersten Wörter sang sie noch allein, dann stieg der Rest ein: »*Les anges dans nos campagnes ont entonné l'hymne des cieux …*«

Valérie musste sich bei solchen Liedern immer zusammenreißen, damit ihr die Gefühle nicht durchgingen. Aber sie hielt sich tapfer und stürzte sich sofort wieder in die Arbeit, als der letzte Klang verhallte. Hier überreichte sie lächelnd ein Geschenk, dort räumte sie etwas ab, bloß niemanden in die Augen sehen, der dann ihre Tränen bemerken würde. Obwohl Mrs. Ladd sie schon früher über die bevorstehende Abreise unterrichtet hatte, machte die offizielle Ankündigung Valérie betroffen. Manche Menschen kehrten nach Hause … und andere kamen und kamen einfach nicht zurück.

Ein Kloß ließ ihre Kehle eng werden, als sie während eines unbeobachteten Moments die *mutilés* betrachtete.

Wir müssen uns etwas Neues für sie einfallen lassen, dachte sie bei sich, während sie einem Soldaten im Rollstuhl eine warme Decke über die Beine legte und sein Kissen für den Rücken neu aufschlug. »Haben Sie sonst noch einen Wunsch, Monsieur?«

Sie richtete sich gerade auf, als sie den Klang einer Geige hörte. Ein langer, reiner Laut, gefolgt von einer Melodie, bei der ihr ein Schauder über den Rücken lief. Langsam drehte sie sich um.

Es war Louis, der spielte. Er hielt die Augen geschlossen und schien in einer anderen Welt zu sein. Voller Hingabe bewegte er sich mit der Musik mit. Valérie war in den letzten Monaten so auf sein Gesicht fixiert gewesen, dass ihr seine filigranen Hände entgangen waren. Die Hände eines Meisters, die selbst nach Jahren ihre einstudierten Bewegungen nicht vergessen hatten, als hätten sie nie aufgehört zu spielen. Sie hatte das Gefühl, Louis' Seele tanzen zu sehen.

Vor Ergriffenheit hielt sie den Atem an und schluckte. Er hatte gesagt, er würde nie wieder spielen. Dass er es dennoch tat, konnte nur eines bedeuten. Louis war geheilt. Sicherlich noch nicht ganz, ein Rest des Schmerzes würde immer zurückbleiben, doch er hatte die Vergangenheit hinter sich gelassen.

Da wurde ihr bewusst, dass das auf sie selbst nicht zutraf. Sie kam nicht mit der Wucht an Emotionen zurecht, die seine Klänge in ihr auslösten. Dort, wo sich ihr Herz befand, spürte sie ein schmerzhaftes Stechen, als bekäme sie nicht richtig Luft. Das Bedürfnis überkam sie, aus dem Raum zu fliehen.

»Ich gehe Kohle aus dem Keller holen«, murmelte sie. Schnell schnappte sie sich den Eimer und stolperte die Treppe hinunter, quer durch den Hof und durch das Tor. Vor dem Haus in der winterlichen Rue Notre-Dame-des-Champs blieb sie stehen. Niemand außer ihr war auf der Straße. Und erst dort, allein und umhüllt von dicken Schneeflocken, wagte sie zu weinen. Nach sechs Wochen lastete Apollinaires Tod unverändert schwer auf ihr. Der Schmerz fraß sie regelrecht auf. Seine gute Seele fehlte ihr, und nichts konnte ihr Erleichterung verschaffen.

Selbst als endlich der Frieden gekommen war, empfand sie keine Freude, nur Trauer und Erschöpfung. Der

Krieg hatte so viel kaputtgemacht, dass einfach keine Kraft mehr übrigblieb. Er hatte ihr Jules und Gabriel genommen. Die ganze Zeit über war sie dennoch davon überzeugt gewesen, dass ihr Leben eine glückliche Wendung nehmen würde, wenn alles vorbei wäre.

Sie hatte mit einer solchen Selbstverständlichkeit an Gabriels Rückkehr geglaubt, dass sein Fehlen ihr den Boden unter den Füßen wegriss. Täglich lief sie zum Bahnhof, in der absurden Hoffnung, er würde aus einem der Züge steigen. Während Frauen und Kinder die heimkehrenden Soldaten in Empfang nahmen und sich rührende Szenen abspielten, kehrte Valérie Tag für Tag allein in ihre Wohnung zurück und weinte sich in den Schlaf. Wenn Gabriel tatsächlich noch lebte, müsste er doch inzwischen ein Lebenszeichen von sich gegeben haben, selbst als Kriegsgefangener.

Es war verrückt. Jeder Freundin hätte sie geraten, einen Schlussstrich zu ziehen, den Wurm von der Rose zu entfernen, um es mit William Blake auszudrücken. Dass sie Gabriel abhaken sollte und sich eingestehen musste, dass er nicht mehr zurückkommen würde. Dass er tot war. Seit Jahren.

Valérie weinte nun so sehr, dass sie nicht bemerkte, wie oben im Atelier das Geigenspiel verebbte. Kurz darauf hörte sie die Haustür und dann Schritte, die durch den Neuschnee stapften.

»Warum bist du gegangen?« Louis sah sie verunsichert an. »Ich dachte, es freut dich, dass ich wieder spiele. Ich habe das für dich getan. War das ein Fehler?«

»Nein, überhaupt nicht«, entgegnete Valérie, während sie sich rasch über das Gesicht strich. »Ich finde es schön, dass du wieder spielst. Es wäre eine Verschwendung, wenn du dein Talent vergeudest.« Sie lächelte ihn an, doch ihre verquollenen Augen hatten sie verraten.

»Oje, demnach spiele ich so schlecht, dass du deswegen weinen musstest?« Er schenkte ihr ein zaghaftes Lächeln.

»Wohl eher so gut. Tut mir leid, das ist mir sehr unangenehm. Deine Musik hat mich nur sehr traurig gemacht.«

»Das kann nicht sein«, entgegnete er sanft. »Was man hört, kann einen nicht glücklich oder traurig machen. Man wird nur traurig, wenn man es schon vorher war.« Langsam machte er einen Schritt auf sie zu. »Musik verstärkt die Gefühle, die wir in uns tragen. Sie löst keine neuen aus.«

»Demnach muss ich in der Tat sehr traurig sein.« Sie zitterte und kam sich für diese überflüssige Bemerkung albern vor. Eine sanfte Berührung ließ sie erschaudern.

»Deine Hand ist ganz kalt«, stellte Louis fest.

Sie trug nur ihr Schultertuch, natürlich fror sie.

»Komm«, sagte er und knöpfte seine Jacke auf. »Ich gebe dir Wärme.«

Einen Moment zögerte sie und wurde sich der Veränderung ihrer Beziehung bewusst. Ein Teil von ihr war nicht dazu bereit, würde es vermutlich niemals sein, doch ihr war kalt, so bitterkalt. Zaghaft streckte sie ihre Arme nach ihm aus, dann schlüpfte sie zu ihm unter die Jacke.

Trotz seiner Liebenswürdigkeit blieb sie angespannt, weil sie mit so viel Nähe nicht zurechtkam. Nicht mehr.

Einst war sie nicht so schüchtern gewesen, hatte einige Liebhaber um sich geschart. Aber das war vor Gabriel gewesen, bevor sie ihre Tochter geboren hatte. Seither hatte es niemanden gegeben. Fast drei Jahre nicht. Weil sie so sehr an seine Rückkehr glauben wollte.

Nun roch sie den Filz eines fremden Mantels, spürte Louis' Körper unter dem Hemd, Wärme, so viel Wärme und … Liebe. Die Intensität der Gefühle, die Louis in ihr auslöste, überforderten sie.

Er senkte den Kopf zu ihr, jedoch ohne sie zu küssen, nur als sanfte Annäherung. Sie spürte, wie sein Atem über ihre Stirn und den Scheitel glitt und sich ihr Puls verlangsamte, bis sich ihr Herzschlag dem seinen anpasste. Sie atmete tief ein und aus. Die Anspannung verschwand.

»Ich habe dich nie gefragt, warum du diese Arbeit hier tust. Was treibt eine Künstlerin an, sich mit so viel Tristesse zu umgeben?«

»Weil wir alle etwas hinter einer Maske verstecken«, flüsterte sie. »Und das verbindet uns.«

»Ich glaube, dann sehe ich dich gerade das erste Mal ohne Maske.«

»Und? Schockiert, dass ich nur ein Mensch bin?«

»Viel eher zutiefst erleichtert. Heilige sind mir suspekt.«

Endlich lächelte sie, sie konnte gar nicht anders. Beschützt in ihrem sicheren Kokon wanderte ihre Hand zu seinem Gesicht. Obwohl sie sich langsam auf ihn zubewegte, zuckte er zusammen, als ihre Finger seinen Hals berührten und über die Narben glitten. Doch er ließ es geschehen. Dann strich ihre Hand hoch zum Kinn, wo sie die Leblosigkeit des Metalls spürte. Sie fasste zur Befestigung am Hinterkopf und drehte die Drähte vorsichtig auf.

»Nein, nicht.« Er griff ihre Hand und drückte kräftig zu.

Valérie entgegnete nichts, hielt einfach nur den Blick zu ihm aufrecht und legte ihre freie Hand auf sein Herz, bis sich sein Griff wieder lockerte. Dann löste sie den Draht und nahm ihm die Kupferprothese ab.

Louis blinzelte. »Und bin ich auch nur ein Mensch?«

»Der vollkommenste, den ich kenne.«

Einen Moment sahen sie sich nur an. Seine Hand ruhte auf ihrer Schulter, und als er ihr Gesicht berührte, schloss sie die Augen. Hingebungsvoll nahm sie diese Berührung auf, als würde eine wärmende Kraft durch sie hindurchströmen. Sie ließ sich von ihm heilen, bis sie den Mut fand, sich ihm zu nähern.

Plötzlich war die Kälte verschwunden. Valérie spürte seine Lippen auf den ihren und ließ es geschehen. Der Kuss schlug eine Saite in ihr an, die eine verborgene Erinnerung in ihr weckte. Sein Duft löste ein wohliges Gefühl in ihr aus. Eines, das aufregend und vertraut zugleich war. Und dann fiel ihr ein, wonach er schmeckte: nach Hoffnung.

TEIL 4

1919–1920

41. KAPITEL

Paris, März 1919

Valérie fuhr mit dem Wagen vor Louis' Haus, wo er zur Untermiete in einem Zimmer wohnte, und hupte dreimal. Sogleich kam er mit Jacke und einer Tasche aus der Tür geeilt. Eine Hand nestelte nervös an der Maske.

»Das Hupen wäre nicht nötig gewesen. Ich stand am Fenster«, tadelte er sie liebevoll, als er einstieg. Wieder versuchte er, seine Maske zu fixieren. Er schien Probleme mit den Drähten zu haben.

»Lass mich dir helfen.« Erst, als die Maske richtig saß, schien er in der Gegenwart angekommen zu sein. Er atmete hörbar aus. »Hallo du«, sagte er verlegen und küsste ihre Wange.

Ihre Augen weiteten sich. »Hallo du zurück«, raunte sie.

Kurz herrschte Stille, und er sah sich im Wagen um. »Deiner?«

»Der von Mrs. Ladd. Sie hat ihn mir geliehen.«

»Ich wusste gar nicht, dass du Auto fahren kannst.«

»Ich auch nicht, ist das erste Mal.« Als er ihr einen verwirrten Blick schenkte, lachte sie laut auf. »Das war ein Scherz! Ich saß schon mit elf auf einem Traktor. Und später hat mir der Chauffeur einer guten Freundin den Rest beigebracht. Das war vor dem Krieg.« Sie dachte kurz an ihre unbekümmerte Zeit bei Olympe, schob die Erinnerung aber gleich wieder beiseite.

»Und? Bist du bereit?«

»Ehrlich gesagt …«

Valérie bereute, gefragt zu haben. »Natürlich bist du bereit. Louis, du hast mir selbst gesagt, dass du zurück ins Leben finden willst. Und das gelingt dir sehr gut. Du gehst wieder aus, du spielst wieder Geige …«

»Und wenn ich sie abstoße?«, unterbrach er sie. Er wagte es nicht, sie dabei anzusehen, und tastete seine Brusttasche nach Zigaretten ab.

»Louis …« Valérie beugte sich leicht über das Lenkrad, um seinen Blick einzufangen, und berührte seine Schultern. »Es sind deine Eltern. Sie werden sich riesig freuen, dich zu sehen.«

Mit einem lauten Seufzer unterbrach er seine Suche, dann legte er seine Hand auf die Valéries. »Ich danke dir. Dafür. Für die Maske. Für alles, was du schon für mich getan hast.«

Lächelnd machte sie einen Kontrollblick in den Rückspiegel. Dann startete sie auch schon den Wagen.

Sie waren etwa eine Stunde unterwegs, bis sie Jules' Heimatdorf in der Nähe von Versailles erreichten. Während der Fahrt hatten sie wenig gesprochen, beide hingen ihren eigenen Gedanken nach. Der heutige Besuch bei den Eltern war der vielleicht wichtigste Schritt für seine Reintegration. Viele Gesichtsversehrte brachen mit ihrem vorherigen Leben komplett ab und suchten sich neue Freunde. Es war schwierig, als veränderter Mensch in ein altes Umfeld zurückzukehren. Manche wollten aus Schamgefühl nicht zurück, andere, um wenigstens die Erinnerung an ein intaktes Leben aufrechtzuhalten. Eine gravierende Veränderung konnte ein ganzes soziales Gefüge zusammenbrechen lassen. Man würde nie wieder mit der gleichen Gelassenheit an einem Tisch sitzen, nie wieder über die gleichen Dinge reden und lachen. Der Krieg stünde immer dazwischen. Dass Louis es wagte, sich diesen Ängsten und Herausforderungen zu stellen, machte Valérie sehr stolz.

»Da wären wir also«, sagte sie, nachdem sie angehalten hatten. Schon einige Minuten waren verstrichen, in denen Louis schweigend aus dem Fenster zum Haus blickte. Sie gab ihm alle Zeit, die er brauchte.

»Sitzt denn die Uniform?«

»Jetzt schon«, antwortete sie, als sie am Kragen gezupft und Louis einen flüchtigen Kuss gegeben hatte.

Schließlich stieg er aus, drehte sich dann aber wieder zu ihr um. »Und du kommst ganz sicher nicht mit?«

»So haben wir es doch besprochen. Ein andermal vielleicht. Heute geht es nur um dich«, antwortete sie mit einem sanften Lächeln.

»Da drüben ist eine Brasserie, falls du etwas essen willst.« Er deutete auf die gegenüberliegende Seite des Dorfplatzes, ehe er ging.

Eine Weile beobachtete Valérie ihn vom Auto aus. Er hatte das einstöckige Familienhaus inzwischen erreicht.

Gleich daneben befand sich die Geigenwerkstatt. Valérie konnte Werkzeug und Korpusse erkennen. Als Louis klopfte, hielt sie den Atem an. Eine ältere Frau trat an die Tür des Wohnhauses und stieß einen spitzen Schrei aus. Fassungslos legte sie ihre Hände an ihr Gesicht, ehe sie einen Satz auf Louis zumachte und ihn fest in die Arme schloss. Ihre Rufe mussten bis in die Werkstatt zu hören gewesen sein, denn auch dort öffnete sich eine Tür. Ein großgewachsener Handwerker um die sechzig mit der gleichen Statur wie Louis wischte Hobelspäne von seiner Schürze und schien seinen Augen nicht zu trauen. Valérie konnte nicht hören, was er sagte, doch seine Lippen bebten. Er weinte, als er seinen Sohn an sich drückte.

Zwei junge Frauen kamen aus dem Haus gestürmt, wahrscheinlich die Schwestern, die noch bei den Eltern lebten. Sogar ein Hund erschien und sprang schwanzwedelnd um sie herum. Erst, als sie Louis ins Haus zerrten und die Tür hinter sich schlossen, atmete Valérie erleichtert aus.

Sie verließ den Wagen und vertrat sich ein wenig die Beine. Obwohl der Frühlingsbeginn nahte, war es frisch, und ein bleigrauer wolkenverhangener Himmel fing jedes Sonnenlicht ab. Gemächlich spazierte Valérie durch das Dorf und versuchte, Louis' Kindheit zu erfassen. Sie passierte die Schule, die er früher besucht hatte, den Friedhof, auf dem seine Großeltern begraben lagen, und die Kirche. Es gab ein Wirtshaus und einige Lebensmittelgeschäfte. Auch an der Brasserie ging sie vorbei. Appetit verspürte sie keinen, obschon ihr Magen knurrte. Essen war für sie mit einer guten Gesellschaft verbunden, alleine hingegen vernachlässigte sie die Mahlzeiten.

Schließlich setzte sie sich auf eine Bank und ließ die Zeit verstreichen. Es dauerte allerdings nicht lange, bis Schritte erklangen.

»Das muss sie sein«, hörte sie eine Frau sagen.

»Mademoiselle Massé?«, fragte nun eine Männerstimme.

Überrascht drehte sich Valérie um und blickte in die Gesichter des Geigenbauers und einer seiner Töchter. Valérie stand auf und reichte ihnen die Hand.

»Und Sie müssen die Renardes sein.«

»Dann haben wir Ihnen zu verdanken, dass wir unseren Louis wiederhaben?« Tränen standen in den Augen der Schwester. »Ist Ihnen bewusst, wie lange wir uns diesen Tag herbeisehnten?«

Ehe sie sich's versah, hatte die Schwester sie umarmt. Dort schluchzte sie hemmungslos. Auch Louis' Vater legte seine großen Hände auf ihre Schultern. »Meine Liebe, als wir erfuhren, dass Sie hier sind, mussten wir sofort zu Ihnen. Bitte erweisen Sie uns die Ehre und essen Sie mit uns. Wir haben Großes zu feiern. Louis hätte Sie ja selbst geholt, aber meine Frau weigert sich, ihn loszulassen.«

42. KAPITEL

Paris, April 1919

»War das die letzte Kiste?«

»Ja, ich denke schon.« Valérie wischte sich den Schweiß von der Stirn und blickte durch das leere Atelier. Anna Coleman Ladd war bereits Anfang der Woche abgereist.

Obwohl sie auf ihre Weise stets unnahbar geblieben und der Abschied kurz und schmerzlos verlaufen war, war ihre Umarmung bedeutungsschwerer ausgefallen als erwartet. Man hatte sich im Krieg zusammengefunden, und nun verlor man sich wieder. Allerdings fragte Valérie sich abermals, wie es mit den *mutilés* weitergehen sollte, nun, da sie keinen geschützten Treffpunkt mehr hatten. Wahrscheinlich mussten sie selbst etwas in die Wege leiten, denn es war wichtig, dass sie weiterhin untereinander in Kontakt standen und sich nicht wieder von der Einsamkeit einfangen ließen. Ein Glück, dass Louis wieder mit seiner Familie verkehrte, das würde ihn stärken.

Valérie zog die Tür hinter sich zu und verabschiedete sich auf der Straße von ihren Freundinnen. Ihre Zeit im Atelier war vorbei, doch sie wollte keinen Tag davon missen.

Als sie wenig später in der Rue Vavin vor ihrer Wohnung stand, hielt dort gerade ein Automobil an. Wenn sie sich nicht täuschte, handelte es sich um einen neuen Studebaker.

Erstaunlich, dachte Valérie, woher manche Menschen sich während der Rezession immer noch das Geld für derart kostspielige Dinge nehmen konnten. Bestimmt war der Besitzer einer dieser Amerikaner, die seit Kriegsende in die Stadt strömten, als wäre Paris das gelobte Land. Für eine Handvoll Dollar lebten sie hier wie Krösus.

Doch das Nummernschild war französischer Herkunft. Ein Chauffeur stieg aus, um der Person, die hinten saß, aus dem Wagen zu helfen. Eine zierliche Damenhand in edlen Glacéhandschuhen ergriff die seine, und ein eleganter, fliederfarbener Schuh trat auf den Asphalt.

»Ich danke Ihnen, Georges.« Das nur wadenlange Tageskostüm kam ohne Taille aus und betonte einen androgynen Körper. Noch lag das Gesicht der Frau im Schatten eines hellen Hutes verborgen. Keiner dieser breitkrempigen, sondern ein schmaler, glockenförmiger Hut, unter dem sich ein altbekanntes Lächeln abzeichnete.

»Das glaub ich nicht! Bist du es tatsächlich?«

Olympe sah sie strahlend an. »Wo Wandel herrscht und kein Stein mehr auf dem anderen steht, da finde ich dich, schwer beladen mit Leinwänden und Malutensilien, als hätte sich nichts verändert.« Einladend streckte sie ihre Arme aus. »Ach, Valérie, lass dich küssen!«

»Es ist ungewöhnlich. Die Farben und Umrisse stehen in einem einzigartigen Kontrast zueinander. Aber mir gefällt die Stimmung. Du verweilst nun also unter den Dadaisten?«

»Eher bei den Kubisten«, entgegnete Valérie.

Beide betrachteten das Porträt eines Mannes, welches Valérie soeben auf ihrem Esstisch ausgerollt hatte. Sein Gesicht war in lauter Kuben und Dreiecke eingeteilt, während es selbst entzweit wirkte. Die Nase zeigte zur Hälfte in die eine Richtung und zur Hälfte in die andere. Das linke Auge befand sich dort, wo eigentlich der Mund hingehörte, dafür war das Ohr an seine Stelle getreten, während der Mund wie ein Ohrring am anderen hing.

»Ich habe endlich eine Galeristin gefunden, die mutig genug ist, solche Bilder an den Mann zu bringen. Es ist Berthe Weill, du kennst sie bestimmt. Apollinaire sagte kurz vor seinem Tod, wenn es mehr Kubismus, also moderne Gedanken gegeben hätte, wäre es nicht zum Krieg gekommen«, antwortete Valérie, ohne den Blick von ihrem Gemälde zu wenden.

»Dieu, ich war so traurig, als ich von seinem Tod erfuhr«, flüsterte Olympe.

Valérie suchte ihren Blick. »Und darum will ich seiner auf diese Weise gedenken. Einen solchen Krieg darf es nie mehr geben. Sieh nur, was er mit den Menschen gemacht hat. Wir müssen fortschrittlich denken, nicht nur das sehen, was uns vor Augen liegt, sondern eine Ebene tiefer gehen. Kubistisch vorgehen!«

»Und mit Madame Weill sollte es dir gelingen, diese Botschaft in die Welt hinauszutragen.« Die beiden Frauen sahen sich verschwörerisch an, dann setzten sie sich wie in alten Zeiten auf das Sofa, tranken Kaffee und rauchten.

»Ein neuer Mann also …«, begann Olympe, nachdem sie den ganzen Nachmittag geplaudert und einander auf den neusten Stand gebracht hatten. Da Valérie ihrer Freundin ihr Leben anvertrauen würde, hatte sie ihr auch von Julie erzählt.

»Wie ist er so, dieser Louis Renarde?«

Allein beim Klang des Namens musste Valérie lächeln. »Er ist unglaublich talentiert, geduldig und großzügig. Wir haben uns im Maskenstudio kennengelernt. Mit seiner gelassenen Art wirkt er wie ein Ruhepol auf mich. Manchmal verbringen wir Stunden im selben Raum und lassen uns jeweils vom anderen inspirieren. Er spielt Geige, während ich male.«

Olympe schenkte ihr ein unergründliches Lächeln und aschte ihre Zigarette ab, ehe sie Valérie prüfend musterte. »Aber du sagtest, er habe manchmal so ein Zittern?«

»Weswegen er noch nicht wieder als Geigenbauer arbeiten kann, doch das Spielen geht, darum verdient er neben der Invalidenrente ein wenig zusätzliches Geld, indem er zwei Schüler unterrichtet. Musik entspannt ihn.«

»Und du hast seine Eltern getroffen?«

»Letzten Monat, ja. Sie sind unglaublich nett und herzlich.« Bei der Erinnerung an das Familientreffen wurde Valérie gleich warm. Es war so schön, Louis in diesem vertrauten Umfeld, umgeben von seinen Liebsten zu sehen. Auch zu ihr waren sie äußerst zuvorkommend gewesen, hatten sie mit offenen Armen empfangen. Nachdem Valérie von ihren eigenen Eltern so viel Ablehnung erfahren musste, war es leicht gewesen, die Renardes ins Herz zu schließen.

»Was ist mit seinem Gesicht?«, fragte Olympe direkt heraus. »Er blieb wohl kaum vom Krieg verschont, wenn er eine Maske trägt …«

»Ich kenne ihn schon so lange, dass es mir nicht mehr auffällt«, erzählte sie. »Natürlich ist es … anders, aber er hat seine Ausstrahlung nicht verloren, und wir sind dankbar, dass die Verwundung keine gesundheitliche Auswirkung hat. Es geschah an der Somme, weißt du … Eine nahe Granate. Ach, wie viele teilen dieses Schicksal!«

»Hat er Alpträume?«

»Das weiß ich nicht. Wir waren noch nie über Nacht zusammen.«

»Oh?«

Nachdenklich blies Valérie den Zigarettenrauch aus. Sie wusste, worauf Olympe früher oder später zu sprechen kommen würde, und ersparte ihnen beiden ein peinliches Verhör. »Nein, wir haben noch nicht miteinander geschlafen. Ich möchte nicht, dass er falsch von mir denkt. Ich habe ein Kind und trage Verantwortung. Ich muss im Interesse meiner Tochter handeln und auf meinen Ruf achten.«

»Du könntest eine Geschichte erfinden und behaupten, dass du eine Kriegswitwe wärst. Ich schätze, so werten zurzeit viele ledige Mütter ihren Ruf auf.«

»Und wem soll ich diesen Bären aufbinden? In Paris

wüsste man sofort, dass es eine Lüge ist. Und mich an einem anderen Ort in der Kunst etablieren? Undenkbar! Wien wäre vor dem Krieg eine Option gewesen, aber auch dort haben sich die Dinge geändert. Ich hätte als Feindin des Landes keine Chance. Nein, ich muss es allein schaffen und ehrbar sein. Wenn nötig, auch ohne Ehemann.«

Beim letzten Wort zog Olympe ihre Augenbraue in die Höhe. »Dann hast du nicht im Sinn, Louis zu heiraten?«

»Ich weiß ja nicht einmal, ob wir wirklich ein Paar sind. Wir harmonisieren, verbringen viel Zeit miteinander, unterstützen uns …«

»Aber er ahnt nichts von Julie«, brachte Olympe die Sache auf den Punkt.

Seufzend ließ Valérie die Schultern hängen. »Himmel, nein. Dazu fehlte bis jetzt die Gelegenheit.«

»Tatsächlich?« Mit spitzen Fingern drückte Olympe ihre Zigarette aus. »Dann pass lieber auf, dass du den richtigen Moment nicht verpasst.«

Die Art, wie die Holzstufen der Treppe unter seinen Stiefeln knarrten, verrieten Louis. Da sie so gut wie nie zu Hause die Tür abschloss, trat er nach einem kurzen Klopfen in den Eingangsbereich, der als Wohnzimmer und Atelier zugleich diente.

Valérie stand auf einer Leiter und arbeitete an ihrem bisher größten Gemälde, einer sechs Quadratmeter großen Leinwand, die sie im Auftrag des Russischen Balletts anfertigte. Da sie Louis den Rücken zukehrte, konnte sie nur hören, wie Flüssigkeit in einer Flasche schwappte und kurz darauf der Korken rausploppte.

Nach einem letzten Strich unterbrach sie ihre Arbeit und stieg von der Leiter. »Wer so hereinmarschiert und schon um diese Uhrzeit einen Drink benötigt, hat gewiss Neuigkeiten.«

»Und ob ich die habe! Du glaubst nicht, was passiert ist.« Geräuschvoll ließ er sich auf dem rubinroten Sessel fallen. »Georges Clemenceau.«

»Der Ministerpräsident, auf den erst kürzlich geschossen wurde? Was ist mit ihm?«

»Er hat über das Val-de-Grâce Verwundete wie mich ausfindig gemacht, die schwer im Gesicht entstellt sind … Er möchte, dass wir im Juni im Spiegelsaal von Versailles anwesend sind, wenn die Deutschen den Friedensvertrag unterzeichnen. Albert Jugon und weitere *mutilés* sind ebenfalls geladen.«

»Was?«

Die Friedensverhandlungen hatten schon im Januar mit diversen Vorkonferenzen der Siegermächte begonnen. Eigentlich wollte man sie in einem neutralen Land abhalten, doch in der Schweiz drohte gerade selbst ein Bürgerkrieg, was keine geeignete Voraussetzung war, weswegen die Wahl auf Paris fiel.

Nun brauchte auch Valérie einen Drink. »Was für eine Ehre!«

»Ehre? Die werden uns alle sehen. An einem Ort, auf den die ganze Welt blickt, wären wir die Einzigen aus der Bürgerschicht, die keine hohen Ämter bekleiden und auch keine Offiziere sind, sondern die direkt auf dem Schlachtfeld kämpften. Als die zerschlagenen Fressen von Frankreich sollen wir vorgeführt werden. Propaganda, nichts weiter, das liegt doch auf der Hand!« Er war so aufgebracht, dass das Zittern einsetzte und der Cognac über den Rand des Glases und auf den Boden schwappte.

Valérie setzte sich zu ihm und nahm ihm liebevoll das Glas ab. »Louis, es wäre die Gelegenheit, um mit dem Krieg abzuschließen, und zudem eine große Ehrerweisung.«

»Aber was, wenn ich dem nicht gewachsen bin? Ins Licht zu treten, wo ich doch lieber im Schatten verweile? Ich müsste die Maske abnehmen, und sollte ich dann auch noch einen Zitteranfall bekommen …«

»Du bist stärker, als du glaubst. Du hast den Krieg überstanden, hast eine schlimme Verletzung überlebt, du hältst mich und meine Malerei aus …« Ein Tränenschleier trübte ihre Sicht. Gott, ihr lag so viel an ihm, dass sie es nicht in Worte fassen konnte.

Einen Moment noch zögerte er, ehe er zaghaft nickte. Das Zittern ließ wieder nach.

»Wenn du so sehr an mich glaubst, dann muss wohl was dran sein.«

»Oh Louis, an dir ist so viel mehr, als du denkst.«

43. KAPITEL

Paris, Juni 1919

Mit der Völkerwanderung, die mit dem Kriegsende und den Friedensverhandlungen einherging, kehrte allmählich auch das öffentliche Leben zurück. Museen und Restaurants öffneten ihre Tore, im Jardin du Luxembourg spielten Kinder, während Mütter die Kinderwagen im Schatten der blühenden Kastanien vor sich herschoben. Freudenhäuser machten wieder Umsatz und verloren ihre Kundschaft nicht länger an die Kriegsprostituierten. Nachtschwärmer zogen durch die Straßen und schüttelten sich in den Lokalen mit den neusten Tänzen aus Amerika die Seele aus dem Leib.

»Jetzt kommt unsere Zeit«, verkündete Olympe, die den neuen hedonistischen Lebensstil herbeisehnte wie den Regen nach einer Dürreperiode. »Und um das Frauenwahlrecht kümmern wir uns auch wieder! Deutschland hat zwar einen Krieg verloren, aber das Wahlrecht haben sie. Genau wie England. Und wo bleiben wir? Ich warte jedenfalls nicht noch zwanzig weitere Jahre auf meine Rechte! Es kann nicht sein, dass Frauen den Krieg über in den Fabriken schuften, nur um jetzt wieder an den Herd geschickt zu werden.«

»Du kochst doch selbst auch nicht. Denkst du denn,

das Stimmrecht, wenn es denn kommt, gälte auch für die Arbeiterschicht?«

»Natürlich nicht, aber eins nach dem anderen.«

Man musste sich an diese Friedenszeiten erst gewöhnen, die auf den zweiten Blick gar nicht so friedlich verliefen. Demonstrationen Tag für Tag, ungeachtet dessen, dass noch immer die Spanische Grippe wütete. Als hätte das Elend den Menschen die Fähigkeit, logisch zu denken geraubt. Am ersten Mai geriet die Lage derart außer Kontrolle, dass sogar das Militär einschreiten musste und Krankenhäuser über zweitausend Verletzte zählten. Paris wurde zu einem Schauplatz, auf den die ganze Welt blickte. Im Mittelpunkt: Die Führer der Siegermächte Clemenceau, Wilson, Lloyd George und Orlando, die den Rat der Vier ausmachten. In mehr als zweihundert Sitzungen verhandelten sie über den Frieden wie Geschwister, die sich um die Erbstücke stritten. Was in vier Jahren zerstört worden war, musste nun wiederaufgebaut werden.

Schließlich öffnete Versailles seine Tore, und Abgesandte, Delegierte, Diplomaten, Sekretäre und Journalisten aus aller Herren Länder versammelten sich. Für Zuschauer gab es nur begrenzte Plätze, und diese wurden unter der Hand zu absurd hohen Preisen verkauft. Valérie hatte keine Chance, Louis zu begleiten. Das Einzige, was ihr blieb, war, ihn täglich mit Zuwendung und Wohlwollen zu stärken.

Am 28. Juni entfernte in der Rue de Rivoli ein Coiffeur zu noch früher Stunde den Friseurumhang von den zierlichen Schultern seiner Kundin und hielt ihr einen Handspiegel vor den Hinterkopf, damit sie ihren Pagenschnitt von allen Seiten betrachten konnte.

Valérie, gekleidet in einem schwarzen Kleid mit weißem Kragen, zündete sich eine Zigarette an und blies den Rauch durch ihre kokett gespitzten Lippen.

»Das ist genau das Richtige, um ein neues Zeitalter zu beginnen«, sagte sie und beglich die Rechnung.

Auf der Straße herrschte reger Betrieb. Überall hupten Automobile, Pferdeomnibusse trabten zügig an ihr vorbei, Fahrräder überquerten im Slalom ihre Hindernisse und empörten jene Sorte Fußgänger, die immer leicht zu empören war.

Um den Trubel zu umgehen, nahm Valérie eine Abkürzung durch den Jardin des Tuileries, wo sie abrupt stehen blieb, als sie zwei Männer erkannte. Es waren Victor und sein Lebensgefährte.

Beide hatten einen Leiterwagen mit all ihren Malsachen und Staffeleien bei sich und richteten sich neben dem Gehweg ein, um zu malen. Valérie lächelte gerührt. Fünf lange Jahre hatte sie ihre Freunde nicht gesehen. Aber wie sie nun so dastanden und selig ihrer Lieblingsbeschäftigung nachgingen, kam es ihr vor, als wären die beiden nie fortgewesen.

Heute aber fehlte ihr die Zeit, um mit den beiden zu plaudern. Es kam ihr gerade recht, dass sie sie nicht bemerkt hatten, und so ging sie unbemerkt weiter. Auch ohne Zwischenstopp musste sie gegen Ende ihre Schritte beschleunigen, um rechtzeitig bei Louis zu sein. Inzwischen besaß sie einen Hausschlüssel und trat erleichtert ein. Im Flur bemerkte sie seine Stiefel. Er war noch nicht aufgebrochen.

Mit einer eleganten Umdrehung schüttelte sie ihre Haare und tänzelte in sein Wohnzimmer. »Wie findest du es?«

Seine fehlende Reaktion ließ sie innehalten. Louis saß mit hängendem Kopf vornübergebeugt auf dem Sofa, die Unterarme auf den Oberschenkeln gestützt. Nebenan hing die Uniform an einem schiefen Nagel. Schnell blickte Valérie auf ihre Taschenuhr. Albert Jugon müsste ihn jeden Moment abholen.

»Ich kann das einfach nicht«, murmelte er.

Besorgt eilte sie zu ihm. »Louis, das wird dein großer Tag. Heute erfahren wir endlich Gerechtigkeit.« Sie griff seine zitternde Hand und zog ihn hoch. Er erhob sich, mied aber weiterhin ihren Blick. Ihre Hände wanderten zu seinem Gesicht, damit er sie ansehen musste. »Was ist los?«

»Ich ertrage das alles nicht noch einmal. Es ruft nur böse Erinnerungen hervor. Hast du das Protokoll gelesen? Wir werden ganz vorne sitzen, sodass die Deutschen an uns vorbeigehen müssen. Clemenceau wird nach uns eintreten und uns *mutilés* die Hand schütteln. Alles ist einstudiert. Ich bin nicht mehr als eine Marionette, eine Schachfigur wie schon damals im Schützengraben.«

»Aber der Krieg ist vorbei«, flüsterte sie. »Du musst dort nie wieder hin. Nur noch einmal brauchst du dich ihm zu stellen, um ihn endgültig vorbeiziehen zu lassen.«

Um ihn zu ermutigen, küsste sie ihn leidenschaftlich, bis er schließlich auf das Sofa zurücksank und sie sich auf ihn legte.

»Nicht, du musst das nicht tun«, entgegnete er. »Sieh mich an, jemand wie ich kann für dich kaum noch attraktiv sein.«

»Aber das bist du, und ich will es«, sagte sie, überrascht über ihre eigene Lust. Seine Wärme, sein Geruch, gepaart mit der Freude über ihren hart erkämpften Erfolg und die bevorstehende Friedensunterzeichnung überwältigten sie. »Louis, ich liebe dich. Ich will mit dir zusammen sein.«

»Das sagst du mir jetzt, zwischen Tür und Angel?«, raunte er, während seine Berührungen fester wurden. »Dafür gibt es keinen richtigen Moment.«

Eng umschlungen ging auch in ihm eine Verwandlung vor, die sich berauschend und belebend anfühlte. Gierige Hände wühlten sich unter den Stoff ihres Rockes, und als Valérie seine Erregung spürte, entfachte es in ihr ein Feuer, welches sie geglaubt hatte, nie wieder zu empfinden.

In diesem Augenblick klingelte es. Erschrocken ließen sie voneinander ab, und Louis schob sie sanft beiseite. »Du lieber Himmel, das muss Albert sein!«

Valérie konnte nicht anders, als ihm grinsend dabei zuzusehen, wie er humpelnd in Stiefel und Uniform schlüpfte. Sie riss ein Fenster auf und rief nach unten zu Albert: »Er kommt gleich!«

Hinter ihr murmelte Louis etwas, dann sah er sie mit offenem Mund an, als könnte er ihre neue Intimität noch nicht begreifen. »Was du vorhin gesagt hast …«

»Darüber lass uns heute Abend sprechen. Komm in meine Wohnung, wenn es so weit ist.« Sie gab ihm einen letzten zärtlichen Kuss, dann schob sie ihn vor die Tür. Louis war so perplex, dass er ganz vergessen hatte, an sich zu zweifeln.

Es wäre gelogen, wenn Valérie behauptet hätte, den ganzen Tag auf ihn gewartet zu haben. Sie arbeitete an ihrem neusten Gemälde und verabredete sich zum Mittagessen mit Olympe, die wieder in ihrem Stadtpalais wohnte. Sie ließen sich das Essen auf die Sommerterrasse servieren und stießen mit eisgekühltem Champagner an.

»Ich glaube, heute passiert es«, vertraute sie sich ihrer Freundin an, nachdem die beiden Valéries neuen Haarschnitt bewundert hatten.

»Und wie fühlst du dich beim Gedanken daran?«, wollte Olympe wissen.

»Ich kann es kaum glauben, aber ich bin tatsächlich nervös.« Sie lächelte verlegen.

»Und über die andere Sache habt ihr schon gesprochen?«

Diese Frage hatte ihr gerade noch gefehlt. »Nein, noch nicht.«

»Aber …«

»Bitte erspar mir diesen tadelnden Blick. Ich weiß, dass die ganze Angelegenheit heikel ist, aber unsere Liebe ist noch zu zart. Ich muss mir erst sicher sein, dass er mich danach nicht verachtet.«

Zwei hungrige Spatzen ließen sich auf der Terrasse nieder und hielten Ausschau nach Brotkrumen.

»Liebe? Ein sehr mächtiges Wort.«

»Und ein wahrhaftiges.«

In seiner Wohnung und auch gegenüber Olympe war es Valérie rausgerutscht, doch nun hielt sie inne und horchte in sich hinein.

»Es stimmt wirklich. Ich liebe ihn.«

»Wie schön, das freut mich für dich. Nach alldem, was geschehen ist, hast du es auch verdient, endlich wieder zu lieben und geliebt zu werden.« Olympe biss in ein belegtes Canapé. »Dann schmerzt die Vergangenheit nicht mehr allzu sehr?«

Noch immer spürte Valérie ein sanftes Zwicken in ihrer Brust. »Doch, schon, aber der Schmerz hat sich verändert, wie ein Sturm, der sich gelegt hat und mir nicht länger die Segel zerreißt. Ich habe akzeptiert, dass Gabriel nicht mehr zurückkommen wird. Ein Teil von mir wird ihn immer lieben, das leugne ich nicht. Ich wünschte nur, wir hätten mehr Zeit zusammen gehabt, hätten wenigstens für einen Augenblick eine richtige Familie sein können. Ich würde alles dafür geben, wenn ich ihn nur noch einmal halten und mich von ihm verabschieden könnte.« Sie unterbrach sich und schüttelte den Kopf. »Aber das geht nun mal nicht. Ich habe keine Tränen mehr.«

Olympe legte ihre Hand auf Valéries Schulter. »Dafür hast du nun wieder Platz in deinem Herzen für eine neue Liebe. Und das ist etwas Wunderschönes.«

Und wunderschön wurde es auch, als Louis am Abend zurückkam. Noch bevor er das Stockwerk erreicht hatte, öffnete sie die Wohnungstür und empfing ihn mit einem langen Kuss. Sie sprachen nicht viel über die Friedensunterzeichnung. Beide waren einfach nur dankbar, dass es endlich vorbei war.

»Ich habe ein Geschenk für dich«, verkündete sie, als sie es sich auf dem Bett bequem gemacht hatten. Sie griff unter ihr Bettgestell und förderte einen kleinen Kasten zutage.

»Du lieber Himmel«, flüsterte er gerührt, als er die in elfenbeinfarben gebeizte Geige auspackte und mit den Fingern über das polierte Holz fuhr.

»Ich hatte noch den Negativabdruck deines Gesichtes und habe dir daraus einen Kinnaufsatz gegossen, der passgenau auf deinen Kiefer abgestimmt ist. Damit du die Maske beim Spielen nicht tragen musst und ganz du selbst sein kannst.«

Tränen standen in seinen Augen. »Das kann ich unmöglich annehmen.«

»Doch, das kannst du, und erkläre dir auch, weshalb. Als ich dich an Weihnachten spielen hörte, wagte ich zum ersten Mal seit langer Zeit wieder zu hoffen. Denn du warst der Beweis, dass das Leben weitergeht. Du bist das Wunder, an das ich nicht mehr geglaubt habe. Und später erkannte ich, dass ich dich l…«

»Ich liebe dich!«, unterbrach er sie, ehe sie das Wort beenden konnte. Seine Hand hielt die ihre fest. »Mein Gott, ich konnte mein Glück gar nicht fassen, und heute

Morgen hast du mich mit deinem Geständnis eiskalt erwischt, weil ich niemals geglaubt habe, bei dir eine Chance zu haben. Ich fürchtete, ich könnte dich abstoßen und dass ich damit unsere Freundschaft aufs Spiel setze. Lieber verschwieg ich meine Gefühle, als sie unerwidert zu wissen. Aber ein zweites Mal lasse ich dich mir nicht zuvorkommen. Ich liebe dich, Valérie. Du hast mich zurück ins Leben geführt.«

»Dann lebe nun mit mir«, flüsterte sie, und liebestrunken ließen sie sich auf das Bett fallen. Draußen begann es zu regnen, und der Wind blähte sanft die Vorhänge in das dunkle Zimmer. Nur noch der Mondschein erhellte den Raum und tauchte ihre nackte Haut in sanftes Licht, bis ihre Körper schließlich zu einem verschmolzen.

»Ich weiß noch, als ich dich gezeichnet habe«, sagte sie später, als sie aufgestanden waren, um sich einen Imbiss zu machen. »Eigentlich ging es mir dabei nicht gut, weil ich solche Angst um meinen Bruder hatte. Aber das Gespräch mit dir hat mich abgelenkt. Es war wie ein Ausflug in unbeschwerte Zeiten.«

»Wir hätten niemals wieder in diesen Zug einsteigen sollen«, sagte er mit einem Hauch von Bitterkeit.

»Dann wärst du hingerichtet worden …«

»Dafür nicht entstellt.«

Sie schluckte, wagte aber nicht, ihm zu widersprechen. Es war manchmal schwierig einzuschätzen, wie ernst er solche Aussagen meinte, doch es beschäftigte sie, dass er mit seinem Schicksal so zu kämpfen hatte. Selbst jetzt, in diesem sicheren Umfeld. Sie konnte nur hoffen, dass es ihm eines Tages gelänge, seinen Frieden damit zu machen.

Er musste bemerkt haben, dass sie grübelte, und fügte hinzu: »Aber dann hätten wir uns natürlich nicht auf diese Weise kennengelernt. Wer weiß, ob wir wirklich solch tiefe Gefühle füreinander empfänden, wären die Zeiten unbeschwert gewesen? Ich konnte damals ziemlich arrogant sein, weißt du …«

»Ich war auch keine Unschuld vom Lande …«, stimmte sie ihm mit einem Grinsen zu. Den Kopf voller Fragen blickte sie ihm in die Augen. »Dann ist es gut so, wie es gekommen ist, trotz dem, was du vorhin noch sagtest?«

Louis zog sie an sich und küsste ihre Stirn. Draußen war es inzwischen Nacht, sodass sie sich im Fenster spiegelten. Schweigend beobachteten sie das Paar, das in der Dunkelheit schwebte. Dann flüsterte Louis: »Letztendlich kam alles so, wie es kommen musste, um hier zu sein. Und das wiederum ist eine gute Sache.«

44. KAPITEL

Paris, Juni 1919

»Du erschaffst Kunst, aber eigentlich sollte man dich malen, während du malst«, sagte Louis am nächsten Tag. Er beobachtete vom Bett aus, wie Valérie in ein Laken gehüllt und mit zerzaustem Haar an ihrer Staffelei stand und malte, während der Staub im morgendlichen Sonnenlicht tanzte.

Er sprang auf und ging nackt zu ihr. Sie lächelte, weil sein Anblick sie von der Arbeit ablenkte.

»So kann ich mich nicht konzentrieren!«, wehrte sie seine Annäherungsversuche ab. Da schnappte er sie auch schon und hielt sie fest. Valérie spürte, wie seine Arme sie beschützten und er das Gesicht auf ihre Schulter legte, um ihr beim Malen zuzusehen.

»Ich habe nachgedacht. Wie wäre es, wenn wir eine Weile Paris verlassen und den Rest des Sommers irgendwo verbringen, wo es schön ist?«

»Du meinst, hier ist es nicht schön genug?«, fragte sie ihn, während sie sich in seinen Armen wiegte.

Er hob das Laken von ihren Brüsten und spähte wie ein Schuljunge darunter.

»Der schönste Ort der Welt sogar, aber das meinte ich nicht. Lass uns ans Meer fahren, den Dreck aus den Lungen bekommen, baden, am Strand faulenzen, uns lieben. Du könntest auch dort vor einer neuen Kulisse malen und an der Côte d'Azur die Lichtverhältnisse von Himmel und Wasser studieren.«

Seine Worte weckten das Fernweh in ihr. »Je mehr du darüber sprichst, umso größeren Gefallen finde ich daran.«

»Wunderbar, dann ist das ja geklärt. Lass uns gleich packen. Aber vorher …« Aus dem Nichts hob er sie wie ein Räuber hoch.

»Louis, nicht, ich kleckse alles mit Farbe voll!«

Doch in Wahrheit war es ihr gleich. Ein bisschen mehr Farbe im Leben konnte nie schaden. Lachend ließ sie sich wieder aufs Bett werfen.

Aus der spontanen Reise wurde ein dreimonatiger Aufenthalt. Es war herrlich, sie wohnten in einer kleinen Pension in der Nähe des Fischerdorfes Saint-Tropez. Morgens standen sie früh auf, um ihren Tätigkeiten nachzugehen. Valérie war tatsächlich vom Licht in Südfrankreich fasziniert und entdeckte eine neue Vorliebe für Spiegelungen und der Reflexion von Wasser, die sie in ihre Werke einarbeitete. Das Rauschen des Meeres gab ihr einen ruhigen, gemächlichen Takt vor, der sie beim Malen begleitete. Auch Louis war beschäftigt. Er hatte sich fest vorgenommen, zusammen mit Albert Jugon und Yves Picot, einem weiteren Kameraden, eine Union für *mutilés* zu gründen. Täglich erarbeitete und verwarf er diverse Konzepte. Gerade spielte er mit der Idee, einen

Lotteriefonds einzurichten, mit dessen Geld die Kriegsgeschädigten unterstützt werden könnten, denn gesichtsversehrt zu sein, machte einen per Gesetz nicht arbeitsunfähig, weswegen all die Männer, die in Isolation lebten, keine Rente erhielten. Auch Louis erhielt die Rente bloß aufgrund seiner Zitteranfälle, und selbst dieser Grund wurde nicht von Anfang an akzeptiert. So etwas war nicht hinnehmbar.

Sie arbeiteten jeweils bis mittags, ehe sie ins Dorf schlenderten und sich durch die kulinarischen Köstlichkeiten der Gegend schlemmten.

»Der Fisch hier schmeckt so viel besser als in Paris«, stellte sie fest.

Um der Mittagssonne zu entfliehen, zogen sie sich in ihr kühles Zimmer zurück, wo das Mittagsschläfchen meist in ein langes, leidenschaftliches Liebesspiel ausartete. Am späten Nachmittag erholten sie sich bis zum Sonnenuntergang am Strand. Dort lasen sie, rauchten, skizzierten und philosophierten über Gott und die Welt. Dann schmeckte sie das Salz auf der Zunge und spürte die Wärme des Sandes und die Sonne im Gesicht.

Erst, wenn die Sonne untergegangen war und die Mücken sie zu ihrem Festmahl auserkoren, flohen sie wieder in ihre Pension. Danach nahmen sie ein spätes Abendessen zu sich und liebten sich in ihrem abgewetzten Bett mit kalkweißer Bettwäsche, während draußen die Zikaden zirpten und im Gasthof gegenüber eine Gruppe Spanier bis in die Nacht musizierte.

Wie so oft, wenn etwas schön war, ging die Zeit viel zu schnell vorbei. Ende September, als die Tage bereits wieder kürzer und das Wasser im Meer kühler wurde, blickte Valérie hinaus auf den Ozean. Sie bekam eine leichte Gänsehaut, während der Wind ihr dünnes Stoffkleid an ihren Körper schmiegte.

»Wir sollten uns demnächst über unsere Abreise Gedanken machen«, sagte sie.

»Wirklich?« Louis sah sie mit einem gebräunten Teint an. Die Sonne hatte seine Haare aufgehellt und die Haut an den Oberarmen mit einem Bronzeschimmer bedeckt. Die Maske war nun einige Nuancen zu hell für ihn, denn Louis trug sie nur noch, wenn sie sich in die Öffentlichkeit begaben. Ein Beweis dafür, wie wohl er sich in ihrer Gegenwart fühlte. Um die Augen hatten sich Lachfältchen gebildet. Die Zeit in Südfrankreich schien wie ein Kuraufenthalt gewirkt zu haben.

»Aber wir haben hier doch alles, was wir brauchen, um glücklich zu sein. Du kannst auch hier malen. Und wenn dir die Farben und Leinwände ausgehen, kannst du jemanden schicken lassen, der dich mit Nachschub versorgt und deine fertigen Bilder mitnimmt und verkauft.«

»Und wer soll das bitte schön sein? Leider bin ich noch nicht an dem Punkt angelangt, an dem ich mir wie Picasso einen persönlichen Monsieur Kahnweiler leisten kann, aber ich arbeite daran. Außerdem …« Sie hielt inne und atmete tief durch. »Außerdem sollten wir ein paar Besorgungen für die Wohnung erledigen. Es liegt zu viel Gerümpel herum, und wir brauchen dringend mehr Platz, wenn wir in etwa acht Monaten zu dritt sind.«

Sie bemühte sich, ihm die Nachricht so gelassen wie möglich zu überbringen, damit er ihre Sorgen nicht bemerkte. Eine erneute Schwangerschaft war nicht gerade das, wonach sie sich gesehnt hatte. Vermutlich musste das Pessar mal verrutscht sein, oder sie hatte es zu früh rausgenommen. Schrecklich verliebt zu sein, war das eine, aber eine Familie zu gründen … es rief unangenehme Erinnerungen hervor. Und doch spürte sie schon jetzt eine Liebe zu diesem Kind.

Louis brauchte einen Moment, bis er begriff. »Darum warst du heute also beim Arzt!« Er sah sie mit aufgerissenen Augen an. »Wie wundervoll! Ich werde Vater!«

Er umarmte Valérie, hob sie hoch und wirbelte sie herum.

»Etwas vorsichtiger!«

»Entschuldigung.« Behutsam setzte er sie wieder ab.

»Freust du dich?«, fragte sie mit leichter Verunsicherung.

»Machst du Scherze? Natürlich freue ich mich. Ach, Valérie, mein Engel. Ich kann das Glück mit dir gar nicht fassen. Aber dann müssen wir in Paris noch etwas anderes tun.«

»Und das wäre?«

»Unsere Hochzeit planen. Schließlich könnte ich mir nicht verzeihen, wenn es wegen mir hieße, du seist nicht ehrbar.«

Es war wie ein bittersüßer Stich ins Herz.

»Oh, Louis, willst du das denn wirklich? Ich bringe keine Mitgift und nur ein unregelmäßiges Einkommen mit. Es wäre ein unstetes, vor allem aber ungewöhnliches Leben.«

»Ich heirate dich, weil es mich mit Stolz erfüllt, dich an meiner Seite zu haben. Weil ich dich liebe und ich mir nichts Schöneres vorstellen könnte, als den Rest meines Lebens mit dir zu verbringen. Ja, es wäre ein einfaches Leben, aber ich würde es lieben.«

»Oh, Louis …«

Sie umarmte ihn und schmiegte ihren Kopf an seine Brust. Dabei fing sein Leinenhemd eine heimliche Träne auf. Auch wenn sie sich genauso auf das Kind freute wie er, dachte sie an Julie, und tiefe Sehnsucht erfüllte sie. Sie dachte an die Hilflosigkeit, an die Einsamkeit und an die Kälte ihrer Mitmenschen von damals. Nächsten Monat wurde Julie schon drei Jahre alt, und da sie nun mit Louis zusammen war, wurde es zunehmend schwieriger, sich davonzuschleichen, um sie zu besuchen. Es war höchste Zeit, dass sie ihren kleinen Schatz zu sich nahm. Doch mit dem zweiten Kind ging eine neue Angst einher. Vor der Schwangerschaft war sie unabhängig gewesen, sie hätte Louis jederzeit verlassen können, wenn er gegen sie und ihre Tochter gewesen wäre. Aber wie Olympe befürchtet hatte, hatte sie den Zeitpunkt verpasst, um ihm reinen Wein einzuschenken. Nun musste sie mehr denn je auf der Hut sein.

Schon jetzt hielt sie es kaum einen Tag länger ohne Julie aus. Aber wenn sie Louis mit ihrer Tochter konfrontierte und er das Kind von einem anderen nicht akzeptierte, stand Valérie am Ende womöglich ganz ohne Mann, dafür mit zwei unehelichen Kindern da. Und jeder wusste, was für ein Schicksal ihnen dann bevorstand.

45. KAPITEL

Paris, Oktober 1919

Die Verlobung feierten sie im Lapin Agile. Gertrude Stein fachsimpelte mit André Breton über den Dadaismus und die Zeitschrift *Littérature*, die er erst kürzlich mit Louis Aragon und Philippe Soupault ins Leben gerufen hatte. Utrillo und Modigliani tranken um die Wette, und Max Jacob verkündete, dass er erwäge, in ein Kloster zu ziehen. Picasso glänzte mit Abwesenheit, worüber sich seine Freunde schon des Öfteren ausgelassen hatten, seit der Erfolg in der Kunst und der Einfluss seiner aus dem russischen Adel stammenden Frau aus ihm eine Berühmtheit gemacht hatten.

»Es sind starke Persönlichkeiten, aber sie werden sich schon irgendwann wieder vertragen«, meinte Louis, der einige Freunde aus dem Maskenstudio eingeladen hatte. Konnte Glück einen Menschen schöner machen? Je ernster sich ihre Beziehung entwickelte, umso mehr war Valérie der Überzeugung, dass er die Maske nicht nötig hatte, doch sie würde sich niemals anmaßen, darüber zu urteilen.

»Und ebenfalls eine starke Persönlichkeit ist deine zukünftige Frau. Dass du mir bloß auf sie Acht gibst!«, brachte sich Modigliani ein, während seine Tochter ihm auf den Schoß krabbelte und Jeanne sich über den gewölbten Bauch strich. Wie Valérie erwartete sie ihr zweites Kind.

»Und wie es mir scheint, eilt es auch ein wenig«, meinte Victor, der Valérie bedeutungsvoll ansah. »Wobei sie da nicht allein wäre.«

Einzig sein Alkoholpegel verzieh diese taktlose Bemerkung, denn Modi hatte Jeanne noch immer nicht geheiratet, für die Eheschließung fehlten ihm wichtige Papiere.

»Sie trägt zwar keinen Ring, aber ich habe es ihr versprochen, dass ich sie so schnell wie möglich heiraten werde. Nicht wahr, *cara*?« Zärtlich strich er seiner Geliebten eine Haarsträhne aus dem Gesicht.

Wenn Valérie Modi so als Familienvater betrachtete, dann kam es ihr wie ein anderes Leben vor, als die beiden eine wilde Liebesnacht miteinander verbracht hatten.

»Erinnerst du dich noch an den Akt, den ich damals von dir gemalt habe?«, fragte er prompt. »Ich möchte ihn euch zur Hochzeit schenken.«

»Der würde sich bestimmt gut in unserem Schlafzimmer machen«, sagte Valérie etwas peinlich berührt. »Ich sehe es als Wertanlage. Deine Werke werden eines Tages im Louvre hängen.«

Er lächelte, um zu verbergen, dass ihm solche Prophezeiungen Mühe bereiteten. Zurzeit gelang es ihm nicht einmal, mit seiner Kunst die nötigsten Rechnungen zu begleichen. »Ich freue mich, dass du glücklich bist. Dein Louis scheint ein guter Kerl zu sein.«

Verliebt blickte Valérie zu ihrem Verlobten, der mit

Gertrude in ein Gespräch vertieft war und nicht merkte, dass er beobachtet wurde. »Das ist er in der Tat.«

Modi leerte sein Glas und suchte anschließend die Toilette auf. Jeanne nahm ihm das Kind ab und rutschte auf, sodass sie Valérie direkt gegenübersaß. Sie war einundzwanzig Jahre alt, hatte dunkles, langes Haar und rätselhafte, durchdringende Augen, die einen fesselten.

Valérie verstand, was Modi an ihr faszinierte. Da war diese verführerische Ausstrahlung, während sie gleichzeitig in ihrem blauen Samtkleid wie eine unschuldige Madonna wirkte. Vor allem aber war sie ihrem Liebsten treu ergeben. So treu sogar, dass sie ein Leben in Armut wählte und mit ihren konservativen Eltern gebrochen hatte, die nichts von einem jüdischen Trinker hielten, dessen Werke sie nicht verstanden.

»Ich wusste gar nicht, dass Sie auch in Erwartung sind«, begann Jeanne eine vorsichtige Konversation, während sie auf Valéries flachen Bauch starrte.

»Es ist noch sehr früh. Man wird es erst in ein paar Wochen sehen«, antwortete sie.

Auf einmal wurde Jeannes Blick wachsam. »Er erwähnte, dass Sie eine gemeinsame Vergangenheit haben?« Ihr Ton klang beiläufig, aber ihre Augen musterten Valérie eindringlich, ja, gar einnehmend.

Daher also ihre Unsicherheit. Sosehr Modi seine Geliebte anbetete – für Treue war er nicht gemacht. Eine Eigenschaft, an der viele Frauen von Künstlern zu nagen hatten. Monogamie sei viel zu einschränkend und so weiter.

»Das liegt so weit zurück, dass es nicht die geringste Bedeutung hat«, versicherte Valérie ihr. »Er liebt nur Sie. Ich sehe es ihm an, wenn er von Ihnen spricht. Nur Ihnen hat er zwei Kinder gemacht, nur Ihnen wird er seinen Namen geben. Lassen Sie sich nicht davon verunsichern, was andere behaupten. Genießen Sie den Augenblick.«

Jeanne wurde gelassener, nachdem sie begriffen hatte, dass von Valérie keine Gefahr ausging. »Es stimmt, er liebt mich. Und ich liebe ihn auch. So sehr, dass ich mir ein Leben ohne ihn nicht vorstellen kann. Sollte ihm jemals etwas zustoßen, würde ich es keine zwei Tage ohne ihn aushalten.«

Das waren ernsthafte und nicht ungefährliche Worte für eine so junge Frau. Einst hatte Valérie für Gabriel ganz ähnlich empfunden, doch sie hatte lernen müssen, dass das Leben weitergehen musste. Auch sie hatte es damals nicht für möglich gehalten, jemals wieder jemanden in ihre Nähe zu lassen, aber genau das war geschehen.

Verträumt suchte sie unter dem Tisch nach Louis' Hand, der ihr einen zärtlichen Blick schenkte, ihre Hand zu sich zog und ihre Fingerknöchel küsste. Valérie war so glücklich, dass sie den plötzlichen Luftzug in ihrem Nacken zunächst kaum wahrnahm. Sie saß mit dem Rücken zur Tür, doch Jeanne, die die Tür im Auge behielt, legte die Stirn in Falten.

»Seltsam«, sagte sie. »Gerade trat ein Mann ein, der zu unserem Tisch blickte. Zuerst dachte ich, er käme zu uns. Solch traurige Augen habe ich noch nie gesehen.«

An Valéries Armen stellte sich jedes einzelne Härchen auf, und für einen Moment spürte sie einen seltsamen Druck auf ihrer Brust. Doch als sie sich umdrehte, war der Unbekannte bereits verschwunden.

46. KAPITEL

Paris, Januar 1920

Das neue Jahrzehnt war erst wenige Tage alt, als eine schreckliche Nachricht Valéries Leben aus der Bahn warf. Manchmal fragte sie sich, ob alle Männer, die ihr jemals etwas bedeutet hatten, verflucht und dem Tod geweiht waren. Zuerst ihr Bruder, dann Gabriel und Apollinaire. Und nun? Sie war noch völlig schockiert, als der Regen an diesem kalten Januarmorgen auf den Sargdeckel trommelte und die Avantgarde Abschied vom wahrscheinlich letzten Bohémien seiner Art nahm.

Modigliani, der schon immer Probleme mit der Lunge gehabt hatte und zuletzt an Tuberkulose erkrankt war, war am 24. Januar im Alter von fünfunddreißig Jahren verschieden. Valérie war dabei gewesen, als Jeannes spitzer Schrei durch die Pariser Charité hallte. Ein Schrei, der durch Mark und Bein ging.

In ihrer selbstlosen Hingabe und loyaler Liebe war Jeanne von den meisten nie als eigenständige Person wahrgenommen worden. Nun bewahrheitete sich ihre düstere Prophezeiung: Sie würde nicht ohne ihn leben. Nur zwei Tage nach Modis Tod hatte man ihre Leiche im Neuschnee gefunden. Sie hatte sich vom fünften Stock aus dem Fenster ihrer Elternwohnung gestürzt.

Wie geplagt und verzweifelt hatte die junge Mutter sein müssen? Die Antwort konnte Valérie so intensiv nachempfinden, dass es ihr Angst einjagte.

Diese Tragödie erinnerte sie an ihre eigene Tochter, die immer noch in einem Waisenheim in Cherbourg lebte. Verlorene Zeit, die sie nie wieder zurückbekommen würde. Das durfte sie nicht länger hinnehmen. Es war Zeit, Louis reinen Wein einzuschenken. Und zwar noch heute.

Beim Verlassen des Friedhofs warteten gutgekleidete Herren am Eingang mit polierten Schuhen, gewachsten Schnurrbärten und steifen Mantelkrägen, Geschäftsmänner durch und durch, die sich innerlich bereits die Hände rieben. Allein ihre Feueranzünder, mit denen Sie bei Abschluss eines Geschäftes ihre Zigarren anzündeten, waren wahrscheinlich wertvoller als alles, was Modi je besessen hatte – mal abgesehen von seinen Gemälden, die seit seinem Tod absurd hohe Preise erzielten. Und genau deswegen standen die Händler hier. Sie wussten, dass mit Modis Tod eine Ära zu Ende ging und die Angehörigen der Bohemiens nie mehr so zahlreich zusammentreffen würden.

»Verzeihen Sie, Madame, aber als Bekannte des Verstorbenen besitzen Sie vielleicht ein Werk des Künstlers, das Sie an uns abtreten möchten? Es wäre ein ganz wunderbarer Akt der Gnade, denn so bliebe der werte Herr Modullari der Nachwelt erhalten.«

Empört fuhr sie herum. »Was fällt Ihnen ein! Sie sind ja nicht einmal in der Lage, sich seinen Namen zu merken!«

Ein Schwall Beschimpfungen lag ihr auf der Zunge, doch Louis drängte sie weiter. »Komm, Schatz, hör dir das nicht an.«

Und dann gab es tatsächlich Trauergäste, die sich von denen um den Finger wickeln ließen und mit ihnen über den Preis verhandelten. Auf dem Friedhof! Während die Totengräber noch immer Modis Grab zuschütteten und einige Straßen weiter der aufgebahrte Leichnam von Jeanne darauf wartete, ebenfalls beerdigt zu werden.

Valérie schüttelte den Kopf. Sie musste plötzlich an Apollinaire denken, der hier ganz in der Nähe ruhte. Gewiss, er hätte eine Satire daraus geschrieben.

»Du wolltest mit mir sprechen?«

Nachdenklich zog Valérie an ihrer Zigarette und versuchte, ihre Anspannung zu verbergen. Sie sah Louis nicht an, sondern stand im Erker ihrer Wohnung und blickte auf die Straße. Draußen ging ein eisiger Wind, die Fenster waren milchig von der Kälte und an den Ecken beschlagen.

»Wir haben uns ein wunderschönes Familienheim eingerichtet, findest du nicht?« Sie blickte in die Kinderecke, die Louis vorbereitet hatte. Den Stubenwagen hatte er selbst gezimmert, die Bezüge und Vorhänge hatte seine Mutter beigesteuert, die sie inzwischen regelmäßig besuchten.

»Mir gefällt es, wenn du über uns als Familie sprichst.«

Louis kam näher und umarmte sie von hinten. Dabei strich seine Hand über ihren Verlobungsring. Liebevoll berührte er ihren Bauch.

Dieses Mal war alles so viel leichter. Das Bébé wurde schon jetzt geliebt und sehnlichst erwartet. Louis war bei ihr und unterstützte sie. Dass sie die Malerei aufgeben sollte, stand nicht eine Sekunde zur Debatte. Seine jüngste Schwester würde liebend gerne zu ihnen in die Stadt ziehen und sich um das Kind kümmern, was Valérie dankend annahm. Es betrübte Louis, dass seine Invalidenrente so niedrig war. Ein vernünftiger Lohn würde die Haushaltskasse spürbar entlasten. Doch Valérie wollte nichts davon wissen. Für sie war klar, dass seine Arbeit an einer Union für *mutilés* genauso wichtig war wie das Malen für sie.

Alles hätte perfekt sein können, wenn da nicht noch eine Sache wäre: Julie. Lange genug hatte Valérie ihre Muttergefühle unterdrückt und die Schmerzen der Sehnsucht beiseitegeschoben. Hätte sie damals schon geahnt, wie lange es dauern würde, bis sie ihre Tochter wieder in die Arme schließen würde – sie wäre daran zerbrochen. Nun aber hielt Valérie es keinen Tag länger ohne sie aus. Sie würde sonst noch den Verstand verlieren!

»Da gibt es ein Kind, über das ich mit dir sprechen möchte«, begann sie vage, dann schluckte sie. Sie sah in seine Augen, sah seine Verletzlichkeit, die er hinter einer Maske versteckte. Plötzlich bekam sie es mit der Angst zu tun, und die Fähigkeit, klar zu denken, setzte aus. »Es ist meine Nichte, Julie Massé. Mein Bruder Jules war vor Kriegseintritt so gut wie verheiratet und hatte eine Frau geschwängert. Wie bei Modi blieb keine Zeit, die Mutter des Kindes zu heiraten.«

Sie bereute die Lüge, ehe sie ihren Mund verlassen hatte. Heiße Tränen brannten in ihren Augen, weil Louis das nicht verdient hatte. Mit angehaltenem Atem beobachtete sie seine Reaktion.

»Davon hast du mir nie erzählt.«

»Weil es eine Geschichte ist, die mich immer noch mit Kummer erfüllt, und meine Eltern es vorziehen, darüber zu schweigen. Sie waren nicht freundlich zu Julies Mutter, dabei gehörte sie doch zur Familie. Aber … du weißt ja, wie das so ist mit den Konventionen.«

Voller Anteilnahme sah er sie an. »Das tut mir leid. Die Geschichte scheint dich sehr aufzuwühlen. Was geschah mit der Geliebten deines Bruders?«

»Sie ist tot«, antwortete Valérie tonlos. »Sie selbst hatte keine Angehörige, darum brachte man das Kind ins Heim.«

»Und du willst das Mädchen nun zu dir nehmen«, stellte Louis fest. »Aber warum erst jetzt? Was war der Auslöser?«

»Weil ich heute an Modis Beerdigung zwei Dinge begriffen habe. Dass es grausam ist, durch den Verlust eines geliebten Menschen nicht nur den Schutz, sondern auch die Ehrbarkeit zu verlieren, und dass alle Kinder Liebe verdienen. Unser kleiner Schatz hier …«, sie nahm seine Hände und führte sie an ihren Bauch, »wird ein gutes, privilegiertes Leben führen. Doch zur selben Zeit lebt meine Nichte in einem Heim und wird von Erzieherinnen auf eine Welt vorbereitet, in der sie nicht erwünscht ist.«

Louis sah sie prüfend an. »Würde ein zweites Kind dich nicht zusätzlich anstrengen und vom Malen abhalten?«

»Nein, ich denke sogar, dass eher das Gegenteil der Fall wäre. Unser Bébé hätte jemanden zum Spielen, eine große Schwester, die es beschützt.«

Sie beobachtete, wie Louis durch die Wohnung blickte, als malte er sich aus, wie ihr Alltagsleben mit einem weiteren Kind aussehen könnte.

»Nichts liegt mir ferner, als dich unglücklich zu machen. Und da ich mir immer eine große Familie gewünscht habe …« Er berührte ihre Schultern und lächelte sie an. »Lass uns das Mädchen holen.«

47. KAPITEL

Cherbourg, Februar 1920

Ein letztes Mal glitt ein Formular über den polierten Mahagonitisch des Heimleiters. »Wenn Sie noch bitte hier und hier unterschreiben würden, Mademoiselle.«

Valérie drückte die Schreibfeder so fest auf, dass zu viel Tinte herausquoll und man den Abdruck ihrer Unterschrift noch auf der Unterlage sah. Sie war so aufgeregt, dass sie seit einer Woche kaum ein Auge zubekam. Ihre Gedanken kreisten nur noch um Julie, und dass sie ihren Schatz endlich bei sich haben würde. Sie hatte ihr schöne Kleider und Spielsachen gekauft und einen Kuchen gebacken. Außerdem hatten Louis und sie im Wohnzimmer ein Bett und eine kleine Spielecke eingerichtet. Valérie konnte ihr Glück kaum fassen. Mit sechsundzwanzig Jahren war sie endlich eine richtige Mutter geworden.

Eine Schwester führte Julie in das Arbeitszimmer. Ihr blondes Haar war zu zwei Zöpfen geflochten, die ihr bis zu den Schultern reichten. Sie trug ein farb- und formloses Kleid und hielt ein verwaschenes Stofftier in der Hand. Zusammen mit einem Mantel, Wechselwäsche und einem Nachthemd war dies all ihr Besitz.

Mit einem strahlenden Lächeln ging Valérie in die Hocke, um ihr Kind in Empfang zu nehmen.

Julie brauchte einen Moment, um zu begreifen, was geschah. Sie war zurückhaltend und gleichzeitig neugierig. Erst, als sie nahe bei ihr war, schien Julie sich an die einstige Vertrautheit zu erinnern. Mit einem schüchternen Lächeln spannte sie schließlich ihre kurzen Arme um ihre Maman und ließ sich von ihr halten.

»Ach, mein Schatz.« Valérie atmete den herrlichen Duft ihres Kindes ein und spürte ihr aufgeregtes Herzchen durch das Kleid schlagen.

Hand in Hand gingen sie durch den Flur, während sich von allen Seiten Menschen von Julie verabschiedeten. Es war immer etwas Besonderes, wenn ein Kind abgeholt und in eine bessere Welt entlassen wurde. Nur aufmerksame Erzieherinnen stellten fest, dass Valérie unter ihrem Wintermantel schon das nächste Kind verbarg, und zogen diskret ihre Augenbrauen in die Höhe.

Im Hof saß Olympe auf einer Bank und wartete auf sie. Eine Traube neugieriger Kinder scharwenzelte um sie herum. Mit ihrer eleganten Kleidung zog sie die Kleinen magisch an.

»Sind sie nicht herzallerliebst?«, sagte sie, während sie ein Kleinkind, das auf ihren Schoß geklettert war, wieder in die Obhut einer Erzieherin übergab. »Wen haben wir denn da? Hallo Julie, ich habe schon eine Menge von dir gehört.«

Die beiden Frauen tauschten einen Blick aus. Valérie war dankbar um die Begleitung ihrer besten Freundin. In Louis' Anwesenheit hätte sie beim Wiedersehen ihres Kindes nicht so ungezwungen sein können. Da immer noch die Spanische Grippe grassierte, weigerte sich Olympe aus Angst vor einer Ansteckung, in den Zug zu steigen. Und da Georges, der Chauffeur, bei diesem heiklen Ausflug nicht erwünscht war, steuerte sie ihr Auto selbst. Zu dritt stiegen sie ein und fuhren los, um kurz darauf in Raduille noch einmal anzuhalten.

»Maman, Papa, ich wollte euch sagen, dass ich Julie nun nach Paris mitnehme und dass ich jemanden kennengelernt habe, den ich heiraten werde.« Resolut stand Valérie im Salon ihres Elternhauses und hielt ihre Tochter im Arm. Es erforderte mehr Mut, sich ihren Eltern zu stellen, als Valérie gedacht hatte. Sie hatten zwar nie miteinander gebrochen, ihren Kontakt aber auf ein Minimum begrenzt. Und dennoch war in den letzten Jahren Wohlwollen an die Stelle der Missgunst gerückt. Maman nahm sie sofort in die Arme.

»Ich bin froh, dass du deinen Weg gefunden hast. Und es erfüllt uns mit Stolz, was auf dir geworden ist. Nicht wahr, Adalbert?«

Selbst ihr Vater konnte sich zu freundlichen Worten durchringen. »Ich bitte dich um Entschuldigung. In so vielen Belangen.«

Nach diesem Schuldeingeständnis überraschte es sie selbst, dass sie keinen Zorn mehr verspürte. Auch wenn sie nie vergessen würde, wie schrecklich ihre Eltern sie hintergangen hatten, war das Thema für sie erledigt. Sie hatte akzeptiert, was sie getan hatten, respektierte ihre Entschuldigung, aber sie war auch nicht mehr an einem innigen Verhältnis interessiert. Es musste nicht immer alles ausdiskutiert, vergolten oder wieder versöhnt werden. Manchmal genügte es, Distanz zwischen Menschen zu bringen und die Zeit verstreichen zu lassen.

Nur Monique zögerte und spielte an ihrer Schürze. Erst, als sie Valérie zur Tür begleitete und die Schwestern unter sich waren, öffnete sie den Mund.

»Ich habe Gabriel vor einigen Wochen gesehen. Er lebt hier in der Nähe.«

»Was sagst du da?«

Als hätte sie einen Schlag abbekommen, taumelte Valérie einen Schritt zurück. So viele Gedanken schossen ihr durch den Kopf, dass sie gar nicht wusste, was sie zuerst fragen sollte.

»Gabriel … lebt?« Ihr Magen drehte sich um.

Julie spürte ihre Aufregung und klammerte sich wie ein Äffchen fester um ihren Hals.

»Bist du sicher, dass er es war? Was war mit ihm in all den Jahren?« Aus irgendeinem Grund wurde sie wütend auf ihre Schwester. »Und warum hast du mir nichts gesagt?«

»Die Einzelheiten kenne ich nicht, aber ich habe ihm deine Anschrift gegeben. Ich dachte, er meldet sich, sobald er dazu bereit ist. Er sah nicht sonderlich gut aus.«

»Nun, er hat sich aber nicht gemeldet«, murmelte Valérie so aufgebracht, dass ihre Stimme bebte.

»So scheint es.«

So scheint es? Ihr platzte gleich der Kragen. »Und es kam dir nicht in den Sinn, mir zu schreiben, dass der

Mann, den ich liebte, der Vater meines Kindes, noch am Leben ist?« Fassungslos schüttelte sie den Kopf.

»Er hat es mir verboten. Er sagte, dies sei eine Angelegenheit nur zwischen euch, und ich solle mich nicht einmischen. Ich wollte doch nur alles richtig machen.«

»Das wolltest du gewiss«, sah Valérie ein, als sie den verzweifelten Blick ihrer kleinen Schwester bemerkte. Ihr hartes Auftreten tat ihr leid. »Wo lebt er nun?«

»Im nächsten Dorf. Ich gebe dir die Adresse.«

»Er wohnte nicht mehr bei Claudine und seiner Familie?«

»Nein, nicht mehr. Die beiden sind inzwischen geschiedene Leute.«

Wie paralysiert lief Valérie zum Auto. Der Notizzettel in ihrer Rocktasche wog so schwer wie eine Bleikugel.

»Du meine Güte. Ich beneide Georges wirklich nicht um seinen Beruf bei der ganzen Warterei.« Dann bemerkte Olympe, dass etwas nicht stimmte. »Was ist los? Du siehst aus, als hättest du einen Geist gesehen.«

»Könnten … könnten wir noch weiterfahren?«

Sie gab Olympe die Adresse und rieb sich die Stirn. Ihr kam alles so unwirklich vor, sodass sie keinen Gedanken zu fassen bekam. Bei der genannten Adresse hielten sie an. Es war das letzte Haus der Gegend und lag schon beinahe im Wald. Rauch stieg aus dem Schornstein, und das reetgedeckte Dach reichte beinahe bis zum Boden. Hinter dem Fachwerk hörte Valérie jemanden Holz hacken. Schlag auf Schlag.

Sie schluckte. »Warte bitte kurz hier und hab ein Auge auf Julie.«

Sie öffnete das Gartentor. Der Kiesboden knirschte unter ihren feinen Schuhen. Ihre Hände zitterten, als sie den Türklopfer berührte. Wie dumm von ihr, er würde sie beim Holzfällen niemals hören. Wie von allein bewegten sich ihre Beine, und sie ging um das Haus herum. Ihr war plötzlich so kalt, dass sie den Mantel fester um sich schlang.

Und dann sah sie ihn.

Gerade legte er ein weiteres Holzscheit auf den Pflock und schwang die Axt, sein breiter Rücken war ihr dabei zugedreht. Auf den angespannten Armen zeichnete sich jeder seiner Muskeln ab. Wieder hackte er, dann schaffte er Nachschub heran. Beim Gehen humpelte er leicht. Eine alte Kriegsverletzung.

Schon einmal hatte sie geglaubt, ihn unerwartet vor sich zu sehen. Sie dachte an die Begegnung mit Louis' im Hospital.

Das dunkelblonde Haar des Mannes wirkte strähnig und verwildert, auch erkannte sie, als er zur Seite blickte, dass er einen Bart trug. Sein Hemd steckte unordentlich in der Hose und ein Hosenträger hing ihm lose von der Schulter.

Valérie hielt den Atem an und bedeckte den Mund. Konnte es wirklich sein? Etwas traf sie mitten ins Herz und ihre Beine gaben nach. Sie taumelte, schaffte es aber gerade noch, sich aufzufangen. Dabei knirschte der Kies unter ihren Füßen. Es war nur ein leises Geräusch, doch es hatte sie verraten.

Es kam ihr unerträglich langsam vor, wie er sich umdrehte. Sein wilder Blick bohrte sich in den ihren. Die Stirn war in tiefe Furchen gelegt, die ihn älter wirken ließen. Sein Mund schien nicht mehr lächeln zu können. Seine Augen jedoch waren noch immer die des Jungen, der vor acht Jahren Briefe gestempelt, heimlich Korrespondenzen gelesen und sie damals schüchtern unter einem Kirschbaum geküsst hatte.

Einen Moment blieb Valérie stocksteif stehen, aber als er einen Schritt auf sie zumachte, rannte sie davon.

»So warte doch!« Nach all den Jahren seine Stimme zu hören, wühlte sie so sehr auf, dass ihr übel wurde.

»Fahr los!«, schrie sie Olympe an, als sie ins Auto sprang.

Sofort trat ihre Freundin auf das Gaspedal. Während sie davonbrausten, starrten beide in den Rückspiegel zu Gabriel, der ihnen nachrannte und die Verfolgung nach einigen Metern aufgab.

»War das nicht …«

Valérie konnte nichts mehr erwidern. Sie brach in Tränen aus.

Das war Antwort genug.

48. KAPITEL

Paris, Februar 1920

»Sie schläft jetzt. Kommst du auch ins Bett?«

Louis setzte sich zu ihr in die Küche und schenkte sich ein Bier ein. Seine erste Begegnung mit Julie hatte Valérie zutiefst berührt. Er hatte sofort einen Zugang zu ihr gefunden, so als verstünden sie sich mit wenigen Worten. Julie hatte seine Maske berührt und wollte wissen, warum er denn einen seltsamen Bart aus Metall trage, ehe sie herzhaft lachte. Zu Valéries Überraschung hatte Louis sehr gelassen reagiert und ihr gesagt, dass er ihr dieses Geheimnis ein andermal verraten würde. Man merkte ihm an, dass er aus einer großen Familie stammte und Kinder liebte.

»Sie ist ein Engel, ich bin froh, dass du sie hergebracht hast.«

Ihre Kehle war wie zugeschnürt, als er das sagte. Auf ihrem Schoß ruhte ein Gedichtband von André Breton, doch sie war nicht dazu in der Lage, das Gelesene wirklich wahrzunehmen. Die Begegnung mit Gabriel saß tief in ihren Knochen und lähmte sie. Während der ganzen Heimfahrt hatte sie mit Olympe kein einziges Wort über den Zwischenfall gesprochen. Erst, als Olympe sie und Julie vor ihrer Wohnung aussteigen ließ, hielt ihre Freundin sie zurück.

»Du kannst jederzeit vorbeikommen und mit mir darüber reden.«

Nachdem sie endlich bereit gewesen war, die Vergangenheit hinter sich zu lassen, setzte sich Gabriel wieder in ihren Gedanken fest. Fragen beschäftigten sie, viele Fragen. Wo war er all die Zeit über gewesen? Warum hatte er sich nicht gemeldet? Auch Gefühle überfluteten sie. Bei ihrer Begegnung hatte ihr Herz so fest geschlagen, dass sie glaubte, er müsste es hören. Sie seufzte tief.

»Schatz, geht es dir nicht gut?« In Louis' Stimme lag Besorgnis.

Ach, Louis, dachte sie. Du bist viel zu gut für mich.

Mechanisch stand sie auf und rieb sich den Kopf. »Es ist alles bestens. Ich bin nur sehr müde.«

Eine Lüge. Menschen, die man liebte, sollte man nicht belügen. Wer es einmal tat, tat es wieder. Und es handelte sich im Fall von Julie nicht nur um eine kleine Schwindelei, sondern um eine Lebenslüge, die sie auf ewig mit sich herumtragen würde. Es ging dabei schon lange nicht mehr darum, ihre eigene Existenz zu schützen. Ihm jetzt die wahre Identität ihrer Tochter zu offenbaren, würde nur ihr Gewissen auf seine Kosten bereinigen. Nein, sie musste es für sich behalten, sich selbst irgendwie ertragen, weil sie so grausam zu ihm war. Aber die Tatsache, dass es ein Geheimnis zwischen ihnen gab, und das Gefühl, etwas Unrechtes zu tun, begleiteten sie auf Schritt und Tritt.

Vor allem diese fiese, penetrante Stimme, die ihr einflüsterte, dass sie Gabriel zu früh aufgegeben hatte und dass der Mann, mit dem sie eigentlich hätte zusammen sein müssen, nun so greifbar war. Was für schändliche Gedanken, die ihre Liebe zu Louis von Grund auf hinterfragten!

Hatte sie nicht selbst zu Olympe gesagt, dass sie alles dafür geben würde, wenn sie noch einmal in Gabriels Armen liegen und sich von ihm verabschieden könnte? Diese Gelegenheit hätte sie heute gehabt. Doch sie war weggelaufen.

Um Trost zu finden, schlüpfte sie in Louis' Arme und vergrub ihr Gesicht an seiner Brust. »Du bist ein wunderbarer Mann, und du wirst ein wundervoller Vater.«

Ihre Lippen suchten die seinen. Dann zog sie ihn ins Schlafzimmer und liebte ihn, bis sie nicht mehr denken konnte.

Weil Julie Louis' Namen nicht aussprechen konnte, nannte sie ihn fortan »Lulu«. Sie begriff, dass Valérie ein Kind erwartete, und sprach von »unserem Bébé«. Das Elternsein und die Hochzeitsvorbereitungen erforderten Valéries ganze Aufmerksamkeit, sodass sie die kommenden Tage immer weniger über Gabriel grübeln konnte.

Es stellte sich als Herausforderung dar, einen Haushalt zu führen, Julie in ihr neues Leben einzubeziehen, sich um sie zu kümmern und gleichzeitig für das Haupteinkommen verantwortlich zu sein. Wie ihre Mutter wollte Julie malen, was Valérie selbstverständlich unterstützte, doch dabei kam sie selbst nicht zu ihren Aufgaben. Ausnahmsweise war es ihr gleich, wenn sie nicht mit ihren Aufträgen vorankam.

Sie genossen ihr neues Leben als Familie und verbrachten viel Zeit im Jardin du Luxembourg, wo die Sonnenstrahlen wie Vorboten des Frühlings die Pflanzen zum Leben erweckten.

Was Valérie ebenfalls beeindruckte, war die Verbindung zwischen Julie und Louis. Beide schienen einander im Wesen ähnlich zu sein. Das Mädchen fürchtete sich nicht vor seinem Gesicht, wollte »Lulu« bald ohne Maske sehen und die Narben berühren. Er ließ dies sogar zu, denn ihre unschuldige Neugier berührte sein Herz.

Nur manchmal, wenn Valérie sich unbeobachtet fühlte oder sie nachts schlaflos im Bett lag, weil das Bébé sich bewegte, dachte sie wieder an Gabriel, und die ganze Verunsicherung kehrte zurück.

Zwei Wochen waren seit Julies Ankunft vergangen, als Valérie sich morgens unwohl fühlte. Sofort wollte Louis nach einem Arzt schicken, doch sie versicherte ihm, dass sie nur ein wenig Ruhe benötige.

»Dann werden Julie und ich in den Park gehen, damit du dich ausruhen kannst.«

Mit einem Lächeln zog er die Schlafzimmertür zu, und Valérie hörte, wie die Mäntel von der Garderobe genommen wurden und Julie Louis fragte, ob er ihr beim Schuhebinden helfen könne. Auch das Klingeln der Tür hörte sie, ging aber davon aus, dass es sich um eine rasche Lieferung handelte. Wahrscheinlich das Milchmädchen oder der Zeitungsjunge.

»Wer sind Sie?«, hörte sie Louis in einem so argwöhnischen Ton fragen, dass Valérie auf einen Schlag ganz flau im Magen wurde. Sie schlüpfte in ihren Kimono und trat aus dem Schlafzimmer. Der Besucher stand Louis gegenüber.

Vor Schreck wäre ihr beinahe das Herz stehengeblieben.

Ihr war, als hätte jemand die Zeit angehalten. Julie begutachtete den Fremden, nicht im Klaren darüber, dass vor ihr ihr leiblicher Vater stand.

Gabriel blieb mit breiten Schultern und verschränkten Armen in der Tür stehen. Er musterte Valérie, ihre Blicke trafen sich.

»Zuerst tauchst du plötzlich bei mir auf, und dann rennst du weg?«, fuhr er sie an.

Valérie wusste nicht, was sie sagen sollte. »Gabriel, du … du hättest nicht einfach unangekündigt herkommen sollen.«

»Dass du wieder jemanden hast …« Er blickte auf Valéries Kimono, unter dem sich deutlich ihr Bauch abzeichnete, und blinzelte, als müsste er Tränen verbergen. »Ich wollte dir nicht im Weg stehen, nach all den Jahren. Aber dann warst du plötzlich im Garten …«

Louis sah beide fragend an. »Ihr … ihr kennt euch?«

»Ja«, murmelte sie. »Das ist Gabriel Pigalle. Er … er war eine Jugendliebe.« Kaum hatten die Wörter ihren Mund verlassen, begannen in ihr die Emotionen zu kochen. »Ich dachte, du wärst tot! Ein Brief, ein Anruf! Mehr wäre nicht nötig gewesen.«

»Ich war ein Kriegsgefangener! Und danach kam ich in ein Sanatorium. Ich … ich war kaputt und wollte nicht, dass du mich so siehst.«

»Das kann unmöglich die ganze Geschichte sein!«, schleuderte sie ihm entgegen. Ihr Gesicht war tränennass.

»Ist es auch nicht. Doch die zu erzählen würde Stunden in Anspruch nehmen. Tatsache ist, ich kam zu spät.«

Seine Stimme klang so unfassbar traurig, dass sich in ihr alles zusammenzog. In dem Moment nahm er von Julie Notiz, die sich hinter Louis versteckt hatte, weil ihr die Auseinandersetzung Angst machte.

»Ist sie …«

Valérie wurde von ihrer eigenen Scham so schwindelig, dass sie sich einen Abgrund herbeisehnte.

»Ist sie was?«, fragte Louis, während er sich beschützend vor Julie stellte und die Hand auf ihren Kopf legte.

Mit einem heftigen Zittern gestand sich Valérie ein, dass der Moment gekommen war, der ihr Kartenhaus der Lügen zu Fall brachte.

»Unsere gemeinsame Tochter.«

Sie atmete tief durch und drehte sich zu ihm. »Ich habe keine Nichte, Louis. Julie ist mein Kind. Ich wurde schwanger, während Gabriel seine Kriegsverletzung auskurierte. Doch ehe ich es selbst wusste, wurde er wieder eingezogen, und ich habe ihn nie mehr gesehen, bis zu dem Tag, an dem ich Julie abgeholt habe.«

Louis wich zurück wie ein verletztes Tier. Er schloss die Augen, während er fassungslos den Kopf schüttelte. Ihn so enttäuscht zu sehen, schnürte ihr vor Selbsthass die Kehle zu. Sie hätte sich schlagen können, weil sie mit dem Schmerz nicht zurechtkam, den sie ihm antat.

Voller Verbitterung presste er seine Lippen zusammen und sah sie an. »Dann werden Julie und ich nun einen Spaziergang machen. Ihr habt offenbar einiges zu bereden.«

In der Wohnung war es still. Eine Weile sagte niemand was. Valérie hütete sich davor, Gabriel Vorwürfe zu machen. Dazu hatte sie kein Recht. Stattdessen sah sie ihn an. Gabriel war kaum wiederzuerkennen. Das wilde Haar, der grimmige Blick, die Stoppeln seines Bartes … ein Teil von ihm machte ihr Angst, weil er ihr so fremd geworden war. Der andere Teil brachte ihre Gefühlswelt in Wallung. Sie brauchte nur seinen Hals zu sehen, um sich in Erinnerung zu rufen, wie es sich anfühlte, ihn dort zu küssen, wie es war, wenn ihre Finger über seine Brust strichen, ihn zu riechen … ihn zu begehren. Noch immer hatte er eine unwiderstehliche Wirkung auf sie. Noch immer fand sie ihn unglaublich attraktiv.

»Freust du dich denn gar nicht, mich zu sehen?«, fragte er schließlich.

»Ich freue mich doch«, flüsterte sie benommen. Sein Blick drang durch sie hindurch, als stellte er sie auf die Probe.

»Möchtest du etwas trinken?«, fragte sie, um ihm auszuweichen. Sie wandte sich von ihm ab und nutzte den Moment, um sich zu sammeln, doch ihre Hände zitterten zu sehr, um ein Glas zu füllen.

Er trat hinter sie, so nahe, dass sie seinen Atem im Nacken spürte und den erdigen, männlichen Duft riechen konnte. »Es wirkt aber nicht so, als würdest du dich freuen.«

Aufgebracht drehte sie sich zu ihm um. »Ich habe Fragen. So viele, dass ich gar nicht weiß, wo anfangen.«

Sie erschauderte, als er ihre Hand berührte. »Ich glaube, so geht es mir auch.«

»Julie spielt unten im Hof mit einigen Nachbarskindern, Antoinette von gegenüber hat ein Auge auf sie. Ich wollte nicht, dass sie diese Auseinandersetzung noch mehr verstört.« Louis' Stimme klang kalt, so kalt. Er sah sich um, als wollte er sich vergewissern, dass sie allein waren.

»Er ist weg«, sagte Valérie, die es kaum ertrug, ihm in die Augen zu sehen.

Sie legte ihre Hände auf ihren Bauch und presste ihre Lippen zusammen. »Louis, ich liebe dich, das musst du mir glauben.«

»Oh, immerhin etwas«, gab er sarkastisch zurück. »Das beruhigt mich jetzt ungemein, denn einen Moment habe ich mich ehrlich gefragt, ob das zwischen uns überhaupt jemals echt war. Weil es durchaus sein könnte, dass du einfach den erstbesten Idioten gesucht hast, dem du ein uneheliches Kind aufzwingen kannst. ›Am besten ein Krüppel‹, magst du gedacht haben. ›Einer, der froh sein kann, dass ihn überhaupt noch eine will.‹«

»Was für ein gehässiger Unsinn! Das glaubst du doch selbst nicht! Ich bin so gern mit dir zusammen. Wir sind füreinander bestimmt. Was wir alles erlebt haben, was wir uns aufbauten …«

Seine Augenbraue zuckte. »Ich bin aufrichtig gekränkt, Valérie, dass du mich derart belogen hast. Dass du mir die Wahrheit über Julie verschweigen wolltest. Ich habe sie in mein Herz gelassen. Ich habe sie wirklich liebgewonnen. Und dich habe ich geliebt wie keine andere zuvor.«

Sie erschrak, als sie bemerkte, dass er in der Vergangenheitsform gesprochen hatte. Tränen traten aus ihren Augen. »Ich wollte dich nie verletzen. Ich fürchtete mich nur so sehr davor, dass du mich danach nie mehr achten könntest. Dass du mich und unser Kind verstoßen würdest.«

»Wenn du wirklich glaubst, ich hätte so reagiert, dann kennst du mich schlecht«, entgegnete er schnaubend.

»Und was würde deine Familie dazu sagen? Meine Vergangenheit würde einen Keil zwischen euch treiben.«

»Ich hätte nicht zugelassen, dass sie sich irgendein Urteil über dich erlauben, und das weißt du ganz genau«, schnitt er ihr barsch das Wort ab. Immer wieder schüttelte er den Kopf. Noch nie hatte sie ihn so wütend und verletzt gesehen. »Valérie, ich fasse es einfach nicht. Du stellst alles so dar, als wäre das in meinem Interesse gewesen, dabei ging es einzig und allein darum, deine Haut zu retten. Meine Liebe war dir stets gewiss. Und du wusstest auch, dass meine Eltern dich lieben. Du würdest es nur nicht ertragen, wenn sie dich plötzlich so sähen, wie du wirklich bist.«

Man sah ihm an, wie es in ihm arbeitete und wie er mit sich kämpfte. Schließlich sah er sie an. »Mag sein, dass du deine Gründe hattest. Dass es hart für dich war, was du erlebt hast«, fuhr er etwas sanfter fort, aber seine Haltung blieb unnahbar. »Aber durch dein Schweigen hast du deiner Angst nur den Nährboden gegeben, sich zu entfalten, dich in Situationen hineinzusteigern, die niemals eingetreten wären. Oh, Valérie, wärst du nur ehrlich zu mir gewesen. Hättest du schon am ersten Tag unseres Kennenlernens im Atelier von Julie erzählt, es hätte meine Liebe zu dir nicht gemindert.«

»Es tut mir so unsäglich leid«, schluchzte sie.

»Und wo ist dieser Kerl jetzt?«, fragte er, nachdem sie eine Weile geschwiegen hatten.

»In einem Café in der Nähe. Er wird morgen den ersten Zug nach Cherbourg nehmen.«

»Und wird er den allein nehmen?«

Ihr Herz raste so schnell, dass ihr schwindelte. »So versteh doch, ich muss das mit ihm klären, sonst finde ich nie Frieden. Louis, du musst mich gehen lassen. Du musst!«

»Siehst du hier irgendwelche verriegelten Schlösser? Halte ich dich fest?« Er schrie jetzt. »Du bist ein freier Mensch, also geh!«

Valéries Stimme drohte zu versagen. Es war nicht mehr als ein heiseres Flüstern. »Aber ich komme doch wieder zurück, nicht wahr? Louis?« Die Frage schwebte unbeantwortet in der Luft, und als sie die Bedeutung seines Schweigens begriff, schluchzte sie verzweifelt auf und versuchte, ihre Arme um Louis zu schlingen, doch er ließ sie nicht an sich.

»Gib mir den Ring zurück«, sagte er nur. »Ich halte die Vorstellung nicht aus, dass du ihn trägst, wenn du bei ihm bist.«

49. KAPITE

Cherbourg, Februar 1920

Am nächsten Tag saß Valérie zwischen Gabriel und Julie im Zug und verließ mit tränenschweren Augen Paris.

Sie sprachen wenig miteinander. Ihr Zugabteil war auch nicht der geeignete Ort für ein klärendes Gespräch. Valérie hing ihren Gedanken nach und machte sich immer noch schreckliche Vorwürfe für all das, was zwischen Louis und ihr vorgefallen war. Ihr heftiger Streit erschütterte sie so sehr, dass sie kaum Notiz von Gabriel nahm. Schon jetzt vermisste sie Louis schrecklich, und das Bébé bewegte sich heftig, so als hätte es auch eine Meinung dazu. Zugegeben, es gab Angenehmeres, als im sechsten Monat schwanger zu sein und sich fragen zu müssen, welche Zukunft ihr und ihren Kindern bevorstünde. Gleichzeitig fühlte Valérie sich erleichtert und befreit, weil endlich alle Karten auf dem Tisch lagen.

Sie bemerkte, wie er immer wieder zu ihr herübersah, sich anspannte und die Luft einsog, sobald sie ihren Bauch berührte. Eine instinktive, mütterliche Geste, die sie nicht ohne Weiteres unterdrücken konnte. Weil er nicht bereit schien, mit Valérie zu sprechen, versuchte er, sich Julie anzunähern. Er wollte sie auf den Arm nehmen, aber seine Zuwendung verwirrte sie.

»Du bist ein Fremder für sie, gib ihr etwas Zeit«, flüsterte Valérie. Worte, die ihn sichtlich trafen.

»Ich kann auch nichts dafür, was passiert ist«, zischte er. Die ersten Fahrgäste schielten zu ihnen herüber.

Valérie seufzte. »Sie bastelt gern, vielleicht kannst du so zu ihr durchdringen.«

»Hast du eine Schere bei dir?«, fragte er zerknirscht, ohne sie anzusehen.

Sie legte ihre Stirn in Falten und öffnete ein Etui in ihrer Handtasche. »Eine Nagelschere.«

»Das sollte gehen.« Er schnappte sich Julies Serviette, in die der Proviant eingewickelt gewesen war, und legte sie in Falten. Dann schnitt er einige Formen und Muster hinein und faltete sie wieder auseinander. Julie war so begeistert von dem Scherenschnitt, dass Gabriel sie damit die restliche Zugfahrt beschäftigen konnte.

In Cherbourg stiegen sie aus.

»Und wohin gehen wir jetzt?«, fragte Valérie, während sie ihr müdes Kind in den Armen hielt, das den Kopf auf ihre Schulter legte und die Beinchen baumeln ließ.

»Ich dachte, wir gehen zu mir.«

Davon war sie bis gerade eben auch ausgegangen, aber sie merkte, dass ihr dies nicht recht war. Nein, sie sehnte sich nach einem sicheren, vertrauten Ort.

»Ich möchte lieber in mein altes Atelier gehen.«

»Der Ort, an dem alles begann.« Er nickte. »Gut, fahren wir hin.«

Es war seltsam, mit der Mietkutsche und mit ihm an

der Seite durch Raduille zu ziehen. Als sie an der alten Post vorbeifuhren, zog Gabriel den Kopf ein. Claudine leitete sie noch immer, und offensichtlich wollte er es vermeiden, von ihr gesehen zu werden. Valérie konnte es ihm nicht verdenken. Auch sie war nicht darauf aus, von den Dörflern erkannt zu werden. Obwohl sie früher immer gerne nach Raduille gefahren war, hatte die Ablehnung während ihrer Schwangerschaft ein Schatten über ihre alte Heimat gelegt.

Vor ihrem Atelier am Waldrand hielt die Kutsche an. Valérie trat auf den ländlichen Boden und atmete tief den vertrauten Geruch der Natur und der Bäume ein. Julie lag inzwischen schwer in ihren Armen. Sie war fünf Minuten vor Ankunft eingeschlafen.

Auch wenn Valérie damals ihre Mitgift verloren hatte, das Atelier hatte ihre Familie behalten. Der Garten war verwildert, doch im Blumentopf hinter dem Haus lag noch immer ein Schlüssel versteckt. Als sie ihn an sich nahm und die Tür aufschloss, kam sie sich vor, als würde sie in ein Zeitloch fallen. Sie entfernte die Leinentücher, welche ihre Möbel zudeckten. Staub wirbelte auf und kitzelte sie in der Nase. Staunend blickte sie um sich. So viele Erinnerungen lagen an diesem Ort. Erinnerungen an eine völlig andere Zeit, und doch kam es ihr vor, als wäre seither kein Tag vergangen.

Ihr Blick traf Gabriels. »Da sind wir nun also.«

Als wären wir eine normale Familie, dachte Valérie, als sie die schlafende Julie wenig später in ihr früheres

Tagesbett legte. »Sie ist uns gut gelungen, findest du nicht?«

Zaghaft streichelte Gabriel Julie über den Kopf, doch dann zog er rasch die Hand zurück, als würde zu viel Nähe ihm schaden.

»Wenigstens haben wir jetzt Zeit, um in Ruhe miteinander zu sprechen«, sagte er. Valérie zog bedrückt den Vorhang vor dem Bett zu und ging mit ihm zurück in den Hauptraum. Dort setzten sie sich auf ihren alten Diwan. »Was geschah in Verdun?«

»Können wir den Krieg auslassen? Es sind Dinge geschehen, mit denen ich dich nicht belasten und an die ich mich nicht erinnern will.«

»Gabriel, ich wusste vier Jahre lang nicht, was mit dir geschehen ist. Die ganze Zeit über habe ich auf ein Lebenszeichen von dir gehofft, und als der Krieg endlich vorbei war und ich noch immer nichts von dir hörte …«

»Hast du die Hoffnung aufgegeben und dich neu verliebt«, unterbrach er sie mit einem schweren Seufzer. »Es war die Hölle. Tag und Nacht standen wir unter Beschuss, die Versorgungslinien wurden unterbrochen. Weder konnten wir die Verletzten abtransportieren noch frische Nahrungsmittel erhalten. Wir waren auf Patrouille und gerieten in einen Hinterhalt. Danach kam ich in Kriegsgefangenschaft und wurde nach Deutschland verschleppt, um Feldarbeit auf einem Bauernhof zu leisten. Du kannst dir sicherlich vorstellen, dass wir alles andere als mit offenen Armen empfangen wurden. Die Deutschen waren viel schlechter auf einen langen Krieg vorbereitet als wir. Es gab zu wenig Nahrung. Wir schliefen in den Ställen, unsere Matratzen waren verklumpt und voller Ungeziefer, und die regelmäßigen ärztlichen Inspektionen waren eine einzige Demütigung. Manchmal habe ich an Selbstmord gedacht, aber der Gedanke an dich hielt mich am Leben. Ich wollte zu dir zurück, dich endlich heiraten und dann mit dir eine Familie gründen.«

Er hob den Kopf und blickte zum zugezogenen Vorhang, hinter dem Julie schlief. Plötzlich sackte er in sich zusammen und fuhr sich rasch über die Augen. Valérie schwieg. Sie gab ihm Zeit, sich zu sammeln, bis er schließlich fortfuhr: »Als es endlich vorbei war, konnte ich nicht sofort zurück. Es verursacht eine Menge bürokratische Arbeit, wenn man sich die Dreistigkeit erlaubt, in Kriegsgefangenschaft zu geraten.« Missmutig verzog er den Mund.

»Von den seelischen Folgen zu schweigen«, flüsterte Valérie, woraufhin Gabriel auf seinen Aufenthalt im Sanatorium zu sprechen kam.

»Ich war einfach zu ramponiert, um sofort mein Leben wiederaufzunehmen, und musste erst genesen. Beim Schlafen kamen die Alpträume, tagsüber immer wieder Aussetzer. Der Aufenthalt in der Klinik half mir, das Erlebte zu verarbeiten, sodass ich heute kaum noch seelische Wunden davontrage.«

»War währenddessen jemand bei dir?«, fragte sie mitfühlend, in der Hoffnung, dass er diese schwere Zeit nicht allein hatte durchstehen müssen.

Reumütig sah er sie an. »Claudine hat das Sanatorium ausgesucht und alles organisiert.«

Valérie runzelte die Stirn, aber sie sagte nichts.

»Sie hat sich zu meiner Retterin auserkoren in einem Moment, in dem ich wirklich schwach war. Mit ihrer selbstlosen Art, wie sie sich um mich kümmerte, hielt sie die Illusion einer intakten Familie aufrecht.«

»Natürlich. Sie wollte ihre Ehe retten. Und du wiederum hast Hilfe gebraucht und nach jedem Strohhalm gegriffen, den du zu fassen bekamst«, sagte Valérie nachsichtig. Sie hatte kein Recht, gekränkt zu sein, immerhin war Claudine zu diesem Zeitpunkt tatsächlich Gabriels Frau und sein Fels in der Brandung gewesen.

»Monique erzählte mir, dass ihr euch habt scheiden lassen.«

»Die Ehe mit Claudine war für mich längst vorbei, in allen Belangen. Als ich Fortschritte machte, schrieb ich dir. Deine neue Adresse war mir jedoch nicht bekannt, also schickte ich den Brief an deine Schwester, nur bekam ich dort keine Antwort.«

Nun spürte Valérie Ärger aufsteigen. »Lass mich raten. Claudine hat dich isoliert. In Raduille wusste man gar nicht, dass du zurück bist. Und die Briefe wurden …«

»Abgefangen. Ich weiß.« Gabriel seufzte betreten. »Als es mir zunehmend besser ging, erhielt ich Freigänge und nutzte die Gelegenheit, um raus nach Raduille zu fahren. Da traf ich auf deine Schwester, die völlig überrascht war, mich zu sehen. Sie sagte, Claudine hätte mich mit keinem

Wort erwähnt. Dank Monique erfuhr ich auch, dass wir ein Kind haben.«

Zaghaft suchte er ihre Hand und schüttelte den Kopf. »Monique erzählte mir alles. Dass Claudine dich diffamierte und deine Eltern dich verstießen. Du hast hier unsere Tochter geboren und musstest sie schließlich weggeben.«

Valérie dachte wieder daran, wie schwierig diese Zeit für sie gewesen war. Für sie alle. Sie selbst hatte die Geschichte überwunden, doch für ihn war sie noch so frisch.

»Ich bin nach der Scheidung sofort aufgebrochen, um dich zu suchen. Doch ich kam zu spät.«

Valérie begriff. »Du warst im Lapin Agile und hast uns gesehen.«

»Es war eure Verlobungsfeier. Ich erkannte deine alten Freunde von früher, als wir schon einmal in diesem Lokal waren, vor einer Ewigkeit. Erinnerst du dich noch?« Er lächelte, doch im nächsten Moment wurden seine Augen trüb und sorgenvoll. Er streckte die Finger nach ihrer Wölbung aus, doch er schaffte es nicht, ihren Bauch zu berühren. »Ich hätte für dich und Julie da sein müssen, dann wäre das alles nie passiert.«

Sanft berührte sie seine Schulter. »Aber du konntest nicht. Es herrschte Krieg, und du hattest keine Wahl. Wir haben beide ums Überleben gekämpft, unsere Schlachten geschlagen.« Fahrig wischte sie sich über die Augen. Sie musste aufstehen und ein wenig durchs Atelier gehen, weil die Tragödie, die sie gerade aufarbeiteten, sie sonst noch völlig lähmte.

»Und nun sind wir hier.« Er sah sie bedeutungsvoll an und stand ebenfalls auf. »Wie lang ist es her, als wir uns hier verliebten? Es kommt mir wie eine Ewigkeit vor.«

»So ist es auch. Wir sind nicht mehr dieselben Menschen von früher. Sieh nur, wie wir uns verändert haben.«

Seine Hand glitt unter ihren Glockenhut, und er wickelte sich eine Haarsträhne um den Finger. »Lass dich genauer ansehen.«

Ihr Atem stockte. Vorsichtig nahm er ihr den Hut ab. Während er sie musterte, schloss Valérie die Augen. Die Art, wie er sie ansah und berührte, brachte ihr Weltbild ins Wanken. Gegen ihren Willen entfachte seine Berührung das Bedürfnis in ihr, ihm nahe zu sein.

Eine Weile hielten sie beide jeweils das Gesicht des anderen in den Händen und blickten einander stumm in die Augen. Dann wanderte sein Daumen über ihre weichen Lippen und schließlich tiefer über ihren Hals und ihre Schultern. Grobe und zugleich zärtliche Finger fuhren ihr Schlüsselbein entlang. Auch sie strich über seine Haut. Sie schluckte. Was sie hier tat, durfte sie nicht tun. Sie liebte doch Louis, er war so wundervoll …

… Aber sie liebte auch Gabriel.

Nach dieser Erkenntnis fühlte sie sich leer, hilflos und so verzweifelt, dass ihre Lippen bebten. Sie konnte selbst nicht begreifen, was sie tat, als sie einen Satz auf Gabriel zumachte und ihn innig küsste. Er erwiderte ihre Liebe nahezu gewaltvoll und schlang die Arme um sie. Einen Augenblick entglitt ihr sämtliche Kontrolle. Sie war bereit, all ihren Gefühlen freien Lauf zu lassen, doch der lang ersehnte Liebesrausch kam nicht. Sie fühlte dabei nicht, was sie fühlen sollte. Verwirrt stellte sie fest, dass sie nicht bei der Sache war, auch Gabriel schien irritiert, und als er sie berührte, entfuhr ihr ein heftiges »Nicht!«

Sofort wirbelte Gabriel herum und ließ sich wieder auf den Diwan fallen. Dabei fasste er sich an die Schläfen, als hätte er Kopfschmerzen. »Das ist einfach zu viel«, raunte er. »Die ganze Situation, dein Bébé, du … Ich meine, was tun wir hier überhaupt?«

Niedergeschlagen setzte sich Valérie zu ihm und atmete tief durch. Beide blickten zur gegenüberliegenden Wand.

»Ich weiß es nicht«, flüsterte sie. »Alles, was ich wollte, war, noch einmal bei dir zu sein, dich noch einmal zu halten. Ich habe so lange auf dich gewartet, dass es mir selbstverständlich schien, jetzt mit dir zu gehen.«

»Aber hast du dir das auch gut überlegt? Ich meine … können wir überhaupt zusammen sein? Du weißt, dass ich die Stadt nicht mag. Ich möchte an einem Ort auf dem Land leben, an dem es ruhig und friedlich ist. Aber du … du bist eine Künstlerin. Du willst täglich malen, dich mit Freunden treffen, an Projekten arbeiten, vielleicht mit einer Ballett- oder Theatergruppe als Bühnenbildnerin mitziehen und dergleichen. So ist es doch, oder nicht?«

»Wir … wir können nicht zusammen sein«, begriff Valérie. Sie biss sich auf die Lippen und suchte seinen Blick. »Es ist einfach das falsche Leben dafür.«

Danach schwiegen sie.

Auch Gabriel hatte mit der Erkenntnis zu kämpfen. Immer wieder schüttelte er den Kopf oder fasste sich in den Nacken. Doch er gab sich auch überraschend vernünftig, als er sagte: »Wir haben an uns festgehalten, um den Krieg zu überleben. Aber es hatte nichts mehr mit der Realität zu tun.«

Valérie schwieg und kämpfte mit der Fassung. Das war es also? Nachdem sie nach so vielen Jahren endlich wieder vereint waren, begriffen sie ein für alle Mal, dass sie nicht füreinander geschaffen waren? Das Gedicht von William Blake fiel ihr wieder ein. *O Rose thou art sick …* Ja, sie liebte Gabriel, aber diese Liebe zerstörte sie. Abermals kamen ihr die Tränen. Sie fragte sich, wozu das ganze gut gewesen sein sollte.

»Bestimmt hast du recht. Nur komme ich mir dabei so verloren vor. Ich bin ein Niemand. Ich bin schwanger und Mutter und allein.« Sie schluchzte nun so heftig, dass sie kaum begriff, was sie sagte.

Gabriel ergriff ihre Hand. »Wenn du möchtest, dann helfe ich dir. Ich kann dich beschützen. Und wenn wir trotzdem heiraten …«

Das war das Stichwort, das sie aus ihrem Elend riss. Abhängig sein … sich helfen lassen … Lange hatte sie geglaubt, dass sie ohne Mann ihr Leben nicht meistern könnte. Aber sie hatte es schon einmal geschafft. Es würde ihr wieder gelingen. Sie musste nur tapfer genug sein, es zu versuchen. Sie würde einen Weg finden, wie sie ihn immer gefunden hatte. Und sie begriff auch, dass es in der Liebe nicht nur die Wahl zwischen Erwiderung und

Verzicht gab, manchmal konnte sie sich auch in Wohlwollen wandeln.

Mit dem Daumen wischte sie über Gabriels Hand, der die ihre noch immer festhielt. Dann zog sie seine Hand an sich und küsste sie. »Das ist sehr freundlich von dir, aber ich muss es allein schaffen.«

Vorsichtig zog sie die Hand zurück und strich ihm eine Haarsträhne hinters Ohr. Ihr wurde bewusst, wie sehr Julie ihm ähnelte, und das söhnte sie mit dem Lauf der Dinge aus. Sie wünschte Gabriel von Herzen alles Gute und dass er eines Tages wieder Glück empfinden würde. Er hatte sein Herz auf dem richtigen Fleck und würde seinen Weg gehen, genau wie sie.

Und später, als er gegangen war, da fühlte Valérie eine enorme Erleichterung, als hätte sie sich soeben einem Geist gestellt, seine Existenz anerkannt und ihn freigelassen.

Der ganze Hass war fort, den sie so lange mit sich herumgetragen hatte. Der Hass auf den Krieg, auf das Schicksal, das sie immer und immer wieder an der Nase herumführte. Und auch der Hass auf sich selbst, weil sie so vielen wehgetan hatte, sich selbst eingeschlossen. All diese Konflikte waren nur zustande gekommen, weil Menschen sich menschlich verhielten, weil sie liebten und geliebt werden wollten.

Nun, da sie die Welt aus anderen Augen sah, blickte sie sich bewusst im Atelier um. Rief sich den Abend von der Hochzeit im Dorf in Erinnerung, als Jules sie aufgeheitert und ihr gesagt hatte, dass ihr wahres Leben da draußen auf sie wartete. Und doch war sie immer wieder hierher zurückgekehrt und hatte sich vor der Welt versteckt. Sie erinnerte sich an all die Stunden, in denen sie hier gemalt hatte, sie sich in Gabriel verliebt hatte und das Atelier zu ihrem Liebesnest wurde. An die düsteren Tage, als sie schwanger war, sie verstoßen und zurückgelassen wurde. Sie konnte die einsame, verängstigte Valérie von damals fast vor sich sehen, wie sie zusammengekauert auf ihrem Tagesbett lag.

Damals hatte sie sich selbst ein Versprechen gegeben. Dass eines Tages eine gestärkte und selbstbewusste Valérie kommen und sie von hier befreien würde. Jetzt war der Moment gekommen. Sie nahm Julie auf den Arm, die nur kurz den Kopf hob, ehe sie ihn wieder auf Valéries Schulter sinken ließ und weiterdöste. Dann öffnete sie die Tür und trat mit ihrer Tochter ins Freie.

50. KAPITEL

Paris, März 1920

»Ein Gemälde bei Gertrude Stein? Ist dir dein Glück bewusst, dass sie dich in ihrem Pavillon ausstellt?« Olympe schien mehr aus dem Häuschen zu sein als Valérie. »Verstehst du? Sie hält zu dir, und das obwohl die ganze Geschichte mit ...« Sie verstummte und blickte zu Julie, die im Hintergrund mit ihrer Puppe spielte.

»Und wenn sie zu dir hält, werden es andere Kunsthändler ihr gleichtun. Sammler werden das Bild in der Rue Fleurus sehen und nach weiteren Werken von dir verlangen. Wir sollten das feiern!«

»Dafür habe ich keine Zeit. Ich muss malen. Ein verkauftes Bild ist kein Grund, sich auf den Lorbeeren auszuruhen«, antwortete Valérie, ohne Olympe anzusehen.

Obwohl das letzte Gemälde eben erst vollendet war und auf dem Nebentisch trocknete, arbeitete Valérie bereits am nächsten. Konzentriert trug sie mit dem Spachtel Farbe auf und verteilte die Masse in raschen, energischen Zügen. Für exaktes Arbeiten fehlten ihr die Nerven. Das Gewicht ihres Bauches drückte ihr konstant aufs Kreuz. Nie konnte sie länger als ein paar Minuten eine Position aushalten, ehe sie mit Rückenschmerzen zu kämpfen hatte.

Olympe schnappte nach Luft. »Das hat bei dir System,

weißt du das? Immer wenn es dir schlecht geht, malst du unentwegt, damit du nicht über deine Probleme nachdenken musst. Valérie, du bist nun seit einem Monat wieder hier und wirst in wenigen Wochen Mutter. Findest du nicht, dass es an der Zeit ist, dich mit Louis auszusprechen?«

Abrupt wandte Valérie sich zu ihr um. Allein seinen Namen zu hören, versetzte ihr einen Stich ins Herz.

»Olympe, das hatten wir doch schon. Ich habe ihn hintergangen und belogen und muss die Konsequenzen dafür tragen. Es gab zwei Männer, die mich liebten, und beide habe ich zutiefst verletzt. Das war's, mehr gibt es nicht zu sagen.«

»Irgendwann hat man sich auch lange genug selbst bestraft. Nur, weil du dir nicht verzeihen kannst, heißt das nicht, dass Louis es ebenfalls nicht kann.«

Die Frauen sahen sich an, als Olympe plötzlich einen spitzen Schrei ausstieß.

»Julie, nicht!«

Auch Valérie machte sofort einen Satz auf ihre Tochter zu, doch es war zu spät. Während sie abgelenkt waren, hatte sich das Mädchen der Farbe und des fertigen Bildes bemächtigt und es selbst nach eigenem Gutdünken verziert. Quer über dem idyllischen Lavendelfeld glänzten in roter Farbe Julies verschmierte Handabdrücke.

»Ach, Schätzchen.« Valérie beugte sich zu ihr und wickelte einen Lappen um die vor Farbe triefenden Kinderhände, um die Gefahr zu bannen. Dann schob sie sie sanft zur Spüle und wusch ihre Hände.

Als Valérie anschließend auf die Uhr blickte, unterdrückte sie ein Schimpfwort. »Mist, so spät schon? Ich muss dringend wohin, könntest du …« Sie sah Olympe flehend an.

»Liebes, ich bin deine Freundin, die dich immer mit offenen Armen empfängt, aber ich bin nicht dein Kindermädchen.« Sie unterstrich ihre Worte, indem sie die Mäntel von Mutter und Kind von der Garderobe nahm und ihnen übergab.

Augenrollend zog Valérie sich und ihre Tochter an, hob das Mädchen hoch, dann verließ sie mit ihr das Haus.

Suzanne Valadon wohnte in der Rue Cortot in einer unkonventionellen Wohngemeinschaft, bestehend aus ihr, ihrem Sohn Utrillo und ihrem zwanzig Jahre jüngeren Ehemann. Im Gegensatz zu vielen jungen Künstlern hatte sie dem Montmartre nie den Rücken gekehrt. Mit ihrem Aufstieg vom Aktmodell zur bekannten Künstlerin hatte sie sich einen Namen gemacht. Die Liste ihrer Liebhaber war lang und glich dem Namenskatalog der Impressionisten der Belle Époque.

Gerade stand sie vor einem Gemälde, das sich kurz vor der Vollendung befand. Es handelte sich um den Akt einer schwarzhaarigen Frau, die auf einem roten Damastsofa lag. Valérie war hingerissen von der Farbwahl und der Dynamik des Bildes. Suzanne hatte nie Zeichenunterricht gehabt. Sie hatte als Modell gelernt, indem sie den Malern bei der Arbeit zusah

Als Valérie und Julie eintraten, löste sich die große Künstlerin von ihrer Staffelei. Obwohl sie aus armen Verhältnissen stammte und nie vermögend gewesen war, ging von ihr eine Anmut aus, wie man sie normalerweise nur von den Privilegierten kannte. Ihr einst kastanienbraunes Haar war selbst in ihrem Alter noch glanz- und kraftvoll. Die Augenbrauen ausdrucksstark, der Mund zu einer resoluten Schnute gezogen. Im Hintergrund hingen ein Renoir und ein Toulouse-Lautrec. Beide Gemälde stellten Suzanne dar.

»Schön, dass Sie kommen konnten, Valérie. Und wie ich sehe, sind Sie in Begleitung.« Sie lächelte, als Julie sich mit großen Augen umsah und sich etwas schüchtern an ihre Mutter schmiegte. »Ihre Tochter?«

Eine Frage, die bei Valérie noch immer Herzklopfen auslöste. Sie hatte Julie so lange versteckt gehalten, dass sie noch immer das Gefühl hatte, etwas Verbotenes zu tun. Aber Julie war kein Geheimnis mehr. Sie musste sich nicht länger mit dieser Lebenslüge herumschlagen. Und obwohl ihr dieses Geständnis Konsequenzen einbrachte, fühlte sie sich dadurch befreit. Sie war eine ledige Mutter, sie machte Fehler, aber sie würde Erfolg haben. Und wer weiß, eines Tages würde sie vielleicht auch anderen Frauen ein Vorbild sein.

»Ja, sie ist meine Tochter.« Dann legte sie die Hand auf ihren Bauch. »Und bald bekommt sie ein Geschwisterchen.«

Suzanne schien den fehlenden Ehering zu bemerken. »Ich nehme an, Sie malen auch nach dem Wochenbett weiter. Was halten Sie von einer Doppelausstellung nächstes Jahr? Meine Werke neben Ihren?«

Valérie riss die Augen auf. »Das würden Sie wollen, obwohl mein Name ruiniert ist?«

»Gerade deswegen.« Suzanne sah sie mit verschränkten Armen an und ging mit ausladender Geste durch ihr Atelier. »Ich war siebzehn, als ich Maurice bekam. Vom Vater keine Spur.«

»Aber ich dachte, Miguel Utrillo hätte die Vaterschaft anerkannt?«

»Die nette Geste eines Freundes. Über die wahre Identität des Vaters habe ich nie gesprochen. Ich weiß es schlichtweg nicht. Ist ja auch egal. Dann kam Henri. Oh, was habe ich ihn geliebt.« Sie deutete auf sein Gemälde, das sie als Trinkerin zeigte. »Im langen Schatten, den dieser kleine Mann warf, konnte ich mich verstecken. Aber das Problem ist, dass man im Schatten auch übersehen wird. Und natürlich wünschte ich mir, ihn zu heiraten. Ich war ganz versessen darauf. So sehr, dass ich einmal sogar zu einer Waffe griff und ihn zwingen wollte.« Sie schüttelte den Kopf. »Heute weiß ich nicht mehr, ob es mir dabei tatsächlich um ihn oder um den Schutz eines Mannes ging.«

Valérie kannte die Geschichte und wusste, wie es weiterging. »Sie haben jemand anderen geheiratet.«

»Und ich dachte, damit wäre ich gerettet, mein Ruf wiederhergestellt. Doch ich irrte mich, und es folgte die Scheidung. Später kam André. Ihn wollte ich zuerst gar nicht heiraten, aber dann kam der Krieg. Da wurde selbst ich ein wenig sentimental und stimmte zu.« Einen Moment schien sie in Erinnerungen zu schwelgen. »Ich möchte Ihnen etwas zeigen.«

Sie bedeutete Valérie, ihr zu folgen, und förderte aus einem Schrank ein Gemälde zutage. Es zeigte sie und André Utter als Adam und Eva am Baum der Erkenntnis.

»Ich musste Andrés Pimmel mit einer Pflanzenranke übermalen, weil ich es sonst nicht hätte ausstellen dürfen.« Suzanne verdrehte die Augen.

Valérie bewunderte sie für ihren Mut. »Einen Akt von mir selbst zu malen würde ich mich nicht trauen. Was die Leute dann wohl denken …«

»Deswegen ist es mein Lieblingsbild«, stellte Suzanne hingegen klar. »Ich habe uns so gemalt, wie wir sind. Natürlich hätte ich das auch ästhetischer anstellen können. Ich weiß, dass ich nicht mehr aussehe wie damals zu Renoirs Zeiten. Aber die Welt hat nicht auf uns gewartet, also müssen wir es ihr ebenso wenig recht machen. Unsere Mitmenschen haben mich so zu ertragen, wie ich bin. Ich muss es umgekehrt ja auch.«

Die Meisterin schenkte ihr ein verschwörerisches Lächeln. »Darum stellen Sie mit mir aus, Valérie! Zeigen wir's denen, die uns im Schatten klein halten wollen. Treten Sie mit mir ans Licht!«

51. KAPITEL

Paris, März 1920

»Wann kommt Lulu wieder zurück?«, fragte Julie, als sie die Wohnung von Suzanne Valadon verlassen hatten.

Mit einem tiefen Seufzen strich Valérie über Julies Haar.

»Gar nicht, Liebes. Es tut mir leid, aber so ist es nun mal.«

»Warum?«

»Weil … weil ich etwas Dummes getan habe.«

»Warum?«

Valérie zuckte die Achseln. »Weil Menschen manchmal dumme Dinge tun.«

»Hat … Hat Lulu uns nicht mehr gern?«

»Daran darfst du nicht einmal denken.« Valérie ging vor Julie in die Hocke, hielt ihre Händchen und sah ihr fest in die Augen. »Er hat dich sehr gern, er liebt dich sogar über alles, das weiß ich.« Sie konnte kaum ihre Tränen zurückhalten. »Aber ja, mich hat Lulu zurzeit nicht so gern. Und leider hat er recht damit.«

Julie sah sie völlig verständnislos an, und ihre Augen glichen zwei großen mit Wasser gefüllten Murmeln. Es versetzte Valérie einen tiefen Stich ins Herz, als ihre Kleine zu weinen begann

»Nicht weinen, mein Schatz.« Fieberhaft überlegte sie, wie sie Julie wieder aufheitern konnte. »Wie wäre es, wenn ich uns aus der Boulangerie nebenan ein paar Brioches hole?«

Allmählich verebbten die Tränen, und Julie nickte zaghaft, während das Fäustchen noch immer die Augen rieb.

Manchmal gab es nichts Leichteres, als ein Kinderherz zu erfreuen. Und dann wiederum gab es solche Momente, da trugen sie die ganze Last der Erwachsenen auf ihren kleinen Schultern, sodass es einen erschütterte.

Sie war beim Bezahlen nur einen Moment abgelenkt, als Julie auch schon verschwunden war. Mit einem Schrecken hetzte sie aus der Bäckerei, fand das Mädchen aber zum Glück nach wenigen Sekunden. Ein Stein fiel ihr vom Herzen. Julie näherte sich einem Grüppchen Kriegsveteranen, die sich im geheizten Warteraum einer Bushaltestelle aufwärmten. Für sie war das neugierige Kind eine erfreuliche Abwechslung zu all den verängstigten Blicken, die ihnen sonst zugeworfen wurden.

Dennoch spürte Valérie Ärger aufsteigen. »Julie, du darfst nicht einfach weglaufen, wenn ich dich nicht sehe.«

»Keine Sorge, Madame«, schaltete sich einer der Veteranen ein. »Wir hätten sie nicht aus den Augen gelassen. Was für ein bezauberndes Mädchen.«

Ein zweiter Invalide mit Augenklappe zeigte Julie seine Uniform. »Siehst du, was wir hier tragen? Das bedeutet, dass wir im Krieg waren, um Kinder wie dich und Frauen wie deine Maman zu beschützen.«

»Was hast du denn von diesen Männern gewollt?«, fragte sie ihre Tochter, als sie im Omnibus saßen.

»Sie haben ausgesehen wie Lulu. Vielleicht waren das seine Freunde«, antwortete Julie und biss selig in ihre Brioche.

Zum Abendessen waren sie bei Olympe im Stadtpalais eingeladen.

Die Standuhr im Salon schlug sechs Uhr abends, als sie ankamen. Es war bereits dunkel, und die Kälte kroch Valérie unter die Kleidung.

»Mein Äffchen, bist du schon wieder müde?«, fragte sie verwundert, als Julie quengelte, bei ihr auf dem Arm bleiben zu dürfen. Den ganzen Nachmittag schon war sie weinerlich und anhänglich gewesen.

Olympe wollte indes wissen, wie der Nachmittag bei Suzanne verlaufen war. Als sie Julie einen Kuss auf die Wange geben wollte, stutzte sie und berührte mit dem Handrücken ihre Stirn. Irritiert sah sie Valérie an. »Fühl mal.«

In dem Moment schüttelte Julie sich und begann heftig zu husten. Verwundert legte Valérie eine Hand an Julies Stirn. »Aber … das war vorhin noch nicht so.«

Ihre Tochter hatte hohes Fieber.

Eine durchwachte Nacht sowie ein Arztbesuch am nächsten Morgen gaben Gewissheit: Es war die Spanische Grippe.

Valérie machte sich schreckliche Sorgen, Julies Zustand verschlechterte sich stündlich, das Fieber stieg bald auf über vierzig Grad. Nach einem weiteren Tag konnte sie keine Flüssigkeit mehr bei sich behalten und begann zu phantasieren.

»Ich will nicht ins Heim«, flehte sie im Fieberwahn.

»Schätzchen, du bist bei uns in Sicherheit. Ich gebe dich nie mehr weg.« Valérie blinzelte ihre Tränen weg und hielt ihre Hand. Julies Husten hörte sich so quälend an, dass es ihr im Herzen wehtat, ihr kleines Kind so leiden zu sehen. Es kam ihr vor, als wäre sie in einem schrecklichen Alptraum gefangen, der sie wie ein Strudel in die Tiefe zog.

Selbst Olympe wirkte hilflos. »Willst du dich nicht wenigstens jetzt bei Louis melden?«

»Bei Louis? Wieso sollte ich das tun?«

»Weil Julie ihm wichtig ist und weil …« Sie schüttelte den Kopf. »Muss ich es wirklich aussprechen? Weil sie ihn braucht! Und weil er sie vielleicht noch einmal sehen will, bevor …«

»Ich will das nicht hören!«, fauchte Valérie. Aber sie musste Olympe recht geben. Julie war schwer krank und zudem verängstigt. Sie brauchte jetzt Louis, sie brauchte ihren Vater.

Louis kam sofort und ohne ein Wort des Vorwurfs. Als Valérie ihn wiedersah, wurde ihr bewusst, wie sehr sie ihn vermisst hatte. Ein Teil von ihr kämpfte gegen den Impuls an, sich in seinen Armen auszuweinen, aber sie riss sich zusammen. Zu dritt wechselten er, Olympe und Valérie sich ab, Julie zu pflegen.

»Lulu«, röchelte Julie, als sie ihn ins Zimmer eintreten sah.

»Meine tapfere Prinzessin«, erwiderte Louis liebevoll, während er Julies Wange streichelte und ihr das verschwitzte Haar aus der Stirn wischte. Und zu Valérie gewandt: »Gib mir das kalte Tuch. Du bist schwanger und solltest ihr nicht zu nahe kommen«, sagte er und kühlte Julies Stirn. Weil Julie in einem riesigen Gästebett schlief, wirkte sie noch viel kleiner und zerbrechlicher. Bei ihrem Anblick kamen Valérie abermals die Tränen.

Am Nachmittag kehrte der Arzt zurück und schüttelte bedauernd den Kopf. »Es sieht leider gar nicht gut aus.«

Valérie fuhr herum und schrie. »Aber wie kann das sein? Bis vorgestern war sie doch noch ein gesundes Kind. Sie müssen sich irren!«

Zum ersten Mal kam Louis ihr etwas näher. Er streichelte ihre Schulter, um ihr Trost zu spenden. Eine Berührung, die sie sowohl vor Geborgenheit aufseufzen ließ, aber auch mit neuem Kummer erfüllte.

»Wir bekommen sie gemeinsam durch, Valérie«, flüsterte er. »Sie ist stark, genau wie du.«

Mit einer kalten Reserviertheit räusperte sich der Arzt hinter ihnen. »Das wird sich diese Nacht zeigen. Wenn sie die überlebt, könnte sie es schaffen. Ich werde morgen wieder nach ihr sehen, aber Sie sollten lieber mal den Priester holen lassen.«

»Auf gar keinen Fall!« Die Angst, Julie zu verlieren, brachte Valérie schier um den Verstand. Sie war panisch, und es kam, was kommen musste: Valéries Körper reagierte mit Vorwehen und Kreislaufproblemen. Olympe und Louis sprachen beruhigend auf sie ein und verfrachteten sie auf einen Sessel neben Julies Bett.

»Madame, Sie müssen sich und Ihrem Kind zuliebe Ruhe bewahren.«

»Wie soll ich das bewerkstelligen, während meine Tochter sich im Todeskampf befindet?«

»Weil ich mich um sie kümmern werde.« Louis sah sie eindringlich an, seine Augen sprachen direkt zu ihr. »Ich gebe sie nicht auf. Ich bin für euch da.«

Sie wusste nicht, wie viel Zeit verstrichen war. Sie schwiegen, bis Valérie eine Frage nicht länger für sich behalten konnte: »Warum hilfst du uns, nach all dem, was ich dir angetan habe?«

»Weil Julie nichts dafür kann, dass unser Leben so kompliziert verläuft, und weil ich weiß, was sie gerade durchmacht. Mir ging es ähnlich, als ich im Hospital war.«

Voller Tränen nickte sie. Es war Zeit, auch diese Geschichte zu offenbaren. »Ich habe dich damals gesehen.«

Irritiert sah er sie an, doch ehe er Fragen stellen konnte, kam sie ihm zuvor: »An diesem Tag besuchte ich Apollinaire, der ebenfalls im Val-de-Grâce stationiert war. Dein Gesicht war bandagiert. Ich … ich hielt dich für Gabriel.«

Sie brach ab, weil sie ihn nicht noch mehr kränken wollte, überlegte es sich dann aber anders. Er verdiente es, die Wahrheit zu kennen. »Es stimmt, ich habe ihn sehr geliebt, auch wenn sich die Aussichtslosigkeit dieser Liebe schon früh abzeichnete, was ich mir jedoch nie eingestehen wollte. Vor allem hatte ich ein Kind von ihm, von dem er nichts wusste.« Mit enger Kehle betrachtete sie Julie.

»Aber sie wurde mir weggenommen.«

»Was eine Sauerei ist! Dein Privatleben geht niemanden was an«, stieß Louis mit ehrlicher Anteilnahme aus. Erstaunt horchte sie auf. Zum ersten Mal spürte sie wieder die Verbundenheit von früher.

»Jedenfalls hoffte ich natürlich weiterhin, dass er irgendwann zurückkehren würde, aber das geschah nicht. Am Weihnachtsfest bei Mrs. Ladd war ich bei deinem Geigenspiel so traurig, weil ich feststellten musste, dass ich immer noch der Vergangenheit nachtrauerte. Aber als wir uns näher kennenlernten, habe ich aufrichtige Gefühle für dich entwickelt. Du warst der Grund, warum ich überhaupt bei Mrs. Ladd im Maskenstudio arbeiten wollte. Denn nachdem ich dich im Val-de-Grâce mit Gabriel verwechselt hatte, fiel ich in eine tiefe Sinnkrise. Wir waren uns damals schon näher, als du dir denken magst. Ich hielt deine Hand, streichelte deinen Rücken, sprach dir Mut zu …«

»Nur eben im Glauben, ich wäre er.« In seiner Stimme lag keine Verbitterung mehr, nur Resignation.

Sie nickte betroffen. »Was mich schwer erschütterte. Ich dachte darüber nach, wie schlimm es sein musste, wenn man aufgrund einer Gesichtsverletzung seine Identität verliert. Darum ging ich zu Mrs. Ladd.«

Louis dämmerte etwas. »Ich fühlte mich sofort zu dir hingezogen, ohne zu wissen, weshalb. Der Grund war wohl, dass ich deine Nähe aus dem Hospital spürte.«

»Ganz zu schweigen davon, dass wir uns schon einmal im Zug begegnet waren. Ohne die Zeichnung von damals hätte ich deine Maske vielleicht nicht so gut anfertigen können. Wir haben schon viel früher füreinander eine Rolle in unserem Leben gespielt, als uns bewusst war.«

Das erste Mal, seit er die Wahrheit kannte, lächelte er. »Mir ging es doch genau gleich. Du hast mein Herz wieder zusammengeflickt, mir Stärke verliehen. Ohne dich würde ich mich wahrscheinlich immer noch im Dunkeln verstecken. Und dafür, dass ich das nicht länger tun muss, bin ich dir dankbar.« In seinen Augen lag ein verletzliches Funkeln.

»Ich habe alles vermasselt«, schluchzte sie.

Sanft schüttelte er den Kopf. »Daran vergeude keinen Gedanken. Jetzt geht es nur um Julie und darum, dass wir sie wieder gesund bekommen.«

Irgendwann war Valérie im Sessel eingeschlafen. Sie hatte sich dabei fürchterlich verkrampft, und ihr Hals und Nacken fühlten sich beim Aufwachen taub an. Aber der Gesang der Lerchen spendeten ihr Hoffnung und die eintretenden Sonnenstrahlen kitzelten ihr Gesicht. Es dauerte einen Augenblick, bis sie den Kummer wieder spürte, der wie ein zähes Geschwür in ihrer Brust saß.

Sofort richtete sie sich auf und schlang ihr Schultertuch um sich. Angst erfüllte sie, als sie die Ruhe im Zimmer wahrnahm. Warum hatte Louis sie nicht geweckt? War er ebenfalls erkrankt?

Doch als sie auf das Bett blickte, stellte sie fest, dass beide friedlich schliefen. Julie hatte aufgehört zu röcheln, ihr Atem ging tief und regelmäßig.

Louis' Arm lag beschützend um Julie, während sie sich mit zerzaustem Haar an ihn klammerte und ihr Gesicht in seiner Brust vergrub.

Wer sich so an jemanden festhält, dem bedeutet die Person eine Menge, dachte Valérie. Für Julie war er ihr Vater, daran konnte nichts etwas ändern.

Gerührt ließ sie dieses Bild auf sich wirken. Eine immense Erleichterung durchströmte sie. Als sie sich auf den Bettrand setzte, um festzustellen, ob Julies Temperatur zurückgegangen war, öffnete Louis die Augen.

»Sie ist stark wie ihre Mutter. Das Schlimmste ist überstanden. Nun benötigt sie bloß Ruhe.«

»Die benötigen wir wohl alle«, flüsterte sie.

Louis lächelte und hob den Arm. »Dann solltest du zu uns kommen. Hier ist auch für dich noch Platz.«

EPILOG

Moussy-le-Vieux, Juni 1927

Bald nach der Geburt ihres zweiten Kindes und der Ausstellung mit Suzanne Valadon stieg Valérie zu einer gefeierten Künstlerin auf. Wenn sie nicht malte, legte sie ihren Kindern die Liebe zur Kunst nahe, wie es schon ihre Eltern bei ihr getan hatten. Inzwischen war Julie ein aufgewecktes, phantasievolles Mädchen von zehn Jahren, das sich hingebungsvoll um seinen jüngeren Bruder kümmerte.

Louis hielt an seiner Lebensaufgabe fest, die *Gueules cassées* – wie die *mutilés* in der Öffentlichkeit vermehrt genannt wurden – zu vereinen.

Im Jahr 1921 hatte er zusammen mit Albert Jugon und Yves Picot die »Union des Blessés de la Face et de la Tête« gegründet, die sich mittels eines Lotteriefonds finanzierte. Neben ihrem Engagement hatten sie einen langen Atem benötigt, denn die Rezession hatte sie an einem raschen Voranschreiten gehindert. Aber nun, zehn Jahre, nachdem Anna Coleman Ladd ihr Maskenstudio in Paris aufgebaut hatte, öffnete das Château de Moussy-le-Vieux seine Tore.

Statt einem neuen Studio erhielten die *mutilés* ein Schloss ohne Spiegel. Das ganze Anwesen, inklusive

Grundstück, diente als Reintegrationszentrum mit betreuten Arbeitsplätzen und eigener Lobby.

»Das ist dein Verdienst«, flüsterte Valérie Louis zu, als der Präsident des Vereins seine Ansprache hielt.

»Nein, wir haben das gemeinsam geschafft. Das alles war nur möglich, weil wir immer aneinander geglaubt haben«, entgegnete er mit einem gerührten Lächeln. »Oder habe ich unrecht, Madame Renarde?«

Er gab ihr einen Kuss auf die Wange, und vor Stolz drohte ihre Brust zu bersten, als man ihn ans Rednerpult bat. Unzählige Menschen standen um sie herum und hatten genauso sehnlich auf diese Eröffnung gewartet wie sie. In Mrs. Ladds Studio hatte Valérie die Veteranen immer nur als Einzelpersonen wahrgenommen, die von ihrem alten Leben ausgeschlossen waren. Nun begegnete sie zum ersten Mal den Familien, die sich hinter diesen versehrten Männern verbargen. Menschen wie Valérie und ihre Kinder, die den Krieg irgendwie überstanden hatten und nun nach vorn blickten.

Gerührt legte Valérie ihre Arme um ihre Kinder. »Seht nur, euer Vater schneidet gleich das Band durch.«

Das Château war eröffnet, und die Leute strömten hinein. Louis aber kehrte zurück zu seiner Familie, um Valérie zu küssen. »Siehst du, mein Schatz, es lohnt sich immer, für seine Sache zu kämpfen. Das ist bei deiner Kunst nicht anders.«

»Und wie feiern wir diesen Triumph?«, fragte sie mit einem verschmitzten Blick.

»Essen im Lapin Agile, ein Tänzchen im Bal Bullier

und später«, er griff in seine Brusttasche, »habe ich Karten für Josephine Baker.«

Bei den Worten musste sie lächeln. »So feierlich?«

»Es ist nichts Schlechtes daran, das Leben zu genießen«, sagte er mit einem Schulterzucken.

Und Arm in Arm gingen sie in das Château.

NACHWORT

Romanideen warten an den ungewöhnlichsten Ecken auf einen: Bei mir war es ein schon lang bestehendes Interesse für die damalige Gesellschaft, die Liebe zur Geschichte, gespickt mit dem Zufall, als ich irgendwann im Frühling 2018 im Internet surfte und dabei auf eine Aufnahme über die Bildhauerin Anna Coleman Ladd und die *Gueules cassées* stieß.

Die *mutilés* waren im Ersten Weltkrieg eine bis dahin unbekannte Gruppe von Kriegsinvaliden. Der Einsatz von Giftgas und Maschinengewehren war noch neu, und die Soldaten unterschätzten oftmals die Gefahr, wenn sie über die Schützengräben spähten.

Gleichzeitig war die Technik der Medizin so weit fortgeschritten, dass die Verwundeten solch schwere Verletzungen überlebten. Ihre spätere Erscheinung verstörte und schockierte viele ihrer Mitmenschen. Ein entstelltes Gesicht konnte nicht lügen, es erzählte ungeschönt die Grausamkeit des Krieges und nahm jedem heroischen Gedankengut die Illusion.

Wo die wiederherstellende Chirurgie an ihre Grenzen stieß, kamen Gesichtsprothesen zum Einsatz. Doch die Produktion der Kupfermasken benötigte viel Zeit. Mit ihren vier Assistentinnen fertigte Anna Coleman Ladd rund hundertfünfundachtzig solcher Masken an, die exakt auf das Gesicht des jeweiligen Trägers abgestimmt waren. Ein Tropfen auf den heißen Stein, denn Schätzungen zufolge gab es allein in Frankreich dreitausend *mutilés*. Leider ist keine der Masken bis heute erhalten geblieben, die filigrane Machart war nicht für den langjährigen Gebrauch geeignet.

Ladds Studio diente aber nicht nur der Herstellung von Masken, sondern es ging auch um die Erschaffung eines sicheren Ortes für die *Gueules cassées*. Hier waren sie unter ihresgleichen. Sie brauchten sich nicht länger zu verstecken, durften wieder gesellig sein und sich austauschen. Selbst Weihnachten wurde hier gefeiert, was untermauert, dass die neuen Freundschaften im Atelier den früheren Stellenwert der Familie eingenommen hatten. Für die psychische Genesung und Wiedereingliederung in die Gesellschaft waren die sozialen Kontakte vielleicht sogar wichtiger als die Masken selbst.

Nach dem Krieg kehrte Anna Coleman Ladd mit ihrem Ehemann nach Boston zurück und widmete sich von da an der Bildhauerei. 1932 wurde sie zur Ritterin der französischen Ehrenlegion ernannt.

In Paris jedoch wurde sie schmerzlich vermisst, und die *Gueules cassées* mussten sich neu organisieren. Die von Louis geschilderten Ereignisse im Spiegelsaal von Versailles sind überliefert. So ist er der fiktive sechste Mann der *mutilés*, die von Clemenceau persönlich eingeladen wurden und bei der Unterzeichnung des Friedensvertrages in der vordersten Reihe saßen. 1921 gründeten Albert Jugon und Yves Picot den Verband für Kriegsversehrte, die »Union des Blessés de la Face et de la Tête« und ließen sich knapp vierzig Kilometer außerhalb von Paris in Moussy-le-Vieux nieder. Auch hier habe ich Louis als Mitgründer hinzugedichtet. Der Verband ist noch heute aktiv und feiert im Jahr 2021 sein einhundertjähriges Jubiläum.

In diesem Roman geht es aber nicht nur um die *Gueules cassées*, sondern auch um die Stellung der Frau in schwierigen Zeiten. Wer meine Romane kennt, weiß, was für ein wichtiges Anliegen mir dieses ist. Die Geschichte von Valérie mag frei erfunden sein, doch ihr Schicksal war es keineswegs. Als ledige Mutter hatte sie kein leichtes Los, war Verachtung und Missgunst ausgesetzt, doch genau darin lag für mich der Reiz: Ich wollte die Geschichte einer Frau niederschreiben, die ungeachtet der Konventionen und Erwartungen ihren Weg geht.

Und dann ist da noch die Liebe zu Paris, zur Kunst und Literatur von der *Belle Époque* bis zu den *Années folles*.

Damals muss eine einzigartige Atmosphäre geherrscht haben. Es scheint fast, als hätte die Kunst- und Literaturszene aus einem einzigen großen Freundeskreis mit all seinen Höhen und Tiefen bestanden. Man verkehrte täglich in Bars und Cafés oder in den Salons von Gertrude Stein oder Natalie Clifford Barney und erfand sich täglich